Carl Schmeling
Ein Ostsee-Pirat
Historischer Roman

Carl Schmeling

Ein Ostsee-Pirat

- Historischer Roman -

Vollständige Ausgabe

gerik CHIRLEK
2016

Bibliografische Information der Deutschen Nationalbibliothek
Die Deutsche Nationalbibliothek verzeichnet diese Publikation in der Deutschen Nationalbibliografie; detaillierte bibliografische Daten sind im Internet über www.dnb.de abrufbar.

Original: Berlin, Verlag von Carl Humburg & Co., 1865

IMPRESSUM
© 2016 gerik CHIRLEK
Umschlag-Bild: Archiv Horst64
Herstellung und Verlag: BoD - Books on Demand, Norderstedt
ISBN: 978-3743114654

Inhaltsverzeichnis

Band 1

I. Auf Hiddensoe. 9
II. Die Postjacht. 16
III. Fähnrichs-Gelüste. 23
IV. Folgen des Übermuts. 38
V. Feurige Kohlen. 43
VI. Die Mitteilungen. 49
VII. Die Ordre. 56
VIII. Im Wrack. 60
IX. Eine Ahnung. 71
X. Zur rechten Zeit. 81
XI. Verschiedene Eindrücke. 88
XII. Vor dem König. 94
XIII. Unverhofftes Wiedersehen. 98
XIV. Ein deutliches Zeichen. 104
XV. Eine neue Überraschung. 109
XVI. Der böse Wind. 113
XVII. Eine Ladung Korn nach Stockholm. 118
XVIII. Das kleine Boot. 125
XIX. Louise Ulrike. 130
XX. Ein Tropfen Balsam. 135
XXI. Maria Arvedson. 140
XXII. Eine Warnung. 145

XXIII. Ein Bekehrter. ...148
XXIV. Das Herzensgeheimnis. ...151
XXV. Ein Geständnis. ...156
XXVI. Ein Schwabenstreich. ...160
XXVII. Das Signal. ...165
XXVIII. Der Lotse. ...168
XXIX. Ein Plan. ...172
XXX. Eine doppelte Überraschung. ...175
XXXI. Ein junger Löwe. ...178

Band 2
I. Eine kleine Jagd. ...184
II. Eine Verständigung. ...187
III. Eine wichtige Person. ...192
IV. Ein neues Debüt. ...195
V. Unter Moens Klient. ...200
VI. Eine Sinnesänderung. ...203
VII. Eine ansteckende Krankheit. ...207
VIII. Eine würdige Liäson. ...211
IX. Die Befreiung. ...216
X. Unerwartete Hilfe. ...220
XI. Der Lohn in Aussicht. ...224
XII. Swietens Glück und Unglück. ...228
XIII. Sein Glück. ...238
XIV. Mein Unglück. ...245

XV. Eine Bereinigung. ...254
XVI. Aut vincere, aut mori. ...259
XVII. Ein Husarentanz. ...265
XVIII. Der Gefangene. ...270
XIX. Die neuen Stadtaffichen. ...276
XX. Die Eispartie. ...282
XXI. Unerhört. ...287
XXII. Eine Invitation. ...292
XXIII. Ein Racheplan. ...299
XXIV. Jacobsons Projekt. ...303
XXV. Eine Falle. ...307
XXVI. Die Gefangenen. ...311
XXVII. Verdienter Lohn. ...316
XXVIII. Eigentümliche Wirkung. ...320
XXIX. Der rechte Mann. ...324
XXX. Ein Plan. ...328
XXXI. Große Eile. ...332
XXXII. Dennoch misslungen. ...337
XXXIII. Mann und Frau ...341
XXXIV. Eine Diversion. ...345
XXXV. Der zuständige Richter. ...351
XXXVI. Die Katastrophe. ...355

I. Auf Hiddensoe.

Band 1

Es sah wieder einmal sehr kriegerisch in der Welt aus. Denn jener Zündstoff lag aufgespeichert, dessen Explosion die Periode für Deutschland, für Europa, ja für die ganze zivilisierte Welt bildete, welche die Geschichte unter der Benennung des „siebenjährigen Krieges" verzeichnet hat.

Um unbedeutender Ursachen, hauptsächlich aus altem Grolle, von einer Seite angesponnen, durch das Gebot der Selbsterhaltung von einer anderen Seite begonnen, riss er in seinem Verlaufe alles mit sich fort und führte schließlich von allem das Gegenteil herbei, was nach menschlichen Berechnungen hätte geschehen müssen.

In Deutschland lag dem Ursprung des Krieges die Absicht zu Grunde, den Mann welcher sich Friedrich II. von Preußen nannte, den jedoch der Papst, als Marchese di Brandenbourg in seine Staatskalender verzeichnen ließ, zu demütigen und sein Land zu einer gewissen Unbedeutsamkeit herabzubringen.

Wie Friedrich das zu diesem Zwecke im Geheimen geschlossene Bündnis entdeckte, – wie er dem heranziehenden und lange über seinem Haupt hängenden Wetter, durch eine scharfsichtige Politik, kluge Unterhandlungen, Feldherrntalent und Heldenmut, begegnete, ist hinlänglich bekannt.

Dessen ungeachtet konnten bei seiner Vielseitigkeit nur die Hauptzüge seiner Tätigkeit in den Geschichtsbüchern verzeichnet werden, weshalb häufig seine Erfolge dem unerklärlich bleiben, der diesen scharfen Geist nicht auf den geheimen Wegen verfolgt, die gleichsam ein unsichtbares Netz bildeten, in dem diejenigen hängen blieben, welche sich ihm unvorsichtig in feindseliger Absicht nahten.

Es ist bekannt, dass Friedrich, dem Antrag Schwedens, während des siebenjährigen Krieges mit ihm Frieden zu schließen, die sarkastische Antwort gab: „Ich weiß von keinem Krieg mit Schweden; zwar habe ich gehört, dass mein General Belling da an der schwedischen Grenze einige Zänkereien gehabt hat, doch ich denke der Mann wird sich wohl besänftigen lassen!" Wie Friedrich zu Anfang des Krieges über Schweden dachte, geht jedoch besonders aus einer, in Ziffern abgefassten Depesche an den Gouverneur von Pommern und Stettin hervor, die nach ihrer Übertragung ungefähr folgenden Inhalt gab: „Es unterliegt nach den letzten Vorgängen in Schweden und dem taktlosen Benehmen seiner Königin keinem Zweifel, dass uns auch diese Macht den Krieg erklären wird. Obwohl nun Erschöpfung und innere Unruhen diesen Staat hindern, in der Entfernung einen energischen Krieg zu führen, so ist uns doch seine Flotte gefährlich. Ich kann derselben leider nichts entgegensetzen, als die zweifelhafte Hilfe eines lauen Bundesgenossen und muss deshalb die Küsten Ihres Gouvernements, zu meinem Schmerz, allen möglichen Unternehmungen auf dieselben preisgeben. Sie werden zwar für deren Verteidigung sorgen, soweit Ihre Mittel reichen; doch für mich wie für Sie ist es notwendig, zu wissen, was im schwedischen Kabinett wie auf der Ostsee vorgeht. Diesem Zwecke dürfte ein einzelner, unternehmender, umsichtiger und kluger Mann neben unseren sonstigen Verbindungen entsprechen und Sie müssen deshalb suchen, einen solchen zu finden. Ein geschulter Seemann muss er natürlich sein; ist er dabei Soldat, umso besser. Ich sollte meinen, ein Mann aus dem schwedischen Pommern, der soviel deutschen Sinn besitzt, der Fremdherrschaft überdrüssig zu sein, dürfte sich am besten dazu eignen. Immerhin werden Sie bei der Wahl große Vorsicht anwenden müssen, um auch der Treue und Verschwiegenheit dieses Individuums versichert zu sein; haben Sie jedoch gefunden, was wir brauchen, so bieten Sie alles, Geld, Rang, Schiffe und was sonst nötig, unseren Marin zu fesseln. Instruktionen für denselben sollen später folgen."

Was der Gouverneur unternommen, einen Mann wie ihn der König wünschte, zu finden, lässt sich nicht gut angeben; eine Anfrage desselben bei dem Kommandanten von Kolberg, wegen eines kühnen und zugleich gebildeten Seemanns, lässt jedoch vermuten, dass er in verschiedenen Richtungen forschte, seinen Zweck zu erreichen.

Diese Bemühungen wurden denn auch nach einem Bericht des Gouverneurs mit Erfolg gekrönt und ein den gestellten Anforderungen entsprechendes Individuum gefunden, welches keine anderen Bedingungen machte, als zu jeder Zeit frei und ungehindert in preußische Häfen ein- und auslaufen zu dürfen und dass ihm ein Kaperbrief erteilt werde.

Friedrich schrieb auf diesen Bericht die kurze Antwort: „Bewilligt, scheint ein braver Kerl zu sein und muss wohl ästimiert werden." Dieser Antwort waren die Instruktionen für den Parteigänger zur See und einige andere Papiere beigeschlossen. –

Der König hatte hinsichtlich Schwedens richtig geurteilt, die Partei der Mützen, welche nach der Braheschen Verschwörung gegen den Senat und Reichsrat die Oberhand gewonnen, drang auf Krieg, um die Königin, eine Schwester Friedrichs, auch noch dadurch zu demütigen; derselbe ward an Preußen erklärt und bald darauf auch begonnen. –

Friedrich hatte in seiner Ordre an den Gouverneur von Pommern nur von unverteidigten Küsten gesprochen, jedoch eines Umstandes, der, für ihn namentlich, jedenfalls wichtiger als eine verheerte Küstenstrecke sein musste, nicht gedacht oder nicht gedenken wollen, – nämlich der gänzlichen Vernichtung des preußischen Seehandels.

Die Schweden, als eine handeltreibende Nation, damals zugleich noch eine bedeutende Seemacht, fassten nur diese Seite des Seekrieges auf; statt die Küsten zu verheeren, was ihnen zu nichts nützen konnte, blockierten sie die Häfen. Vor Memel legte sich eine Fregatte; vor Pillau und Danzig kreuzten Eskadres, vor den Ausflüssen der Oder war eine ganze Flotte stationiert, die einzelne Schiffe vor die Mündungen der Stolpe, der Wipper, der Persante, der Rega und der Dievenow legte.

Im „neuen Tief", damals ein schwedisches Gewässer, lag ebenfalls eine Eskadre, hauptsächlich als Reserve und von ihr wurden zu gewissen Zeiten Kreuzer entsendet, die den Zweck hatten, noch in der Ostsee befindliche Preußische Schiffe aufzubringen, das heißt: zu nehmen. Vor dem Nordeingange zum Hafen von Stralsund und dem Eingange des Hafens von Barth, natürlich hier zum Schutze dieser Häfen und ihres Handels, legte sich jedoch eine stattliche Brigg, unter dem Befehl des Marineleutnants Baron Staelswerd. –

Dieser Baron Staelswerd, ein Bruder des Mitverschwornen Artillerieleutnants Staelswerd, war ein Hofmann durch und durch. Sein jetziges Kommando, beiläufig wider seine Neigung, wie der ganze Krieg, war eine Art Verbannung vom Hofe und aus dem Lande, weil auf ihn vielleicht der Verdacht ruhte, der beabsichtigten Staatsumwälzung zu Gunsten der königlichen Autorität näher gestanden zu haben.

In seinem Äußeren glich Staelswerd allen vornehmen Schweden; er war groß und hübsch gewachsen, feine Bewegungen und sein Benehmen verrieten Selbstbewusstsein und Stolz; der ärgste petit maitre hätte in seinem Anzug nicht sorgfältiger sein können wie er.

Auch die Züge des Barons mussten regelmäßig genannt werden; auf den ersten Blick schien das Gesicht trotz der mangelnden Farbe sogar schön, indessen eine nur flüchtige Forschung in demselben ließ erraten, dass es, wie so häufig im Leben, das leidliche Aushänge-Schild eines oberflächlichen Geistes sei, der wohl eine gewisse Politur erhalten, jedoch ohne alle Tiefe sein musste; das gezwungene Wesen und die Peinlichkeit, womit der Baron auf die Erhaltung seines Anzuges achtete, sagten das Weitere.

Staelswerd hatte bisher noch nicht weiter zur See gedient, als es die gesetzliche Übungszeit erforderte; seine Taten beschränkten sich auf die Teilnahme an Hoffestlichkeiten und Hof-Intrigen und schwerlich war er im Stande, ein Schiff wie die ihm anvertraute Brigg „Aurora" unter allen Umständen zu führen und zu kommandieren. Doch ihm zur Seite stand ein anderer Leutnant, eine alte verwitterte Seemanshaut, auf der die Sonne aller Breiten ihre Spuren hinterlassen, ein Mensch wie Stahl und Eisen, rau wie die See, aber sicher in seinem Handwerk und nie in Verlegenheit; dieser Leutnant, erst sehr spät zu seiner Charge gelangt, hieß Dalström und während er, ganz bei der Sache, den Platz suchte und bestimmte, auf dem man die gedachten Hafeneingänge am besten überwachen konnte, seufzte Staelswerd wiederholt, und seine Seufzer konnten für Klagen über sein Los gelten. –

Jene Eingänge gleichen in einer Hinsicht einem Archipel, in anderer einer Pforte. Es befinden sich hier nämlich gegen die Insel Rügen, die Eilande Hiddensoe, der neue Bessiner Werder, die Fährinsel, der Gänsewerder, die Schaproder Oie, Bessin, Ummanz, die Heuinsel und die Halbinseln Bug, Trog und Lieschow, den einen Schenkel eines rechten Winkels, der sich von Nord nach Süd erstreckt, bildend. Den anderen, von West nach Ost, bilden die Halbinsel Dars, die Inseln Fingst, Rutt, Barther Oie, Barhöft und verschiedene kleinere Eilande an der pommerschen Küste. Genau im Scheitelpunkt dieses Winkels liegt das eigentliche Fahrwasser, der Ausfluss des Gellens, zwischen Barhöft und der Insel Bessin. Jedoch gibt es für leichte Fahrzeuge noch ein anderes Fahrwasser, zwischen Hiddensoe und Rügen; auch dies kann bei Bessin überwacht werden. – Von den zuerst genannten Inseln ist Hiddensoe, ein Name der offenbar so viel als Hütteninsel bedeuten soll, – die größte und wichtigste. Im nördlichen Teil ein anständiges Stück Tonflötz mit ziemlichen Höhen und steilen Vorgebirgen, ist sie im südlichen nichts als eine schmale, hohe Sandbank, die durch den Strom des Gellen erst in einer neueren Periode aufgeschwemmt worden. Hiddensoe ist ungefähr drei Meilen lang, an den breitesten Stellen kaum eine halbe Meile breit und zählt außer einzelnen Weilern und Gehöften fünf Ortschaften, von denen zwei größere Güter mit Zubehör sind; das nördlichste derselben, Grieben, gehörte zu der Zeit, von welcher die Rede hier ist, dem ehemaligen schwedischen Major von der Grieben. –

Major von der Grieben rechnete sich zu der Partei der Mützen, das heißt derjenigen, die eine Verfassung aufrecht zu erhalten suchten, durch welche der Adel und die Geistlichkeit die Macht der Krone beschränkten und das Volk beherrschten. Bei den ersten Versuchen Adolph Friedrichs und Louise Ulrikes, die Autorität der Krone zu verstärken, ohne Pension wie so viele andere seiner Gesinnung entlassen, begrüßte er die Zeit, wo jene Versuche durch die misslungene Brahesche Verschwörung gänzlich scheiterten, mit Jubel, und war deshalb als echter sogenannter schwedischer Patriot, ein eingefleischter Preußenfeind, der also auch den Krieg gegen Preußen billigte.

Bis auf diese Schwäche, die allerdings in den Augen des Majors eine Stärke war, welche jedoch nie anders als in Gesprächen mit dem Pastor des Dorfes Kloster, der sich zur Partei der Loyalen oder Hüte rechnete, zu Tage trat, war der Herr von der Grieben

ein durchaus braver, biederer, gastfreier, mildtätiger Herr, das Muster eines zärtlichen Ehemannes und vortrefflichen Vaters. Nur klein von Wuchs war der alte Herr desto beweglicher; nur selten im Stande jemand zu erhaschen, mit dem er sich angemessen unterhalten konnte, war er umso gesprächiger, wenn er mit solchen Personen zusammentraf. Sobald er die Anwesenheit der Brigg und den Namen ihres Kommandanten erfahren, machte er demselben einen Besuch und lud ihn zu sich ein. –
Baron Staelswerd kam dieser Einladung umso lieber nach, als seine Station die Langeweile zur obligaten Zugabe hatte und obwohl beide Männer sehr bald ihre politische Gegnerschaft erkannten, entspann sich doch ein Verhältnis zwischen ihnen, welches erlaubte, dass der Baron Wochen lang ein Gast des Majors war, während seine Brigg untätig am Entendorn oder dem Bock, den beiden entgegengesetzten Enden der Insel, ankerte. –
Der Major von der Grieben war nicht so glücklich, einen Sohn zu haben; ein Umstand der ihm neben seiner Entlassung aus dem Heere den mehrsten Kummer machte. Dagegen hatte er zwei Töchter, die bisher in Stockholm erzogen wurden, die er aber, seit der Krieg drohte, zu sich zu nehmen beschlossen, wozu auch seinerseits die nötigen Verfügungen bereits getroffen. Ein Schreiben der Töchter benachrichtigte die Eltern, dass sie mit der nächsten Postjacht eintreffen würden; diese Postjacht musste am 30. Juli 1757 durchpassieren und wie gewöhnlich am Bug, gegenüber von Grieben, wo sie Station halte, anlegen.
War dies ein Grund für Grieben, seine Frau und den Baron, den 30. Juli und das gedachte, damals regelmäßig drei Mal monatlich zwischen Ystadt und Stralsund gehende Fahrzeug sehnsüchtig zu erwarten, so gab es doch noch einen zweiten, aus dem sowohl jene wie auch andere Leute der Ankunft der Postjacht erwar-

tungsvoll entgegensahen, dass wahrscheinlich mit ihr die Nachricht über die Verurteilung der Verschwörer in der Braheschen Angelegenheit eintreffen werde. –

II. Die Postjacht.

Der Morgen des 30. Juli sah daher eine ganz ungewöhnliche Bewegung auf der Insel; schon von früh ab wehte der Schwedenborg von dem hohen Bakenberg, zwischen Kloster und Grieben, auf dem sich zu jener Zeit eine Lotsenstation befand. Das ganze Lotsenpersonal war mit Fernrohren zugegen und dies ist erklärlich, denn der Major hatte demjenigen, der die Jacht zuerst entdeckte, eine Belohnung versprochen.
Bald auch zogen fast alle Bewohner der Insel von Süden nach Norden; denn sie wollten sowohl Neues hören, als die Töchter des Majors, des angesehensten Mannes der Insel, empfangen; Grieben hatte sich wirklich ihrer besonderen Achtung zu erfreuen.
Noch bedeutender waren die Vorbereitungen zum Empfang der Mädchen in Grieben selbst und gewiss um diesen recht feierlich zu machen, hatte auch Staelswerd seine Brigg dem Land möglichst nahekommenlassen. –
Inzwischen stieg die Sonne immer höher und verkündete bei Windstille, durch ihre brennenden Strahlen, einen heißen Tag. Schon um zehn Uhr ungefähr war die Hitze sengend, die Natur lag wie tot, die See war glatt wie ein Spiegel; gegen Mittag schien alles Leben erstorben zu sein, denn kein Tier und kein Mensch wagte eine Bewegung, alles verkroch sich in die Gebäude oder suchte wenigstens Schatten; dass bei dieser Windstille die Jacht nicht eintreffen konnte war natürlich.

Gegen zwei Uhr Nachmittags trat jedoch eine Änderung des Wetters ein; jene Nebel, welche unter dem Namen Daak bekannt sind, spielten auf der See und ein heißer Luftzug strich aus Süden her; im Norden und Nordwesten ballte sich Gewölk zusammen, welches sich, dichter und dunkler werdend, nach Nordosten wälzte. Der Wind wendete sich nach Südost und ward kühl.

Schon mit dem Beginn dieser Änderung des Wetters war wieder alles lebendig geworden und gegen drei Uhr befanden sich gewiss zwei Dritteile der Bewohner des Eilandes bei dem Lotsenhäuschen auf dem Bakenberg. Um diese Zeit langten auch der Major, seine Frau und Baron Staelswerd daselbst an, zu ihnen gesellte sich der Prediger Huldrich aus Kloster und ein Paar alte Lotsen, man judizierte über das Wetter und brauchte fleißig die Fernrohre. –

„Ich hab's mir gedacht!", sagte da plötzlich einer der Letzteren sein Instrument senkend „dort drüben wettert's und die Jacht muss mitten drin sein; wenn das alles da links zusammenbraut, dürfte sie einen harten Kampf haben!"

„Ich habe es ebenfalls leuchten sehen!", meinte Staelswerd „und an einem starken Wetter dürfen wir nicht mehr zweifeln, ich glaube sogar, dass auch wir hier noch unser Teil bekommen!"

Diese Reden setzten den Major und seine Frau in Besorgnis; Grund war allerdings vorhanden, denn die Dunstmassen im Norden und Nordwesten wurden immer schwarzer und sendeten ihre Streifen bis zum Zenit südwärts; man konnte sogar bald mit den bloßen Augen die Blitze sehen. Das Meer nahm eine dunkelgrüne Farbe an und grollte dumpf, indem es kleine Schaumstreifen wirbelte; der Wind setzte jeden Augenblick um und schuf zu Zeiten jene Bewegungen auf dem Wasser, die in der Seemannssprache „Katzenklauen" heißen.

Sowohl der Leutnant wie die Lotsen suchten indessen die besorgten Eltern zu beruhigen, denn die Postjacht war wie allgemein bekannt, ein starkes seetüchtiges Schiff mit starker Bemannung, welches schon einen Puff vertragen konnte; der Prediger schob dagegen alles unserem Herrgott in die Schuhe, als wolle er ihn für etwa entstandenen Schaden verantwortlich machen.

So verging eine bange Stunde, in der man auch mitunter den fernen Donner rollen zu hören glaubte, – es war vier Uhr geworden; der Wind blies jetzt stet und mit einiger Heftigkeit aus Nordost. Wer ein Fernrohr besaß, musterte von Zeit zu Zeit den Horizont.

„Da ist sie!", rief plötzlich derselbe Lotse, welcher vorhin gesprochen und dessen Auge also wohl das schärfste sein musste, „gnädiger Herr, ich habe sie zuerst entdeckt!"

„Gott sei Dank!", rief der Major, „aber wo steht sie, Nehls?"

„Hier, gnädiger Herr!", sagte Nehls, das Fernrohr des Majors richtend und als Avertissement für die anderen, „genau überm Dornbusch zeigt sie Tuch."

Ob der Major oder andere, die den Wink beachteten, das entfernte Segel entdeckten, ist fraglich, jedenfalls hatte es jedoch der Baron gefunden, was vielleicht dem Umstande zugeschrieben werden konnte, dass sein Fernrohr besser, als die Instrumente der anderen war.

„Ein Schiff steht da, das ist gewiss!", sagte er nach kurzer Pause, „ob es die Jacht ist, müssen wir erwarten, das erkennbare Tuch ist ein Rahsegel!"

„Nun ja, Euer Gnaden!", meinte der Lotse eifrig, „der Junker macht sich zu Zeiten den Scherz, wenn er nämlich Eile hat und die, denke ich mir, wird er heute haben."

Der Lotse warf bei diesen letzten Worten einen Seitenblick auf den Major.

„Sein Schade sollte diese Eile auch nicht sein!", meinte er, den Tubus senkend, „ich ward wirklich schon ängstlich, Frau, diese Furcht war also umsonst; über See schicken wir jedoch die Mädchen nicht wieder, das habe ich mir im Stillen gelobt!"

„Danken wir Gott dem Herrn für seine Gnade!", sagte der Pastor salbungsvoll.

Während dieses Gespräches war das andere Volk, welches die von den bevorrechteten Personen gebildete Gruppe in einem weiten Halbkreise umgab, näher gerückt und der Schulmeister hielt die Gelegenheit für so günstig, sich von der Gesellschaft der Plebejer zu trennen, um in die der Herrschaften aufzugehen, was ihm einen strafenden Blick des Predigers eintrug, den er jedoch durchaus nicht zu bemerken schien.

„Das ist die Postjacht nicht!", sagte plötzlich der Leutnant bestimmt, nachdem er wieder längere Zeit das Segel geprüft, „es zeigt sich noch ein zweites Rahsegel unter dem ersten!"

Eine längere erwartungsvolle Stille trat ein; die Fernrohre wurden eifrig während derselben in Anspruch genommen.

„Gott verdamm' mich!", rief Nehls plötzlich, ganz seine Umgebung vergessend, „und der zweite Lappen ist ein richtiges Schoner-Marssegel!"

„Ihr habt Recht!", erwiderte der Baron, „es ist ein Schoner, der dort herabkommt, es wäre indessen möglich, dass man ein größeres Fahrzeug zum Postschiff gewählt hätte."

„Die Brigg lässt ein Signal stiegen, Eure Gnaden!", rief plötzlich jemand. Alle Augen wendeten sich auf das, gleichsam unter den Füßen der Menge liegende Kriegsschiff. Der schon seit dem Morgen wehende Flaggenschmuck desselben war verschwunden, dagegen regte es sich lebhaft auf seinem Deck und am Vordertopp zeigte sich das Signal „sechs!"

Natürlich verstand, außer dem Leutnant, niemand dessen Bedeutung und jener machte zuerst eine schnelle Bewegung, als wolle er den Berg hinab eilen, doch eben so schnell besann er sich und ein Böswilliger hätte glauben können, der Baron habe nicht Lust an Bord zu gehen, um seinen zu Ehren der erwarteten Damen angelegten Galaanzug empfangsfähig zu erhalten.

„Es ist nicht nötig", murmelte er, „schafft eine Stange!"

Diese war bald herbeigebracht, Staelswerd befestigte sein seidenes Tuch, – blau und gelb gewürfelt, – an die Stange, hob sie empor und ließ sie langsam wieder sinken; sofort verschwand auf der Brigg das Signal, die Bootsmannspfeife ertönte, die Gangspielstoppen klapperten und schnell wie ein Gedanke breiteten sich die Segel aus; nach wenigen Minuten war das Schiff flott und strich hart an den Wind gehend, durch die düstern Wogen, dass sich vor seinem zierlichen Bug jeden Augenblick ein paar mächtige Schaumberge bildeten. Es schob stet an Wittow hinauf und die Menge wendete sich wieder dem anderen Segel zu.

„Mit dem Schoner ist es richtig!", sagte jetzt ein anderer Lotse, „doch ich meine fast, der Kerl sei ein Preuße, seht doch mal genauer hin, Leute!"

„Es scheint wahrhaftig so!", rief Nehls, „ich möchte fast wetten, dass das die Kolberger „Flora" ist!"

Leutnant Staelswerd horchte hoch auf.

„Da hätte ich doch an Bord gehen müssen!", murmelte er.

„Nun die Sache ist immerhin noch nicht gewiss!", sagte Nehls, „warten wir ab, bis wir Holz sehen!"

Unangenehm enttäuscht und neuen Besorgnissen hingegeben, hatte der Major kein Wort gesprochen, sich aber viel und ängstlich, bewegt; die Menge erging sich jetzt ziemlich rücksichtslos und laut in Vermutungen über das Schiff, welches bald auch dem unbewaffneten Auge sichtbar geworden.

„Gotts Tod!", rief Nehls plötzlich, „was wird das? Hinter dem Rumpf lantscht noch ein anderer – ein Wrack!"

„Ich habe es auch bemerkt", sagte Staelswerd, „und ich denke, es wird einer unserer Kreuzer sein, der mit einer Prise zurückkehrt!"

„Ihre Brigg legt bei, Baron!", rief der Major, „da –!"

Die Brigg hatte wirklich ihre Rahen „ins Kreuz gebrasst", ihre Leeseite zeigte eine weiße Rauchwolke und gleich darauf hallte der Knall des Schusses über die Gewässer.

„Ah – er zeigt Flagge!", riefen die Lotsen.

„– Und die schwedische", fügte der Baron hinzu, „es ist, wie ich gesagt habe."

„Und wo bleibt die Postjacht?", fragte der Major ängstlich. Alles schwieg.

Die Brigg fuhr nach dem Austausch der Signale den Kurs des Schoners an; dieser nur wenig Bord, aber desto mehr und breites Tuch zeigend, lief bei der scharfen „Backstagskühlte" gleich einem Vollblutrenner voran, sodass man bald sein Deck, sowie das des von ihm geführten Rumpfes sehen konnte. Die Erwartung der Anwesenden war bedeutend gespannt.

„Gnädigster Herr Major!", rief plötzlich Nehls, „ich werde meine Belohnung doch wohl beanspruchen dürfen, denn das Wrack dahinter ist die ehemalige Postjacht."

„Um Gotteswillen!", rief der Major; seine Frau schrie laut auf.

„Ja, ja, es ist richtig!", bestätigte man von allen Seiten.

„Doch darum braucht noch nicht das Ärgste geschehen zu sein", sagte Staelswerd, „ich sehe Damen auf der Schanze des Schoners."

„Das ist richtig!", meinte ein Lotse, „doch ebenso auch, dass auf dem Wrack drei Pumpen im Gange sind!"

„Bei Gott, es ist so!", entgegnete Staelswerd.

Die beiden Schiffe waren inzwischen einander nahegekommen, man hörte, wie die Sprachrohre gebraucht wurden, konnte indessen nichts verstehen. Der Schoner setzte seinen alten Kurs unabänderlich fort, die Brigg begann einen Kreuzschlag.

Endlich kam der Fremde mit seiner Last unter Lee des Landes, fiel hier ab und machte einen weiten Bogen nach Osten, als er dieses Manöver ausgeführt, ging er mit Entfaltung einer solchen Menge Leinewand an den Wind, dass seine Fockrahe fast die Wogen berührte. Offenbar wollte er ein kühnes Manöver ausführen und die Leute am Lande, welche halb und halb seine Absicht errieten, eilten erst einzeln, dann in Trupps, zuletzt aber sämtlich den Berg hinab, zu dem am Fuße desselben in die See führenden Steindamm, der als Landbrücke in vorkommenden Fallen diente.

Man kam gerade an, um in nächster Nähe Zeuge eines ebenso kühnen, als geschickten Manövers zu werden. Die Wirkung des Luftdruckes auf den Schoner war der Art, dass er jetzt wie ein wild gewordenes Pferd über die Wogen setzte und so zog, dass der Bug des Wrackes fortwährend unter Wasser lag. Mit reißender Schnelle näherte jener sich der Küste so weit, dass die Lotsen Warnungsrufe hören ließen. Da ließ er plötzlich das Tau schlippen, luvte auf, schwankte herum und glitt zierlich unter Segelbergung in einem neuen Halbkreis, endlich unter Stag und Marssegel, um den Steindamm und unter dessen Lee. Dagegen flog das Wrack durch den in letzter Zeit erhaltenen Impuls gegen Wind und Wogen mit einer Vehemenz auf den Strand, dass sein ganzer Vordersteven außerhalb des Wassers sich befand. So wie der Ausstoß stattgefunden, hielten die bisher an den Pumpen beschäftigten Leute mit ihrer Arbeit inne. Bis auf die Warnungsrufe der Lotsen hatte niemand in der letzten Zeit einen Laut von sich gegeben; die Mehrzahl der Zuschauer hatte kaum zu atmen gewagt; jetzt aber, als das kühne Manöver vollendet und das dem Sinken nahe Wrack auf dem sicheren Strand lag, brach alles in ein weithin schallendes Hurra aus, dessen Echo die ebenfalls entzückte Mannschaft der Brigg durch ein eben solches bildete.

Nach diesen ersten Freudenäußerungen eilten alle, der Major, dessen Frau und der Baron voran, nach dem Damme. Den Schoner hatten inzwischen schon zwei Damen, von einem jungen Seemann unterstützt, verlassen und flogen jetzt förmlich denselben entlang. Es waren die Ersehnten. Eltern und Kinder trafen sich und sanken einander jubelnd in die Arme, schließlich bildeten alle vier eine engverschlungene Gruppe. Ein neues, lautes Hurrageschrei ertönte aus der Menge. Der Fremde, welcher die Damen vom Schiffe geleitet, dessen Kapitän er allem Vermuten nach, sein musste, schaute diesen Szenen lächelnd zu; wer ihn genau beobachtet hätte, dürfte indessen wahrgenommen haben, dass er mitunter stechende Blicke auf den Marineleutnant warf. Dieser musterte ihn ebenfalls, jedoch, ohne sich zu bemühen, solches zu verbergen, mit einem stolz vornehmen Wesen, welches so gerne Offiziere der Kriegsmarine gegen die der Handelsmarine sich herausnehmen.

III. Fähnrichs-Gelüste.

Es gab eine Zeit, zu der die zwischen Ystadt und Stralsund laufende Postjacht meistens keine Stenge, keine heilen Wanten und keine gesunden Segel, wohl aber angefaulte Planken und im Ganzen nur drei trunkene Bootsmänner zu ihrer Bedienung hatte.
Doch diese kam erst später und besonders nach dem siebenjährigen Kriege. Vor demselben war die Postjacht eine stattliche Schaluppe, mit Gaffeltopp- und fliegendem Focksegel, geführt

von einem Hochbootsmann und bedient von sechs tüchtigen Kriegsschiffmatrosen.

Als der Krieg auszubrechen drohte fand man jedoch diese Bemannung nicht hinreichend, armierte die Jacht mit vier Geschützen und stellte sie, zum Schmerz des alten Hochbootsmanns Klassen, der in ihrem Kommando grau geworden, unter Befehl eines Marinefähnrichs, dem über dem noch fünfzehn Matrosen zugegeben wurden, sodass die Schaluppe also jetzt zwei Offiziere und einundzwanzig Matrosen zählte.

Der jetzt mit ihrer Führung betraute Fähnrich hieß von Wardow und glich den mehrsten seiner Kategorie der neueren Zeit, das heißt, er war ein unbärtiger, achtzehnjähriger Jüngling, voller Dünkel und Anmaßung, ohne Erfahrung und ohne besondere Kenntnisse.

Es ist etwas Herrliches um den frischen Jugendmut, um die strebende Jugendkraft, welche nichts scheut und kein Unternehmen fürchtet, aber es ist eine böse Sache um jugendlichen Übermut. Diesen hervorzurufen dient ganz vortrefflich, die bei beginnendem Kriege häufig durch die Notwendigkeit gebotene Übertragung wichtiger Posten an unreife Jünglinge, die erst werden sollen, was sie eigentlich vorstellen.

Nun, – manche werden es auch im vollsten Maße, doch die mehrsten nicht, obwohl allen ihre Wichtigkeit ganz zweifellos erscheint. Wardow sah daher, sowie er seine Ernennung erhielt, auch schon in der Perspektive den künftigen Admiral und das war lobenswert, insofern er sich vornahm, dies Ziel zu erreichen; doch minder gut war es, dass er schon jetzt die jenem Range gebührende Achtung beanspruchte.

Der alte Klassen, welcher es sich nie hatte träumen lassen, jemals einen so vornehmen Backgenossen zu erhalten, schüttelte auch schon nach der ersten Bekanntschaft mit demselben den Kopf und es war ihm ganz recht, dass jener, wenn man keine

Passagiere hatte, die zur Aufnahme von solchen bestimmte Kajüte bewohnte; doch es war ihm nicht recht, wenn der Junker aus seiner guten Sloop „Ulricka" einen Kutter zu machen suchte. Indessen er war Untergebener und musste es geschehen lassen. Da aber sonst der Fähnrich doch bei seiner Anmaßung noch einige jugendliche Gutmütigkeit bewahrte, so stellten sich beide zuletzt so leidlich; man ertrug einander, weil man eben musste.

Die Jacht lag am Morgen des 30. Juli vor dem sogenannten Expeditionshaus von Ystadt, in dem die Seepost, die Hafenpolizei und die Steuerbehörde ihren Sitz hatten. Die Fracht und die Landpost waren bereits angelangt und von Klassen übernommen; die Staatsdepeschen sollten folgen, als Wardow, der am Lande nie in der Jacht blieb, ankam.

„Nun alter Klassen!", rief der junge Mann dem vorschriftsmäßig rapportierenden Hochbootsmann zu; „wie steht's sonst –, Schiff in Ordnung, danke, weiß es, dass Ihr dafür sorgt –, haben wir Passagiere heute?"

„Drei, Junker!", antwortete Klassen; „sie sind bereits in der Kajüte!"

– „Verdamme sie!", schimpfte Wardow; „was ist's für Gelichter, Klassen?"

„Pst – Junker!", flüsterte der Alte; „'s sind Damen, die Töchter des Majors von der Grieben auf Hiddensoe mit ihrer Zofe!"

„Alle Wetter –! Hört Klassen, da wünschte ich es käme uns heute so ein hasenherziger Preuße in die Quere, 's war' mir schon recht, den Damen ein kleines Kriegsschauspiel zu verschaffen, ich habe über dem unsere Kanonen noch nicht einmal brummen hören!"

„Wir führen sie auch nur zur Verteidigung!", antwortete Klassen, „und unsere Ordre lautet, uns nicht unnötig einzulassen!"

„Was Ordre!", rief der Junker; „eine Kabellänge in See, weichen alle Ordres dem Befinden des Kapitäns eines Schiffes –; aber da kommt die Depeschentasche und noch eine ganze Kiste, nehmt einmal die Geschichten in Empfang Klassen!"
Wardow fühlte sich viel zu erhaben seinen Pflichten selbst zu genügen, doch er blieb in der Nähe der Beamten und erfuhr somit, dass in der Kiste Karten und Pläne für den Admiral der Station vor Stettin und eine versiegelte Ordre für das Stationsschiff bei Wittow sei. Die Postbeamten entfernten sich und Klassen ließ die übernommenen Gegenstände in die Kajüte bringen.
„Alles klar Herr!", meldete er dann.
„So werft los!", befahl der Junker und man ging sofort an die Ausführung des Befehls; die Jacht entfernte sich vom Bollwerk, sodann aus dem Hafen und stach bei flauem, ungünstigem Winde, jedoch schönem Wetter, in See. Die Reise versprach langweilig zu werden, doch dies war dem Junker heute schon recht, denn er hatte zu selten gewichtige Zeugen seiner imponierenden Stellung, um nicht zu wünschen, recht lange mit den Damen umherzukreuzen. Es war ihm nur fatal, dass dieselben nicht auf dem Deck erschienen und er ging eben mit sich zu Rate, wie die erste Bekanntschaft zu knüpfen, als die Zofe erschien, sich an Klassen wendete und im Namen der Damen fragte, ob es erlaubt sei, das Frühstück auf dem Verdeck einzunehmen.
„Dort ist der jetzige Kommandant, mein Kind!", sagte Klassen zu dem Mädchen; „an ihn müssen Sie sich wenden!"
Das Mädchen blickte verlegen zu dem Fähnrich hinüber, dessen Mienen deutlich verrieten, wie er diesen Vorstoß aufnahm, ging zu ihm und wiederholte ihr Gesuch.
„Erlaubt ist!", näselte Wardow vornehm; „die Damen haben zu befehlen –, ich lasse bitten sich nicht zu genieren!"

Das Mädchen eilte davon.

Clara und Sophie von der Grieben waren Mädchen von zwanzig und achtzehn Jahren. Körperlich vollkommen ausgebildet war erst Clara, die ältere, und sie konnte deshalb auch für eine vollkommene Schönheit passieren, während Sophie es zu werden versprach. Beide waren einander übrigens ähnlich, hatten blondes, glänzendes Haar, schöne, sprechende, blaue Augen und liebliche Züge, welche die Harmlosigkeit ihres Gemüts verrieten.

„Was hätte auch ihren jugendlich heitern Sinn im Ernst betrüben sollen! Das Unglück kannten sie bisher nur dem Namen nach, sie hatten liebe Eltern, gütige Verwandte und da die politischen Wirren sie so gut wie gar nicht interessierten, weil sie ihre Neigungen und Wünsche nicht kreuzten, so hatten sie für dieselben kaum einen Gedanken, obwohl jene erst vor kurzem Elend genug über viele Familien brachten.

Um mit der Postjacht abgehen zu können, waren sie die Nacht hindurch gefahren und deshalb etwas ermüdet als sie an Bord kamen, wo sie von Klassen empfangen wurden. Sie kannten diesen alten Burschen sehr gut; denn er hatte sie als Kinder früher mit den Eltern zugleich von Schweden nach Pommern gebracht; war später als Neuigkeitsbote des Vaters oft in Grieben gewesen und hatte sie schließlich auch wieder herübergebracht, als sie nach Stockholm gingen. Sie wussten sich unter seiner Aufsicht vollkommen sicher.

Obwohl beide der Ruhe bedurften, hatten sie doch mit Hilfe der Zofe ihre Toilette geordnet, um sodann eine wichtige Beratung darüber zu halten, ob es wohl schicklich sei, den Kommandanten des Schiffes bitten zu lassen, mit ihnen in der Kajüte zu frühstücken. Die Schwestern wussten nämlich nicht, dass an Klassens Stelle ein anderer getreten sei.

„Der Vater hat den Mann nie zu Tische geladen!", meinte Sophie; „und ich glaube dies kann uns einigermaßen als Richtschnur dienen!"

„Das wohl", meinte Clara; „doch unsere Lage lässt wohl eine Ausnahme von den gewöhnlichen Regeln zu; es ist richtig, dass der Klassen nicht so eigentlich Offizier ist, aber er ist ein würdiger, braver Mann, den man in Ehren halten muss und wir stehen auch nicht so hoch über ihn, wie der Vater!"

„Die gnädigen Fräulein dürften da vielleicht einen Ausweg finden!", meinte die Dienerin; „das Wetter ist schön, wenn Sie oben frühstücken, so findet es sich von selbst, dass Herr Klassen Ihnen Gesellschaft leistet, ohne eigentlich dazu eingeladen zu sein!"

„Du hast recht Johanna!", sagte Clara; „doch ich weiß nicht, ob man oben frühstücken darf!"

„Ich werde danach fragen!", meinte die Zofe und tat wie sie gesagt, als die Schwestern ihren Vorschlag billigten. Beide erschraken als sie hörten, dass ihr Gesuch an eine andere Adresse gegangen.

Aus jenem Gespräche geht bereits hervor, dass die jungen Damen ganz ihrer Zeit und ihrem Stande angehörten; es war das kein Wunder, denn die Rang- und Standesunterschiede dominierten damals überall, die Etikette waren für die höheren Regionen der Gesellschaft das erste Gesetz. Dennoch fehlte es den Mädchen nicht an der ewigen Freigeisterei der Frauen – dem taktvollen Gefühl, welches instinktartig die Torheit von dem wirklich Schicklichen zu sondern weiß. Als sie hörten, dass der neue Kommandant der Jacht noch ein halber Knabe sei, beschlossen sie seine Bekanntschaft zu machen und begaben sich deshalb auf das Verdeck.

Wardow kam ihnen entgegen und es war spaßhaft mit anzusehen, wie der arme Bursche zwischen schüchternem Respekt und dem Gefühl seiner Würde, vor den Damen umhertaumelte.

„Die gnädigen Fräulein von der Grieben!", begann er halb verlegen unter einer tiefen Verbeugung; „Ihr untertänigster Diener ist der Fähnrich von Wardow, Kommandeur der Postjacht!"

„Wir hatten keine Ahnung von diesem Wechsel in deren Kommando!", antwortete Clara, während sich beide leicht verbeugten; „früher stand dieselbe unter Herrn Klassens Befehl!"

„Der Krieg!", antwortete Wardow wichtig; „macht gewisse Änderungen nötig; man wählt dann Männer für wichtige Posten, die ihrer Aufgabe vollkommen gewachsen sind!"

Diese Antwort machte, dass Klassen, der sich in der Nähe befand, die Stirn bedenklich in Falten legte und die Damen ihre Lippen zusammenkniffen, um ein Lächeln zu unterdrücken. Indessen fand dieser anmaßende, wohlgewachsene und gutaussehende Knabe doch eine milde Beurteilung ihrerseits; gegen sie war er ja offenbar sehr bescheiden.

„Das hätten wir allerdings wissen können!", meinte Clara etwas boshaft; „wir haben uns die Bitte erlaubt–!"

„Sie haben gnädigst befohlen!", rief der Junker zuvorkommend; „Klassen, lasst ein Segel über das Quarterdeck spannen und das Frühstück für die gnädigen Damen dort servieren!"

„Wir dürfen vielleicht um die Ehre der Gesellschaft der beiden Herren bitten?", sagte Sophie etwas vorlaut.

„Beide – hm!", murmelte der Junker offenbar ärgerlich; der alte Klassen dagegen lächelte glückselig und suchte unbemerkt seinen Tabak aus dem Munde zu bringen: „Wir stehen zu Diensten!", sagte der Junker endlich mit einer neuen Verbeugung, die jedoch etwas gezwungen ausfiel.

Er und die Damen schritten auf dem Verdeck einher, während Klassen eine Art Zelt herrichten ließ, unter welches der Frühstückstisch gestellt ward; auf seine Einladung kamen der Fähnrich und die Damen herbei, wonach sich alle vier, der Hochbootsmann unter verschiedenen linkischen Verbeugungen um den Tisch setzen.

Es war sehr bald eine lebhafte Unterhaltung zwischen der kleinen Gesellschaft im Gange; die Küste, das Wetter, die See, der Wind, Stockholm, die Eltern der jungen Damen, mitunter auch der Krieg gaben den Stoff zu derselben her und man war recht heiter, bis das Anlegen des Schiffes einen Moment die Unterhaltung hemmte; nachdem jenes geschehen, ward dieselbe wie vorhin im scherzhaften Tone weiter gesponnen und der Junker musste zu seinem Verdruss wahrnehmen, dass der alte, in dieser Hinsicht geschulte, Klassen eine bessere Unterhaltungsgabe durch seine Natürlichkeit entwickelte, wie er bei seinen so zierlich gedrechselten Redensarten; zwischen dem Kreuzfeuer des Alten und Claras kam er sogar einige Male in Verlegenheit um treffende Antworten, was Sophie häufig zu einem rücksichtslosen Lachen auf seine Kosten hinriss; indessen unterhielt man sich ganz gut. –

Die Jacht hatte bei ihrem Auslaufen, dem flauen Wind angemessen, den ersten Kreuzschlag nach Westen gemacht und hielt jetzt beim zweiten auf Bornholm ab. Man war auf diese Weise unter Sandhammar, einer scharfen Ecke der schwedischen Küste angekommen, als der Ausguck plötzlich rief:

„Segel in Nordost!"

Dieser Ruf brachte mit einem Male alles am Bord in Aufruhr; es war zwar nichts Neues, in dieser Gegend auf Schiffe zu stoßen, doch die Zeit und die zweideutigen Stellungen, welche England und Dänemark bisher beobachteten, bedingten Vorsicht bei solchen Begegnungen. Der Fremde stand nur ungefähr zwei Meilen leewärts von der Jacht und war ein Schoner von mittlerer Größe. Derselbe hatte bisher auf die Küste abgehalten, „vierte" jedoch gleich nachdem er in Sicht gekommen und nahm offenbar Kurs auf Bornholm.

„Ich glaube gar, der Bursche weicht uns aus!", rief der Junker, „was sagt Ihr Klassen?"

„Wohl kaum", meinte Klassen mit leuchtenden Augen, „denn er kreuzt auf wie wir und sein Strich ist so vollkommen richtig – aber – aber – Junge hol's Fernrohr herauf!"

„Was aber –?", fragte der Junker.

„Ich will nicht selig werden, wenn das nicht ein Preuße ist!", rief der Alte lebhaft.

„Ein Preuße!", fuhr Wardow auf, „umgelegt Jungen – den Wind gefangen?"

„Gemach Junker!", meinte der Hochbootsmann, „noch sind wir nicht sicher und dann – wir dürfen heute weniger vom Kurse abweichen als je, bedenken Sie die Depeschen?"

„Nichts, nichts!", rief Wardow, „ich will wissen, wer der Herr ist, und ist es ein Preuße –!"

„Um Gottes Willen, Herr von Wardow!", sagte Clara erschreckt, „Sie werden doch den Fremden nicht angreifen?"

„Angreifen und nehmen, wenn er ein Preuße ist!", sagte der Junker mit angenommener Bestimmtheit und sich vor den Damen verbeugend, „zu Ihrer und der schwedischen Flagge Ehre."

„Das ist herrlich!", rief Sophie in die Hände klatschend.

„Sophie!", sagte Clara verweisend, „doch bedenken Sie uns, Herr von Wardow, wenn es zum Kampfe käme!"

„Schiff zum Gefecht klar!", kommandierte der Junker als Antwort auf diese Rede.

„Junker, Junker –!", mahnte der Hochbootsmann, das Fernrohr in der Hand, ohne es zu benutzen, „Preußen hat keine Kriegsschiffe, aber es kann Kaper in der See haben und ist der da ein Preuße, so ist er ein Kaper; ist er aber ein Kaper, so frisst er uns mit Haut und Haaren. Anderenfalls haben wir kein Recht, Schiffe zu examinieren, weil wir nicht in die Flottenrolle eingetragen sind und wir verlieren also zwecklos Zeit – der Wind stellt sich überdies ein und wir haben alle Ursache, seinen letzten Hauch zu benutzen."
Die Mannschaft, gewöhnt, dass alle Anordnungen am Bord von dem alten Klassen ausgingen, hatte bei den Befehlen des Junkers ihre Blicke auf jenen gerichtet, ohne an die Ausführung derselben zu gehen. Wardow ward rot und seine Augen blitzten.
„Was? Meuterei am Bord?", rief er zornig mit knabenhaftem Eigensinn, „Herr, kennen Sie Ihre Pflicht nicht mehr? Schiff umgelegt und zum Gefecht klar!"
„Umgelegt!", wiederholte Klassen mit zitternder Stimme und einem tiefen Seufzer.
„Meine Damen!", sagte Wardow während das Manöver ausgeführt ward; „fürchten Sie nichts, Sie stehen unter dem Schutze schwedischer Seeleute – sollte es indessen zum Gefechte kommen, so werde ich Sie bitten, in die Kajüte hinabzugehen, bis dahin dürften die folgenden Bewegungen zu Ihrer Unterhaltung dienen können!"
Clara hatte sich von ihrem momentanen Schreck erholt und rümpfte ein wenig indiskret die Nase.
„Ich dachte es wäre nur Scherz!", meinte Sophie impertinent.
„Schiff zum Gefecht klar!", kommandierte Klassen.
Es war nicht viel klar zu machen, die Holzdächer wurden von den Geschützen genommen, die Munitionskasten daneben ge-

stellt und eine Waffenkiste neben den Mast gebracht und geöffnet. Das Schiff lag Ost-Nord-Ost an und strich flott hinauf; erwartungsvolle Stille herrschte auf demselben.

„Die Flagge hoch!", rief Wardow.

Die Flagge stieg an der Gaffel empor, doch der Fremde segelte seinen Kurs fort, als achte er so wenig auf die Jacht wie ihre Bewegungen.

Dem war indessen doch nicht so.

Der Schoner, dem der Fähnrich jetzt allen Ernstes zu Leibe wollte, um sich an ihm seine ersten Sporen, vielleicht auch den Leutnant zu erkämpfen, hatte bereits vor vier Tagen den Hafen von Stockholm verlassen und sich bei wechselnden Winden wacker südwärts gekämpft, bis er die Höhe von Sandhammar gewann.

Sein „lebendes Werk", das heißt, der Teil des Rumpfes über dem Wasser, war nur sehr niedrig, seine Masten jedoch hoch und seine Rahen sehr breit; auf seinem Deck herrschte eine Ordnung wie man sie nicht oft auf Kauffahrern findet. Trotz jener Abweichungen trug er jedoch den Charakter eines solchen. Als er Sandhammar angegangen und seine „Vierung" bewerkstelligt, um auf Bornholm abzuhalten, verkroch sich die Mannschaft wieder in ihr Logis. Auf dem Verdeck blieben nur der Mann am Ruder und zwei andere Männer, die nebeneinander auf der Hinterschanze einherschritten.

Einer dieser Männer war bereits alt, aber noch sehr rüstig und etwas korpulent, er trug Jacke und Hosen von Leinewand, einen Strohhut und zeigte viel Phlegma, obschon seine kleinen Augen lebhaft und stechend waren.

Der Andere zählte höchstens dreißig Jahre, war von mittlerem Wuchs, breitschultrig jedoch schlank, und seine eng anliegende Kleidung, eine Halbjacke von Tuch und Beinkleider von schneeweißer Leinewand, ließen ungemein kraftvolle Glieder, so wie deren Muskelspiel erkennen. Auffallend bemerkenswert waren jedoch seine Gesichtszüge.

Die bronzeartige Farbe, welche auch seine Hände zeigten, war dabei das Geringfügigste, auch die schönen kastanienbraunen Haare, waren höchstens ein, noch anderen Leuten eigener Schmuck: jene Auffälligkeit lag in dem Ensemble der hohen Stirn, der scharfen kurzen Nase, der etwas aufgeworfenen Lippen und des breiten Kinns; besonders aber der großen, dunkeln, blitzenden Augen und der tiefen Furchen des Antlitzes, welche dasselbe offenbar älter machten, als der Mann eigentlich war.

Auf den ersten Anblick erschien dies Gesicht unbedingt hässlich und als wenn gewaltig arbeitende Leidenschaften es zerrissen und gefurcht hätten; doch das Austoben derselben musste nicht entnervend und schwächend gewesen sein, denn diese so scharf markierten Züge verrieten kräftiges Wollen; ja das ganze hässlich erscheinende Antlitz ward bei näherer Prüfung gewinnend, herzlich und doch zugleich geistreich; es verriet Laune, Frohsinn, Verstand, Witz, Güte und Mut zu gleicher Zeit. Übrigens waren alle Bewegungen des Mannes lebhaft.

„Also Ihr habt die Ordre zur Windstille und zum Donnerwetter gegeben, van Swieten!", sagte derselbe leicht lachend; „nun, wenn Ihr auch kein Jupiter seid, so verdient Euer Votum doch allen Respekt und ich beuge mich Eurer olympischen Ablegerweisheit. Ich wünschte wir hätten einen Nordost der Berge versetzt, – ich gäbe zehn Jahre meines Lebens darum!"

„Hätte ich doch nie geglaubt!", sagte Swieten langsam; „dass Ihr Euch so sehr danach sehnen könntet, einen Herrn anzuerkennen und ihm die Hand zu küssen; – Seinetwegen lernt Ihr auch wohl das Zeugs alles, wovon ihr seit einiger Zeit so viel faselt?"

„Hol' der Teufel das Handküssen!", rief der andere; „aber, wenn ich es einmal tun müsste, so sollten meine Lippen nur König

Friedrichs Hand berühren und wenn er nur chinesisch spräche, würde ich seinetwegen chinesisch lernen!"

„Ist'n ganzer Mann, ich gebe das zu!", meinte van Swieten seinen Tabak im Munde mit der Zunge umwendend; „aber ihm deswegen so gut wie umsonst dienen –? nein; das ist nichts Kapitän!"

„Verstehst Du nicht alter Junge!", rief der Kapitän lachend; „denn Dein Götze ist Gold, der meine – doch was zum Satan fängt die Jacht an, seht doch Swieten, sie hält auf uns ab und flaggt –; es ist doch auch wirklich die Postjacht?"

Swieten verkleinerte seine Augen noch mehr, als er grinsend die Jacht betrachtete.

„Es ist das Ding!", sagte er langsam; „und ich denke den Jungen plagt die Neugier zu erfahren, wer wir sind; vielleicht hat Klassen erkannt, dass wir preußisch Tuch führen, und sein jetziger Herr ist begierig, sich eine schwedische Nachtmütze draus zu machen!"

„Bah – er wird doch nicht –; aber da geht's los. Pardauz, – Ihr Diener Herr Fähnrich; am Ende braucht der Bursche Hilfe!"

„Kann sein!", erwiderte van Swieten; „vielleicht ist der Junge seekrank geworden und Klassen hat die Pillenschachtel vergessen!"

„Gleichviel indessen!", meinte der Kapitän lachend; „wer fragt will Antwort haben. Für mich hat in diesem Augenblicke jedoch auch die Gewogenheit eines Seefähnrichs Wichtigkeit; woll'n ihm also die Kundschaft zeigen –; heda Stöhr, den Lappen hoch!"

Die ganze andere Mannschaft des Schoners, außer den Bezeichneten noch in zehn Mann bestehend, war durch den Schuss wieder hervorgelockt und der Gerufene brachte die Flagge an die Gaffel.

„Übrigens ist der Streich dieses Burschen da Geld wert, Swieten!", meinte der Kapitän; „jetzt komme ich gewiss zur rechten Zeit an Ort und Stelle, wenigstens vor ihm nach Stralsund!"
Die Männer nahmen ihren Spaziergang wieder auf; die Matrosen blickten im Vorderschiff über die Reling gelegt, nach der Jacht hinüber.

Trotz des flauen Windes waren die Schiffe einander sehr schnell um eine Meile nähergekommen und es war kein Zweifel, dass man auf der Jacht die schwedischen Farben an der Gaffel des Schoners erkennen musste. Für ein Schiff ihres Charakters war also genügend geschehen, um den des Fremden zu erforschen, dennoch hielt die Jacht Strich bis der Schoner zum neuen Schlage „vierte" und also West-Süd-West anlag.

Da die beiden Schiffe dadurch fast genau Vordersteren auf Vordersteren standen, so näherten sie sich mit reißender Schnelligkeit; erst eine viertel Meile vom Schoner entfernt, luwte die Jacht auf, um über Wind zu bleiben.

Der Kapitän des Schoners und sein Gesellschafter hatten dieselbe unausgesetzt beobachtet und den Zweck ihrer Bewegungen, obwohl vergeblich, zu erraten versucht.

„Und dennoch steckt etwas dahinter!", meinte der Kapitän zuletzt; „geht also in die Kajüte Swieten und bringt die in Ordnung, ich denke wir werden bald Besuch bekommen!"

Swieten ging hinab, warf jedoch einen finstern Blick auf die Jacht, und der Kapitän lehnte sich mit untergeschlagenen Armen an das Bratspill.

„Schiff Ohoi!", ertönte es von drüben.

„Das Sprachrohr!", befahl der Kapitän des Schoners und setzte es an den Mund, so wie es ihm gereicht worden.

„Was gibt's da drüben?", rief er hindurch.

„Was für'n Schiff das?", hieß es dort.

„Der ‚Merkur' Kapitän Dyk!", lautete die Antwort.

„Woher und Wohin?"

„Von Stockholm nach Stralsund – was wünscht die Königliche Postjacht?"

„Ihr kommt uns verdächtig vor – legt bei und kommt mit Euren Papieren an Bord."

Van Swieten war inzwischen wieder zurückgekehrt und kicherte leise bei diesem Befehl.

„Ist der Junge verrückt?", rief dagegen Dyk; „ich hätte fast Lust – doch nein, das wäre Unsinn; – was, berechtigt Euch zu solchem Verlangen?", rief er durch das Sprachrohr.

„Mein Rang als Offizier in der königlichen Marine; legt sofort bei!"

„Die Postjacht hat kein Recht eine Visitation vorzunehmen!"

„Das Recht und die Macht!", lautete die Antwort; „legt bei und kommt an Bord – oder ich werde Euch zwingen!"

Das lebhafte Mienenspiel des Kapitäns nahm einen ganz besonderen Ausdruck an; Unwille und Heiterkeit wechselten schnell auf demselben und er lachte endlich laut.

„Steuermann Swieten!", sagte er dann; „was meinst Du nun –; bei alledem weiß man doch nicht was sein kann und ich will einmal versuchen, den Hund aus dem Ofen zu locken –; legt Euch platt aufs Deck Ihr da vorne. – Ich werde das erwarten!", rief er durch das Rohr.

Kaum war der Schall hinübergedrungen, als sich eine weiße Wolke am Bug der Jacht entwickelte. Knall und Kugel kamen zugleich an. Letztere riss einen Splitter vom großen Mast und zerschnitt eins der Hauptstage.

Im ersten Moment nach dieser Behandlung zeigte das sich entfärbende Gesicht des Kapitäns den Ausdruck leidenschaftlichster Wut und seine großen Augen blitzten förmlich; doch schnell war alles wieder unterdrückt, und ein Lächeln spielte um seine dicken Lippen.

„Beigedreht!", rief er durch Rohr „ich werde kommen – die Jolle flott. Leute und zwei Mann hinein!"
Während seine Befehle ausgeführt wurden, sprang Dyk in die Kajüte und kam mit einem Blechkästchen, das die Schiffspapiere enthielt, aus derselben zurück. Swieten nur noch mit der Hand zuwinkend, stieg er in das Boot, setzte sich auf die Steuerbank und ergriff das Ruder, die beiden Matrosen zogen die Riemen an und schnell flog das kleine Fahrzeug durch die See; nach kurzer Zeit erstieg er das Bord der Postjacht.

IV. Folgen des Übermuts.

Auf dem Deck der Postjacht befand sich jetzt alles in schönster Disharmonie. Die jungen Damen, besonders Clara, waren empört, dass der Fähnrich aus knabenhafter Eitelkeit, wider seine Pflicht, sie gefährdete; Klassen kämpfte mit einer gelinden Verzweiflung, aus Furcht vor dem Ausgange des Abenteuers und würde sicher dem Geschütz eine Richtung gegeben haben, dass die Kugel fehlgehen musste, wenn nicht Wardow höchst eigenhändig die Kanone gerichtet und abgefeuert hätte. Die Mannschaft endlich sah ärgerlich wie ihr Kommandeur noch taktloser als der dümmste Schiffsjunge handelte; doch das alles verschlug dem jungen Herrn nichts; er schwebte lediglich auf Flügeln des Ruhmes und seiner Allgewaltigkeit in höheren Regionen umher. Als Kapitän Dyk seinen Fuß auf das Deck der Jacht gesetzt, flog ein Blick seines dunkeln Auges über das ganze Verdeck und die Zurüstungen, welche auf demselben zum Kampfe getroffen worden, wobei ein leichtes Lächeln um seine Lippen spielte; sodann grüßte er achtungsvoll die Damen und hiernach erst die beiden Offiziere, jedoch ziemlich kalt.

„Sie wünschen mich zu sprechen!", sagte er dabei zum Junker.

„Allerdings!", sagte der junge Herr mit stolz gehobenem Haupt, „Euer Schiff sowie dessen Bewegungen erscheinen verdächtig, ich muss deshalb Eure Papiere ansehen, vielleicht das Schiff durchsuchen lassen; wo sind die Papiere?"

„Hier!", sagte Dyk mit finsteren Blicken den Knaben messend, während er die Papiere überreichte, „ich frage nicht mehr, mit welchem Recht Ihr dies tut, junger Mann, aber ich erkläre, dass ich der Gewalt weiche und später für den gegen mich angewendeten ungerechtfertigten Zwang Rechenschaft fordern werde!"

Wardow errötete, was sowohl Zorn wie auch Verlegenheit andeutete; denn unzweifelhaft imponierte ihm das Benehmen des Kapitäns.

„Man vergesse nicht, mit wem man spricht!", erwiderte er unsicher, „Klassen seht die Papiere durch!"

Dyk lächelte, denn es entging ihm nicht, wie der Junker aus dem Grunde die Papiere fortgab, weil er selbst sie nicht zu beurteilen verstand. Klassen sah dieselben an und trat ganz dicht zu Wardow.

„Sie sind in Ordnung, Junker?", flüsterte er in deutscher Sprache, während man bisher schwedisch gesprochen, „lassen Sie den Mann mit einer höflichen Entschuldigung gehen, er sieht nicht aus, als ob mit ihm zu scherzen wäre!"

Es fiel jedoch dem übermütigen jungen Mann nicht ein, diesen Wink zu beachten.

„Die Papiere scheinen zwar in Ordnung", sagte er, „dennoch muss ich sie einstweilen behalten und Beschlag auf das Schiff legen, weil Ihr den Befehlen eines Flottenoffiziers nicht sofort Folge geleistet; Klassen Ihr geht hinüber das Kommando dort zu führen; Ihr, mein Freund, bleibt hier als mein Gefangener!"

Diese Worte machten einen merkwürdigen Eindruck auf diejenigen Personen, an welche sie gerichtet waren! sie erröteten beide.

„Herr!", rief Dyk im drohenden Ton, doch gleich fügte er ruhiger hinzu, „es ist wahr, Ihr habt die Macht dazu, wenn auch nicht das Recht, mich zu halten, die Folgen also auf Euer Haupt!"

„Kein Wort weiter!", quäkte der Fähnrich, „ich habe auch die Mittel Euch zum Schweigen zu bringen; habt Ihr gehört Klassen?"

„Ja, Herr Fähnrich!", sagte der alte Mann, dem jetzt ebenfalls der Kamm schwoll, mit der Hand am Hut, „aber ich habe nicht Lust, die Verantwortlichkeit, welche Sie auf sich laden, zu teilen; ich bin hier am Bord Ihr Untergebener, ich habe hier auf der Postjacht zu dienen, sonst nirgends."

„Ihr seid Eurer Funktionen enthoben und Arrestant!", rief der Fähnrich, „das Sprachrohr!"

Der Kapitän lächelte wiederum, aber in seinen Augen, die zugleich mit einem schnellen Blick den übrigen Teil der Mannschaft musterten, leuchtete es hell auf; der alte Klassen seufzte schwer.

„Ihr da drüben!", rief der Junker den Schoner an.

„Wohl! wohl!", hieß es von dort.

„Ihr haltet Strich mit uns und bleibt auf zwei Kabellängen nahe!"

„Wohl! wohl!"

„Kürzt Segel,– sucht Ihr zu entfliehen, gibt es Feuer!"

„Schon gut!", brummte es zurück.

Die Schwestern von dieser Szene wenig erbaut und überzeugt, dass der junge Mann ein großes Unrecht begangen, zogen sich in die Kajüte zurück. Wardow schritt unwillig auf und ab, die Ausübung seiner Macht gewährte ihm sichtlich keinen rechten Genuss. Klassen setzte sich ärgerlich neben eine Kanone, die Matrosen blickten finster nach hinten und der einzige, der seinen Gleichmut bewahrte, schien der Kapitän zu sein.

Der Wind lullte sich inzwischen immer mehr ein und obschon noch fünf bis sechs Kreuzschläge gemacht wurden, kam man doch nur bis zur Höhe von Haste, als die Windstille vollkommen und die Hitze sengend ward. Alles suchte Schatten und Schutz gegen die brennende Sonne, nur Kapitän Dyk blieb wo er war, um abwechselnd das Schiff, das Wasser und den Horizont zu mustern, seinem eigenen Schiff, welches natürlich ebenso tot dalag wie die Jacht, schenkte er kaum einen flüchtigen Blick.

So vergingen vier peinliche Stunden; Windstille ist dem Seemann überhaupt viel unangenehmer wie Sturm, und es liegt etwas Trauriges in diesen so schlaff herabhängenden Segeln, dem bewegungslosen Gebäude; ein solches Fahrzeug gleicht einem flügellahmen Vogel, der sich nicht zu erheben vermag. Während dieser ganzen Zeit ward auf dem Deck der Jacht kein Wort gesprochen.

Aber allgemach begannen sich nun die unzweifelhaften Zeichen eines zusammenziehenden Gewitters zu zeigen, und bei ihnen konnte es Klassen nicht über das Herz bringen zu schweigen, besonders als der Schoner wie im Nu, trotz des aufspringenden Windes, jeden Lappen barg.

Wardow nahm die Vorschläge des alten Seemannes brummend und dem Anschein nach unwillig auf, jedoch gab er seine Erlaubnis, ebenfalls die Segel zu bergen, und beide Schiffe trieben tot vor dem wechselnden Lufthauch bald hier, bald dorthin.

Es war gar nicht mehr zu verkennen, dass das Wetter über den Schiffen zum Ausbruch kommen und ebenso, dass es sich als eins der schwersten zeigen werde, was Klassen im vorwurfsvollen Ton bemerklich machte; Wardow hieß ihn schweigen.

Das ganze Firmament hatte allgemach eine schwarze Färbung angenommen; im Zenit jedoch zeigten sich zwei mächtige, schwarze Wolkenballen, die sich langsam nach Nordost wälzten,

der Wind blies pfeifend von verschiedenen Seiten und ließ die
See kochen. Doch noch hatte es nicht geblitzt, noch sich kein
Donner hören lassen. Die Schwestern, die kommenden Szenen
ahnend, blickten ab und zu angstvoll durch die Kajütenklappe.
Da plötzlich erfolgte Blitz und Schlag zugleich, ersterer fuhr
zwischen den Schiffen in die See, letzterer war der Art, dass man
hätte glauben können, der Erdball berste; zugleich gewannen die
veränderlichen Windstöße an Vehemenz, und von nun an war
der Kampf der Elemente unausgesetzt im vollsten Gang; Klassen hatte die Leitung des Schiffes übernommen. Wardow war
blass wie eine Leiche; Dyk ging lächelnd an ihm vorüber in die
Kajüte, der Junker hatte nichts dagegen und jener versuchte die
Damen zu beruhigen, was ihm auch fast gelungen war, als plötzlich das Feuer in ganzen Massen vom Himmel zu fallen schien
und ein fürchterlicher Schlag erdröhnte, der das ganze Schiff erschütterte; diesem ersten folgte sofort ein zweiter, von gewaltigem Zerbrechen begleitet.

Dyk sprang aus der Kajüte und die Treppe hinan, wobei er gegen die Wand geschleudert ward, was ihn erkennen ließ, dass die
Jacht nicht mehr stetig lief. Sein erster Blick war dies Mal nach
dem Schoner gerichtet, der stolz dahinzog; mit dem zweiten
fasste er die Gräuel der Verwüstung auf dem Verdeck der Jacht
ins Auge.

Der Blitz hatte den Mast getroffen und die ganze Stenge mit
ihrem Takelwerk auf den Roof geworfen und diesen dadurch
zerschmettert, der Mast selbst war von oben bis unten gespalten, im Hinterschiff lagen Wardow und Klassen, ebenfalls von
der Stenge getroffen; ersterer wimmernd, letzterer ohne Besinnung und aus einer Kopfwunde blutend. Die Matrosen standen
vor Entsetzen starr und regungslos im Vorderschiff.

„Hollah!", rief Dyk, „Mut gefasst, Leute – herbei, das Deck
klar!"

Durch seine Zurufe zur Besinnung kommend, sprangen die Matrosen herzu; die Stenge ward über Bord geworfen, die Takelage zerhauen.

„Kappt auch den Mast!", rief Dyk, selbst tätig überall zugreifend, „zwei Mann an die Pumpe, wir sind leck – Ruder festgehalten!"

Nachdem die nötigsten Anordnungen getroffen, kümmerte sich der Kapitän um die beiden Verletzten; dem Junker war ein Bein zerschmettert, Klassen hatte eine klaffende Wunde am Kopf; er kam zu sich, so wie man ihn aufhob. Beide wurden einstweilen in die Kajüte gebracht.

V. Feurige Kohlen.

Das Wetter tobte inzwischen weiter, die Schiffe einander näher zu bringen, war dabei unmöglich; Dyk untersuchte deshalb zuvörderst den Raum der Jacht und fand, dass der Leck bedeutend, der Raum aber durch die Ladung so gefüllt war, dass man nicht zu dem Leck gelangen konnte. Er ließ, deshalb Löcher in das Verdeck hauen und noch zwei Pumpen einsetzen, hiernach begab er sich zu den Damen, die vor Schreck mehr tot als lebend waren, sich jedoch auf seine Versicherungen etwas beruhigten. Alsdann begab er sich zu den Kranken, um ihnen Hilfe zu leisten, endlich rief er dem Schoner zu, eine Leine und durch dieselbe ein Tau herüber zu schaffen.

Es gelang dies nach einiger Schwierigkeit, und Dyk ließ die Jacht an den Schoner hängen, dem er sodann befahl, bei dem stetig gewordenen Nordost Segel zu setzen, um so schnell als möglich aus dem Bereich des Wetters zu kommen. Nach einer Stunde war man in verhältnismäßig ruhigem Wasser, das Wetter zog nach Nordost. Dyk begab sich abermals zu den Kranken.

„Mein Herr!", sagte er hier zu dem Junker, „es sei fern von mir, Vergeltung zu üben oder Sie in dieser Lage zu verhöhnen. Nur eins muss ich sagen, nämlich, dass ich jetzt die Macht habe, mich zu befreien und dies auch zu tun gesonnen bin. Doch werde ich Sie nicht verlassen. Die Jacht ist gefährlich krank, aber vielleicht zu retten, verdient es die Ladung?"

„Wohl, Herr!", antwortete Klassen, sich aufrichtend, während der Fähnrich schwieg.

„Gut denn!", sagte Dyk, „es scheint, Ihr seid im Stande das Kommando hier zu übernehmen; ich werde mit Euren Briefschaften, Depeschen und den Passagieren auf den Schoner gehen und Euch im Schlepptau behalten, könnt Ihr das Wrack nicht über Wasser halten, so zeigt es mir an."

„Dank, Herr!", erwiderte der Alte.

„Sorgt für den jungen Herrn!", mahnte Dyk noch und stieg dann hinauf; nach wenig Minuten waren die Damen, die Kiste, die Depeschen und Briefschaften am Bord des Schoners, der jetzt mit so viel Tuch, als er nur führen konnte, das Wrack hinter sich schleppend, dahinflog.

Dyk tat alles Mögliche, den jungen Damen den eben gehabten Schreck vergessen zu machen. Als er erfahren, wer sie waren, versprach er, sie den Eltern direkt zuzuführen, und bald hatte man unter freundschaftlichen Gesprächen recht gute Bekanntschaft gemacht. Die Schwestern mussten sich gestehen, dass der Kapitän ein Mann von Bildung sei.

Obwohl sie den Fähnrich wegen des ihn betroffenen Unfalls bedauerten, konnten sie doch nicht umhin, ihm selbst die Schuld an allem Unheil zuzuschreiben; ihre mehrste Teilnahme war dem alten Klassen gegönnt.

„Mir will dabei scheinen", sagte Clara, „der alte Mann wäre eher im Stande gewesen, das Kommando der Jacht fortzuführen wie der junge Herr!"

„Sie haben vollkommen Recht, gnädigstes Fräulein!", antwortete Dyk, „doch das sind Sachen, die ein Mann wie ich nicht gern berührt!"

„Und warum dienen Sie nicht auf der Flotte?", fragte Sophie.

„Ich!", rief der Kapitän mit einem Ausdruck in den Zügen und der Stimme, dass die Schwestern fast erschraken, dann fügte er lächelnd hinzu, „es würde Ihnen schwer werden, meine Gründe dafür zu begreifen – denken Sie, ich hielte mich zu gering dazu!"

„Oder umgekehrt!", riefen die Damen wie aus einem Munde.

Inzwischen kam man dem Ziel immer näher, bald trat Wittow, dann Hiddensoe in Sicht, endlich konnte man die Kuppe des Bakenberges, zuletzt die Menge darauf erkennen; bald machten sich auch die Bewegungen der Brigg bemerkbar.

„Da kommt wieder jemand", sagte der Kapitän lachend, „doch dem stehen wir nicht Rede, und er wird hoffentlich bescheidener wie ein Junker sein!"

Das „Anpreien" der Schiffe ging denn auch ohne Schwierigkeit vorüber, und als der Schoner glücklich an dem Damm lag, bat Dyk die Damen, sie an das Land begleiten zu dürfen, was natürlich gewährt ward, bis beide ihm davon und den Eltern entgegeneilten.

„Vater, Mutter!", riefen die Kinder wiederholt unter herzlichen Küssen, als man einander umarmte.

„Clara, Sophie – Kinder, teure Kinder!", ließen die Eltern ebenso hören.

Besonders war es jedoch die Mutter, welche nach der überstandenen Angst sich ganz dem Glück hingab, das ihr durch die Ankunft der Kinder bereitet ward. Sie vergoss Freudentränen, und ihre Stimme ward mehrfach durch Schluchzen erstickt, in das auch die Mädchen einstimmten.

Endlich ging indessen der etwas heftige Freudenerguss des Wiedersehens vorüber, die Gruppe trennte sich, und der Major, an jeder Hand eine seiner Töchter haltend, wendete sich lebhaft umher.

„Verzeihung, meine Herrschaften, Verzeihung, Herr Baron", sagte er, „gleich werde ich wieder im Stande sein, alles in der gehörigen Ordnung abzumachen; doch zuerst noch, meine Kinder – das ist wohl der Mann, dem Ihr und wir Eure Rettung verdanken und ohne den mein armes Haus heute, statt eines Freudenfestes, einen Trauertag begehen könnte!"

„Jawohl, Herr Major!", sagte der Fremde, schnell nähertretend, „ich bin der Retter, kein Gott konnte tun, was ich, und kein menschliches Lob, kein irdischer Lohn kann mir je diese hohe, erhabene Tat vergelten; kein Kaiser und kein König wäre reich genug dazu; also, mein verehrter Herr Major – sprechen wir nicht weiter davon!"

Ernst und Lachen wechselten schnell auf dem Antlitz des Seemannes bei dieser Rede, die er unter einer Verbeugung endete. Der Major so wie alle Anwesenden sahen ihn ganz verdutzt an, nur die beiden jungen Damen lächelten.

„Mein teurer Vater!", sagte die eine der Schwestern, „dieser Herr, den ich Dir als den Kapitän Dyk vorstelle, ist ein Mann, der seinen Mitmenschen, selbst wenn sie es nicht verdienen, Hilfe leistet, sondern ihnen auch in der größten Gefahr durch seinen heiteren Mut die Besinnung zu erhalten weiß. Wir sind ihm sehr viel Dank schuldig!"

„Jawohl, jawohl!", rief der Kapitän, „und wenn Sie dabeibleiben, mein gnädiges Fräulein, werde ich ein Gelübde tun, nie wieder einer Postjacht aus der Verlegenheit zu helfen!"

„Das heißt, Sie sind ein drolliger Kauz, Kapitän!", rief der Major jetzt ebenfalls lachend, „aber mir auch recht, Sie sind ein braver Mann, und ich freue mich auf ihre nähere Bekanntschaft; ist Ihnen das recht, so schlagen Sie ein!"

„So lasse ich es mir gefallen", sagte Dyk, kräftig die dargebotene Hand schüttelnd, „ich bin ganz der Ihrige, Herr Major."

„Ich danke Ihnen!", antwortete jener, „meine Kinder, Kapitän Dyk, ich habe die Ehre, Ihnen hier den Leutnant und Kommandeur, Baron Staelswerd vorzustellen – Herr Baron, meine älteste Tochter Clara, deren jüngere Schwester Sophie – Kapitän Dyk – meine Frau, der Herr Prediger Huldreich!"

Die gewöhnlichen Verbeugungen nach Vorstellungen folgten diesen Worten; man suchte sich gegenseitig etwas Angenehmes zu sagen, nur vermieden sich geflissentlich, wie es schien, Leutnant Staelswerd und Kapitän Dyk.

„Genug jetzt!", rief der Major, „meine Herrschaften, ich bitte um Ihre Begleitung; Kapitän, Sie sind natürlich ebenfalls mein Gast und werden uns hoffentlich bei Tisch Mitteilungen über den Unfall der Jacht machen."

„Ich bitte, mir einen Augenblick zu schenken", antwortete der Kapitän, „Herr Baron, ich habe die Ehre Ihnen zu melden, dass die Jacht vom Blitz getroffen und ihre Führer dabei verwundet sind; Klassen jedoch nur leicht, sodass er seinen Pflichten wird genügen können. Die Packereien der Jacht befinden sich noch in deren Raum, die Briefschaften und Depeschen auf dem Schoner; ich werde den Hochbootsmann von dem Wrack holen lassen und ihm jene wieder übergeben, wonach Sie wohl die Gnade haben, über alles weiter zu verfügen. – Auf Bergegeld mache ich keinen Anspruch. Ich werde bald zu Diensten stehen, Herr Major!"

Staelswerd wollte offenbar etwas sagen und nahm dazu ganz die Miene eines Vorgesetzten an, der zu seinem Untergebenen zu sprechen im Begriff ist. Doch jener wartete seine Rede nicht ab, und offenbar hatte er den letzten Satz nur gesprochen, um dem Major, aber nicht dem Baron, seine Verbeugung zu machen, nach der er schnell auf dem Damm zurückging. Staelswerd blickte ihm finster nach und biss sich auf die Lippen.

„So ist also wirklich Unglück geschehen!", rief der Major; „doch wir werden das später erfahren, kommen Sie, meine Herrschaften, der Kapitän wird uns hoffentlich nicht zu lange warten lassen, Nehls, Ihr bekommt Eure Belohnung!"

Der Major, dessen Frau und die Kinder, gefolgt von dem Leutnant, dem Prediger und den Gutsangehörigen, schlugen den Weg nach Grieben ein; von dem Schoner ging ein Boot nach dem Wrack ab, die Menge bedeckte zum Teil den Damm um Neuigkeiten zu erfahren.

Das Boot kehrte mit Klassen und einigen seiner Matrosen zurück, jener nahm seine Sachen in Empfang und fuhr wieder nach der Jacht, der gegenüber am Strande sich dann die Menge versammelte, weil sie nun von jener her, auf Befriedigung ihrer Neugierde hofften.

Inzwischen war Kapitän Dyk wieder den Damm entlang geschritten und erstieg den Berg. Auf der jetzt von allen verlassenen Kuppe angekommen, warf er einen forschenden Blick umher, bis sein Auge endlich auf dem wieder ankernden und flaggenden Kriegsschiff haften blieb.

Lange und sinnend betrachtete er dies Fahrzeug, sowie die am Bord desselben stattfindenden Bewegungen, bis endlich ein Boot von dem Schiff abstieß; sofort verließ auch er eiligen Schrittes seinen Standort und erwartete vor dem Gut, den das Boot verlassenden Offizier.

Es war der alte Dalström, welcher mit vorgestreckter Hand und schon aus der Ferne sprechend, auf den Kapitän zueilte.

In seiner rauen Weise rief er: „Ich denke mir, Sie sind der Kapitän Dyk, wie mir geantwortet wurde!"

„Ich bin's, mein Herr!", antwortete Dyk.

„Sie behandeln die See!", fuhr er fort; „als sei es Ihr Element; von Ihnen könnte mancher Herr, der auch ein Schiff kommandiert, noch etwas lernen!"
Dalström hatte dabei einen Blick nach dem Haus geworfen und Dyk lächelte.
„Dazu bin ich eine zu geringe Person!", antwortete er dem Anschein nach bescheiden.
„Gut, ich auch!", rief der Alte lachend; „aber kommen Sie, man wird uns erwarten; ich denke Sie bringen Neuigkeiten!"
„Wohl!", antwortete Dyk; „doch sie sind trübe genug."
Die Männer schritten dem Herrenhaus zu, dessen Tür mit Blumengirlanden und Kränzen geschmückt war.

VI. Die Mitteilungen.

Das Herrenhaus des Gutes Grieben, in wohlgemeinter Anerkennung seiner Bedeutsamkeit, von den Inselbewohnern auch wohl Schloss genannt, war nicht eben groß oder geräumig; doch war es bequem eingerichtet und hatte einen parterre gelegenen Speisesaal von ziemlichem Umfang.
In diesem finden wir, gleich nach dem Eintreffen der beiden Seeleute, die Tischgesellschaft versammelt, den Herrn und die Frau des Hauses, deren Töchter, den Baron, seinen Leutnant, den Pfarrer, den Kapitän Dyk und endlich den ersten Verwalter des Majors, welcher bei solchen Gelegenheiten ebenfalls von ihm zu Tisch gezogen ward.
Bei der Suppe, die man zuerst nahm, ward wie gewöhnlich nur wenig gesprochen; die Unterhaltung war mehr eine nachbarschaftliche und ging erst etwas später zu einer allgemeinen über.
„Nun also", begann der Major endlich; „Kapitän, Sie sind uns noch den Bericht über das Unglück der Jacht schuldig; die Mäd-

chen haben bereits einiges darüber gesagt, aber dies ist so wunderbar, dass man gerne mehr aus dem Munde eines Mannes darüber hören möchte, der seine Ruhe während der ganzen Zeit bewahrte; ich bitte, sprechen Sie!"

„Ich bin dazu bereit!", erklärte Dyk; „doch ich bemerke zuvor, dass ich hier nur als Privatperson zu Privatpersonen zu sprechen gedenke, dass ich keine Beschwerde führe und mir über Dinge, die ich nicht zu verantworten habe, kein Urteil zu erlauben beabsichtige; über dem hat, wenn ein Versehen stattgefunden, der Fehlende bereits eine so bedeutende Strafe erlitten, dass jede andere überflüssig wird; sind die Herrschaften mit mir einverstanden?"

„Jawohl, jawohl!", rief der Major; „jene beiden Herren werden es mir zur Liebe, dem heutigen Tag zu Ehren, und so weiter, schon sein; ich vereinige meine Bitte mit der des Kapitäns, Baron!"

„Die Sache ist so angetan!", antwortete Staelswerd; „dass sie auch ohne Veranlassung von meiner Seite zur Untersuchung kommen muss; ich werde daher auf erzählungsweise Mitteilungen über das Unglück keine weitere Rücksicht zu nehmen nötig haben!"

Aus dem Auge des Kapitäns schoss ein Blitz zu dem Baron hinüber, doch er lächelte dabei und begann ohne Umschweife in humoristischer Weise das erste Zusammentreffen des Schoners und der Jacht, bis zu dem Moment zu schildern, in welchem ihm seine Gefangenschaft angekündigt worden.

„Der junge Herr muss toll gewesen sein!", rief Dalström unwillig; „oder er hat zum ersten Mal schief geladen gehabt. Es war ein Junkerstreich, bei Gott!"

„Nicht so ganz!", meinte der Baron mit einem stechenden Blick auf den Kapitän; „das Schiff trug preußische Takelage, was auch schon die Lotsen bemerkten. Sie erklären mir den Grund davon vielleicht später, Kapitän!"

„Oh, das kann ich sofort!", rief Dyk schnell; „ich habe es erst vor wenig Wochen von einem preußischen Schiffer in Kopenhagen gekauft, es hieß früher: ‚Flora', ich taufte es dagegen: ‚Merkur', ohne indessen sein Äußeres zu verändern; der Schiffer getraute sich nicht es durch die Ostsee zurückzuführen!"

„Also ist es Ihr Eigentum?"

„Mein eigenstes Eigentum, Herr Baron!", sagte der Kapitän mit Nachdruck; „denn ich habe jeden Span daran, obschon nicht eben zu hoch, bar bezahlt!"

„Ich glaube das!", erwiderte Staelswerd kalt; „doch möchte ich später den Kaufbrief und den Besitztitel einsehen!"

„Sie stehen zu Diensten!", erwiderte Dyk.

„Überflüssige Vorsicht!", murmelte Dalström, dem jeder tüchtige Seemann offenbar auch ein redlicher Mensch war.

„Weiter indessen!", rief der Major und Dyk erzählte weiter.

„Nun!", rief Dalström als er geendet; „da wird der junge Herr degradiert werden; denn es ist offenbar, dass er durch seine Dummheit den Verlust der Jacht verschuldet, abgesehen noch von der Verspätung der Depeschen durch dieselbe!"

„Wer weiß?", murmelte der Baron; „es wäre doch möglich –!"

„Ich hätte bald gesagt, dem Junker ist recht geschehen!", rief der Major; „meine armen Kinder so zu gefährden und zu ängstigen; ich könnte ihm das andere Bein auch noch zerschlagen!"

„Väterchen –!", mahnte die Mutter.

„Der Höchste hat seinen Übermut bereits bestraft", sagte der Prediger sich einmischend.

„Meinen Sie das wirklich?", rief der Kapitän, als wolle er schnell der Unterhaltung eine andere Wendung geben; „ich dächte sogar ein Marinefähnrich sei keine so mächtige Person, als dass sich unser Herr Gott seinetwegen besonders bemühen sollte; übrigens ist alles ganz natürlich zugegangen!"

Die Frauen im Norden auch selbst die der höheren Stände waren damals meistens sehr religiös; deshalb warf die Majorin dem kecken Sprecher einen stechenden, die jüngeren Damen demselben einen furchtsamen Blick zu. Der Baron biss sich auf die Lippen, der Major und Dalström lachten laut; der Pastor sah strafend auf den Frevler und sprach viel von Sperlingen auf dem Dache und Haaren auf dem Haupt. Dyk hatte indessen seinen Zweck erreicht, denn das Gespräch nahm eine andere Wendung, die jedoch der Majorin unangenehm zu sein schien.

„Können wir denn dem armen Kranken keine Bequemlichkeit verschaffen?", fragte sie jenes kreuzend.

„Ich denke dafür wird der alte Klassen sorgen!", antwortete Dyk; „er weiß ja über dem hier hinlänglich Bescheid und wir alle können ihm nicht weiterhelfen, denn nach dem Arzt der Brigg ist bereits geschickt!"

„Gut denn!", sagte der Major „will er seine Kur hier durchmachen, wollen wir später für ihn sorgen, obschon er es nicht verdient hat; aber Sie kommen aus Stockholm, Kapitän und erzählen uns nichts von dort; zwar werden wir weitere Nachrichten durch die Briefschaften der Jacht erhalten, auch meine Mädchen wissen sicher etwas –; indessen, wenn sie sonst wollten; ich denke, Sie müssen grade zu einer ereignisreichen Zeit abgegangen sein!"

Alles blickte gespannt auf den Kapitän, dessen Stirn sich jedoch verfinsterte, während er seinen Blick auf den Teller senkte, ohne gleich zu antworten.

„Wir wissen leider wenig, teurer Papa!", sagte dagegen Clara, „und was wir gehört, ist so wenig angenehm zu erzählen, wie zu hören!"

„Das gnädige Fräulein hat recht!", bestätigte Dyk mit einem tiefen Seufzer „übrigens meine Herren, spreche ich nicht gern über Politik!"

„Ein löblicher Grundsatz!", meinte der Pastor, „es ist ein verfängliches Gebiet!"

„Larifari!", rief der Major, „es ist unsre Pflicht sogar, davon zu sprechen; ein Mann, der sich nicht um die Verwaltung des Staates, dem er angehört, kümmert, verdient nicht sein Bürger zu sein!"

„Nicht kümmert?", meinte Dyk, „das sagte ich nicht, aber ich gehöre nicht zu denen, die man in Staatsangelegenheiten um Rat fragt!"

„Oh!", rief der Major, „also da liegt der Hund begraben; doch dafür sind wir da, der Adel und die Geistlichkeit – auch der Bürger und Bauer hat ja Stimmen!"

Dyk lachte einen Moment laut auf; doch sofort ward er wieder ernst. Der Baron hatte ihn schon von Anbeginn dieser Unterhaltung aufmerksam gemustert und betrachtete seine Züge immer gespannter, je mehr sich der Mann zu weigern schien, mit der Sprache herauszugehen.

„Was ist denn da zu lachen, Herr?", rief der Major etwas ärgerlich.

„Nichts – bei Gott!", sagte Dyk lebhaft, während er sein Auge forschend über die Züge der Tischgenossen gleiten ließ, „wohl aber ist die Sache zum Weinen, denn was der schwedische Senat und Reichsrat jetzt wieder getan hat, wäre nicht geschehen, wenn der Bürger und Bauer hinlänglich in demselben vertreten gewesen!"

„So ist das Urteil gefällt?", fragte der Major schnell.

„Gefällt und vollstreckt!", antwortete Dyk.

„– und vollstreckt!", wiederholte der Major mit einem Anstrich von Entsetzen. Der Baron Staelswerd war bleich wie eine Leiche geworden. Alles hielt mit der bisherigen Beschäftigung inne.

„Ja, vollstreckt!", wiederholte Dyk.

„So ist also ein Todesurteil gefällt?", fragte der Major langsam.

„Eins?!", rief der Kapitän mit scharfer Stimme, „Sie scheinen die sogenannten schwedischen Patrioten, welche jetzt das Übergewicht im Reichsrat und Senat haben, schlecht zu kennen, Herr Major–. Eins? – nein, – es hat eine unüberlegte Torheit und jugendlichen Leichtsinn durch acht Todesurteile bestraft, und diese Todesurteile sind vollstreckt worden, nachdem man, als der König von seinem Begnadigungsrechte Gebrauch machen wollte, gedroht, die Untersuchung auch gegen die Königin wegen Landesverrat einzuleiten!"

Man hatte verschiedentlich Ausrufe hören lassen.

„Unmöglich!", murmelte der Major.

„Ich habe es mir gedacht!", sagte der Baron, nachdem er mit verhaltenem Atem zugehört.

Es trat eine ziemlich lange Pause ein; die Mitteilung des Kapitäns hatte die Gesellschaft erschreckt.

„Haben Sie die Güte weiterzuerzählen, Herr Kapitän?", sagte plötzlich der Baron in höchst bescheidenem Ton.

„Ich hätte überhaupt schweigen sollen!", erwiderte Dyk, „doch da ich einmal begonnen, so hilft es weiter nichts. Derselbe strenge Senat und Reichsrat hat den Unteroffizier Schedwin für seine Angeberei zum Leutnant ernannt und ihm eine bedeutende Summe Geld zum Geschenk gemacht; doch gleichsam, als ob die Strafe seiner Tat auf dem Fuß folgen sollte, ist seine verlobte Braut, die Tochter des Bischofs Benzelius, wahnsinnig geworden!"

„Gottes Hand!", seufzte der Prediger.

„Mag sein!", erwiderte der Kapitän; „obwohl der Mensch, nach gewöhnlichen Begriffen, nur seine Schuldigkeit tat, als er ein zufällig entdecktes Komplott angab."

„Wer sind denn die Unglücklichen?", fragte der Major mit einem Seufzer.

Dyk schwieg.

„Haben Sie etwa der Exekution beigewohnt, Herr Kapitän?", fragte der Baron.

„Beiden – ja!", antwortete Dyk; „denn es gab das grässliche Schauspiel zwei Mal!"

„Wie starben die Verurteilten?", fragte Staelswerd weiter.

„Herr Baron –!", sagte der Kapitän, wie warnend.

„Mein Herr, was Sie mir und uns jetzt nicht sagen wollen, erfahren wir nach kurzer Zeit aus Briefen!", erwiderte der Baron, „nur ich hätte Anspruch auf Schonung. Sie sehen, dass ich derselben so wenig bedarf, wie ich sie wünsche!"

„Sie wollen es!", sagte Dyk unruhig, „am 23. Juli sind der Graf Brahe, die Leutnants Baron Hörn und Baron Staelswerd und der Unteroffizier Puke enthauptet; am 26. geschah dasselbe den Unteroffizieren Mozelius, Christiernie, Eskolin und dem Läufer der Königin Ernst. Meine Herren, ist das eine Gesellschaft, die Verfassung Schwedens umzuwerfen? – aber doch, denn diese Verfassung taugt nichts! Verzeihen Sie, wenn Sie anderer Meinung sind!"

Der Kapitän hatte den vorletzten Satz mit so erhobener Stimme gesprochen, dass fast alle auffuhren; der Major hustete hinterher und der Baron betrachtete den Sprecher mit leuchtenden, offenbar wohlgefälligen Blicken.

„Wie starb mein Bruder?", fragte er plötzlich.

„Wie ein Mann und Offizier in seiner Lage sterben muss!", antwortete Dyk, „wie alle diese armen Soldaten starben, mit Ausnahme des Obersten Brahe, den seine Frau weich gestimmt hatte. Dagegen starb der Diener der Königin wie ein Feigling – doch, meine Herrschaften, jetzt genug davon!"

„Sie haben Recht!", sagte Staelswerd, indem er sich erhob und seine Hand dem Kapitän hinreichte, „ich danke Ihnen, Sie sind ein braver Mann!"
Dyk begnügte sich, diese Rede durch einen Händedruck und eine Verbeugung zu erwidern, der Major hustete wieder nur und machte sich emsig auf dem Teller zu tun, denn, wenn er Dyk erst liebgewonnen, so gefiel ihm derselbe jetzt sicher wegen seiner Gesinnung weniger. Bei alledem war zu erkennen, dass er dem Mann wider seinen Willen in seinen Ansichten beipflichten musste; aber grade dies ärgerte ihn am meisten.

Wer wüsste, ob überhaupt eine neue Unterhaltung in Gang gekommen wäre, wenn nicht Veranlassung von Außen dazu geboten ward, die so erwünscht als rechtzeitig kam; nämlich die Meldung eines Dieners, dass Klassen vorgelassen zu werden wünsche.

VII. Die Ordre.

Klassen hatte, als er nach erteilter Erlaubnis eintrat, seinen Kopf noch verbunden. In seinen Händen befanden sich verschiedene Briefschaften. Der Baron gab ihm einen Wink, sich nicht an seine Vorgesetztenschaft zu kehren, und Klassen wendete sich an den Major.

„Was macht der Fähnrich?", rief dieser, über die Erscheinung des alten Knaben froh, „ist für ihn gesorgt?"

„Ja, gnädiger Herr", entgegnete der Hochbootsmann, „er ist verbunden und der Arzt noch bei ihm; der Bruch soll zu den gefährlicheren gehören."

„Bedaure und auch Euch, Klassen", sagte der Major; „aber das kommt davon, wenn man unerfahrenen jungen Leuten Kommandos anvertraut, – zu meiner Zeit war das nicht Sitte; kommt, trinkt ein Glas Wein. Klassen."

„Euer Gnaden Wohl!", sagte Klassen, das angebotene Glas nehmend; „es war viel Unglück dabei, ich hoffe, man wird uns nicht zu sehr angeklagt haben."

Der alte Mann blickte bei diesen Worten schüchtern sowohl auf den Baron wie auf Dyk.

„Hier hat niemand geklagt", sagte der Letztere schnell, „sondern wir alle haben nur bedauert, namentlich Euch, Hochbootsmann."

„Danke allerseits!", erwiderte der Alte mit ganz vergnüglichem Gesicht, „wider Wetter kann niemand, gnädiger Herr Baron, gegen Unglück noch viel weniger; es trifft aber doppelt, wenn es den Menschen zu Anfang seiner Laufbahn trifft!"

„Ich verstehe", sagte Staelswerd, „doch ich bin nicht der Richter des jungen Herrn und werde wahrlich nicht zum Ankläger werden, nachdem jener Herr so edelmütig verziehen hat; seht zu, wie Ihr Euch vor der Admiralität herauswickelt."

Klassen verbeugte sich mit unverkennbaren Zeichen von Hochachtung vor dem Kapitän und reichte dann einen Teil seiner Papiere dem Major hin.

„Ihre Briefschaften, gnädiger Herr", sagte er. „Herr Baron, ich habe die Buger Post abgesandt und den Postmeister bitten lassen, für Weiterschaffung der Stralsunder und der Frachtstücke recht bald zu sorgen; doch was ich mit der Kiste für den General und der Depeschentasche anfangen soll, weiß ich nicht. Vielleicht bestimmen Euer Gnaden darüber, hier ist auch noch eine Ordre für die ‚Aurora.'"

„Falls man mir jene noch einmal anvertrauen will", sagte Dyk schnell, zu dem Baron gewendet, „bin ich bereit, sie nach

Stralsund mitzunehmen und dort abzuliefern; ich gehe morgen mit Tagesanbruch jedenfalls binnen."

Staelswerd war bereits mit dem Entsiegeln der an ihn gerichteten Depesche beschäftigt, während Dyk sprach; er hob sein Auge zu demselben auf und sah ihm länger prüfend in das Gesicht.

„Ich werde selbst ein Boot absenden", sagte er endlich langsam, „Sie würden eine zu große Verantwortlichkeit auf sich laden, mein Herr, und das ohne Ursache dazu oder Gewinn dafür."

Dyk verbeugte sich lächelnd, und der Baron begann seine Ordre zu lesen, stieß jedoch bald einen Ausruf hervor und sprang von seinem Sitz auf; aller Augen richteten sich auf ihn.

„Meine Herrschaften – Dalström!", rief der Baron, „wir müssen sofort aufbrechen, unsere Untätigkeit hat ein Ende, damit Sie aber diese sonst unzeitige Entfernung entschuldigen, hören Sie den Inhalt der Ordre – die Veröffentlichung derselben kann hier nichts schaden: Die Brigg Aurora, als am ersten abkömmlich von ihrer Station, hat dieselbe Angesichts dieses sofort zu verlassen, um in kürzester Zeit die Höhe zwischen Riga und Memel zu gewinnen; hier zwei Tage kreuzen, um auf das unten näher bezeichnete Schiff zu achten; wird sie desselben nicht ansichtig, so geht sie bis zur Höhe der Alandsinseln hinauf und sucht nach einer Spur desselben, bis sie solche gefunden. Alsdann ist ihre Aufgabe, dasselbe zu verfolgen und zu nehmen. Es ist jenes Schiff eine Brigg, ‚Spitze' genannt, von Stockholm auf Riga beladen und klariert und soll das Fahrzeug des berüchtigten Freibeuters Peter Jacobson sein, welcher gewissen Nachrichten zufolge durch den Sund passiert ist und sich sogar zwei Wochen in Stockholm aufgehalten hat. Die Papiere des Freibeuters lauten auf den Namen Lund und soll derselbe ein kolossal großer, unförmlich dicker Mensch sein. Die Brigg ist besonders daran kenntlich, dass sie nur eine halbe Vorderstenge führt –!"

Kapitän Dyk hatte wie alle mit gespannter Aufmerksamkeit der Vorlesung der Ordre zugehört, doch sehr bald ging seine Aufmerksamkeit in ein Stutzen über und er schrak leicht zusammen als der Name Peter Jacobson ausgesprochen ward; ein scheuer Blick, den er sofort um sich warf, ließ ihn erkennen, dass jene Bewegung nicht unbemerkt vorübergegangen sei.

„Ah!", rief er schnell als der Baron geendet; „ein solcher Bursche hat mich zwei Tage lang begleitet; da bin ich also wohl nur durch einen Glückszufall seinen Klauen entronnen!"

„Wohl möglich!", sagte der Baron; „Dalström eilen Sie der Brigg ein Signal zu geben, ich folge ihnen gleich – meine Herrschaften –!"

„Aber die Kiste und die Depeschen!", rief Klassen ängstlich.

„Richtig!", erwiderte der Baron sich nach Dyk umwendend; „jetzt Herr Kapitän werde ich Ihr Anerbieten allerdings annehmen müssen!"

„Ich bin bereit!", erwiderte der Kapitän sich verbeugend, wobei ihm alles Blut in das Gesicht schoss.

„Leben Sie wohl Herr – Ihr Untertänigster Diener meine Herrschaften!", rief Dalström, reichte dem Kapitän die Hand, verbeugte sich gegen die Übrigen und eilte hinaus.

Mit etwas mehr Umständen und Worten empfahl sich jetzt auch der Baron; der Hausherr bedauerte seiner Gesellschaft beraubt zu werden, der Baron bedauerte die Schwestern nur gesehen zu haben, ohne ihre nähere Bekanntschaft machen zu dürfen, doch man lud zu neuen Besuchen ein, versprach wieder zu kommen, kurz, man machte viel Wesen, bis endlich der Baron auch Dyk die Hand reichte.

„Ich hoffe, wir werden uns einst wieder beggenen!", sagte dabei der Baron; „einstweilen meinen Dank für Ihre Gefälligkeit, verzeihen Sie mein kurzes Misstrauen gegen Sie, es gehört zu den

Artikeln eines Schiffskommandanten, der Baron Staelswerd weiß davon nichts!"

„Sehr gütig, Herr Baron!", antwortete der Kapitän mit etwas spöttischem Lächeln; „es wird mich stets freuen, Sie wieder zu sehen, ich weiß jenes Misstrauen wie auch das mir bewiesene Vertrauen nach Gebühr zu schätzen!"

Noch eine Verbeugung für alle, die alle erwiderten und dann eilte auch der Baron von dem Major zum Haus hinaus begleitet davon; so wie sich die Tür hinter dem Baron geschlossen, seufzte Dyk als wolle er dadurch seiner gepressten Brust Erleichterung verschaffen, wendete sich aber sofort an den Prediger.

„Seit wann war der Kapitän auf der Station?", fragte er denselben.

„Seit zwei Monaten!", lautete die Antwort.

Eine halbe Stunde später war die Brigg bereits hinter Arkona verschwunden.

VIII. Im Wrack.

Es herrschte meistens bei verschiedenen handeltreibenden Völkern der Brauch, dass mit der Verwandlung des Schiffes in ein unbenutzbares Wrack, die „Heuer" der Mannschaft und natürlich auch deren Pflichten, also eigentlich der zwischen Reedern und Bemannung geschlossene Vertrag aufhörte.

Ob dieser Gebrauch wirklich, was er wohl eigentlich bezweckte, zum Vorteil der Eigentümer des Schiffes gereichte oder das Gegenteil für dieselben hervorbrachte, dürfte schwer zu entscheiden sein.

Ausgenommen war meistens von diesem Gebrauche der Kapitän, mitunter auch die Steuerleute und es erklärt sich, dass diese zu retten suchten, was sich retten ließ; häufig unterstützte sie dabei die übrige Mannschaft, häufig nicht.

Selbstredend konnte von einem solchen Gebrauch bei dem Volk der Kriegsschiffe keine Rede sein; sie blieben verpflichtet und in Sold; sie mussten daher auch Ordre parieren, so lange es einen Offizier gab, der ihnen Befehle erteilen konnte.

Wie damals diese Angelegenheit hinsichtlich der schwedischen Postjacht aufgefasst worden, ist nicht recht zu erkennen. Tatsache ist jedoch, dass die Matrosen, welche die Posteffekten nach dem Buge brachten, nicht wieder zurückkehrten, so dass Wardow, Klassen und ein Junge sich allein auf dem Wrack befanden. –

Wardow lag mit seinem zerbrochenen Beine in der Kommandeurskajüte, einem Gemach, welches zweien erlaubte sich zu drehen, für drei Personen eine solche Bewegung jedoch beschwerlich machte.

Der junge übermütige Mann war zuerst nach seinem Unfall kaum wieder zu erkennen; Schreck, Schmerz und vielleicht auch ein guter Teil schlimmes Bewusstsein hatten ihn so niedergedrückt, dass er, wenn er nicht wimmerte, meistens ganz stilllag.

Indessen wies sein Leichtsinn bald die Sorge um die bösen Folgen seiner unüberlegten Handlung von sich; die von dem Kapitän Dyk verordnete Anwendung des kalten Wassers linderte den Schmerz und der Schreck verlor sich von selbst.

Freilich bildete die nach Ankunft des Arztes erfolgende Anlegung von Schienen und eines Verbandes um das verletzte Glied noch ein böses Fegefeuer für den Kranken; doch seine Jugendkraft ließ auch dies glücklich überwinden und als ihn der Arzt verließ, befand er sich den Umständen nach ganz leidlich.

Klassens Nächstes war, seine Depeschen und Karten, wie es der Baron Staelswerd angeordnet, wieder an Bord des „Merkur" zu schaffen; dann erst trat er zu einem längeren Aufenthalt in die Kajüte.

Der alte Hochbootsmann tat dies mit möglichster Vermeidung von Geräusch und setzte sich still auf den Rand seiner Koje, wo seine Gefühle zunächst in einem schweren Seufzer Ausdruck fanden.

Wardow schob auf dies Lebenszeichen des Alten den Kojenvorhang zurück und zeigte sein zwar bleiches, doch nicht mehr verzerrtes Antlitz.

„Also so weit wären wir alter Klassen?", sagte er mit einem unverkennbaren Anfluge von Humor, „das heißt, auf dem Trockenen!"

„Ja so weit wären wir!", meinte Klassen mürrisch, „und dass wir über kurz oder lang noch fester sitzen werden, ist eine ausgemachte Sache."

Einige Sekunden hindurch zeigte sich ein nachdenklicher Zug im Antlitz des jungen Mannes, doch bald verschwand derselbe wieder; Wardow schien zu fühlen, dass er dem Alten etwas Tröstliches sagen müsse.

„Wie geht's mit Eurem Kopf, Klassen?", fragte er deshalb.

„Oh mein Kopf!", brummte der Hochbootsmann. „Der behauptet schon seinen Platz; eine Schmarre tut ihm so leicht nichts, doch Ihr Bein, Junker, hat er es so leidlich zusammengesplisst?"

„Ich denke ja!", meinte Wardow, der Chirurg verspricht mir, dass ich aufstehen kann, wenn ich sechs Wochen oder noch besser acht auf derselben Stelle liegen bleibe – wenn ich nur wüsste, weshalb der Mensch so plötzlich davonrannte."

„Ach ja!", sagte Klassen den Kopf hebend, „ich vergaß meinen Rapport zu machen, Junker!"

„Rapport oder nicht Rapport!", erwiderte der Fähnrich, „ich möchte indessen wohl wissen, was alles geschehen ist, seit ich unten gelegen und namentlich hier am Lande. Ein gewisser Jemand wird uns wohl recht schlimm abgeschildert haben."

„Nein, Junker!", antwortete Klassen sehr erregt, „ich sagte in See bereits, der Mann sähe nicht aus als sei mit ihm zu scherzen und ich hatte recht; jetzt meine ich, dass der Kapitän Dyk ein ganzer Kerl ist und glaube auch recht zu haben; denn, wenn Sie nicht degradiert werden und ich nicht fortgejagt, so haben wir uns dafür bei ihm zu bedanken."

Wardow brummte ärgerlich etwas vor sich hin. „Wundert mich!", sagte er dann mürrisch, „ist mir übrigens gleich, was ein solcher Mensch von mir sagt."

Der alte Hochbootsmann gab seinem Kopf einen gewaltigen Ruck und in seinen Augen blitzte etwas wie Unwille.

„Sagen Sie das nicht!", brummte er, „denn soviel ich bemerkte, gaben alle hier herum viel auf den Mann, den Baron Staelswerd nicht ausgenommen."

„Unseren Unfall kennt wohl schon das ganze Land?", fragte Wardow ausweichend.

„Gewiss!", sagte der Alte.

„Und die Jacht ist verloren?"

„Ich meine, ja!"

„Aber wie ward es möglich Klassen, sie noch bis hierher zu bringen?"

„Ich will Ihnen sagen, Junker", antwortete der Hochbootsmann ernst, „es gibt eine Art Seeleute, die man Seeteufel nennen möchte und zu der Sorte gehört dieser Dyk; dass er uns ins Schlepptau nahm, will nicht viel heißen, aber wie er uns hier auf den Sand legte und doch ganz stolz zu Hafen ging, das musste man sehen, um es zu glauben –! denn wir liegen noch da fest und sicher und ich habe wie der Kommandeur der Brigg es angeordnet, die Packereien und die rügensche Tasche nach dem

Posthaus geschickt, die Depeschen, die Kiste und die Stralsunder Brieftasche wird Kapitän Dyk mitnehmen, der vermutlich in diesem Augenblick wieder unter Segel geht!"

„Was Teufel, weshalb der", rief, der Fähnrich, „konnte das die Brigg nicht besorgen?"

„Es sollte allerdings auch erst so sein", antwortete Klassen, „doch die Ordre für Staelswerd wies ihn an, sofort zur Verfolgung eines Piraten in See zu gehen, darum ist auch ihr Chirurg so eilig gewesen!"

„Zur Verfolgung eines Piraten in See zu gehen!", wiederholte Wardow nachdenklich, „wie gern wäre ich mitgegangen."

„Glaub's schon", brummte der Hochbootsmann.

„Doch sagt mir Alter", fuhr jener fort, „wie war der Empfang der Damen am Lande?"

„Nun, wie er nicht anders sein konnte!", antwortete Klassen, „und natürlich war der Kapitän der Mensch, den man ihren Retter nannte, der auf Grieben mit zu Tisch gesessen, wie sonst wohl ein gewisser Schiffsfähnrich, wenn wir keine dummen Streiche gemacht hätten."

„Verflucht!", rief Wardow, indem er die Zähne hinterher zusammenbiss, dann aber fortfuhr, „und der Major, was denkt er von der Sache?"

„Kann's nicht genau sagen", erwiderte Klassen, „ich weiß nur, dass der Kapitän uns nicht bei dem Baron verklagt und auch nicht in Stralsund verklagen wird, was der Major billigte. Im Übrigen wegen Stralsund, ich werde doch wohl morgen hin müssen um den vollständigen Bericht zu machen."

Wardow antwortete nicht auf diese Bemerkung seines Untergeben; seine Gedanken drehten sich offenbar um ganz andere Dinge, als die weitern Folgen seines Übermuts, und wenn man bedenkt, welchen Wert die gastliche Aufnahme in einem bedeutenden Haus für einen Schiffsfähnrich haben musste, so ist jenes leicht begreiflich.

Doch war der brave Junker weit davon entfernt, Reue zu empfinden; ehrgeizig wie er war, betrachtete er die ganze Angelegenheit von einer Seite, die ihn rechtfertigte, dagegen aber der vermeintlichen Renitenz des Kapitän Dyk, die Schuld an dem eingetretenen Unglück zur Last legen musste.

Da er in seinem aufsteigenden Ärger schwieg, so schwieg auch Klassen, vielleicht einig mit sich, dass er bei seinen nächsten Schritten auch der Zustimmung des Fähnrichs gar nicht bedürfe, bis ein Geräusch und Stimmen auf dem Verdeck beide zugleich aufhorchen ließen.

Ehe jedoch noch einer von ihnen eine Meinung über diese Anzeichen, dass Fremde das Schiff betreten, abgeben konnte, erschien bereits der erwähnte Junge in der Kajütentür.

„Nun was gibt's, Peiter?", fragte Klassen gespannt.

Peiter war so schwarz und schmutzig wie eben nur ein Schiffsjunge sein kann und stotterte vor seinen gestrengen Herren etwas hervor, woraus mit einiger Mühe zu verstehen war, dass vornehmer Besuch, Herren und Damen, in einem Boot gekommen und auf dem Deck seien.

Wer diese Fremden waren, konnte so wenig dem Fähnrich wie dem Hochbootsmann zweifelhaft sein; nur, dass man sobald erschien, kam beiden, wenn auch aus verschiedenen Gründen etwas unerwartet.

„Verdammt!", murmelte Wardow, „und ich in dieser Lage!"

„Große Ehre für uns!", meinte dagegen Klassen und schickte sich an, zum Empfange der Gäste hinauszugehen.

„Gnädiger Herr – Herr Major!", stotterte er auf das Verdeck tretend.

Es war wirklich der Major von der Grieben nebst Gattin und Töchtern, begleitet von dem Pastor Huldreich, welche kamen, sich nach dem Kranken umzusehen.–

Die Tafel war nämlich nach der Abfahrt der Brigg sehr bald aufgehoben worden und nächstdem hatte sich auch Kapitän Dyk verabschiedet.

Bei dieser Gelegenheit hatte der Major von der Grieben seine keimende Abneigung gegen den jungen Mann unterdrückt, ihm nochmals herzlich für die Rettung seiner Töchter gedankt und den Wunsch ausgesprochen, ihn recht bald und auf länger bei sich zu sehen.

Dyk hatte wieder versucht seinen alten Humor zu zeigen, die Einladung angenommen und ihr bald nachzukommen versprochen.

Frau von der Grieben hatte die Gelegenheit wahrgenommen, dem jungen Kapitän noch einige Andeutungen zu machen, dass ihn nicht allein Menschlichkeit, sondern auch Frömmigkeit ehren werde und Dyk diese Mahnung schweigend gelten lassen.

Der Prediger suchte dabei die Dame nach Möglichkeit zu unterstützen, war jedoch nicht so glücklich wie jene, sondern erhielt als Anerkennung nur ein paar Blicke, die ihm gelindes Grauen erregten.

Verschieden von diesen zum Teil leeren Abschiedsformeln, war jedoch die Trennung zwischen dem Kapitän und den Schwestern.

Zum Dank verpflichtet, sprachen beide solchen in herzlicher Weise aus, doch lag sowohl in dem Wesen wie in den Worten Claras noch etwas, woraus hervorging, dass Dyk einen tieferen Eindruck auf sie gemacht habe.

Dyk schien erst mit zwanglosen Manieren über diese leicht erkennbaren Zeichen hinweggehen zu wollen, doch plötzlich ward er ernst und ergriff lebhaft Claras Hand.

„Mein Fräulein!", sagte er fast leidenschaftlich heftig, „Krieg und Kriegsgeschrei erfüllt die Welt; im Kriege kann sich nicht jeder in dem ihm eigentümlichen Charakter zeigen, selbst wenn er auch wollte. Ich hoffe zwar Sie wiederzusehen, doch sollte es nicht der Fall sein, so versprechen Sie mir ein Andenken zu bewahren, welches mir Gerechtigkeit widerfahren lässt, nämlich, dass mich die Umstände zu dem machen mussten, was ich vielleicht werden könnte!"

„Ich verstehe Sie nicht, Kapitän!", erwiderte Clara fast erschreckt, „doch meine gute Meinung über Sie dürfte wohl so leicht nichts ändern!"

Sophie blickte dagegen den Mann einen Moment mit großen Augen an, lachte dann laut und klatschte in die Hände; die beiden anderen erröteten.

Indessen gab diese Weise des unschuldigen Kindes die Erklärung des Kapitäns zu deuten, vielleicht die beste Gelegenheit, über den Moment hinwegzukommen; Dyk wie Clara fassten sich schnell und jener machte eine letzte Verbeugung, um hiernach schnell das Haus zu verlassen.

Nach dem Abgang Dyks kam die Rede wieder auf die letzten Vorgänge der Reise sowie auf das Geschick der Jacht und ihres jungen Führers.

„Nach ihm zu sehen ist bei alledem Menschenpflicht!", äußerte dabei der Major und da über dem auf den etwas unruhigen Tag ein schöner Abend zu folgen versprach, so beschloss man einen Spaziergang nach dem Wrack zu machen.

Da der Weg zu dem Ort, wo jenes lag, über den Bakenberg führte, so sah man bei dieser Gelegenheit noch den Schoner absegeln, der sobald die Gesellschaft auf dem Berg erschien, ihr zu Ehren flaggte.

Nach kurzem Aufenthalt stieg man hiernach zum Strande hinab und fuhr an das Wrack der Jacht. –

„Ganz vortrefflich gewirtschaftet!", unterbrach hier der Major den alten Klassen, „bei Gott, es kostet dem Land ein gutes Schiff und ich dürfte Euer Richter nicht sein, Hochbootsmann! Doch was macht der Junker?"

„Es geht noch gut genug!", antwortete Klassen.

„So können wir ihn sehen?", fragte der Major.

„Ich denke wohl, gnädiger Herr!"

Klassen voran, schritten jetzt alle nach der Kajütenkappe der Schanze und die Treppe hinab; doch der beengte Raum verhinderte, dass die Kajüte von der ganzen Gesellschaft betreten werden konnte. In dieselbe gingen daher nur die Männer, während die Damen auf dem Kajütsgange blieben. Als Wardow den Major erkannte versuchte er sich aufzurichten.

Der Herr von der Grieben verhinderte dies durch Wort und Hand, sprach sein Bedauern über den Unfall im Allgemeinen und den des Junkers im Besondern aus und versprach alles nur Mögliche beizutragen, die Lage des Kranken erträglich zu machen.

Obwohl ein alter Soldat und als solcher etwas geradezu, war Grieben doch auch wieder zu viel vornehmer Herr, um jetzt auch nur im mindesten seine wahren Gedanken über die Handlungsweise des Fähnrichs auszusprechen.

Wardow dankte in gewählten Worten und sprach seine Freude aus, dass das Abenteuer wenigstens nur für ihn nachteilig ausgefallen und niemand sonst erheblich verletzt worden.

Nach diesen vorläufigen formellen Redensarten, denen auch der Prediger einiges hinzufügte, sah sich der Major den Aufenthalt des Kranken näher an.

„Warum hat man Sie nicht in die große Kajüte gebracht?", fragte er.

„Diese hatten zu jener Zeit noch die Damen in Besitz!", antwortete der Fähnrich, „es wäre unschicklich gewesen –!'

„Bei solchen Gelegenheiten ist die Beachtung der Notwendigkeit das Schicklichste!", unterbrach ihn der Major, „doch ob große oder kleine Kajüte, hier können Sie überhaupt nicht bleiben Junker, und Sie werden mir deshalb erlauben, Sie noch heute nach Grieben bringen zu lassen!"
Wardow wollte versuchen dies abzulehnen, doch war es ihm wohl schwerlich ernst damit, und wenn auch, so wäre dies doch bei dem ausgesprochenen Willen des Majors gleichgültig gewesen. Grieben gab bereits dem alten Bootsmann seine Weisungen.
Nachdem noch alle dem jungen Mann ihr Bedauern ausgesprochen, verließ die Gesellschaft das Wrack wieder; der Major mit dem Bedeuten, Leute zum Transport des Kranken zu senden und Klassen, der jenen das Geleite gegeben, trat wieder in die Kajüte.
Er fand dort den Fähnrich in keiner geringen Aufregung.
„Klassen!", rief derselbe, „beim Himmel, das ist eine gute Wendung. Auf diese Weise ist mein Beinbruch kein zu hoher Preis, und mag auch noch sonst kommen was da will – wie werde ich nur aus dem Loch kommen."
Der Hochbootsmann rückte mit den Schultern, ihm war natürlich unklar, was der junge Mann gerne so teuer bezahlen wollte, aber er dachte nach, wie jener am leichtesten auf das Verdeck und von dort weiter an das Land geschafft werden könne.
Dies war unter den obwaltenden Umständen eben nicht schwer; da das Schiff doch vollständig Wrack war, so konnte man ohne viel zu verderben, die Raumwand wegschlagen, um den Kranken in seine Koje unter die große Lücke zu bringen.
Klassen machte sich sofort an die Arbeit und war schon ziemlich vorgeschritten, als die von dem Major von der Grieben gesendeten Arbeiter anlangten.

Noch vor Dunkelwerden war der Fähnrich ohne im Geringsten belästigt zu sein, auf dem Deck, ward von diesem hinabgelassen und von den Leuten durch das ruhige Strandwasser auf das Land befördert; von hier aber über die Insel nach Grieben transportiert, wo man ein Zimmer für ihn in Bereitschaft gesetzt hatte.

Als der alte Klassen den jungen Herrn auf diese Weise in Sicherheit gebracht, kehrte er wieder zu dem Reste seiner guten „Ulrike" zurück, um dort eine gramvolle Nacht zu verleben, denn erst jetzt machte sich die Trauer über das Schiff, welches so viele Jahre von ihm geführt worden, besonders geltend.

Indessen widmete der alte Bursche nicht ganz seinem Harme alle Zeit, sondern fasste, während er sich schlaflos in der Koje umherwälzte, auch seinen Entschluss.

Schon am frühen Morgen erhob er sich in Folge dessen, warf sich in seine Staats-Uniform, verzehrte das ihm von dem Jungen bereitete frugale Frühstück, übergab demselben das Schiff und schritt später davon nach Grieben zu.

In Grieben ward es heute erst spät Morgen, denn Eltern und Kinder hatten noch lange aufgesessen, um sich Mitteilungen zu machen.

Klassen gelangte deshalb unbemerkt zu dem Kranken, den er verhältnismäßig sehr munter, besonders aber zufrieden fand.

„Ich freue mich darüber, Junker!", sagte er in seiner einfachen Weise, „doch ich werde jetzt nach Stralsund hinüberfahren, haben Sie mir noch besondere Aufträge zu geben?"

„Eigentlich nicht – und dennoch", meinte Wardow, „schade, dass ich kein Schreibzeug habe."

„Was wollten Sie schreiben, Herr?", rief der Alte wie es schien beleidigt, „ich meine alles schon gehörig mündlich ausrichten zu können."

„Das wohl!", entgegnete der Fähnrich, „doch dieser Dyk spukt mir im Kopf umher – es ist nicht richtig mit ihm."
Klassen sah den jungen Mann längere Zeit bedenklich an.
„Junker!", meinte er dann langsam, „reizen wir den Mann nicht weiter, um Gottes Willen nicht, schenkt er uns die dummen Streiche, so nehmen wir sie eben geschenkt, – ich will nichts weiter sagen."
„Klassen", sagte Wardow mit wichtiger Miene, „ich täusche mich diesmal nicht; aber es mag darum sein, geht, und wenn sie Euch nicht gleich in ein recht festes ‚Dock' legen, so lasst bald von Euch hören."
„Soll geschehen", sagte der alte Hochbootsmann, schüttelte die ihm dargebotene Hand und verließ brummend das Zimmer, um seine Reise anzutreten.

IX. Eine Ahnung.

Der Abend senkte sich herab.
Der Schoner war von einem flauen Hauch, der jedoch zuletzt fast schwieg, langsam südwärts geschoben und hatte unter mäßiger Segellast um die gedachte Zeit den Gellen erreicht.
Im ganzen Schiff herrschte tiefes Schweigen, die Mannschaft erwartete auf diese Weise die Befehle des alten Lotsen Nehls, der am Steuerrade stand, aber vorläufig keine Befehle zu erteilen hatte; auf der Schanze spazierten Dyk und Van Swieten leise auf und ab.
Während aber der Lotse auf seine Landmarken achtete, musterten auch sie die Küsten zu beiden Seiten oder horchten auf die Laute, welche von dort herüberdrangen.
„Hier meine ich", sagte plötzlich Dyk zu dem Lotsen, „hier wird die Brigg sonst wohl geankert haben?"

„Wohl Herr", antwortete Nehls, „und hier werden auch wir die Nacht ankern; meine Marken werden neblich und der Wind tut's nicht – Anker klar!"

Dies Kommando galt der Mannschaft, die sich beeilte, demselben nachzukommen, und Nehls ließ das Schiff noch eine leichte Wendung machen; ein Klatsch, ein leichtes Surren und der Schoner schweifte mit dem Spiegel nach Süd herum, die Segel wurden mit den Geitauen aufgehoben, der „Merkur" lag vor Anker.

„So Ihr Herren", sagte Nehls den Hut lüftend, „Schiff vor Anker, kümmert meiner Verantwortung nichts; sprechen wir morgen weiter davon."

„Gut mein Alter!", erwiderte Kapitän Dyk, „ich denke indessen, man wird auch für Euch zum Abendessen pfeifen und zwar in der Kajüte, wenn es sonst gefällig ist."

„Große Ehre für meine geringe Person", entgegnete der Lotse mit einer linkischen Verbeugung, „bedanke mich bestens."

„So kommt."

Der Kapitän hatte dabei den Arm des Lotsen ergriffen und führte ihn über das Schanzdeck zu dem Kajütenhäuschen. Beide stiegen die Treppe hinab und nach einem Rundblick über Land, Meer und Schiff folgte auch Van Swieten.

Keine Viertelstunde später saßen die drei Männer um den Hängetisch der Kajüte, welcher heute nicht schaukelte und sowohl der Kapitän wie der Steuermann nötigten den Lotsen, tapfer zuzulangen.

„Kehrt Euch dabei nicht an mich", sagte Dyk, der wenig nahm, „Ihr wisst ja, ich habe erst spät bei Eurem Major getafelt und das gut, wie ich hinzufügen muss. Ein braver Herr, sollt ich meinen."

„Das ist er", bekräftigte der Lotse, „es gibt keinen Besseren."

„Auch der Herr Pastor, sollt ich denken", fuhr Dyk fort.

„Nu", brummte Nehls, „ich will nicht das Gegenteil behaupten, tut aber so vornehm, wie alle Loyalen."
Kapitän Dyk und Steuermann Swieten hoben den Kopf ziemlich schnell und warfen sich einen aus Überraschung und Einverständnis gemischten Blick zu.
„Seid Ihr denn kein Loyaler?", fragte Swieten.
„Wüsste nicht weshalb", entgegnete der Lotse kühl.
„Was seid Ihr denn?", warf Dyk ein.
„Lotse, nichts als Lotse", erwiderte der alte Nehls mit Nachdruck.
Es war unverkennbar, dass die beiden Seeleute sich nach dieser Äußerung des alten Burschen vollkommen getäuscht fühlten; er plauderte offenbar nur etwas nach, ohne Sinn dafür oder Verständnis davon zu haben, was sich schon bei seiner nächsten Antwort zeigte.
„Was denkt Ihr Euch denn unter einem Loyalen?", fragte nämlich Dyk.
„Einen vornehmen Herrn", antwortete der Lotse so gleichmütig wie vorhin und Dyk ließ die Unterhaltung über dies Thema fallen, man sprach einige Zeit über die Vorfälle des Tages.
Hiervon kam man auf den Wert und die Beschaffenheit des Schoners zu sprechen, der überhaupt den Beifall des Lotsen hatte, weil er sich so gut steuern lasse.
Nehls sprach demnächst seine Meinung aus, dass das Schiff in einem preußischen Hafen erbaut sei, was ihm von Dyk unter der nötigen Erklärung, wie es in seinen Besitz gekommen zugestanden ward.
„Habt aber doch ein gutes Auge Lotse!", fügte der Kapitän noch hinzu.
„Wills meinen!", antwortete Nehls; „kenne auch Euch Herr!"
„Wirklich?", fragte der Kapitän aufmerksam.

„Ja, ja!", antwortete der Lotse sich den Mund wischend; „ich irre mich nicht und wenn ich sage, ich kenne auch Euch, so will dies so viel heißen, als ich habe Euren Vater gekannt, der jetzt, wenn er noch lebt, mit mir in einem Alter sein musste; nur der Name will nicht passen, doch vielleicht hatte er sich einen anderen gegeben und Ihr führt die rechte Flagge. Er war in einer Lage, die so etwas wohl glaublich macht, doch Ihr seht ihm ähnlich wie ein Ei dem Anderen!"

„Dennoch dürftet Ihr Euch irren!", sagte Dyk langsam; „mein Vater ist schon lange tot!"

„Tut mir leid Euretwegen!", erwiderte der Lotse; „und auch so etwas meinetwegen, war dem Mann gut; übrigens, wenn Ihrs erlaubt, will ich Euch erzählen, wie ich mit ihm zusammengekommen bin und dann mögt Ihr das Eure davon nehmen!"

Der Kapitän gab sich den Schein, als sei ihm das Geplauder des Mannes gleichgültig; doch gelang ihm dies nicht besonders und wenigstens erkannte Swieten, dass ihn die Erzählung des Lotsen in bedeutendem Grade berührte.

„Erzählt nur!", sagte Dyk, ein gefülltes Glas nehmend; „aber vergesst nicht dabei zu trinken, es wird Euch besser an den Wind gehen lassen, schenkt ein Swieten!"

„Seid sehr gütig!", brummte der Alte sein Glas langsam leerend und sich zurechtsetzend.

„Wir schrieben damals!", begann er; „Anno 18 und war eine teufelsmäßig schlechte Zeit; der an die zwanzig Jahre dauernde Krieg hatte alles arm gemacht, Handel und Wandel lag darnieder, gab keinen Verdienst und schließlich starb auch noch unser großer König!" –

Nehls faltete einen Augenblick andächtig seine Hände und der Kapitän nickte, während seine Augen leuchteten, mit dem Kopf.

„Nun!", fuhr der Lotse fort; „ich befand mich in jenem Winter in Stockholm, lag brach und hatte keine Aussicht vor dem Frühjahr heimzukommen. Wir junges Volk trieben uns viel in der Stadt umher und so sah ich denn manches, was ich sonst nicht kennengelernt. Doch das gehört hier eigentlich nicht her, aber sie machten damals einem Großen, ich glaube einem Minister den Prozess, weil er das Land verraten, das Volk betrogen, viele meinten gar den König ermordet hätte!"

Dyk war mit jedem Worte der letzten Rede des Alten aufmerksamer geworden, sein Antlitz war bleich, seine Stirn finster und drohend.

„Um Verlaub, Herr!", unterbrach sich Nehls als er dies bemerkte; „wenn ich Unrechtes spreche, so ist das nicht meine Schuld, ich wiederhole nur was ich damals hörte!"

„Weiter!", sagte Dyk finster.

„Gut also!", sprach Nehls weiter; „sie verurteilten den Herrn auch, dass er geköpft werden sollte und sonst noch Allerlei, was vielleicht nicht so schlimm sein mochte, als jenes. Das Ding ging denn auch im Frühjahr vor sich und ich lief hin, es anzusehen. War ein stattlicher Herr, dem sie da unter vielem Zulauf die Oberstange kappten und starb wie ein ganzer Mann; meinten damals viel Leute, dass er es nicht so böse gemacht und wenn's nach dem Rechten ginge, ganz andere statt seiner hätten abgetakelt werden müssen. Wollten auch wissen, dass die neue Königin nicht mit Recht zum Thron gekommen und noch viel andere Sachen, auf die ich jedoch wenig achtete. War das erste Mal, dass ich dergleichen sah und ging mir heftig an die Nieren, dass ich mehr tot als lebend zu Hause kam. Ja, ich dachte, es wäre besser für mich gewesen nicht nach Skinnaricken hinausgelaufen zu sein!"

Der Lotse machte eine Pause, sah ernst vor sich hin und nippte langsam an seinem Glas.

„Sollte indessen noch mehr von der Sache genießen!", fuhr er dann fort; „es war ein paar Tage drauf und sie wollten am Abend den König, dessen Leiche von Norwegen, wo er im Kriege geblieben, hergeschafft worden, beerdigen, das heißt in die Ritterholmskirche bringen und war unsre Absicht der Feierlichkeit, die bei Fackelschein vor sich gehen sollte, ebenfalls beizuwohnen. Kam indessen nicht dazu, weil mir der Baas beim Mittag stach, dass es eine Heuer gäbe, ein deutscher Kapitän, der schon morgen als der Erste auslaufen werde, wolle Leute haben, Deutsche womöglich und nahm unserer Dreie vor, drauf anzubeißen. Nun Herr, wir waren dem Baas schuldig, jeder für sechs Monate Essen, Trinken und Kojengeld, das alles wollte der Mann zahlen, ohne späteren Abzug von der Heuer, weil's ihm eben um Hände zu tun war und sollten auch noch drei andere anschaffen, wie wir. Es blieb uns nichts übrig, als ja zu sagen und so taten wir es denn ganz dreist; am Abend wollte uns der Kapitän selbst abholen, was denn auch geschah. Nun seht Herr, der Mann trat ein bei uns und als ich Euch heute auf dem Damm stehen sah, denke ich, es ist derselbe Mann, ganz derselbe!"
Nehls bekräftigte seine Worte noch dadurch, dass er einige Male heftig mit dem Kopf nickte; der Kapitän sagte nichts.
„Wir gingen dann an Bord", hob Nehls wieder an; „das Schiff lag am Castellholm, Ladung war schon beigestaut, auch sonst noch Hände im Schiffe. Es dauerte jedoch nicht lange, so hieß uns der Kapitän wieder ihm ans Land folgen, das heißt uns eben erst Angenommene; doch wir stiegen nicht am Castell oder dem Skeppsbron auf das Bollwerk, sondern gingen unter der Schleuse durch, immer weiter hinter Skinnaricken fort, von wo zwei Mann mit dem einen Boot nach dem Nordermalm legten, um unsere Kisten und Sachen zu holen. Bis diese wieder kamen, blieben wir ruhig liegen, der Kapitän ging am Strande umher. Unsere Sachen wurden dann in beide Fahrzeuge verteilt.

Während dieser Zeit war es sehr lebendig um uns her, denn alles strömte nach dem Ritterholm zur Beisetzung, welche genau um Mitternacht stattfinden sollte. Um diese Zeit ward's einsam um uns und die Nacht so finster, dass man nicht die Hand vor den Augen sehen konnte. Da erschien eine Dame und fragte, ob alles bereit sei.

„Alles bereit, gnädigste Baronesse", antwortete der Kapitän und hieß uns mitgehen, was wir auch taten.

Dass es eine Heimlichkeit, ein Wagstück geben würde, sahen wir jetzt wohl ein und flüsterten es uns auch zu, doch dachten wir nicht an so etwas, wie da kommen sollte.

Wir gingen und gingen, der Kapitän und die Dame voraus, bis nach dem Helenenberg zu, und mir fing es jetzt an, kalt den Rücken herabzukriechen, denn es war die Gegend und richtig – als wir hielten, was geschah, weil noch ein paar Männer zu uns traten, da streckte sich der Querbalken über unsere Köpfe hin, noch schwärzer wie die schwarze Nacht – brrr!"

Der Lotse schüttelte sich in der Rückerinnerung an die damalige Situation und griff etwas hastig zum Glas, ohne jedoch zu trinken, der Kapitän starrte ihn an, und selbst das bisherige spöttische Lächeln in den Zügen van Swieten's war verschwunden.

„Ja, Ihr Herren!", rief Nehls; „wir standen unterm Galgen, auf der Stelle, wo vor einigen Tagen das Schaffot gestanden, wo sie den Minister, oder was er sonst war, eingescharrt hatten, und als die Männer mitten unter uns waren, sahen wir, dass sie Schaufeln und Hacken hatten.

„Hier ist es!", sagte der eine von ihnen, die Dame schluchzte zum Gotterbarmen. Na, und uns war zu Mute, als habe uns der Gottseibeiuns schon in den Klauen.

Es trat eine Pause ein; denn der Kapitän antwortete dem Manne nicht, sondern drehte sich im Kreise herum, als wollte er jeden von uns ansehen; ob ihm dabei was auffiel, weiß ich nicht, ich sah nur, dass seine Augen durch die Nacht blitzten; dann sprach er leise und langsam, aber so scharf, dass es mir ordentlich in die Brust schnitt:

„Jungen, wir haben zwar nicht regelrecht gemustert, aber ich habe Eure Papiere, und Ihr habt mein Salz gekostet, was, wie ich meine, ein ehrbarer Seemannsvertrag ist; ich habe Eure Schulden bezahlt und werde Euch auch für diese Nacht noch eine Monatssteuer extra geben, wenn Ihr mir den Willen tut. Ihr seid alle Deutsche, ich bin ein Deutscher und der hier liegt, war ein Deutscher, den das fremde Volk mit Hohn, Schande und Strafe gelohnt hat; er soll wenigstens in guter deutscher Erde ruhen, und nun ans Werk!"

Es war uns nicht recht, das Werk, Ihr Herren, aber es wagte niemand zu mucksen, wir nahmen schweigend die Werkzeuge, hackten und gruben, bis wir auf den Sarg kamen, und hoben ihn heraus; darauf gingen die Fremden abseits, während wir die Grube wieder füllten. Bald kamen sie mit einem anderen Sarg zurück, in den wir den ersten setzten, und als jener verschlossen war, befahl uns der Kapitän, ihn aufzuheben und fortzutragen. Wir taten's; hatten aber noch keine drei Schritte gemacht, da trat eine neue Gestalt aus dem Dunkel, und wir waren nahe daran, unsere Last hinzuwerfen und davonzulaufen.

„Halt!", rief jedoch der Kapitän und streckte seine Hand aus, worin er wahrscheinlich eine Waffe hatte.

„Gut Freund!", antwortete jedoch der Andere leise, „nur ein Wort, teures Fräulein!"

Die Dame, welche immerzu geweint hatte, schluchzte jetzt wieder laut, aber sie wendete sich ab und unser Kapitän sagte:

„Auch nicht mehr eine Silbe, Graf; die Tochter dieses Toten kann mit dem Sohn eines ihrer Mörder nichts zu schaffen haben, und wenn Sie nicht wissen, was das bedeuten soll, so werde ich deutlicher werden!"

Der Mann sagte nichts, sondern wendete sich ab, und es schien, als bedecke er sein Gesicht mit dem Mantel, den er umhatte; wir aber setzten still unseren Weg fort zu unseren Booten, stiegen ein und warfen los; da war es, als ob uns eine Zentnerlast vom Herzen genommen worden; mir wenigstens schien die Sache auf dem Wasser nicht so gefährlich wie auf dem Lande. Nun, das Schlimmste war auch vorüber, wir erreichten unser Schiff, brachten unsere Leiche an Bord, die Dame stieg hinauf, die beiden Männer auch, wir nahmen den Anker auf, wie es sonst vielleicht nur Gespenster tun könnten, und fort ging's; wie wir durch die Scheeren gekommen sind, weiß ich heute noch nicht, doch wir kamen durch. Am anderen Tage sah ich, dass wir vier Passagiere hatten, zwei ganz junge Damen in Trauer und die Männer, welche Bedienten waren.

Wir hielten uns später immer südwärts und liefen bald Rügen an, hier begruben wir den Toten ganz still auf dem Kirchhof von Zudar und da blieben auch die Passagiere, während wir den Gellen hinauf nach Stralsund liefen, wo wir alle samt und sonders abgelohnt wurden. Aber nochmals, Kapitän, bis auf den Unterschied, der im Alter liegen müsste, seht Ihr aus wie mein damaliger Kapitän!"

Kapitän Dyks Züge hatten während dieser Zeit verschiedentlich den Ausdruck gewechselt; die Beweglichkeit, welche ihnen ohnehin schon eigen war, zeigte sich in doppelt verstärktem Grade, aber es war ihm gelungen, ruhig zu bleiben und sich soweit zu beherrschen, dass er gegenwärtig vollkommen gleichgültig erschien.

„Das sind mir alles ganz fremde Sachen", erwiderte er ruhig, „obgleich ich mir wohl denken kann, wer der Enthauptete ist – ich höre das zum ersten Mal, bis auf die Sage, dass jener, der unterm Galgen begraben ward, dort heimlich fortgenommen sein soll."

„Nennt das, wie Ihr wollt", erwiderte der Alte, „ich weiß, was ich weiß, und der Kapitän kann doch Euer Vater gewesen sein, muss es gewesen sein!"

„So war der Kapitän verheiratet?"

„Das weiß ich nicht, Herr, aber ob schon damals oder später, das ist gleich – er sah damals genau so aus, wie Ihr jetzt, und zwischen jener Zeit und heute liegen achtunddreißig Jahre!"

Kapitän Dyk errötete leicht.

„Nun, angenommen", sagte er, „der Mann sei mir oder vielmehr ich ihm ähnlich, so passt doch, wie Ihr selbst sagt, der Name nicht – wie war der Name desselben?"

„Ja, der Name", meinte der alte Lotse, „ich weiß nicht recht, ob ich den nennen darf; der Name hatte später für Schweden, wenigstens für dessen Schifffahrt, einen bösen Klang, doch dann verschwand er, bis er vor einigen Jahren wiederauftauchte und gar nicht besser lautete – er ist bekannt genug!"

Diesmal färbte sich das Gesicht des Kapitäns fast dunkelbraun.

„Ich weiß nicht, von wem Ihr sprecht!", rief er mit einem Anstrich von Unwillen.

„Na, Herr", sagte Nehls langsam, „der Name heißt Peter Jacobson."

„Unsinn!", rief Dyk, aufspringend, „reine Tollheit, mich mit dem zusammenzubringen!"

„Nichts für ungut, Herr!", sagte der Lotse, sich ebenfalls erhebend, „die Welt hat ihr Urteil und ich habe meins. Der Mann, welcher so oder meinetwegen anders hieß, war für mich ein ganzer Mann, und wenn er, wie ich mir denke, eine der Töchter des Enthaupteten geheiratet und sich das Heiratsgut, was Schweden vielleicht nicht gutwillig gegeben hat, mit Gewalt holte, so ist es seine Schuld, dass ich ihm dabei nicht, wie bei einer anderen

Sache, geholfen, hätte er mich dazu aufgefordert in meinen jüngeren Jahren, würde ich nicht nein gesagt haben – doch es ist spät und morgen –"
Der Kapitän war plötzlich leichenblass geworden, ebenso plötzlich trat er dann vor und reichte dem Alten die Hand hin.
„Lotse!", unterbrach er ihn dabei, „ich habe es ebenfalls nicht böse gemeint, jeder Mensch hat das Recht, seine Ansicht zu haben, und die Eure mag nicht die schlechteste sein. Ich danke Euch für die Erzählung, sie hat uns bessere Unterhaltung gewährt, als solche von Euch zu erwarten war; – Eure Koje findet Ihr in der Bootsmannskammer, gehabt Euch wohl!"
Der Lotse schüttelte die ihm gebotene Hand, sagte aber kein Wort weiter, stieg die Treppe hinan und auf das Deck, auf welchem er nach vorne schritt, nachdem er seinen dicken Rock vom Steuerrade zu sich genommen hatte.

X. Zur rechten Zeit.

Als der alte Lotse die Kajüte verlassen, schwiegen die beiden darin zurückgebliebenen Männer mehrere Minuten.
Während dieses Schweigens blickte der Kapitän finster auf den Tisch vor sich hin, dagegen musterte van Swieten denselben von Zeit zu Zeit mit einem gewissen zweideutigen Lächeln.
„Das scheint getroffen zu haben!", sagte derselbe endlich langsam, „dieser alte Lotse hat es offenbar faustdick hinter den Ohren und ich will nur hoffen, dass er nicht noch andere als Lotsensignale mit dem Land wechselt!"
Kapitän Dyk hob langsam und mit einem tiefen Seufzer den Kopf.
„Nein Swieten!", antwortete er, „deswegen keine Sorge, dieser Alte verrät mich wohl nicht; doch seine Erscheinung sagt mir,

dass ich in gewisser Hinsicht zu wenig Vorsicht angewendet, es könnten mich auch noch andere erkennen!"

„Nun, das musste man doch voraussetzen!", erwiderte der Holländer leichthin, „es lag ziemlich nahe; aber was ist an der Erzählung des Alten, Kapitän?"

„Sie ist wahr!", antwortete Dyk ernst, „aber sie musste stattfinden, um mir zu sagen was ich zu tun habe – weiß es Gott, ich wollte schon so edel sein, das mir anvertraute Gut abzuliefern, wie ich es empfangen!"

Van Swieten ließ ein leichtes Lachen hören, legte mehrmals seine fetten Hände übereinander und nickte dann dem Kapitän mit einem spöttischen Lächeln zu.

„Hätt' ich auch getan – bei Gott!", rief er dann fast überlaut, „wir sind ja eigentlich die Kerle Cavaliere zu heißen und nur zu tun was die Ehre gebietet, die Rechtlichkeit fordert!"

„Schweig – Du!", sagte Dyk, während sein bleiches Gesicht wieder dunkel erglühte, „befiehl, dass der Tisch abgeräumt wird und halte Dich bereit, mit mir an die Arbeiten gehen!"

Dyk sprach selten aus diesem Ton mit seinem Vertrauten, doch wenn es geschah, wusste dieser was er davon zu halten und schwieg wie jetzt, um der erhaltenen Weisung zu folgen. Der Kapitän stieg auf das Verdeck.

Der Himmel war zwar mit Sternen besät, dennoch war die Nacht dunkel und ein fernes, dumpfes Brausen verkündete, dass eine Änderung des Wetters bevorstehe.

Kapitän Dyk lauschte zuerst diesem Geräusch, blickte dann zum Himmel empor und endlich auf die Umgebung, aus der ebenfalls verschiedene Lichter hervorleuchteten.

Bald jedoch richtete sich sein Blick fest nach Norden, und er versank in tiefes Nachdenken. Woran dachte Dyk?

Es kann nicht eben schwer sein, dies zu erraten. Die Töchter des Majors von der Grieben, besonders die eine derselben,

Clara, war es, welche seine Aufmerksamkeit in Anspruch nahm; Dyk empfand, was er noch nie empfunden, er hatte sein Herz an eine Dame verloren.

Wir haben Dyk bereits als tüchtigen Seemann kennen gelernt, und sein Verstand war jedenfalls ein durchaus nüchterner, sobald nicht eine Leidenschaft, welche ihn fast ganz beherrschte, ins Spiel kam. Er dachte daher auch jedenfalls nicht allein an das Glück einer Begegnung und der Bekanntschaft mit Clara, sondern bedachte vielmehr wohl die Unmöglichkeit, sich mit derselben vereinigen zu dürfen, selbst wenn seine Neigung erwidert werden sollte.

Diesem Umstande galten deshalb auch wohl die Seufzer, welche sich zu Zeiten seiner Brust entrangen, wodurch er einigermaßen allen Verliebten ähnlich ward.

Neben seinen Seufzern zeigten andere heftige Bewegungen, dass es ihm im Blut lag durchzusetzen, was er sich einmal vorgenommen. Jedenfalls war er für den Moment von einem Gedanken ganz in Anspruch genommen, was sich zeigte, als ihm Swieten nähertretend seine Hand auf die Schulter legte.

„Es war eine Torheit!", rief Dyk, zusammenfahrend.

„Wovon sprecht Ihr, Kapitän?", fragte der Steuermann ruhig, „ich bin seit vierundzwanzig Stunden Zeuge von so viel Torheiten geworden, dass ich ohne nähere Bezeichnung nicht wissen kann, von welcher die Rede ist."

Der Kapitän hatte sich schnell umgewendet, und wäre es Tag gewesen, dürften seine Züge ein bedeutendes Erröten gezeigt haben.

„Ihr habt Recht, Swieten", antwortete er lebhaft, „doch ich meinte das ganze Unternehmen, in welches ich mich eingelassen."

„Bah!", meinte der Holländer leicht; „dass muss die Folge zeigen; schon manche Torheit hat ihrem Urheber den Ruf eines klugen Mannes erworben."

„Mag sein!", entgegnete Dyk; „doch ich komme dadurch in eine mir fremde und gänzlich schiefe Lage; könnt Ihr mir sagen, wie lange ich im Stande bin, die Rolle eines gewöhnlichen Schiffskapitäns zu spielen?"

„Nein", antwortete Swieten lachend; „aber wenn mich nicht alles täuscht, so dürfte sie schon morgen auf der Admiralität zu Ende sein."

„Ja, ja, morgen", sagte Dyk langsam. Plötzlich jedoch wendete er sich um.

„Was sagt Ihr vom Wetter, Swieten?", fragte er, „ich denke, es setzt um."

„So gewiss, wie zwei mal zwei vier ist – schon bald nach Mitternacht."

„Kommt!"

Das Gespräch der beiden Leute hatte auf der Galerie stattgefunden, und man wendete sich jetzt der Kajütenkappe zu; beide betraten wieder die Kajüte.

In derselben war aufgeräumt, wie Dyk es befohlen, und nachdem die Depeschentasche sowie die Kiste dem Tische nähergebracht worden, holte Swieten eine kleine Kiste mit Handwerkszeug verschiedener Art herbei.

Nach einem Wink des Kapitäns begann er mit verschiedenen Instrumenten zunächst die Depeschentasche zu bearbeiten, bis sich deren Deckel öffnete; als dies gelungen, schüttete er die darin befindlichen Papiere auf den Tisch.

Von diesen letzteren waren verschiedene versiegelt, andere nicht; jedoch die mehrsten in Ziffern geschrieben.

Dyk sammelte sofort die verschiedenen Schreiben zusammen und schob sie zurück, sortierte dann die anderen und holte zuletzt aus dem Wandgetäfel ein kleines Blatt hervor, welches offenbar einen Schlüssel zu jener Schrift bildete.

Der Kapitän sowie Swieten bemühten sich jetzt, vermittelst desselben die Depeschen zu entziffern und einige Zeit hindurch hörte man sie nur abgerissene Sätze miteinander wechseln. Dyk machte verschiedene Notizen.

Die durchgesehenen Papiere wanderten wieder in die Tasche und Dyk betrachtete längere Zeit die versiegelten Depeschen.

„Am besten, ich nehme die ganze Gesellschaft mit", murmelte er dann, „die Siegel wieder herzustellen sind wir nicht im Stande."

Swieten machte nur eine zustimmende Bewegung mit dem Kopf.

Nachdem die Tasche wieder geschlossen, kam die Kiste an die Reihe. Auch aus dieser wurden verschiedene Papiere und Karten zurückbehalten, die Kiste wieder verschlossen und sie wie die Tasche fortgeschafft. Dyk schien über etwas nachzusinnen.

„Ja", sagte er endlich, „Swieten, es führt jeder Weg nach Rom und jetzt, wo ich habe, was ich haben muss, weiß, was ich erfahren konnte, wird es am besten sein, wenn ich Euch, verlasse. Seht zu, wie Ihr weiterfahrt und wie Ihr Kolberg erreichen mögt. Ich steige hier ans Land."

„Mir recht!", brummte Swieten, „natürlich wollt Ihr unbemerkt verschwinden."

„Gewiss!", antwortete Dyk.

Swieten verließ ohne weitere Anweisung die Kajüte und stieg auf das Verdeck; hier schickte er den einzigen auf demselben anwesenden Mann hinab, zog die am Stern im Schlepptau hängende Jolle näher an das Schiff und begab sich wieder in die Kajüte.

Dyk hatte unterdessen die Papiere verborgen, noch andere hervorgesucht und zu sich gesteckt, sich mit Geld und Waffen versehen und noch einen Rock übergezogen. Es war alles bereit. Als Swieten dies erkannte, ging er schweigend an das eine der beiden Kajütenfenster, öffnete es und hob es aus; eine Minute hindurch lauschte er, dann aber schob er seinen Körper dem bereits vorangeschickten Kopf nach und verschwand durch die Öffnung. Dyk verlöschte das Licht.

Der Kapitän nahm hiernach denselben Weg und gleich darauf entfernte sich die Jolle langsam aber lautlos von dem Schiffe, das den beiden dessen ungeachtet bald nur als eine dunkle unförmliche Masse sichtbar blieb.

Sobald man sicher war, vom Schiffe nicht mehr gesehen zu werden, ergriffen die Männer die Riemen und trieben das leichte Fahrzeug in der Richtung nach der pommerschen Küste fort.

Man landete unfern von Barhöft, Dyk schritt nach kurzem Abschied schnell in das Land hinein und Swieten suchte den Rückweg nach dem Schoner.

Er erreichte denselben und stieg auf dem erst zurückgelegten Wege wieder in das Schiff, von diesem Moment ab regte sich bis zum Morgengrauen nichts mehr in demselben. –

Der Himmel zeigte sich am Morgen trübe; der Wind war heftig geworden und strich kalt aus Norden daher, indem er Wolkenballen vor sich hinschob; doch war er dem Schoner günstig, und der Lotse ließ deshalb sehr bald den Anker lichten.

Nehls sah sich während der Fahrt bis Stralsund vergeblich nach dem Kapitän um, er erschien nicht und als er deshalb eine Frage an Swieten richtete, ward er barsch abgewiesen.

Nehls schüttelte den Kopf und tat fortan schweigend seine Schuldigkeit; man erreichte Stralsund, doch schon oberhalb der Johannisschanze kam dem Schoner ein bewaffnetes Boot entgegen; die in demselben befindlichen Offiziere stiegen an Bord, durchsuchten das Schiff und legten Beschlag auf dasselbe. Als das Fahrzeug an das Bollwerk geholt worden, wurden statt des einen, den man verhaften wollte, jedoch nicht fand, alle darin befindlichen Männer, der Lotse nicht ausgenommen, verhaftet und auf die Kommandantur geführt.

Nehls verzog bei dieser Gelegenheit den Mund und gab bei Gelegenheit Swieten einen Rippenstoß; Swieten nickte ihm nur zu, jedoch diesmal ganz freundlich.

Die Verhafteten wurden auf der Kommandantur vernommen; jedoch ihre Aussagen machten den schwedischen Herrn vieles Kopfzerbrechen.

Die Papiere des Schoners waren vollständig in Ordnung – doch der fehlende Kapitän schien eine in der Nacht angelangte Anzeige zu bestätigen.

Dagegen konnte man eine solche Bestätigung mit der richtigen Ablieferung der wichtigen Depeschen nicht in Einklang bringen.

Jedenfalls ward den schwedischen Behörden soviel klar, dass die Leute über die Sachen, von welchen sie aussagen sollten, eben so verwundert wie sie selbst, also ganz schuldlos waren.

Als deshalb ein Handlungshaus Schiff und Ladung als an dasselbe gerichtet jenes beanspruchte, gab man die Verhafteten zugleich mit heraus, umso mehr, als der Nachmittags auf der Admiralität erscheinende Klassen über das Fahrzeug und seinen Kapitän Mitteilungen gemacht, welche beide im vorteilhaften Lichte erscheinen ließen.

Man glaubte deshalb, dass die Mitteilung aus Stockholm einem Irrtum entsprungen, Dyk aber in der Nacht, ohne dass es jemand wahrgenommen, verunglückt sei; Swietens Aussage machte dies ziemlich wahrscheinlich.

Als jedoch Nehls sich von demselben verabschiedete, sagte er, ihm die Hand herzhaft schüttelnd:

„Sagt dem Kapitän, Herr, er könne sich stets und ständig auf den alten Nehls verlassen; er wäre nur an Jahren, aber nicht am Herzen gealtert.

„Werd's bestellen – wenn ich ihn wiedersehe", sagte Swieten mürrisch und wendete sich ab.

XI. Verschiedene Eindrücke.

Der junge Morgen hatte sich auf dem nördlichen Ende von Hiddensoe so gut grau gezeigt, wie am südlichen, und grau sah es denn auch über Grieben aus.

Doch war dies nicht allein mit dem Himmel der Fall, sondern auch im Inneren des Gutshauses, und obgleich sich wohl niemand sagen konnte, weshalb, war doch alles beim Beginn des jungen Tages missgestimmt.

Es gibt überhaupt Tage im menschlichen Leben, die eine solche Stimmung bedingen, und man sollte diese wohl beachten, wie diese Stimmung selbst, da beide meistens von nachhaltiger Bedeutung zu sein pflegen.

So auch hier. Der 30. Juli des Jahres 1757 sollte für Grieben und seine Bewohner von größerer Wichtigkeit werden, als nur irgendjemand ahnen konnte. So viel Ursache auch die Familie des Majors zur Freude und Zufriedenheit haben musste, hatte diese letztere doch etwas Bittersüßes, wovon sich niemand Rechenschaft zu geben vermochte.

Das Wrack in der Nähe hatte gewiss seinen Anteil hieran, der kranke Fähnrich offenbar noch mehr; es ist nie angenehm, einen Kranken unter seinem Dache zu wissen.

Doch was sich vielleicht niemand gestehen mochte, die mehrste Schuld trug die Tischunterhaltung zu dieser Missstimmung bei. Die von Dyk gemachten Mitteilungen wollten niemand aus dem

Sinn kommen, und keiner war mit dem eigenen Benehmen während derselben zufrieden.

Als man sich zum Frühstück zusammengefunden, herrschte deshalb zunächst Einsilbigkeit, und ein bald in den Gang kommendes Gespräch über den Kranken war nicht geeignet, an deren Stelle Heiterkeit treten zu lassen.

Übrigens hatte der Major am frühen Morgen bereits die nötigen Bestimmungen seinetwegen getroffen, namentlich aber nach einem Arzt geschickt, der leider von weither geholt werden musste.

Als der Major vom Frühstück aufgestanden, begab er sich zu dem Kranken, um noch etwaige Wünsche desselben zu vernehmen, und ließ jetzt zum ersten Mal etwas wie leichte Vorwürfe fallen.

Wardow nahm diese hin, dankte für die ihm geschenkte Aufmerksamkeit und bedauerte nur, dem Haus eine solche Last zu sein.

Das wollte jedoch der Major nicht gelten lassen, und hiermit war die Angelegenheit einstweilen beendet. Der Major versprach für Unterhaltung zu sorgen und entfernte sich.

Im Laufe des Tages erhielt Wardow auch noch den Besuch der Hausfrau und ihrer Töchter, ebenso des Predigers und Küsters und schließlich des Gutsverwalters, dem die Kontrolle seiner Pflege übertragen worden.

Da das Wetter während des ganzen Tages unangenehm blieb, verstrich dieser ziemlich langweilig, bis endlich der Abend eine Abwechslung bringen sollte.

Mit Eintritt der Dunkelheit kehrte nämlich der alte Klassen zurück und begab sich zunächst in das Zimmer des Junkers.

„Alle Wetter, Klassen!", rief Wardow lebhaft, „also man hat Euch laufen lassen – nun, ich meine, unsere Sache steht danach nicht so schlimm!"

„Bis jetzt nicht, Junker!", antwortete der Alte, „im Gegenteil, man schien uns sehr zu bedauern, und das Ganze wie ein wirkliches Unglück anzusehen."

„War es auch, Klassen", erwiderte der junge Mann altklug, „ich kann ja das beweisen, und Ihr müsst es bezeugen."

„Jawohl. Das Unglück, soweit es ein solches gewesen", antwortete der Alte mit Nachdruck, „und so lange man keine weiteren verfänglichen Fragen stellt."

„Bah – wie sollte man dazu kommen?"

„Ja – ich weiß es nicht", meinte Klassen zögernd, „vorläufig ist mir nur so viel klar, dass wir ein Glück haben, welchem selbst Unvorsichtigkeit oder Bosheit nichts anhaben kann; denn denkt Euch, man hatte irgend Schlechtes über den Kapitän Dyk gemeldet, sodass Schiff und Mannschaft eingezogen worden, als jener in den Hafen gekommen. Hätte der Kapitän sprechen müssen, dürfte uns der Streich doch sehr unangenehm geworden sein. Wissen möchte ich indessen nur, wer den Mann so schwarz gebrannt."

Ob der Alte bereits einen gewissen Verdacht gegen den Junker hegte, ist unsicher; doch fixierte er ihn während seiner Rede mit den Blicken. Der Fähnrich errötete in Folge dessen.

„Ah!", machte er, „also das hat gewirkt!"

„Nun, Alter!", meinte Wardow, „ich tat meine Schuldigkeit; als Ihr beschäftigt wart, sandte ich den Datlof an den Baron, um ihm meine Ansicht mitzuteilen. Doch der Baron war nicht zu haben, und so habe ich ihn denn noch gestern nach Stralsund gehen heißen. Ich sehe, der Mann hat meinen Befehl ausgeführt."

„Ja, so viel sehe ich jetzt auch!", rief Klassen ärgerlich, „und noch ein guter Teil mehr –!"

„Nun, was seht Ihr?"

„Das ist im Grunde nicht der Rede wert", brummte Klassen, „schließlich müsstet Ihr doch immer die Sache auf Eure Kappe nehmen, Junker!"
„Gewiss!", bekräftigte der junge Mann, „also Dyk ist festgenommen?"
„Sein Schiff und seine Leute, ja", antwortete Klassen langsam, „doch sind diese wie jenes auch schon wieder freigegeben."
„Und Dyk?"
„Ja, Dyk, Junker", entgegnete der Alte traurig, „Dyk ist, seit er sich gestern Abend zurückgezogen, nicht mehr gesehen. Wahrscheinlich hat er, als der Schoner am Bock ankerte, einmal während der Nacht nach dem Wetter sehen wollen und ist ins Wasser gefallen. Kurz, alles am Bord war, wie es gewesen, alle seine Sachen sind vorhanden, nur seine Person fehlte, als man ihn in der Kajüte suchte, um zu melden, dass Stralsund in Sicht sei. Der brave Kapitän Dyk ist offenbar ertrunken!"
Der Alte sprach diesen letzten Satz mit besonderem Nachdruck, und Wardow machte ein ganz gewaltig langes Gesicht.
„Hm!", stieß er endlich hervor, „das ist ja merkwürdig – also rein verschwunden?"
„Ertrunken, sage ich!", rief der Alte ärgerlich, „und der Meinung sind alle, besonders sein Steuermann, der ihn noch zuletzt gegen Mitternacht gesehen!"
Wardow blickte den alten Bootsmann lange an und in seinen Mienen lag etwas wie Verblüfftheit; dann jedoch schüttelte er den Kopf.
„Ertrunken?", brummte er dabei vor sich hin, „der Bursche dürfte wohl nicht leicht ertrinken. Doch, bringt Ihr Befehle für uns mit?"
„Für Sie eigentlich nicht", erwiderte der Alte barsch, „ich soll dagegen, vom Wrack bergen, was sich bergen lässt, und mich dann auf dem kürzesten Wege nach Ystadt scheren."

Klassen verließ nach diesem Gespräch den Junker, um sich direkt zu der Familie des Majors zu begeben.

Auch hier ward er mit verschiedenen Fragen über die Folgen der Handlungsweise des Fähnrichs bestürmt.

„Hat nichts auf sich!", lautete seine Antwort, „die ganze Sache hat in der jetzigen Zeit zu wenig Wichtigkeit; dagegen habe ich etwas Schlimmeres von jemandem zu berichten, dem ich es am wenigsten wünsche."

„So – was ist das?", rief der Major, alles horchte gespannt.

„Der Kapitän Dyk ist ertrunken!", antwortete der Alte.

Ausrufe des Staunens folgten dieser bestimmten Behauptung, doch waren sie ganz verschieden betont.

Der Major drückte Verwunderung aus, wie jemand, der etwas hört, was er nicht für möglich gehalten, bei der Frau und Sophie war es einfacher Schreck, doch bei Clara war es augenscheinlich doppelter und dreifacher.

Denn ihr Ruf übertönte gellend und scharf die anderen Laute, sie ward zugleich blass, zitterte heftig und musste sich an dem nächsten Möbel halten, um nicht zu fallen.

Doch beachtete augenblicklich niemand diese außergewöhnlichen Zeichen ihres Schmerzes.

„Wie war das möglich!", rief endlich der Major.

„Gott mag es wissen", antwortete Klassen, „niemand war Zeuge seines Unterganges; doch lässt sich leicht vermuten, wie er stattgefunden. Der Kapitän hatte die Wache eingezogen und wird nun selbst über das Schiff gewacht haben; bei einem Gang nach oben, vielleicht halb im Schlaf, muss er über Bord gestürzt sein."

„Sonderbar!", murmelte der Major, „ein Mann, wie er!"

Klassen zuckte mit den Schultern.

„Die See schont keinen und ist, ruhig wie zürnend, gleich tückisch."

Clara hatte diesem Gespräch, wie zur Bildsäule erstarrt, zugehört; endlich rang sich ein Seufzer aus ihrer Brust empor.

„Der arme Kapitän!", stieß sie hervor.

„Jawohl, jawohl!", sagte der Major, „er tut uns herzlich leid – zwar kein Patriot, aber ein Mann, dem wir verpflichtet waren; er macht uns wirklich betrübt, dieser Unfall."

„Es scheint, ich sei zur Eule geworden", murmelte Klassen, „da ich nichts mehr zu berichten habe als Unheil."

„Dafür könnt Ihr nicht, Klassen", meinte der Major, „es ist nicht Eure Schuld, ich danke Euch!"

Klassen ging.

In Grieben ward natürlich der Tag nach dieser Nachricht beschlossen, wie er begonnen, das heißt traurig, und alle begaben sich bald zur Ruhe, um mit ihren Gedanken allein zu sein. Ruhe fand indessen Clara nicht, und als sie sich am Morgen zeigte, war ihr Aussehen angegriffen.

Da es das Wetter erlaubte, besuchte sie bald mit ihrer Schwester den Bakenberg; oben angekommen, blickte sie lange nach Süden.

Sophie, welche zuerst ihre Einsilbigkeit bemerkte, erkannte jetzt auch, dass sie einfacher als gewöhnlich gekleidet war und nur schwarze Bänder an sich hatte.

„Es sieht fast aus, als ob Du trauertest!", rief sie nach einer Bemerkung darüber.

„Ich traure wirklich!", antwortete Clara leise.

„Ah – um Dyk!", rief die Schwester.

„Allerdings, Sophie!", entgegnete Clara, „doch scherze und lache nicht darüber; dieser Mann und ich, wir verstanden uns bereits, er wäre mir gewiss sehr wert geworden!"

Claras Augen füllten sich mit Tränen; Sophie schlang ihre Arme um sie und schmiegte sich an sie.

XII. Vor dem König.

Überspringen wir nach der vorangegangenen Vorstellung und Bekanntschaft der Hauptpersonen, des hier zu beschreibenden Dramas, eine kurze Spanne Zeit und eine ebenso unbedeutende Spanne an Raum.

Wir bekommen dadurch zwei Wochen und einige Tage auf leichte Weise hinter uns und befinden uns im Sachsenland, mitten in einem Heerlager – im Lager und im Hauptquartier des Königs Friedrich II. von Preußen.

Ein schlichtes Bauernhaus am Ende eines Dorfes war das Quartier des Königs, welches er schon seit einigen Tagen bewohnte; eine Hütte welche sonst kaum Raum für ihre Bewohner hatte.

Friedrich begnügte sich mit einem Zimmer desselben, welches also zugleich Arbeitskabinett, Speisezimmer, Empfangssaal und namentlich auch Schlafzimmer sein musste.

Es war Abend geworden, die Adjutanten und Ordonnanzen waren bereits entlassen und der König befand sich in Uniform, jedoch allein im Zimmer. Er war sichtlich schlechter Laune.

Dies ist erklärlich; denn das Kriegsglück hatte sich in diesem Kriege zum ersten Mal ihm ungünstig gezeigt; es waren böse Nachrichten aus Böhmen eingetroffen. Seine Gegner begannen sich von dem ersten überraschenden Schlag zu erholen.

Friedrich saß in tiefem Nachdenken versunken vor dem Kamin, in dem wegen des draußen herrschenden unangenehmen Wetters Feuer brannte.

Eine Stunde mochte der Monarch so dagesessen haben, als ein Kammerhusar in das Gemach trat, um ein frugales Abendessen zu servieren.

Der König achtete nicht weiter auf den Mann, nachdem er ihm einen flüchtigen Blick zugeworfen. Dagegen betrachtete ihn jener desto aufmerksamer.

Die Diener des Königs benahmen sich seit einiger Zeit etwas scheu in Gegenwart ihres Herrn. Friedrich hatte vor Kurzem erst jene bittere Erfahrung gemacht, welche die Geschichte als einen ihm geltenden Vergiftungsversuch verzeichnet hat. Das Geheimnis, welches über diese Angelegenheit schwebt, kann auch hier nicht aufgehellt werden; es ist mit den wenigen Personen, die darum wussten, zu Grabe gegangen und es bleibt sogar fraglich, ob es sich um einen Vergiftungsversuch handelte. Doch dem sei wie ihm wolle, die Entdeckung, welche der König machte, bewies ihm wie ein von ihm mit Wohltaten überhäufter Mensch zum Verräter an ihm geworden; soviel lässt sich mit Gewissheit annehmen.

Der Verräter empfing seinen Lohn; doch die Vertraulichkeit, welche der König sonst im Umgang mit seinen Dienern gezeigt, war zu Ende; er ward der strenge Herr für sie.

Deshalb zögerte jetzt auch der Kammerhusar den Mund zu öffnen, wie er doch beabsichtigte und fuhr fort sein Geschäft zu verrichten.

Dies war zu Ende und der Husar trat zurück, blieb jedoch an der Tür stehen.

„Willst Du etwas?", fragte der König in strengem Ton.

„Majestät?", antwortete der Husar, „es ist ein Mann draußen, der Sie durchaus sprechen will; doch weigert er sich seinen Namen zu nennen!"

„So!", sagte Friedrich gleichgültig und ließ den Kopf wieder sinken; nach einer Pause fuhr er fort „hat sich der Mann nur an Dich gewendet, um vorgelassen zu werden?"

„Ich glaube Majestät; er äußerte, dass es gut sei, wenn er von nicht zu viel Personen bemerkt werde!" – „So!", widerholte Friedrich „wie ist der Mann in das Lager gekommen?"

„Ich weiß es nicht Majestät."

„Schicke ihn herein!"

Friedrich erhob sich, als der Kammerhusar ging und wenig Sekunden später erschien der Mann unter der Tür, den wir als den Kapitän Dyk kennengelernt haben. Der König stand regungslos mitten im Zimmer, seinen durchdringenden Blick auf den Eintretenden gerichtet; Dyk blieb an der Tür, doch begegnete sein Auge fest und bestimmt dem des Königs. Es verging fast eine ganze Minute in dieser Weise; der König machte der Situation ein Ende.
„Wer, ist Er?", lautete seine Frage.
„Mein Name ist Jacobson!", antwortete der Gefragte; „mein Stand hat keine bestimmte Bezeichnung; doch bin ich gegenwärtig in Diensten Eurer Majestät!"
Friedrichs Haupt hob sich etwas schnell und sein Auge blitzte lebhafter als bisher; dann spielte ein Lächeln um seinen Mund.
„Sein Stand!", sagte er sarkastisch; „Er ist ja auch so eine Art König, denke ich!"
„Eure Majestät hat Recht!", antwortete der Kapitän mit einer Verbeugung; „ich bin ein Souverän, jedoch ohne Land, ich führe Krieg nach Belieben, jedoch nur gegen ein Land und ein Volk!"
„Und welches Land ist dies?"
„Schweden!"
„Ist Er denn nicht selbst ein Schwede?", – „Nein Majestät, meine Mutter war deutschen Stammes, mein Vater ein Norweger von einem Deutschen adoptiert!"
„Aber ich meine, Schweden wird Ihm doch zu schaffen machen!'
„Ich habe meistens Bundesgenossen in meinen Kriegen gegen Schweden!"
„So rechnet Er mich auch wohl zu seinen Bundesgenossen?"
„Majestät haben einen Vertrag mit mir geschlossen!"

„Nun ich danke Ihm für die mir erwiesene Ehre – da können wir also auf gleichen Füßen akkordieren. Doch vor allem möchte ich wissen, was Er mit den Schweden vorhat?"
„Majestät, ich bin der Enkel des Baron Görz!"
„A–h!", sagte der König gedehnt; „jetzt begreife ich allerdings etwas von Seinem Stolze und von Seinem Unternehmen. Schweden soll Ihn wirklich fürchten wie man mir gesagt hat!"
Der Kapitän errötete.
„Majestät meine Bundesgenossen wechseln häufig, doch sie bilden stets eine bedeutende Macht!"
„Nu nu – da hat Er recht; was man nicht selbst kann, lässt man durch andere tun; Er ist Diplomat wie sein Großvater sehe ich – was bringt Er mir?"
Jacobson holte ein Papier hervor und reichte es dem König. Friedrich las und während des Lesens erheiterte sich sein Gesicht.
„Keine Magazine, die Kommandos getrennt!", rief er; „die Depots leer, Succurs langsam – das ist gut, das ist vortrefflich – weiter!"
Blatt nach Blatt wanderte jetzt in die Hände des Königs, der sich bei jedem mehr hob; als er endlich die versiegelten Depeschen und die Pläne und Karten empfangen und einen Blick darauf geworfen, sah er den Kapitän starr an.
„Ist Er denn ein Hexenmeister?", fragte er überrascht.
„Ich habe nur den Zufall benutzt, Majestät!"
„Na, den benutze Er öfter – Er hat mir wirklich einen großen Dienst erwiesen, womit kann ich Ihm dienen?"
„Majestät, ich habe meine Bedingungen bereits gestellt – ich verlange nichts weiter!"
„Das habe ich gleich erkannt!", rief Friedrich; „darum machte ich Ihm auch kein besonderes Angebot, wie lange wird Er hierbleiben?"

„Majestät erlauben mir wohl noch in dieser Minute wieder abzureisen!"

„Er hat Recht!", rief der König; „es würde viel Geschrei setzen, wüsste man von unserer Zusammenkunft; wir werden weiter von einander hören, nehme Er indessen diese Karte und wende Er sich an den Oberst Winterfeld, der Ihm weitere Instruktionen geben wird."

Der König, zum Teil wohl bereits in Gedanken ganz anderswo, winkte mit der Hand und Jacobson entfernte sich.

„Die Macht wäre unschädlich!", sagte Friedrich, „und das durch einen einzigen Mann! – Der Bursche ist unbezahlbar, ich werde an ihn denken!"

Der König entsendete noch in der Nacht einen Kurier, um einen Teil seiner im Norden stehenden Truppen nach dem Süden zu rufen.

XIII. Unverhofftes Wiedersehen.

„Feuer –!", ertönte es durch die finstere Herbstnacht.

„Feuer –, Feuer –!", erschallte es wiederholt durch das Brausen des heftigen Nordost-Sturmes.

„Feuer –, Feuer –, Feuer –!", gellte es in den verschiedensten Tonarten, aus hunderten von Kehlen durch das Sturmgebraus und das Tosen der brandenden Wogen, während die Lohe emporschlug, die bisher rabenschwarze Nacht zu erhellen und die Sturmglocke ihr immer eiliger werdendes Klaggestöhn zu heulen begann.

Höher und höher züngelte die Flamme auf; die Nacht ward zum Tage, Sturm, Regen und Glut begannen einen fürchterlichen Kampf, in dem die Kraft des Menschen nicht mitzählen zu sollen schien.

Ängstlich liefen halb und fast ganz nackte Männer, Weiber und Kinder umher, bald einander, bald ihre Habe zu retten suchend; ihre ersten Schreckensrufe gingen in anhaltendes Jammergeschreis über; es war eine grausige Szene, welche die Flamme beleuchtete, während sie zugleich das Firmament erglühen ließ und ihren Schein sicher auf zehn Meilen in die Runde durch die Nacht sandte.

Denn es war das Dorf Kloster auf Hiddensoe, welches brannte –; Kloster, am Abhang des Bakenberges wie eine Hochwarte belegen und deshalb auch völlig der Wut des Sturmes ausgesetzt. Heulend, brausend und pfeifend, strich dieser über die tobende See mit schneidender Kälte und Regen daher, die Glut immer ärger anzufachen, und das halbe Dorf stand bereits in Flammen, ehe die Bewohner von dem benachbarten Grieben und Bitte anlangten, um Hilfe zu leisten.

Von den Bewohnern des Ortes hatte niemand an Löschen gedacht; der jähe Schreck hatte alle, vom Ersten bis zum Letzten, der Besinnung beraubt. Denn um die Mitte des vorigen Jahrhunderts war eine Feuersbrunst ein bei Weitem furchtbareres Ereignis, wie heute.

Doch von Grieben war eine Spritze und mit ihr der Besitzer derselben, der Major, angelangt, welcher sich jetzt bemühte, seiner Stimme, seiner Maschine und der Vernunft Geltung zu verschaffen.

Doch sein Bemühen war vergeblich. Der Mut wie die Kraft der Unglücklichen war gelähmt, sie sahen ihre Habe bereits verloren, rangen die Hände und jammerten.

„Rührt Euch, Leute!", schrie der Major immer von Neuem, nachdem er die Spritze auf ein zur Hälfte brennendes Gebäude gerichtet, „schafft Wasser – Wasser!"

„Wasser, Wasser!", brüllten auch die an der Spritze beschäftigten Männer. –

Neues Unglück!

Das hoch liegende Dorf hatte keinen Brunnen, die Wasserbehälter befanden sich am Fuße des Berges, mehrere hundert Schritte entfernt, das mitgebrachte, wenige Wasser war schnell verbraucht, der schwache Strahl der Spritze versiegte. –
„Kinder – brave Männer von Hiddensoe!", bat der Major, „Ihr bietet so oft dem Meer Trotz, um es zu bekämpfen – das Feuer ist minder schlimm wie das Wasser; rafft Euch auf, rettet, was noch zu retten ist – ermannt Euch, es ist noch nicht alles verloren!"
Bitte und Mahnung waren vergebens. Der Major ward zornig.
„Treibt das Volk mit Schlägen an, sich selbst zu helfen!", rief er seinen Leuten und denen von Bitte zu, „wir wollen tun, was wir können, aber sie müssen uns unterstützen!"
Ein fürchterliches Geschrei erhob sich; der Major hatte ein böses Mittel gewählt, denn die Verzweiflung weicht der Gewalt nicht; wer wüsste, wohin es gekommen wäre, wenn der gut gemeinte, doch unbedachte Befehl des Majors ausgeführt worden.
„Ruhe!", erschallte da jedoch plötzlich, furchtbar im Winde vibrierend, eine mächtige Stimme und ein dunkler Menschenknäul wälzte sich in den Lichtkreis des Feuers.
„Alles zum Dorfe hinaus!", rief dieselbe Stimme, den Lärm, das Brausen des Windes und das Donnern der Wogen übertönend. Schweigend entwirrte sich dagegen der Knäuel und fremdartig gekleidete Männer, vielleicht hundert an der Zahl, mit Enterhaken, Äxten und Beilen bewaffnet, stoben nach allen Richtungen auseinander.
„Major, lassen Sie vom Brunnen bis zum Dorf eine Chaine bilden!", befahl der Führer dieser Schar weiter, „lassen Sie gefüllte Wassereimer von Hand zu Hand gehen, vorwärts!"

Ein neuer panischer Schrecken schien die Menge, den Major nicht ausgenommen, bei dieser unerwarteten Erscheinung ergriffen zu haben. Doch als ein Teil der Fremden wie Katzen die Dächer der noch unbeschädigten, aber bedrohten Häuser hinankletterte, die entzündeten Stellen mit nassen Tüchern bedeckte; andere von ihnen wie im Handumwenden brennende Gebäude zusammenrissen, noch während der Führer die letzten Worte sprach, kam frisches Leben in alle.

„Bravo!", rief der Major, „sucht Gefäße, Leute, und folgt mir!"
„Eilt!", mahnte der Fremde, und man eilte.

Der Sturm brauste fort, die Wogen donnerten weiter gegen den Fuß des Vorgebirges Dornbusch, das Feuer brannte weiter –; doch seine Wut bekam schon nach wenig Minuten Schranken.

Es war ein herrliches Stück Arbeit, welches hier verrichtet, ein schöner Erfolg, der jetzt im Kampf gegen die entfesselten Elemente gewonnen ward.

Zwar nicht ohne Verwirrung waren die Leute aufgestellt worden; aber als sie und andere, die auch jetzt von Neuendorf und Ploghagen herbeigekommen, standen, langten sie einander emsig die gefüllten Gefäße zu, deren Inhalt vorläufig von den schweigenden Rettern nicht in das Feuer, sondern auf die erst gefährdeten Gebäude geschüttet ward.

Inzwischen fielen unter den Schlägen der Fremden Ruck auf Ruck die brennenden Häuser zusammen, erstickten dadurch schon teilweise die Flammen, deren gänzliches Erlöschen durch verschiedene Mittel, besonders durch hinaufgeworfene Erde bewirkt ward.

Bald schwand der grelle Feuerschein, ein trübes Licht erhellte nur noch die Gegend, welche gleichsam unter einem Dach von Rauchwolken lag, und als der Morgen im Osten graute, war die Hälfte des Dorfes unzweifelhaft gerettet. Auf einen Wink des

Führers verließen die fremden Männer ihre Arbeit und verschwanden lautlos, wie sie gekommen. Nur jener blieb.

Da man jetzt des Wassers nicht mehr bedurfte, eilte auch der Major wieder den Berg hinan und auf den Fremden zu, welcher den Ortsbewohnern noch einige Verhaltungsregeln gab.

„Ja, er ist es!", rief der Major, „Sie leben wirklich noch, Kapitän Dyk?"

Der Kapitän war dem Major ebenfalls entgegengegangen und erwiderte dessen herzlichen Händedruck lächelnd.

„Wie Sie sehen, Herr Major!", antwortete er.

„Schön, Kapitän Dyk!", fuhr der Major, seine Hand immer noch haltend, fort; „aber wie kommen Sie heute gerade zu so gelegener Zeit?"

„Es freut mich, Ihnen stets gelegen zu kommen", erwiderte der Kapitän, „denn sonst ist es eigentlich mein Los, jeder Zeit ungelegen zu kommen – übrigens sehen Sie nur dorthin, das erklärt, warum ich kommen musste – ich befinde mich in ähnlicher Lage, wie jene."

„Ah, Ihr Schoner mit gebrochener Stenge!", rief der Major, „das ist herrlich; nun werde ich doch das Glück haben, Sie einige Zeit bei mir zu sehen!"

„Nicht lange, Herr Major", sagte der Kapitän, „meine Zeit ist gemessen, der Schade kann in vierundzwanzig Stunden ausgebessert sein."

„Bei Ihrer starken Mannschaft allerdings!", rief der Major schnell; „wissen Sie, das war ein Glück, viel Hände machen bald ein Ende; Sie fuhren wohl stärker als sonst?"

„Es ist jetzt wirklich Krieg!", sagte der Kapitän, leicht errötend, „man muss auf alle Fälle vorbereitet sein!"

„Freilich, freilich!", rief der Major „und für dies arme Dorf ist Ihre Vorsicht, ein offenbares Glück; doch kommen Sie jetzt, wir sind überflüssig geworden, und ich denke ein gutes Frühstück

wird uns nach der Arbeit munden. Meine Frau und Töchter werden sich wundern und – freuen Sie zu sehen!"
Der Kapitän errötete wiederum leicht und verbeugte sich, während beide aufbrachen.
„Nur nicht zu bescheiden lieber Dyk!", sagte der Major herzlich „wir müssen uns sogar freuen, wenn Sie erscheinen und ich wünschte nur, dass Sie überwintern möchten –; doch apropos, hören Sie, Freund, hier wird noch auszuhelfen sein. Am Bord von Schiffen ist manches Überflüssige –!"
„Ich habe in dieser Hinsicht bereits Befehle erteilt!", unterbrach ihn der Kapitän.
„Ah – immer derselbe!", rief der Major, „Kapitän, wenn der Ausdruck für einen Mann passte, würde ich Sie einen Engel nennen – eine Art Halbgott sind Sie mindestens –!"
„Wenn Sie mich nur nicht eines Tages für das Gegenteil halten werden!", sagte der Kapitän fast rau, „man hat dergleichen schon erlebt!"
„Nichts für ungut, lieber Dyk!", fuhr der Major fort, „ich weiß es wohl, dass Schmeichelei einen Mann beleidigen muss, doch wollte ich eigentlich nur einen Scherz machen. – Ich bin heut so froh, so glücklich; das macht natürlich zum Teil das Gelingen unsers Werkes, zum anderen jedoch Ihre Ankunft!"
„Sie sind sehr gütig Herr Major!"
„Übrigens mein teurer Dyk hätten Sie nur zwei Tage früher kommen dürfen, um noch einen Bekannten, der Ihnen auch verpflichtet ist, treffen zu können. Der Graf Staelswerd hat hier wieder Station gehabt und ist erst vorgestern abberufen worden!"
Der Kapitän zuckte bei dieser Mitteilung leicht zusammen und seine Stirn verfinsterte sich.
„Wirklich?", murmelte er.

„Ja, ja!", antwortete der Major, „doch kommen Sie guter Freund."

Beide Männer schritten Grieben zu.

XIV. Ein deutliches Zeichen.

Im Herrenhause von Grieben war die Zeit, welche wir übersprungen, in gewisser Hinsicht ziemlich einförmig verstrichen.

Dennoch gab es zwei Vorfälle, die zu eng mit den folgenden Begebenheiten der Geschichte zusammenhingen, um sie unerwähnt zu lassen.

Herbeigeführt wurden dieselben durch die eben gebotene Situation und obwohl sie nicht gerade schlimm genannt werden konnten, erregten sie doch einige Unruhe.

Wir wissen, dass der alte Klassen beauftragt war, von dem Wrack zu bergen, was noch geborgen werden konnte.

Klassen ging dabei so gewissenhaft zu Werke, wie es einem Mann seines Charakters und Standes zuzutrauen war.

Die Utensilien des Schiffes waren fast noch alle vorhanden und hatten überhaupt nur wenig gelitten.

Klassen nahm daher Leute an, ließ jene aus dem Wrack an das Land schaffen und hiernach das Letztere durch Sachverständige besichtigen.

Diese erklärten den Rumpf noch für brauchbar und dass deshalb eine Abbringung desselben vom Strande nötig sei.

Dies war nun allerdings eine Arbeit, zu der dem alten Seemann sowohl Hände als Mittel fehlten, weshalb er über den Ausspruch der Sachverständigen zu berichten genötigt war.

Hätte Klassen das Wrack ruhig abbrechen lassen, krähte vielleicht kein Hahn mehr danach; aber sein Bericht machte die Admiralität aufmerksam.

Statt einer Anweisung oder Ordre für sein Verhalten erschien eines guten Tages eine Kommission, untersuchte das Schiff, und verhörte schließlich Klassen so wie den Fähnrich.

Bei diesen Verhören kam soviel heraus, dass man auch noch andere Personen vernahm und wenn diese auch meistens nur vom Hörensagen sprachen, so schien die Kommission doch von einer Pflichtvernachlässigung der Führer des Fahrzeuges die Überzeugung bekommen zu haben.

Kurz, Wardow sowie Klassen wurden verhaftet und als Gefangene nach Stralsund geführt, was namentlich in der Familie des Majors Bedauern hervorrief.

Indessen ging diese Angelegenheit vorüber und würde vergessen worden sein, nachdem das Wrack wirklich wieder flottgemacht und fortgeführt worden, wenn nicht, ehe es geschehen, Staelswerd wieder zurückgekommen wäre.

Staelswerd hatte in kurzer Zeit die ihm vorgeschriebene Tour zurückgelegt; günstige Winde hatten ihn im Flug überall hingeführt; er hatte die Häfen wie die Meere visitiert, ohne jedoch eine Spur von dem bezeichneten Schiffe gefunden zu haben.

Andererseits hatten auch die überall stationierten Kreuzer nichts von dem Schiffe gesehen, was doch geschehen sein musste, wenn dasselbe in einen preußischen Hafen zu gelangen versucht hätte.

Ohne eine Spur von dem Piraten entdeckt zu haben, war er daher zur Reserve-Eskadre zurückgekehrt, um seine Meldung abzustatten, wonach man ihm die Weisung gab, auf seinen alten Posten zurückzukehren.

Staelswerd wäre nun wohl geneigt gewesen, das ganze für eine Mystifikation zu halten; jedoch gab es außer anderen Nachweisen über die Existenz des gesuchten Schiffes, auch noch die Andeutung Dyks und dass ein Mann wie dieser nichts falsch gesehen haben werde, musste er unbedingt annehmen.

Das war eine Annahme hinsichtlich Dyks; eine andere aber die, dass er ein Interesse gehabt haben konnte, Staelswerd auf eine falsche Fährte zu bringen; denn bei ruhiger Überlegung schien dem Baron doch manches in dem Benehmen Dyks auffällig zu sein.

Staelswerd hatte seinen Vorgesetzten diesen letzten Verdacht verschwiegen; doch er sprach wiederholt mit Dalström darüber, um dessen Meinung zu erfahren.

Doch Dalström hielt nun einmal Dyk, weil er offenbar ein tüchtiger Seemann war, für einen Ehrenmann und wollte nichts auf denselben kommen lassen.

Dessen ungeachtet war Staelswerd durch das neue Tief nach Stralsund gegangen, um dort womöglich Dyk noch zu treffen.

Er traf so wenig Dyk wie dessen Schiff, welches mit einer Ladung Korn nach Stockholm gegangen sein sollte, ein Umstand der ebenfalls bei dem gegenwärtigen starken Getreideverbrauch in der Gegend bemerkenswert schien.

Natürlich erfuhr er, dass die Depeschen richtig abgeliefert, aber Dyk ertrunken sein sollte, und ferner, dass Wardow und Klassen sich in Untersuchung befanden.

Staelswerd sprach mit beiden; indessen seine eigentliche Absicht auf Dyk war durch den mutmaßlichen Tod desselben vereitelt, weshalb er die Sache fallen ließ und seine Station aufsuchte.

Das alte Verhältnis zwischen der Familie Grieben und Staelswerd stellte sich wieder her; man bedauerte den Tod Dyks, sprach über die mögliche Strafe der Verhafteten, wodurch die alten Vorfälle immer wieder aufgefrischt wurden.

Staelswerd begann inzwischen Clara den Hof zu machen und derselben endlich seine Liebe zu erklären.

Clara wies den Baron ab, soweit es sich ihrerseits tun ließ; doch Staelswerd, der diesen Bescheid nicht für ernstlich gemeint hielt, über dem bei der Mutter bedeutend in Gunst gekommen war, wendete sich endlich mit seinen Anträgen an den Major.

Grieben war ein wenig erstaunt, als er die Wünsche des Barons vernahm; dennoch wollte er denselben nicht ohne Weiteres abweisen und überließ es der Tochter, die Entscheidung zu treffen.

Clara hatte jedoch bereits entschieden und der Baron erhielt zu seinem nicht geringen Ärger einen unwiderruflichen Abschlag.

Natürlich konnte Staelswerd nach diesem Ereignis nicht gut mehr der Familie nahe bleiben und zog sich zurück.

Aber die Eltern Claras hatten bei dieser Gelegenheit einen Blick in das Herz der Tochter tun können, es schien beiden, als habe diese bereits gewählt, doch konnte man nicht erraten wie.

Dies war der zweite Grund, wodurch die Familie einigermaßen beunruhigt ward. Doch beruhigte man sich wieder als man merkte, dass Clara blieb wie sie war; Vater und Mutter glaubten deshalb sich geirrt zu haben.

Inzwischen bekam Staelswerd abermals Ordre die Station zu verlassen und dies fand wenige Tage vor der beschriebenen Feuersbrunst statt.

Als nun Grieben mit dem so plötzlich zur rechten Zeit angelangten und doch wie vom Tode aufgestandenen Kapitän dem Gute zuschritt, erzählte er gesprächig weiter:

„Der Herr ist mir fast zu vornehm; dennoch tat er mir bei seiner letzten Anwesenheit die Ehre an, mich in eine recht unangenehme Lage zu bringen; er warb kurz vor seinem Abgang um die Hand meiner ältesten Tochter."

Diesmal fuhr der Kapitän so auf, dass es der Major bemerkte.

„Ja, ja!", sagte er lebhaft, „wundern Sie sich nur, er tat es, trotzdem wir in der Politik so weit auseinandergehen, und ich – nun, wenn das Mädchen ihm geneigt gewesen wäre, – ein Vater muss da schon Rücksicht nehmen. Doch das Mädchen rettete mich aus der Verlegenheit, es schlug seine Hand aus!"

„Staelswerd wäre über dem kein Mann für Fräulein Clara!", murmelte der Kapitän.

„Ganz meine Meinung!", rief Grieben; „doch sieh, da sind wir ja alle!" Diesen letzten Ausruf des Majors veranlasste die Erscheinung der drei Damen, die um die hohe Einfriedigung des Gutsgartens, den die Männer bereits erreicht hatten, traten.

„Kinder!", fuhr er fort, „das Unglück ist nur halb so groß, wie es hätte werden können, und dies ist der Mann, dem wir solche Wendung verdanken. Kennt Ihr ihn wohl noch? – Er lebt, trotzdem wir ihn so lange bereits als einen Toten betrauert hatten."

Ein heftiger Schrei antwortete diesen Worten; es war Clara, die denselben ausgestoßen, und zugleich sank das Mädchen ohnmächtig zusammen. Indessen war Dyk schnell hinzugesprungen und hatte sie in seinen Armen aufgefangen.

Auf die Andeutung des Vaters hatten natürlich auch die Schwester und die Mutter Dyk erkannt, nur gaben sie ihre Überraschung in weniger heftiger Weise zu erkennen.

Bei der Ohnmacht Claras erschraken alle heftig, auch der Major sprang ihr bei, und obwohl sie sich bald erholte, musste sie doch in das Haus geführt werden.

„Mein Gott! ich glaube, das Mädchen hat Sie für ein Gespenst gehalten!", sagte der Major beim Eintritt in das Haus zu Dyk.

XV. Eine neue Überraschung.

Clara hatte den Kapitän keineswegs für ein Gespenst gehalten, und eher hätten es noch die anderen tun können wie sie. Wer liebt, hofft, das ist eine bekannte Sache, und aus diesem Grunde allein schon hätte Clara an dem Tode Dyks zweifeln können, so lange sein Leichnam nicht gefunden oder sein Tod nicht auf andere unumstößliche Weise festgestellt worden.

Indessen hatte sie noch einen anderen Grund, die Hoffnung, Dyk einst wiederzusehen, nicht ganz schwinden zu lassen, und dieser lag in einer Mitteilung des alten Nehls.

Nehls hatte nämlich eben so gut wie Sophie die Vorliebe der jungen Dame für schwarze Bänder bemerkt.

Für gewöhnlich zwar nicht berufen, eine Unterhaltung mit den Gliedern der herrschaftlichen Familie zu führen oder sie anreden zu dürfen, hatte der Alte es dennoch einmal gewagt, als sich die Gelegenheit eben bot.

„Es gefällt Ihnen wohl nicht mehr auf unserer lieben Insel, gnädiges Fräulein?", begann er, „man sieht Sie stets nur betrübt und traurig."

„O, doch!", antwortete Clara; „ich wüsste wenigstens nicht, dass ich mir schon dergleichen hätte merken lassen!"

„Das wohl nicht", fuhr der Lotse fort; „doch Sie zeigen über dem so viel Schwarz, wie alle Damen auf ganz Rügen zusammen nicht, und das, meine ich, müsste etwas zu bedeuten haben."

Clara errötete.

„Ich muss gestehen, dass ich eine Vorliebe für Schwarz habe", sagte sie ausweichend.

„Nun, jeder Mensch hat so etwas, woran er besonders hängt", sagte der alte Mann; „ich selbst hätte übrigens seit einiger Zeit etwas Schwarz anlegen mögen, wenn es wahr wäre, was man unlängst gesprochen."

„Ihr meint wohl die Vorfälle in Stockholm?", fragte Clara.

„Nein, gnädiges Fräulein!", sagte der Lotse, „es handelt sich um den Tod eines Mannes, den ich gernhatte." Claras Antlitz ward von Neuem und zwar noch tiefer durch ein glühendes Rot überzogen.

„Kapitän Dyk!", sagte sie fast unwillkürlich.

„Den meine ich", sagte Nehls, „aber er ist nicht tot!"

„Wie – nicht?", rief Clara, „was wisst Ihr von dem Kapitän?"

„Eigentlich nichts", fuhr jener fort, „ich weiß nur, dass er nicht tot sein kann –. Ertrunken soll er sein, welche Torheit, ein solcher Mann ertrinkt nicht so leicht!"

Clara hatte nach diesen Worten ihre Überlegung wiedererlangt; sie hatte sich indessen schon zu sehr verraten und forschte deshalb weiter.

Doch Gewissheit konnte ihr Nehls nicht geben; er führte zwar seine, und wie er meinte, guten Gründe an, sie zu überzeugen. War es nun hiermit auch nur schwach bestellt, so begann Clara doch, wieder zu hoffen, und diese Hoffnung sollte sie auch nicht betrügen.

Nur war das Erscheinen Dyks zu plötzlich, ohne alle Vorbereitung, namentlich nach einer in Schrecken durchwachten Nacht.

„Es ist Dein Retter in Person, Mädchen", fuhr der Major fort, „erhole Dich – Kapitän, wie ich schon sagte, es hieß, Sie wären ertrunken; Sie werden uns das später erklären, wie es gekommen."

„Gewiss!", sagte Dyk, „ich kann es schon jetzt."

Dyk erzählte, wie er am Land zu tun gehabt und dort aufgehalten sei; er habe diese Landung absichtlich ein Geheimnis sein lassen wollen.

„Geht uns auch nichts an!", meinte der Major.

Clara erholte sich inzwischen wirklich; sie bat alle um Verzeihung, wegen des ihnen verursachten Schrecks, und man entschuldigte natürlich gerne. Nur die Mutter warf Clara einen so scharfen Blick zu, dass sie dabei errötete.

„Wir müssen gleich ein Abkommen treffen, Kapitän", sagte dagegen der Major; „ich bin nämlich nicht Willens, Sie so schnell wieder fortzulassen; woher kommen und wohin gehen Sie, lieber Dyk?"

Dyk stutzte einen Moment.

„Aus Schweden", entgegnete er dann langsam, „ich gehe nach Greifswald, nachdem mir gestern Abend die Stenge gebrochen, konnte ich den Sturm nicht länger abwettern und musste hier Schutz suchen!"

„Nun, sehen Sie, teurer Kapitän!", fuhr jener fort, „das ist rein Bestimmung des Schicksals; zurück können Sie in diesem Jahre doch nicht mehr, Ihr Schiff liegt hier so gut wie auf dem Ryk – also bleiben Sie den Winter bei uns!"

„Lassen Sie uns später darüber sprechen", sagte der Kapitän nach einer kurzen Pause, „ich hänge nicht von mir ab."

„Nun, wie Sie wollen, doch so leicht kommen Sie nicht davon – Frau, lasse auftragen, was ganz Grieben hergeben kann!"

Während die Frau ging, den Frühstückstisch herrichten zu lassen, zogen sich die Töchter bescheiden zurück; der Major nahm dagegen den Gast in ein Fenster und fuhr in der alten Weise und Redseligkeit zu sprechen fort. Nach kurzer Zeit bat die Frau, zu Tisch zu kommen.

Die Unterhaltung während des Mahles ward ziemlich lebhaft, besonders seit noch der Prediger erschienen, welcher eigentlich Bestimmungen über die Verteilung der von dem Schiffe gelieferten Kleidungsstücke und dergleichen einzuholen gekommen war, aber von dem Major zu Tisch genötigt wurde. Der Gegenstand derselben bildete natürlich die Feuersbrunst, ihre vermutliche Entstehungsart, ihre Unterdrückung usw., wobei der Pastor sich reichlich in Danksagungen gegen den Kapitän erging.

„Recht so!", rief der Major; „fahren Sie nur fort, lieber Huldreich, und damit das Maaß voll werde, helfen Sie mir, den Kapitän zu bereden, dass er bei uns überwintere."

„Das will ich gewiss tun!", antwortete der Prediger; „oder noch besser, wir wollen die Damen bitten, den Herrn Kapitän zu bestimmen; ich meine, deren Wünsche dürften hierbei am schwersten in das Gewicht fallen!"

„Wahrhaftig!", rief der Major „daran habe ich noch gar nicht gedacht, Frau, Kinder, Ihr sorgt mir, dass der so werte, flüchtige Gast bleibt, wenigstens wiederkehrt, um uns einige Wochen zu schenken!"

Schon bei den Worten des Predigers war Clara errötet; bei der Rede des Vaters schwand die Röte zwar, doch sie schwieg, während ihre Schwester und Mutter sofort begannen, den Wünschen des Vaters nachzukommen.

Da krachte plötzlich ein Kanonenschuss durch das Tosen des Wetters draußen. Dyk hob langsam den Kopf.

„Was ist das?", fragte der Major.

„Ich habe vergessen zu sagen, dass noch ein Schiff in Sicht gekommen!", antwortete der Prediger.

Dyk horchte hoch auf. In demselben Moment fast erschien der Verwalter des Gutes.

„Die Brigg des Herrn Baron Staelswerd!", meldete derselbe, „hat eben um den Dornbusch gelegt und ist am Entendorn vor Anker gegangen. Ein Boot kommt zu Land!"

„Da haben wir's!", rief der Major sichtlich ärgerlich.

„Also der Herr Baron sind wieder da?", meinte, der Prediger ebenso sichtlich erfreut.

Die Damen warfen sich fragende Blicke zu, Clara so bleich wie eine Leiche, während ihr Auge flüchtig das Gesicht des Kapitän Dyk streifte.

Dieser hatte einen Moment bei der Meldung des Verwalters die in seinen Händen befindliche Gabel und das Messer krampfhaft umfasst, dann jedoch fuhr er kalt und ruhig fort, das vor sich habende Stück Schinken zu zerschneiden.

„So lange habe ich diesen Sturm im Stillen gesegnet!", meinte der Major, „doch der Wind welcher uns den feinen Herrn zurückweht, kann kein guter Wind sein –. Vielleicht wird er den Winter bleiben."

Bis auf den Pastor, unangenehm durch das Eintreffen des Grafen berührt, ließ die Tischgesellschaft jetzt die Unterhaltung, bis auf einzelne Bemerkungen über die mutmaßlichen Ursachen der Rückkehr desselben fallen. Nach einer Stunde ungefähr ward der Graf gemeldet.

„Wird mir sehr angenehm sein!", antwortete der Major dem meldenden Diener.

XVI. Der böse Wind.

Der Major hatte seine letzte Äußerung in einer Weise gemacht, die gar nicht zweifelhaft ließ, wie willkommen ihm der Besuch des Baron Staelswerd im Grunde genommen war.

Dennoch erhob er sich, demselben entgegen zu gehen, um ihn zu empfangen und zu bewillkommnen.

Staelswerd war zu viel Weltmann, um nicht die Bedeutung dieser scheinbaren Freundlichkeit zu erkennen und er errötete während er sich verbeugte.

„Sturm und Unwetter bringen mir werte Gäste", sagte dagegen der Major „Sie sind der zweite, Herr Baron; jenen Herren dort darf ich Ihnen wohl nur als den ersten bezeichnen, Sie werden ihn ohnehin kennen!"

Staelswerd erblasste. Ob dies nun aber in Folge der Doppelsinnigkeit geschah die in der Rede des Majors lag, oder ob der Blick Dyks den Farbenwechsel seines Gesichts hervorrief, blieb zweifelhaft.

Denn Dyks große Augen hatten in diesem Moment etwas in sich, was man verzehrendes Feuer nennen könnte und seine Stirn zeigte sich so drohend, dass sie wirklich ein furchtbares Aussehen hatte.

Doch diese Zeichen der Bewegungen im Inneren Dyks schwanden schnell; er erhob sich, verbeugte sich leicht, und blieb stehen als Staelswerd seine Begrüßung nicht erwiderte, sondern sich dem Major zuwendete.

„Ich muss um Verzeihung bitten, Herr Major, dass ich hier erscheine!", sagte er wieder mit vollkommener Sicherheit in der Stimme; „es wäre mehr als rücksichtslos von mir, wenn es nach dem Vorgefallenen geschähe, ohne dass ich mich mit dem Gebot der Pflicht entschuldigen dürfte!"

Diese Worte, deren Ton zuletzt kalt und scharf ward, machte einen bedeutenden Eindruck auf alle Glieder der Gesellschaft.

Sophie, das muntere unschuldige Kind, sah in demselben nur die gereizte Stimmung des abgewiesenen Werbers um die Hand der älteren Schwester und – sie lächelte still vor sich hin.

Clara fühlte durch den eisigen Ton, welchen der Baron angenommen, ihr Herz unangenehm getroffen; sie hätte demselben mehr Edelmut zugetraut als derselbe in diesem Augenblick ihrer Meinung nach an den Tag legte.

Die Mutter fühlte inniges Bedauern mit dem Mann, dessen vornehme Manieren ihm ihre Gunst erworben und flickte verlegen vor sich nieder.

Der Prediger Huldreich räusperte sich und rückte mit seinem Stuhl, wahrscheinlich dachte er daran, das Vermittleramt zu übernehmen, welches zwar für seinen Stand, jedoch wie wir bald sehen werden, nicht zu der gegenwärtigen Situation passte.
Dyk allein schien jetzt vollkommen ruhig zu sein, als gingen ihm eben die gesprochenen Worte nichts an. Der Major dagegen nahm bei denselben eine ernste Haltung an; denn, wenn er auch geneigt war, gegen den Baron Staelswerd alle Rücksichten des Auslandes zu beobachten, so war der Kommandeur einer Kriegsbrigg doch eine zu geringe Person für ihn, wenn derselbe rein geschäftlich oder amtlich mit ihm zu verhandeln hatte.
„Das ist etwas Anderes, mein Herr!", sagte er scharf „wünschen Sie vielleicht mit mir in ein anderes Zimmer zu gehen?"
„Nein Herr Major", antwortete der Baron, „denn meine Anwesenheit gilt Ihnen nicht direkt, ich habe an Sie nur die Bitte um Entschuldigung zu richten, wenn ich hier jemand suche, um mit demselben eine kleine Unterhaltung zu führen.
Der Major machte ein etwas erstauntes Gesicht und blickte zu Dyk hinüber, um dessen Mund sich jetzt ein leichtes Lächeln zeigte. Der Major verbeugte sich und trat einen Schritt zurück.
„Verzeihung, meine Herrschaften!", fuhr Staelswerd sich an die Tischgesellschaft wendend fort, „ich musste Sie leider stören. Kapitän Dyk darf ich Sie bitten mir eine Viertelstunde zu schenken?"
„Ich darf mir natürlich nicht anmaßen", sagte Dyk spöttisch „etwas besser zu wissen wie der Baron Staelswerd, doch soweit die Sache mich betrifft, bin ich der Ansicht, dass unsere Geschäfte Zeit hätten!"
Staelswerd presste seine Lippen zusammen und zeigte auf verschiedene Weise, dass sein Stolz empfindlich verletzt worden, doch er fasste sich bald wieder, seine Stimme blieb ruhig.

„Dennoch sollten Sie gerade mein Herr", antwortete er, „sich beeilen, das kleine Geschäft zu beenden."

„Durchaus nicht so sehr!", entgegnete Dyk, „um dadurch Störung in einer Familie und einer Gesellschaft zu veranlassen, gegen die wir beide Rücksichten zu nehmen haben!"

„Gerade deswegen!", sagte der Leutnant jetzt jedoch mit bebender Stimme, „ich tat mehr, als ich tun durfte, wenn ich Sie bat, mir eine Viertelstunde zu schenken!"

„Ich würde Ihnen nicht nur eine viertel, sondern sogar eine halbe Stunde mit Vergnügen später geschenkt haben!", antwortete Dyk, „doch jetzt keine Viertel-Minute!"

„Mein Herr!", rief Staelswerd auffahrend.

Dyk verbeugte sich.

Wenn zwei Leute sich zürnend einander gegenübertreten, so gibt es einen gewissen Höhengrad, der nicht überstiegen werden darf, ohne dass die Folgen unangenehm, mitunter sogar furchtbar werden.

Dieser war jetzt jedenfalls von den beiden streitenden Männern erreicht und zu erkennen, dass keiner nachgeben, sondern jeder auf seinem Boden feststehen werde.

Für die Zeugen dieser Begegnung hatte dieselbe viel Unerklärliches; nur das leuchtete den Männern wenigstens ein, dass sich der Baron auf seine amtliche Stellung, der Kapitän dagegen auf die gewöhnlichen Schicklichkeitsregeln zu stützen schien.

„Einen Augenblick, meine Herren!", sagte deshalb der Major in der besten Absicht; „sollte es sich um einen Schmuggel handeln, so bürge ich für den, Kapitän; Kapitän Dyk hat sich eben so benommen, dass vielleicht ganz Hiddensoe für ihn bürgen dürfte!"

„Jawohl, Herr Baron!", fiel der Prediger ein; „Gottes Gnade hat den braven Kapitän wiederum zu seinem Werkzeug gemacht, das Gute zu vollbringen – seine Hand ist sichtbar auf ihm!"

„Ich danke!", sagte Dyk in scherzhaftem Ton; „ein Diener des Herrn kann keine Unwahrheit sagen!"

Staelswerd kämpfte inzwischen unbedingt einen harten Kampf mit sich selbst; seine finstere Stirn, sein bleiches Gesicht und seine zusammengekniffenen Lippen deuteten dies an.

„Meine Herren, ich bitte Sie zu glauben!", sagte er; „dass ich eben darauf Rücksicht genommen, doch jede Rücksicht hört auf, wenn Herr Dyk sich länger weigert mir zu folgen!"

„Ich weigere mich!", sagte Dyk kalt.

In diesem Augenblick und grade, als der Baron den Mund öffnete, krachte ein Kanonenschuss, dann ein zweiter, ein dritter und endlich eine ganze Salve.

Man fuhr auf; nur Dyk blieb sitzen und blickte den Baron mit einem eigentümlichen Ausdruck seines Auges an.

„Das haben Sie nicht erwartet?", fragte er ruhig; „ich dächte, damit könnte alles abgemacht sein!"

Doch der Baron, welcher sich schnell von seiner Überraschung erholte, warf den Kopf stolz empor.

„Sie irren!", sagte er bestimmt; „ich bin Offizier im Dienst meines Staates und Vaterlandes – Peter Jacobson, ich verhafte Euch im Namen des Reichsrats und Gesetzes wegen Schmuggel, Spionerie, Diebstahl, Raub und Piraterie!"

Der Baron war bei diesen letzten Worten nähergetreten und hatte seine Hand auf die Schulter des Kapitäns gelegt.

Wenn plötzlich eins der Geschosse, welche draußen gewechselt wurden, durch die Decke des Zimmers unter die Gesellschaft gefallen wäre, so hätte die Wirkung dieses Ereignisses nicht ärger sein können als diejenige, welche die Worte des Barons hervorrief.

Peter Jacobson war schon seit fast einem halben Jahrhundert ein gefürchteter Name und wenn die Gegend auch nie der eigentliche Schauplatz seiner Taten gewesen, so war der Ruf derselben doch ziemlich laut bis in diesen Winkel gedrungen.

Die Frauen sahen daher mit Schreck, der Pastor mit Entsetzen und der Major wenigstens mit so großem Staunen auf den Kapitän, dass er mit geöffnetem Munde starr dastand.

Draußen donnerte indessen das Geschütz der offenbar kämpfenden Schiffe weiter fort, und die Situation der Gesellschaft war jetzt wirklich eine unangenehme geworden.

„Das ist viel auf einmal!", sagte Dyk vollkommen ruhig; „und deshalb auch eigentlich zu viel!"

„Es ist ja gar nicht möglich!", rief der Major endlich aus; „der Kapitän ist ja noch ein junger Mann!"

„Ganz recht!", erwiderte Staelswerd; „was der Vater begonnen, setzt der Sohn fort!"

Das war allerdings mehr als man zu hören erwarten konnte und ob nur aus diesem Grunde oder weil der Schreck erst jetzt vollkommen wirkte, laut aufschreiend sank Clara abermals ohnmächtig zusammen.

XVII. Eine Ladung Korn nach Stockholm.

Es ist nirgend zu ersehen, dass in der Stadt Stralsund jemand näher um die Hauptgeschäfte des Freibeuters oder, wie man ihn damals nannte, Freischiffers Peter Jacobson gewusst habe.

Dagegen ist sicher, dass Kaufleute oder ein Kaufmann durch ihn und seine Fahrzeuge Korn von dem schwedischen Pommern nach dem preußischen schaffen ließ, welches daran bereits Mangel empfand.

Dieser Kaufmann, an den Schiff und Ladung von Stockholm aus gesendet worden, war es denn auch, der die verhaftete

Mannschaft des Schoners „Merkur", so wie das Schiff selbst requirierte.

Als jene Erstere zu diesem Zwecke auf die Kommandantur geführt worden, befand sich auch der Kaufmann dort, den wir Mallis nennen wollen, obschon dies nicht sein rechter Name war.

Herr Mallis war übrigens bekannt, gewagte Geschäfte zu betreiben und daher, sollte auch, was leicht erklärlich war, sein Reichtum stammen.

So wie die Entlassung der Leute stattgefunden, übernahm Herr Mallis dieselben, schickte sie mit einem klingenden Ersatz ihrer Gefängnisleiden an Bord des Schoners und nahm van Swieten mit sich zum Essen, wie dies gewöhnlich von Reedern mit den Kapitänen oder Befehlshabern der Schiffe, die ihnen Waren zuführen, geschieht.

„Ich bedaure sehr den Unfall des Kapitäns", sagte der Kaufmann unterwegs zu dem Maat, „nebenbei wird dies am Ende auch unsere Geschäfte beeinflussen!"

„Das war wohl die Hauptsache, mein Herr Mallis!", erwiderte der Holländer sehr langsam, „doch unter uns, der Kapitän ist nicht ertrunken, sondern nur an Land gegangen, ohne dass es jemand anderes wie ich wusste."

„Also in Geschäften, die nicht mit mir gemacht werden sollen?", sagte der Kaufmann ärgerlich.

„Und die auch nicht mit Ihnen gemacht werden können", entgegnete Swieten trocken, „doch ängstigen Sie sich nicht deshalb, Herr, Ihr Vorteil bleibt immerhin reichlich genug bemessen."

„Nun, nun!", machte Mallis mit einem prüfenden Seitenblick, „ich bin ja auch zufrieden; doch offen gesagt, kann ich aus den Angaben meines Korrespondenten nicht recht klug werden. Er schreibt mir, ich solle volles Vertrauen in den Kapitän setzen,

derselbe habe unbeschränkte Vollmacht und unbegrenzten Kredit – ist denn etwa Schiff und Ladung Eigentum des Kapitäns?"
„Das Schiff ja, die Ladung nicht!", antwortete der Steuermann; „diese gehört dem Absender und jetzt Ihnen gegen –"
„Ja, das weiß ich – nun, so oder so; wir werden uns schon verständigen, wenn der Kapitän kommt."
„Der kommt diesmal nicht, Herr!", sagte Swieten; „Sie müssen sich schon mit mir begnügen!"
„Sie sind mir schon recht!", meinte der Kaufmann lächelnd, „doch ich habe bereits so viel vom Kapitän Dyk gehört, dass ich ihn gerne kennenlernen möchte."
Swieten gab dem Kaufmann jetzt den Blick, welchen jener erst auf ihn geworfen, zurück, sagte jedoch nichts.
Inzwischen war man auch vor Mallis Haus angelangt und trat ein. Während des Essens benahm sich Swieten ganz wie ein Mann von Welt, wenigstens wie jemand, der nicht zum ersten Mal an dem Tisch eines reichen Mannes speist.
Frau und Tochter des Kaufmannes waren von Anfang an zugegen, ein Sohn desselben erschien erst später und ward nach Beendigung der Mahlzeit beauftragt, die Löschung der Ladung des „Merkur" zu beaufsichtigen.
Swieten empfahl sich und verließ in Begleitung des jungen Mannes das Haus.
Mehrere Tage vergingen jetzt, während man sich tüchtig auf dem Schoner regte. Die alte Ladung ward gelöscht und fortgeschafft, die neue, aus Roggen bestehend, eingenommen; sie war beigestaut und das Schiff fast segelfertig, als eines Abends ein junger Seemann das Verdeck des Schoners betrat und nach dem Kapitän fragte.
Man führte ihn zu Swieten, der den kleinen Mann mit prüfendem Blicke betrachtete und dann lächelte.
„Ihr kommt von Herrn Mallis?", sagte der Holländer.

„Ja, Herr", erwiderte jener.
„Und sollt am Bord bleiben?"
„Ganz recht."
„Euer Name?"
„Joachim Nettelbeck."
„Nun, Nettelbeck!", sagte van Swieten, „die Leute müssen ihre guten Gründe gehabt haben, dass Sie Euch gerade schickten, man kann der Schilderung niemals ansehen, was im Schiffe steckt – Ihr aber, mein' ich, versteht uns zu führen?"
„Ich versteh's!", sagte der junge Mann kurz.
„Dann kommt in die Kajüte!"
Es war am nächsten Morgen noch sehr früh, als der Schoner loswarf und von einer Anzahl seiner Matrosen aus dem inneren Hafen in den äußeren bugsiert ward. Eine Stunde später kam ein Lotse an Bord, und der Anker, vor den man das Schiff gelegt, ward aufgenommen. Der Merkur lief und kreuzte den Gellen hinan, dem rügenschen Boden und dem neuen Tief zu.
Im neuen Tief, welches man Mittags klar machte, wurde der Schoner von einem der Wachschiffe angehalten und untersucht; hiernach setzte er seine Reise fort und stand zwei Stunden vor Sonnenuntergang auf der Höhe von Wittow. Der Wind wehte steif aus Norden; in dem Augenblicke war nirgend ein anderes Segel zu sehen.
„Es dürfte Zeit sein!", sagte Nettelbeck zu Swieten, als er sich über jenen Umstand Gewissheit verschafft.
„Gut", antwortete der Holländer und auf sein Kommando legte das Schiff um; das Bugspriet desselben stand, als es wieder Fahrt gewonnen, Ost mit einem Strich nach Süden.
Bei der scharfen Briese lief der Schoner unter seinen breiten Segeln schnell wieder herab und es dauerte keine Stunde, bis man die Segel der verschiedenen Stationsschiffe erblickte.

Die Mannschaft sah verwundert auf Swieten und den für sie immer noch rätselhaften jungen Mann; sie konnte die Absichten der beiden nicht erraten.

Dies fand auch offenbar seitens der Flottenschiffe nicht statt; wie konnten sie auch ahnen, dass der gerade auf sie herabkommende Bursche nicht zu ihnen gehöre.

Inzwischen trat die Abenddämmerung ein, ohne dass es eigentlich finster zu werden versprach; der Schoner glitt bis zu der Linie der Kreuzer hinab, luvte hier einen Strich auf und ließ die schwedische Flagge zur Gaffel emporsteigen.

Es war ein kühnes Unternehmen, welches der alte Swieten jetzt, im Verein mit dem jungen Seemann, auszuführen im Begriff war.

Freilich konnte das Schiff sich als ein schwedisches ausweisen, feine Papiere waren für diesen Zweck in Ordnung; doch war es von seinem Knrse abgewichen und dies verdächtigt in Kriegszeiten jedes Fahrzeug.

Indessen rechneten die beiden kühnen Seeleute nicht darauf visitiert zu werden, sondern nahmen an, dass man das Schiff für einen Aviso halten werde, wozu die kühne Takelage desselben über dem berechtigte.

Mehrere Stunden hindurch durfte denn auch von dem Schoner gelten, dass das Glück stets dem Mutigen hold sei; man richtete zwar Nachtgläser auf den kecken Burschen, rief auch hier und da an, doch schien keins der Schiffe Verdacht zu fassen.

Dagegen steuerte die vor Kolberg stationierte Fregatte dem Nahenden entgegen, vielleicht in der Vermutung, dass sie einen Befehl erhalten solle.

Swieten wie Nettelbeck erkannten dies sofort, aber ihrem Ziel so nahe, hatten sie nicht mehr Lust, sich einer Visitation zu unterwerfen.

„Nun Herr!", meinte der junge Seemann, „wenn Ihr mir jetzt das Kommando überlassen wollt, dürfte es gut sein!"
„Wohl!", antwortete Swieten. Nettelbeck trat an das Steuerrad, gab einen Befehl und ließ, während die Mannschaft an den Brassen arbeitete, den Schoner um ganze acht Strich der Windrose abfallen. Der Merkur rannte wie ein scheues Pferd der Küste zu.

Jetzt war's heraus. Auf der Fregatte ertönte Pfeifen und Kommando, ein Anruf schien den Offizieren derselben gar nicht mehr nötig, die kühne Wendung, welche der junge Nettelbeck, hier sein erstes Debüt als kühner Schiffer gebend, den Schoner machen ließ, hatte alles verraten; es gab sogleich Feuer.

Swieten sah indessen mit Bewunderung auf den kühnen Jüngling; die kleine Gestalt desselben schien doppelt so groß zu werden, sein Auge blitzte durch die Nacht und seine Griffe in das Rad verrieten eine bedeutende physische Kraft.

„Jetzt wollen wir einmal sehen, was Eure Jungen in der alten Flora leisten!", rief er Swieten zu und jeden Augenblick ertönte ein neues Kommando über das Verdeck hin; die Matrosen kamen nicht zu Atem.

Doch die alte Flora machte auch ihrem neuen Namen Ehre; sie schoss' wie ein echter Meertümmler, bald hier – bald dorthin, sodass die schwedische Fregatte in keine bestimmte Lage zu dem Schoner kommen konnte.

Inzwischen wurden die nächsten Schiffe durch das Geschützfeuer herbeigerufen. Sie kamen in Sicht und begannen ebenfalls die Jagd.

„Jetzt merkt auf!", sagte Nettelbeck; „ich will meinen Namen nicht länger mit Recht führen, wenn nicht ein paar dieser Burschen in der nächsten Stunde festsitzen!"

Swieten sagt nichts; er bat gewiss dem jungen Mann im Stillen ab, wenn er ihn früher geringschätzte.

Nettelbeck manövrierte indessen mit derselben Kühnheit weiter. Die genaue Kenntnis der Ostsee, durch welche er später einen so bedeutenden Ruf erwarb, erleichterte ihm seine Aufgabe und während er sich dem Hafen seiner Vaterstadt näherte, verleitete er seine Verfolger ihm zwischen die Riffe, welche sich am norddeutschen Strande in drei Parallelen hinziehen, zu folgen.
Bald genug auch zeigte sich die Wirkung davon. Die schwedischen Seeleute mit den Pforten derselben unbekannt, wollten fort und fort ihre Bewegungen ausführen wie früher, noch ehe eine halbe Stunde vergangen, saß eine der Fregatten fest.
„Jetzt den Adler hoch", rief Nettelbeck.
Swieten lächelte und die preußische Flagge zeigte sich an der Gaffel; die Schweden mussten sie in der hellen Sommernacht erkennen.
Die Schiffe hatten sich während der Zeit dem Land genähert. Die heftige Kanonade hatte die Aufmerksamkeit der Kolberger erregt.– Einige derselben wussten ja überhaupt, was sie zu bedeuten hatten und warteten mit Sehnsucht auf dieselbe.
Auf dem Fort Münde zeigte sich ein starkes Licht und diesem zu kehrte Nettelbeck sofort den Schoner. Die Schweden nahmen unter fortgefetztem Feuer die Richtung auf.
Doch bald saß auch der zweite Verfolger fest. Nach kurzer Zeit mischten sich die schweren Stücke des Forts in die Sache und zwangen nunmehr die dritte Fregatte zurückzubleiben.
Für Nettelbeck galt es indessen jetzt einen sicheren Blick und eine feste Hand zu zeigen. Er zeigte beides; einem edlen Nenner gleich, der im wildesten Lauf doch seinem Herrn auf das leiseste Zeichen gehorcht, lief der Schoner herab und mit vollen Segeln in die schmale Mündung der Persante hinein. Das Bollwerk des Ufers war mit Menschen bedeckt, die in ein lautes Hurra ausbrachen; die schwedischen Matrosen des Schoners, die aus alter

Gewohnheit ihre Schuldigkeit getan, wussten sicher nicht wie ihnen geschah.

Sobald das Schiff Segel geborgen und befestigt, sprang Nettelbeck an das Land und auf einen höheren Offizier zu, der ihm erst die Hand hinreichte, dann aber umarmte.

Es war der Oberst von Heyden, damals Kommandant von Kolberg, in welcher Festung es bereits am Getreide mangelte; derselbe ließ sich auch Swieten vorstellen, dankte ihm und fragte eifrig, nach dem Kapitän Jacobson.

Inzwischen war bereits der Raum des Schiffes geöffnet worden, eine Anzahl Männer von Gewicht übernahmen die Verteilung des Getreides an die herbeistürmenden Verlangenden.

Während des ganzen Restes der Nacht strömten Leute aus der Festung nach dem Hafen und zurück, um ihren Anteil an dem damals bereits selten gewordenen Getreide zu erhalten.

Swieten und Nettelbeck mussten sofort den Kommandanten begleiten. Ersterer ward überall mit Auszeichnung aufgenommen.

XVIII. Das kleine Boot.

Der Schoner war entladen, die schwedischen Matrosen, welche denselben in den Kolberger Hafen geführt, waren festgenommen, weil man nichts Besseres mit ihnen anzufangen wusste. Swieten wohnte allein im Schiff und wartete; denn seine Instruktionen waren zu Ende.

Es vergingen einige Wochen auf diese Weise.

Da langte ein Kurier von der Armee des Königs in Kolberg an und in seiner Begleitung befand sich Kapitän Jacobson.

Der Oberst von Heyden nahm den kühnen Schiffer gut auf; nächstdem aber fand er in den Depeschen weitere Weisungen

für den Kapitän, unter anderen ein eigenhändiges Schreiben des Königs an seine Schwester, die Königin von Schweden.
Der Kommandant setzte den Kapitän von den ihn betreffenden Sachen in Kenntnis und Jacobson erklärte sich sofort bereit, die Aufträge zu übernehmen.
„Aber wie ausführen?", fragte Heyden.
Jacobson lächelte.
„Ich hoffe doch!", sagte er „dass sich in der Stadt und Umgegend ein volles Hundert Männer finden werden, die der See gewohnt sind und mit ihnen fürchte, ich die ganze schwedische Flotte nicht!"
Man sprach weiter über den Gegenstand und kam zu dem Beschluss, den Schoner zu armieren und den Versuch zu machen, die Leute zu seiner Bemannung zu finden.
Dies gelang denn auch mit Hilfe Nettelbecks ganz leicht; es fanden sich sehr bald die nötigen zweihundert und zwei Köpfe; der Oberst von Heyden gab zur Armierung des Schiffes zwei Zwölf- und zehn Sechspfünder her und so war der Merkur in ein Kriegsfahrzeug verwandelt.
Die Arbeiten auf dem Schiff hatte Swieten allein geleitet.
Während aber dasselbe ausgerüstet ward, war Jacobson mit einem halben Dutzend Zimmerleute unter einem Werkschuppen tätig.
Was sie dort machten?
Es war am Abend des letzten Tages, der zur Instandsetzung des Schoners gedient hatte und obgleich noch immer nicht zu weit in der Jahreszeit vorgerückt, doch unheimliches Wetter.
Vom Münder Tor der Festung her schritten eilig zwei Männer durch die Pfannschmieden dem Hafen zu. Beide waren in Mäntel gehüllt.
„Wir haben wirklich Glück!", sagte einer derselben: „Dies Wetter darf uns als gute Vorbedeutung gelten, Herr Oberst!"

„Ihr Seeleute habt darin einen eignen Glauben", meinte der Angeredete, Oberst von Heyden, „mir erscheint es unheimlich genug!"

„Deshalb eben", antwortete Kapitän Jacobson, sein Begleiter, „ich hoffe der junge Nettelbeck wird es zu benutzen verstehen."

„Oh daran ist kein Zweifel!", erwiderte der Oberst „er hat schon böseres zu benutzen gewusst, aber Sie wollten mir Ihren Plan mitteilen!"

„Er ist einfach genug!", sagte Jacobson, „der Schoner läuft aus, bindet, wenn es sein muss mit dem Kreuzer an. Hat er überhaupt nur, und das kann nicht fehlen, Aufmerksamkeit erregt, so folge ich in dem Boot. Der Schoner mag nun durchkommen oder wieder zurückgetrieben werden, ich entschlüpfe sicher in der Dunkelheit und mache je nachdem, die weitere Reise in dem Schoner oder in dem Boot."

„Aber sich in einem Boot der See anzuvertrauen?", meinte der Oberst.

„Nun Herr Oberst!", antwortete Jacobson, „im Kriege ist der meistens der Glücklichere, der wagt, und ich wage nicht einmal tollkühn, denn diese finnischen Boote sind sicher."

„Das kann ich natürlich nicht beurteilen!", murmelte der Oberst.

Die beiden Männer langten auf der Münde und bei dem Arbeitsschuppen an.

In demselben fanden sie Swieten und zwei andere Männer, alte verwitterte Burschen; es waren zwei Lotsen.

Bei der trüben Laterne, welche den Schuppen erhellte, konnte man das nach Jacobsons Anweisung und finnischen Mustern erbaute Boot erkennen.

Dasselbe war sehr lang und nur so breit, dass in seiner Mitte höchstens zwei Personen neben einander sitzen konnten. Vorder- und Hinterteil waren vollkommen gleich und vorn ein halbes Verdeck. Ein Einsatzmast, Sprit- und Focksegel sowie Riemen waren im Boot befestigt, was man sonst zu brauchen gedachte, unter dem Verdeck beigestaut.

Was aber besonders ins Auge fiel, war die Schwäche der Planken und Rippen, aus denen das Fahrzeug gezimmert war.

„Eine reine Nussschale!", murmelte der Oberst.

„Auch fast so leicht wie eine solche", sagte der Kapitän.

Jacobson schickte hiernach die Lotsen fort, den einen, um in dem Schoner zu bleiben, den anderen um ein paar Matrosen zu holen; beide jedoch eigentlich nur, um sie zu entfernen.

„Herr Oberst", begann er dann, „ich gestehe Ihnen jetzt selbst, dass mein Unternehmen nicht gefahrlos ist und dass ich dabei meinen Untergang finden kann; doch das ist ein Los, welches ich von Kindesbeinen an vor Augen gehabt, es ist deshalb nicht von Wichtigkeit. Dagegen liegt mir daran das Vermächtnis meines Vaters und Großvaters auf jemand zu übertragen, weil ich keinen Sohn habe, der mir folgen könnte. Dieser Holländer hier ist dazu nicht der Mann, so tüchtig er sonst sein mag, auch ist ihm im Grunde mein Zweck gleichgültig. Doch wird er meine Befehle ausführen und diese gehen dahin Swieten: Nach meinem Tod übergebt Ihr meine fünf Schiffe und mein ganzes Hab und Gut in Anweisungen auf die Banken von London, Amsterdam und Kopenhagen, dem Herrn Oberst von Heyden – und Sie Herr Oberst erfüllen dann meine Bitte: nach meinem Tod kann ein solches Geschenk auch einen König nicht verletzen."

„Verlassen Sie sich auf mein Wort", antwortete der Oberst.

„Gut mein Herr!", sagte Jacobson.

Der Eintritt des Lotsen, welchem zwei Männer folgten, unterbrach das Gespräch und der Kapitän wies die Matrosen an, das Boot an den Fluss zu tragen.

Zur Verwunderung des Obersten hoben die Männer das Fahrzeug ganz leicht auf und trugen es ohne besondere Anstrengung davon; einige Sekunden später schwamm es bereits auf der leicht wogenden Persante.

Wie die Natur der Sache es erheischte, war das Unternehmen des Kapitäns geheim gehalten. Dennoch hatte man im Publikum davon erfahren und sich trotz der Nacht Zuschauer eingefunden.

Eine Stunde vor Mitternacht sollte der Schoner in See stechen; als die Zeit da war, warf man mit möglichster Stille und Vorsicht los.

Als das Schiff die Mitte des nur schmalen Flusses gewonnen, breiteten sich die Segel wie Gespenster über dasselbe aus, sie fingen den Wind und zogen; lautlos glitt das Fahrzeug zwischen den Molen entlang. Wie eine lichtere Wolke zeichnete es sich dort noch einen Moment gegen die schwarze Nacht ab und war dann verschwunden. Man hörte nichts als das Rauschen des Windes und das dumpfe Rollen der Wogen. Die auf dem Vollwerk befindlichen Menschen lauschten atemlos.

Eine Viertelstunde verging indessen.

„Jetzt ist auch meine Zeit gekommen!", sagte Jacobson zu dem Oberst, „also gelingt es jetzt dem Schoner nicht durchzukommen, so läuft er so oft aus, bis es gelingt. Böda auf Oeland habe ich mit Swieten als den Ort unseres Zusammentreffens verabredet."

Der Oberst und der Kapitän schüttelten einander die Hände, und Letzterer sprang leicht in das Boot, in dem sich schon der Lotse, welcher im nötigen Falle die verlangte Reise mitzumachen entschlossen war, befand. Gleich darauf glitt das leichte Fahrzeug in die Nacht hinein.

Auch nach dessen Entfernung verging eine Viertelstunde wie die vorige; dann jedoch blitzte es plötzlich im Nordwesten auf und ein dumpfer Krach rollte mit Wind und Wogen heran.
Es hatte sich offenbar zwischen dem Schoner und einem oder mehreren der Wachtschiffe ein Kampf entsponnen, der bis zum Morgen dauerte. Beim Anbruch des Tages kam das Fahrzeug mit vollen Segeln wieder zum Hafen zurück, und lief, ohne bedeutenden Verlust gehabt zu haben, ein; dagegen war von dem Boot keine Spur mehr zu entdecken.

XIX. Louise Ulrike.

Die schwedische Krone ist eine Dornenkrone, hat einer ihrer Träger gesagt, und mehr oder weniger dürfte dies Urteil wohl für die Kronen aller Länder Gültigkeit haben.
Indessen hat es wohl selten jemand mehr empfunden, wie bitter zu Zeiten Krone und Purpur werden können, als Adolph Friedrich und Louise Ulrike von Schweden.
Der tapfere König Karl X., der kräftige Karl XI. halten jene mächtige Adelspartei, welche in Schweden stets nach der Herrschaft rang und sich als Stütze des zweiten und dritten Standes durch Gewährung gewisser Rechte bediente, teils in Zaum gehalten, teils in bestimmte Schranken verwiesen.
Karl XII., der noch kräftiger, noch kühner als beide war, kannte kein anderes Gesetz, als seinen – sagen wir gleich gerechten – Befehl oder Machtspruch; unter ihm waren der Kabinetts-Rat und der Senat willenlose Werkzeuge, die er nicht einmal um ihren Rat fragte.
Dies hatte jene stolze Aristokratie, die sich jedoch nicht einmal gerne so nennen hörte, zu unangenehm empfunden, und bis heute ist noch nicht aufgeklärt, welche Hand und in welchem

Dienste die Kugel abgefeuert, welche die Schläfe des nordischen Helden traf.

Karl war damals achtunddreißig Jahre alt, und nach den gewöhnlichen Gesetzen der Natur, durfte bei seiner festen Gesundheit nicht sobald auf den Eintritt seines Todes gerechnet werden. Dessen ungeachtet rechnete eine gewisse Clique darauf und zwar auf den Tod durch eine Kugel.

Es kann nicht in der Absicht eines Romans liegen, die Geschichte zu berichtigen; doch dürfte jene Meinung schwer ins Gewicht fallen, wenn man sie mit dem Umstande in Verbindung bringt, dass der noch vorhandene Hut des Königs nur ein Loch zeigt, welches höchstens eine Pistolenkugel schlagen konnte, während er doch durch eine Geschützkugel getötet worden sein soll.

Noch mehr Zweifel zu erregen ist der Umstand geeignet, dass man auf den vorausgesehenen Fall bereits die Thronfolge bestimmt und den Thron nur unter gewissen Bedingungen fortzugeben beschlossen hatte.

Karl hatte seinen Neffen, den Herzog von Holstein, zum Erben seiner Krone und Reiche bestimmt; Kenner des höheren Staats-Rechts haben auch später behauptet, dass ihm dies Erbe zustand.

Jene Partei wollte die Schwester des Königs zur Königin erhoben wissen, wenn sie auf die gestallten Bedingungen einging, und die Schwester Karl's XII. erkaufte eine ihr vielleicht nicht gebührende, vielleicht gar mit dem Blut des Bruders absichtlich gefärbte Krone, indem sie die Macht derselben fortgab.

Seit diesem Thronwechsel befand sich die Partei der sogenannten Patrioten recht wonnig und wohl, ja, als sie abermals den Thron durch Wahl besetzen und Bedingungen vorschreiben konnte, geschah dies im größtmöglichsten Umfang.

Adolph Friedrich blieb daher wenig Macht, und Louise Ulrike, die Schwester Friedrichs II., des Großen, welche gehofft hatte, eine mächtige Fürstin zu werden, sah mit Schrecken, dass sie nichts weiter als – eine Staatspuppe sein sollte.
Doch die Königin gehörte nicht umsonst dem Hause Brandenburg an, wollte nicht umsonst die Schwester eines großen Königs sein. Sie wollte die Macht der Krone auf den früheren Stand zurückführen, sie fühlte dazu die Kraft in sich.
Louise Ulrike hatte sich in dieser Hinsicht getäuscht; ja wenn auch ihr Gemahl die ihr eigene Energie besessen; der ungleiche Kampf beider wäre dennoch fruchtlos geblieben – denn beide waren Fremde in Schweden, ein Umstand, der in diesem Lande grade von größerer Bedeutung ist, als in jedem anderen.
Doch die Königin vergriff sich auch in den von ihr angewendeten Mitteln zur Erreichung des Ziels; es fehlte ihr zu dem Willen die nötige Beurteilung der eigenen wie der gegnerischen Kräfte.
Die Königin ließ sich zunächst durch den Enthusiasmus bei ihrer Vermählung und Krönung zu der Annahme verleiten, dass sie die Liebe aller Schweden gewonnen und dass sie nur winken dürfe, um Gehörsam zu finden.
Sie machte in Folge dessen den Fehler, ihre Ansichten und Absichten unverhohlen zu zeigen, ein Fehler, wodurch sie ihre Gegner warnte und die Aufmerksamkeit derjenigen wachrief, die gegen eine Verbindung mit Preußen waren.
Anhang erhielt Louise Ulrike freilich, doch welchen? Idealistische Schwärmer, Romanhelden, Unzufriedene und – Fremde; das Letztere besonders war eine üble Sache.
Die angesponnenen und von der Königin begünstigten Intrigen führten zu keinem guten Resultat, die politischen Händel hörten nicht auf, und hatten meistens ein tragisches Ende.
Dessen ungeachtet fanden sich immer neue Schwärmer, welche das Banner der Königin erhoben, und es kam bereits dazu, dass

selbst das Königspaar von dem mächtigen Reichsrat unter der Hand verwarnt worden.

Man kann sich denken, wie sehr dies die stolze Königin empörte, und während sie ihrem Gemahl Vorwürfe machte, dass er eine solche Beleidigung und Herabwürdigung hinnehme, warf sie sich mit verdoppelter Energie auf Versuche, die Verfassung umzustoßen.

Dieselben nahmen einen höchst unglücklichen Verlauf; ein Komplott, welches wahrscheinlich nicht in seinem ganzen Umfang entdeckt, ward durch die Unvorsichtigkeit einiger Teilnehmer verraten.

Nachdem die bezeichneten oder bekannt gewordenen Glieder desselben, zum Teil erst nach hartnäckiger Gegenwehr, verhaftet worden, begann ein Hochverratsprozess, in dem sich die Schuld von acht der festgenommenen Personen unzweifelhaft herausstellte.

Diese Zahl bildeten drei Offiziere, vier Unteroffiziere und ein Diener; der hervorragendste an Stellung unter diesen war ein Graf Brahe, zugleich Oberst; der bedeutendste an Intelligenz und Kraft ein Unteroffizier Puke, früher Kapitän in holländischen Diensten, dessen Herkommen und Vaterland nicht einmal bekannt waren; also ein vollkommener Abenteurer, wonach man die Wichtigkeit des Ganzen zu beurteilen vermag.

Doch mit dem Ende dieses Prozesses ward die Sache vom Reichsrat und Senat noch nicht als beendet betrachtet. Man wagte zu beraten, was mit der Königin geschehen solle, und einen Augenblick schwebte die hohe Dame in wirklicher Gefahr; nur wenig Stimmen überboten die Zahl der Partei, welche auch sie zur Untersuchung ziehen wollte.

Es ward endlich der Beschluss gefasst, sie durch eine Deputation verwarnen und ermahnen zu lassen; dieser Ermahnung und Verwarnung sollte seitens der Königin ein Anerkenntnis der ihr zu Teil gewordenen Rücksicht, – also Gnade, – folgen, verbunden mit dem Versprechen, künftig die Gesetze des Landes zu achten und zu respektieren.

Die königliche Familie hatte seit dem Beginn des traurigen Handels Stockholm auf Weisung des Reichsrats verlassen und wurde in dem Lustschloss Drottningholm gewissermaßen bewacht.

Louise Ulrike hatte dort zugleich eine Anlage – China genannt – wo sie Tee zu trinken pflegte. Der Name des Lustorts war insofern bezeichnend, als die ganze Einrichtung nach chinesischem Gebrauch und Muster getroffen war.

Als der Königin in diesem Aufenthalt die Nachricht zuging, was der Senat betreffs Ihrer beschlossen hatte, war ihr Schreck groß, fast größer jedoch noch ihr Zorn und es kostete große Mühe, sie zu bewegen, den bitteren Kelch zu leeren.

Nur dadurch, dass auf die leidenschaftlichste Erregung der so tiefgekränkten Frau, eine vollkommene geistige wie körperliche Abspannung folgte, ward es möglich, sie zu bestimmen, die Deputation zu empfangen.

Die Ankunft derselben war auf den nächsten Tag angesetzt und erfolgte auch an diesem; sicher aber war es nicht königlich von der hohen Dame, und keinesfalls konnte es die gegen sie erregten Gemüter besänftigen, dass sie die Abgeordneten sechs Stunden antichambrieren ließ.

Dieser Beweis ihrer Nichtachtung der Abgesandten des Landes konnte nur bei denselben noch mehr Erbitterung hervorrufen, und wirklich war die Rede des Sprechers der Deputation, eines Bischofs, auch nichts anderes, als eine donnernde Philippika.

Louise Ulrike, welche den Männern ihren ganzen Stolz fühlen zu lassen beabsichtigte, ward dadurch gebrochen – vielleicht fühlte sie selbst, wie so sehr viel Wahres in der Rede des ausgezeichneten Mannes lag.

Wenigstens hatte man die Rücksicht, ihr die Zugeständnisse vorzusprechen und sich mit ihrem „Ja" auf dieselben zu begnügen.

Als sich die Deputation entfernt, war die Königin einer Ohnmacht nah, durch verschiedene schnell angewendete Mittel wieder gekräftigt, erhob sie sich mit ihrem ganzen Stolz.

„Ja, diese Krone ist eine Dornenkrone", sagte sie, „ich empfinde es jetzt."

Mit heftigen Schritten ging sie im Gemach umher, ohne des freundlichen Zuspruchs des wirklich von ihr geliebten Gemahls zu achten; doch plötzlich wendete sie sich zu ihm.

„Schweden hatte", sagte sie heftig, „seit Sie den Thron desselben bestiegen, keinen König – es hat jetzt auch keine Königin mehr. Ich will mich darin fügen, der Schatten einer solchen zu sein, doch –!"

Die Königin wendete sich plötzlich nach ihrem ältesten Sohn um, und fuhr auf ihn zeigend fort:

– „Du wirst mich rächen, Gustav!" –

Nach diesen Worten verließ Louise Ulrike schnell das Gemach.

XX. Ein Tropfen Balsam.

Es war der Königlichen Familie nach dem Besuch der Deputation in Drottningholm gestattet, wieder nach Stockholm zurückzukehren.

Doch Louise Ulrike war weit davon entfernt, an dergleichen zu denken; Stockholm war ihr verhasst geworden.

Außerdem fühlte sich die Königin zu tief verletzt, nicht durch die Rüge des Senats, sondern die Art, wie sich die Bewohner der Hauptstadt bei dieser Gelegenheit benommen hatten.

Ein glänzender Ball war dem Morgen vorangegangen, an dem die Verhaftung ihrer Anhänger erfolgte.

Diese hatten oder wenigstens der Graf Brahe hatte der Königin Versicherungen gemacht, nach denen man der Garnison sicher sei, und dass die Erhebung jeden Moment stattfinden könne; Tumult in der Stadt würde den Schlossbewohnern den Beginn, den Fortgang und den Sieg der Sache der Krone, an dem gar nicht zu zweifeln sei, verkünden.

Tumult entstand denn auch am nächsten Morgen früh; er kam von den Aufläufen her, welche die wütende Verteidigung der vier mitverschworenen Unteroffiziere in ihren verschiedenen Wohnungen veranlasste; die Königin glaubte jedoch, es sei das Zeichen und ihre Freude, ihre Äußerungen waren es, welche sie besonders kompromittiert hatten.

Das Geschrei des Volkes war jedoch, wie sie später erfuhr, nicht für, sondern gegen sie erhoben.

Nebenbei wollte sie aber auch dem verräterischen Hofpersonal, welches jene ersteren Ausbrüche verbreitet hatte, fernbleiben; in Drottningholm brauchte sie nur die treuen Diener um sich zu dulden.

Die Königin blieb also, und wo sie war, blieb auch ihr abhängiger Gemahl und ihre Familie; doch Louise Ulrike war auch für diese einen Tag nicht zu sprechen. Fremde wollte sie nie mehr sehen, nie mehr annehmen.

Nun in den nächsten Tagen meldeten sich dergleichen auch nicht eben viel; nur eine Person suchte am Morgen des anderen Tages um Audienz nach, ward jedoch ohne Weiteres abgewiesen.

Am nächsten Tag erschien der Mann mit demselben Gesuch wieder, um in eben der Weise abgefertigt zu werden.

Doch der Audienzsuchende schien hartnäckig zu sein, er kam am dritten, am vierten und so weiter, bis acht Tage um waren.

An diesem letzten wollte der Kammerdiener den Zudringlichen grob abweisen.

Doch kaum hatte er die ersten Worte in dieser Hinsicht gesprochen, als ihm der Mann eine schwere Hand auf seine Schulter legte und ihn mit blitzenden Augen ansah.
„Mann", sprach er dabei, „Du bist ein Verräter Deiner Herrin, wenn Du mich nicht augenblicklich zu derselben führst!"
Diese, von der aller sonstigen Bittsteller verschiedene Weise, um eine Audienz bei der Königin nachzusuchen, blieb nicht ohne Wirkung.
Der Kammerdiener erschrak und glaubte vielleicht zuerst, er habe es mit einem Verrückten zu tun; doch ein genauerer Blick in die Züge desselben ließ erkennen, dass dem nicht so sei
„Wer seid Ihr denn?", rief der Mensch noch immer nicht gefasst. „Was wollt Ihr?"
„Ich bin Kapitän eines Schiffes und will die Königin sprechen!", antwortet der Fremde, „ich bringe Nachrichten für dieselbe von Außerhalb!"
Nochmals betrachtete der Diener den Mann und entfernte sich dann. –
Es dauerte lange bis derselbe wiedererschien, doch endlich kam er mit der Aufforderung an den Mann, ihm zu folgen.
Nachrichten von Außerhalb? Dies war es vielleicht, wodurch es dem Mann gelungen, Zutritt zu erhalten, und den Vorsatz der Königin zu ändern.
Das Zimmer, in welches der Diener den Fremden führte, ward in dem Lustschloss von der königlichen Familie meistens zu ihrem Zusammensein benutzt.
Louise Ulrike saß auf einem bequemen Polsterstuhl neben ihrem Gemahl, die Kinder des hohen Paares und ein Fräulein von Knesebeck waren ebenfalls zugegen. Der Fremde blieb nach einer Verbeugung an der Tür stehen.
Louise Ulrike betrachtete den Mann aufmerksam; sie kannte ihn nicht.

„Wer sind Sie?", fragte sie endlich.

„Mein Name dürfte Eurer Majestät nicht bekannt sein", sagte er, einen Blick umherwerfend, „ich nenne mich Dyk und bin der Führer eines Schiffes!"

Die Königin hatte den Blick des Kapitäns verstanden.

„Liebe Knesebeck!", sagte sie, „führen Sie die Kinder hinaus!"

Die Hofdame kam dem Befehl nach.

„Nun sprechen Sie!", sagte die Königin.

„Majestät", fuhr Jacobson fort, „vor Kurzem ward mir die Ehre zu Teil, mit gewissen Mitteilungen an König Friedrich –!"

„Ah – Sie –!", rief die Königin auffahrend.

„Der Kapitän –!", murmelte Adolph Friedrich erschreckt, und flüsterte seiner Gemahlin zu: „Um Gotteswillen, bedenke –!"

Doch die Königin erhob sich stolz; eine echt königliche Regung zeigte sich in ihrer ganzen Bewegung.

„Keine Macht der Erde kann und soll mich hindern", sagte sie, „von meinem erhabenen Bruder Nachrichten zu empfangen, ich habe keinen Krieg mit ihm – ich habe auch seinem Volk nicht den Krieg erklärt, was bringen Sie mir, Kapitän?"

Jacobson, zog ein Etui hervor und überreichte es der Königin, die dasselbe öffnete und mehrere Briefe daraus hervornahm; sie trat bei Seite, dieselben zu lesen, der Kapitän zur Tür.

Plötzlich wendete sich die Königin schnell zu ihrem Gemahl.

„Lies!", sagte sie.

Der König kam diesem Wunsch nach, doch auf ihn machte der Inhalt des Schreibens sichtlich nicht den angenehmen Eindruck, wie auf die Königin.

Adolph Friedrich trat derselben mit unverkennbarer Besorgnis im Gesicht näher; beide sprachen längere Zeit leise, doch erkannte der Zeuge dieser Szene deutlich den spöttischen Ausdruck im Gesicht der Königin.

Es ist schwer zu sagen, ob die Königin in der Angelegenheit zwischen Preußen und Schweden recht oder unrecht handelte. Doch es dürfte auch ebenso noch fraglich sein, ob Schweden das Recht hatte, seine Königin so zu behandeln, wie es geschehen. Jedenfalls war sie durch eine solche Behandlung aufs Äußerste gebracht; über dem konnte sie niemals den Krieg Schwedens gegen den Bruder billigen.

„Meine Macht ist zu Ende", sagte sie endlich zu Dyk gewendet, „direkt kann ich nicht mehr tun, als bereits geschehen ist –; doch ich freue mich, dass ich auch nur so viel leisten konnte; der Krieg zwischen Schweden und Preußen wird ein Spiel bleiben; das Blut, welches darin vergossen wird, komme über die Häupter seiner Anstifter!"

Der Kapitän verbeugte sich.

„Wann kehren Sie zurück?", fragte die Fürstin.

„Sofort, Majestät!", antwortete jener.

„Sagen Sie meinem Bruder, was Sie hier gesehen und erfahren", sprach die Königin; „ein Mehreres wäre von meiner Seite zu gewagt; nehmen Sie außerdem diesen Ring als ein Andenken von mir!"

Dyk empfing den Ring und entfernte sich auf einen Wink der Königin. Diese stand längere Zeit sinnend da.

„Nun wohl, Ihr Herren des Reichsrats und Senats", sagte sie endlich, „eine Tochter Brandenburgs, die sich in Eurer Gewalt befindet, mögt Ihr tyrannisieren, doch dem Schwerte Preußens dürftet Ihr nimmer gewachsen sein."

XXI. Maria Arvedson.

Im alten Ritterhaus zu Stockholm ging es bereits seit einigen Tagen ziemlich lebhaft, man kann wohl sagen, skandalös zu; denn die Partei der Mützen verlangte nach Beendigung der Sache der Königin energische Kriegführung mit Aufwendung aller zu Gebot stehenden Mittel gegen Preußen; wogegen die Partei der Hüte protestierte.

Das Volk von Stockholm, seit der Braheschen Verschwörung noch immer bedeutend aufgeregt, nahm lebhaften Anteil an den gepflogenen Verhandlungen und belagerte deshalb stets in bedeutender Masse das Ritterhaus, um sofort von den gefassten Beschlüssen Kenntnis zu erhalten.

Im Allgemeinen war jedoch die Menge dem Kriege abgeneigt, und es war nicht selten, dass die sogenannten Patrioten von derselben bei ihrem Erscheinen verhöhnt wurden.

Diese Zeichen durften als gefahrdrohend betrachtet werden; es war deshalb auch für beständig ein Teil der Polizei der Hauptstadt anwesend und mit ihnen ihr damaliger Chef, der Polizeidirektor Lagerbjelke.

Der Direktor war ein ganzer Mann in seiner Art; er diente jetzt der oben schwimmenden Partei und diente später der anderen, wie dem Könige Gustav III. gegen jene noch besser.

Zur Erleichterung der Geschäfte hatte er im Ritterhaus selbst ein Büro etabliert und teilte die Zeit seiner Anwesenheit im Haus, zwischen Verrichtung der laufende!! Geschäfte und der Beobachtung des Reichsrats und Senats.

Er war eben an seinem Pult beschäftigt, als ein untergeordneter Diener hastig und fast atemlos eintrat, und sich ihm sofort zu nähern.

„Wieder verloren!", sagte der Mann keuchend, ohne die Erlaubnis zum Sprechen abzuwarten, „ich glaube, der Mensch muss hexen können!"
Lagerbjelke hatte die einem Polizeidirektor so nötige Eigenschaft der Kaltblütigkeit im höchsten Grad; er nahm die Spitze der in seiner Hand befindlichen Feder zwischen die Zähne und sah den Mann durchdringend an.

„Hexen, nein!", antwortete er langsam, „erscheint nur schlauer zu sein, wie mein bester Spion und das beweist, wie alle nichts taugen; ja, es ist ein Elend!"

„Herr Direktor!", begann der gescholtene Mensch kleinlaut.

„Stille!", befahl sein Vorgesetzter; „bestelle mir die Arvedson zu zwölf Uhr in meine Wohnung."

Der Mann ging, und der Direktor arbeitete ruhig weiter bis zu der angedeuteten Zeit, dann verließ er das Büro, um sich in seine nicht allzu ferne Wohnung zu begeben.

Er war noch nicht lange dort gewesen, als die von ihm bestellte Person gemeldet ward; Lagerbjelke befahl sie einzulassen.

Gleich darauf erschien Maria Arvedson, damals noch eine junge Person, später Schwedens berühmte Phytia, deren Ruf fast noch den der französischen Lenormand übertraf.

Die Arvedson war ein großes, schlankes Frauenzimmer, nicht schön und nicht hässlich, aber mit dem unverkennbaren Ausdruck einer gewissen Schwärmerei im Auge und in den Zügen.

Ihr Anzug bestand in einem einfachen schwarzen Überrock, einem Tuch und einer kleinen, dunkelfarbigen Kappe.

Bis vor Kurzem war Marie der Gegenstand des Spottes gewesen, man verlachte ihre Vorhersagungen und verachtete sie selbst.

Doch seit wenigen Monaten hatte sich dies geändert; es war bekannt geworden, dass sie die Geliebte des mitverurteilten und hingerichteten Unteroffiziers Paul Puke gewesen, und dies machte sie interessant. Man behauptete sogar, dass sie die Katastrophe der Braheschen Verschwörung vorhergesagt, und dies gab ihr Wichtigkeit. Endlich hatte auch Puke sie zur Erbin seines, für einen Mann seines Standes ziemlich bedeutenden Vermögens gemacht und somit gewissermaßen reich geworden, hatte das übrigens verwaiste Mädchen auch an Ansehen gewonnen.

Lagerbjelke war der Mann, diese Umstände zu benutzen, um auf den Aberglauben der Mitmenschen zu spekulieren; er hatte die Wahrsagerin durchschaut, und ob er nun selbst an ihre richtige Voraussagungsgabe glaubte oder nicht, er gab ihr unter der Bedingung, ihm zu dienen, die Erlaubnis, ihr Wesen zu treiben.

Ja, es ist wohl möglich, dass gerade er zur Erlangung ihres bedeutenden Rufes, natürlich in seinem Interesse, beigetragen hat. Bemerkt muss noch werden, dass sie Gustav III. den Tod durch die Hand eines Meuchelmörders vorausgesagt haben soll.

Lagerbjelke trat ihr, so wie sie die Tür geschlossen, sofort entgegen.

„Nun, Marie!", sagte er; „Du hast Dich lange nicht sehen lassen, Deine Zeit scheint sehr beansprucht zu werden, doch Du darfst Deine Freunde nicht vergessen. Hast Du ein Verzeichnis der Personen mitgebracht, die in der letzten Zeit Deinen Ruf erproben wollten?"

Marie Arvedson nahm, ohne ein Wort zu sagen, ein Papier aus ihrem Kleid und reichte es dem Beamten hin, der es mit sichtbarem Interesse überflog.

Doch bald machte derselbe ein verdrießliches Gesicht.

„Er ist nicht darunter!", murmelte er. „Hast Du nicht von einem Fremden, namens Dyk, gehört?"

„Nein!", antwortete die Arvedson; „ich kenne so wenig den Namen, noch habe ich ihn von Person gesehen!"

„Nun, Marie!", fuhr der Direktor fort; „ich muss wissen, wer der Mann eigentlich ist, und was er treibt oder beabsichtigt. Vorgeblich ist er ein Schiffskapitän, dessen Fahrzeug irgendwo außerhalb liegt – doch ich glaube dies nicht, kannst Du mir nähere Auskunft über den Mann geben?"

„Sobald ich ihn sehe, ja!", antwortete Marie bestimmt.

Lagerbjelke schellte; derselbe Mann, welcher ihm erst die erwähnte Meldung gemacht, trat ein.

„Zeigt der Arvedson den Menschen!", sagte er kurz, und gab zugleich durch einen Wink mit der Hand zu erkennen, dass beide verabschiedet waren.

Die Aufgabe des Polizeibeamten mochte ihm wohl nicht besonders behagen, denn er brummte, während er auf der Straße neben der Arvedson herging, die er in ein Gasthaus auf dem Blasiiholm führte.

Beide mussten indessen ziemlich lange warten; es ward fast Abend, ehe der Observierte zurückkehrte, um durch das Gastzimmer, wo er sich einen Schlüssel von der Wand nahm, in ein anderes zu gehen.

Marie Arvedson schien bei seinem Anblick zu erschrecken, doch fasste sie sich bald und sah lange vor sich zu Boden.

„Lasst uns gehen!", sagte sie endlich, und beide begaben sich wieder zu dem Direktor.

Lagerbjelke war bereits ungeduldig geworden und trat den Leuten deshalb mit heftigen Schritten entgegen.

„Nun!?", rief er, zugleich befehlend und fragend.

„Der Mann ist ein Seefahrer!", sagte die Arvedson kurz und bestimmt; „aber er ist kein Handelskapitän, sondern etwas Schlimmeres, und täuscht mich nicht alles, so ist er der berüchtigte Jacobson!"

„Unsinn!", rief der Polizeidirektor, sichtlich enttäuscht nach verschiedenen Papieren suchend, – „Jacobson ist hier ganz anders beschrieben; doch was kann der Mensch wollen?"

„So weit geht meine Kunst für diesmal nicht, es bestimmt zu sagen", antwortete die Arvedson; „doch meine ich es leicht zu erraten; kann ich gehen?"

„Ja!"

Marie entfernte sich, und im Grunde genommen schien Lagerbjelke so klug wie vorher zu sein.

„Ihre Kunst ist wirklich nichts!", murmelte er; „doch, dass der Mensch stets zur selben Zeit denselben Weg nimmt, ist auffällig; ich muss ihn weiter beobachten lassen!"

Lagerbjelke wollte eben seine Arbeit wiederaufnehmen, als ein anderer seiner Leute, erschien. Der Direktor blickte auf.

„Der Schiffskapitän, welcher Ihre Aufmerksamkeit erregt hat", meldete derselbe, „ist fast eine Stunde in der Kanzlei des Ritterhauses gewesen, nachdem sich alle Beamten bis auf einen entfernt hatten; ich habe den Letzteren nach Entfernung jenes Mannes sofort festgenommen und dabei dies Geld und diese Papiere gefunden."

Lagerbjelke griff nach den mitübergebenen Papieren und fuhr mit einem heftigen Ruck empor; sofort sprang er zur Klingel und läutete fast Sturm. Eine Anzahl seiner Beamten erschien.

„Folgt mir!", rief er und eilte, seinen Hut aufsetzend, hinaus; er schlug die Richtung nach dem Blasiiholm ein, umstellte das Haus und ging hinein.

Der sofort festgenommene Wirt ward examiniert, konnte indessen nur angeben, was bereits bekannt war; außerdem erklärte er, der Fremde habe vor Kurzem sein Haus wieder verlassen; man musste sich deshalb begnügen, seine Sachen mit Beschlag zu belegen und seine Rückkehr abzuwarten.

XXII. Eine Warnung.

In wichtigen Dingen einen Augenblick versäumt, bedeutet nicht selten so viel, als alles auf das Spiel setzen. Jacobsons verschiedene vergebliche Wege nach Drottningholm hinauf, konnten als eine solche Versäumnis gelten; sie führten dazu, dass sein Inkognito verraten ward.

In einer Hinsicht freilich mochte auch sein längeres Verweilen in der Hauptstadt nicht ohne Nutzen sein, da es seine Ausforschungen vermehrte. Doch dass er eine Ahnung von den möglichen Folgen hatte, zeigte bereits seine Äußerung zu dem Kammerdiener der Königin.

Jetzt indessen hatte er seine Aufgabe erfüllt, und seine Rückkehr in das Gasthaus auf dem Blasiiholm hatte nur den Zweck, seine Sachen zu packen, um hinterher abzureisen.

Doch Jacobson hatte noch einen anderen Gang; einen Weg im eigenen Interesse zu machen, und dieser führte ihn nach dem Helenenberg.

Man ahnt bereits, was der Kapitän dort wollte; er stand auf der Stelle, auf der sein Großvater geendet, wo derselbe dem Parteihass, dem Wahn und einer kleinlichen Politik zum Opfer gefallen.

Jacobson kannte genau die Geschichte seines Großvaters mütterlicher Seite, aber sicher hatte die Erzählung des alten Lotsen Nehls die Ereignisse jener Zeit in seinem Gedächtnis aufgefrischt, und gewiss steigerte der Anblick des Hochgerichts seinen alten Groll gegen das Land und das Volk, welches den Baron Görz so schnöde sterben ließ.

Jacobson stand, finster vor sich hinbrütend, da; die Gegend war einsam, wie wohl fast immer der Ort, an dem die weltliche Gerechtigkeit ihre Urteile vollstrecken lässt; er durfte also glauben, hier ungestört weilen zu können.

Dem sollte indessen nicht so sein; denn der Kapitän fühlte sich plötzlich an der Schulter berührt und erkannte, als er sich umblickte, ein Weib, welches ihn mit leuchtenden Augen betrachtete.

„Peter!", sagte dasselbe, „Peter erkennst Du mich?"

„Also doch Du?", rief der Kapitän lebhaft; „ich hätte es nimmer gedacht – wie kommst Du überhaupt nach Stockholm?"

„Du kennst den Grund, weshalb man mich in der Heimat verachtete", fuhr die Frau fort, „sie trieb mich hierher, wo es mir erst nicht besser erging, doch jetzt ist das anders."

„Ach ja!", sagte Jacobson, „Deine Torheit macht auch andere zu Toren; ich habe gehört, doch glaubte ich nicht, dass Du es seist, denn ich hatte von Deinem Namen nur den Vornamen gehört oder behalten – die Leute in den Skären scheinen verständiger als die der Hauptstadt zu sein!"

„Möglich, Peter!", sagte die Frau; „Du hast mir das Leben gerettet, Marie Arvedson wird vergelten – auch Dein Leben ist in diesem Augenblick gefährdet!"

„Das ist es immer!", sagte der Kapitän ruhig.

„Doch nicht in dem Maße als jetzt, Peter Jacobson; denn Du bist verraten!"

„Wirklich – wer kennt mich hier sonst als Du, und Du wirst doch nicht –!"

„Ja, ich habe Dich verraten, um Zeit zu gewinnen, Dich zu warnen."

„Das wäre!"

„Du darfst nicht in Deine Wohnung zurückkehren; denn sie ist besetzt, man sucht Dich dort, und als ich über den Schlossplatz ging, ward der Mann verhaftet, mit dem Du zuletzt gesprochen!"

„Verdammt!", murmelte Jacobson; „das kommt mir doch ungelegen!"

„Ich glaube es, doch eile die Stadt zu verlassen; übrigens hättest Du nur aufmerksamer sein dürfen, ich erwartete Dich in jenem Hause, doch Du schenktest mir keinen Blick!"

„Ich hatte an Anderes zu denken!"

„So denke jetzt an Deine Rettung!"

„Und meine Papiere?"

„Sie werden verloren sein!"

Jacobson blickte einige Zeit sinnend vor sich nieder, fuhr dann empor und ließ sein Auge umherschweifen.

„Das Schlimmste an dem ganzen Handel ist das Bekanntwerden meiner Person!", murmelte er; „doch es hilft nichts, ich danke Dir, Marie Arvedson, lebe wohl!"

„Noch eins!", sagte die Arvedson, als sich jener bereits hastig umwendete; „die nächste Zukunft ist für Dich gefährlich, wage nicht zu viel!"

„Das konnte ich mir selbst sagen!", rief Jacobson lachend; „gehab Dich wohl und gib Deine Torheiten auf!"

Jacobson winkte noch mit der Hand zurück und eilte davon; er verschwand bald in den Straßen des Södermalms, bis wohin ihm Marie mit den Augen folgte; ihr Blick ward dabei fast unheimlich.

„Meine Torheiten!", murmelte sie; „so sagte auch Paul, – Toren Ihr selbst, die Ihr nicht glauben wollt, auch Du wirst bald genug Dein Schicksal erfüllt sehen!"

Marie wendete sich ebenfalls von der verhängnisvollen Stelle fort und ging langsam der Stadt zu.

XXIII. Ein Bekehrter.

Jacobson entkam glücklich; denn ein Boot brachte ihn schnell aus dem Bereich der Stadt durch die Skären; ein anderes musste dazu dienen, ihn bis Rimmarö zu bringen, wo sein Schoner lag, welcher sofort, so wie er über die Reling gestiegen, die Anker lichtete.

Indessen sollte seine Unvorsichtigkeit oder wie man es sonst nennen will, nicht ohne Folgen bleiben.

Sie kostete einem armen Teufel, der sich hatte durch den Glanz des Goldes blenden lassen, das Leben, obschon dieser nicht der Hauptschuldige war.

Glücklicherweise entdeckte man damals noch nicht, dass der vermeintliche Dyk eine Audienz bei der Königin gehabt, doch sein wahrer Name, seine Hantierung und seine Absichten lagen klar am Tage.

Die Entrüstung der Behörden über die Frechheit des Piraten war groß und zunächst liefen zwei Schiffe zu seiner Verfolgung aus; drei Avisos wurden sofort an die in der Ostsee stationierten Flotten gesandt, um ihnen das Schiff und den Mann näher zu bezeichnen, so wie den Befehl zu seiner Verfolgung zu bringen. Für die schwedische Flotte war es fast Ehrensache geworden, den kühnen Freibeuter, der es wagte, einem ganzen Land den Krieg zu erklären, zu ergreifen, und jeder Kapitän wollte deshalb diese Aufgabe erfüllen; im Übrigen musste sich auch die Tatenlust der Flottenbemannung in diesem Krieg auf kleine Unternehmungen beschränken. –

Wir wissen bereits, was inzwischen auf Hiddensoe passierte, und wodurch das freundschaftliche Verhältnis des Baron Staelswerd zu dem Major von der Grieben einen unangenehmen Stoß erlitt. Staelswerd war natürlich weit entfernt, den Leutnant Dalström zum Mitwisser seiner Angelegenheit zu machen; vielmehr schloss er sich einige Tage vollständig ab, bis ihn Dienstgeschäfte zwangen, mit demselben zu sprechen.

Dieselben bestanden in dem Empfang von Ordres, eben den Freibeuter betreffend, und Staelswerd bekam einen bedeutenden Schreck, als er durch jene erfuhr, dass er denselben schon so gut wie in Händen gehabt.

„Dalström!", rief er, deshalb selbst auf dem Verdeck erscheinend, „kommen Sie schnell in die Kajüte, wir haben wichtiges zu sprechen – oder nein, treffen Sie erst Anordnungen, dass wir in kürzester Frist unter Segel gehen können!"

„Wohl, Herr Baron!", antwortete der alte Seemann und tat, wie ihm geheißen; den am Land befindlichen Leuten wurden Signale zur schleunigen Rückkehr an Bord gegeben und weitere Vorbereitungen getroffen, dann stieg Dalström zu seinem Vorgesetzten hinab.

„Wir sind geprellt", rief Staelswerd, „abscheulich an der Nase herumgezogen, ich habe immer fast so etwas wie eine Ahnung gehabt!"

Dalström hatte zwar von dem, was in Grieben passiert war, durch den Kommandanten keine Mitteilungen erhalten, doch hatte auch er so seine Ahnung von gewissen Dingen. –

Er begnügte sich deshalb, zu der heftigen Auslassung seines Vorgesetzten zu lächeln und die Achseln zu zucken.

„Aber zuerst", fuhr Staelswerd, ihn scharf fixierend, fort, „der vermeintlich ertrunkene Kapitän Dyk lebt – lebt, Dalström, denken Sie sich!"

„Das macht mir Freude!", sagte Dalström mit allen Zeichen angenehmer Überraschung; „es wäre schade um den Mann gewesen."

„Weiß es Gott!", meinte der Baron spöttisch; „ich bewundere nur den Scharfsinn des guten Wardow, doch das kann ihn jetzt der Strafe entheben – unser Dyk ist niemand anderes als der schändliche Jacobson!"

„Wa – was!", rief Dalström, „unmöglich!"

„Lesen Sie!", sagte der Baron, seinem Untergebenen mit einer vornehm herablassenden Bewegung die Papiere hinschiebend.

Dalström machte bei Lesung der erst vor Kurzem durch den schon wieder abgesegelten Aviso überbrachten Papiere ein langes Gesicht; dann jedoch warf er alle zusammen mit einem derben Fluch auf den Tisch.

„Das soll uns der Bursche nicht umsonst getan haben!", rief er; „verdammt meine Augen, dass sie so blind waren – ja, der Fähnrich hatte Recht, aber mit Verlaub, Herr Baron, aus reiner Dummheit. Da der Kerl von Kolberg ausgelaufen, denke ich, wird er dahin zurückkehren oder zurückgekehrt sein."

„Das ist auch meine Ansicht, Dalström; es wäre herrlich, wenn wir unseren Fehler wieder gut machen könnten!"

„Und wir wollen es!", rief Dalström und eilte hinaus; nach kurzer Zeit war die Brigg unter Segel, machte Wittow klar und verschwand.

Jacobsons Absicht war wirklich, wieder nach Kolberg zurückzukehren; aber der Schoner war durch sein später gelingendes Auslaufen zu bekannt geworden, als dass dies ein leichtes Unternehmen bilden konnte; über dem hatte die Flotte grade ihr besonderes Augenmerk auf jenen Teil der Küste gerichtet, und man versuchte deshalb vergeblich Land zu machen.

Nach verschiedenen vergeblichen Versuchen, und nachdem auch die Flotte wahrscheinlich schon von dem besonderen Charakter des Schiffes in Kenntnis gesetzt worden, zwangen Anzeichen von Sturm dasselbe, die hohe See zu suchen.

Hier traf der Schoner mit der höher aufgekreuzten Brigg zusammen, und die Offiziere der Schiffe erkannten diese gegenseitig sofort; es war Abend, als dies geschah, und zugleich fast sprang der heftige Nordost auf.

Jacobson hatte überhaupt bereits vermieden, mit den ihn verfolgenden Kreuzern ernstlich anzubinden; er suchte umso mehr der „Fortuna" durch Schnellfüßigkeit zu entgehen; doch ward die übermäßig geführte Segellast Ursache, dass die Stenge des Fockmastes brach; die Nacht brachte die Schiffe einander aus den Augen, und als man auf der Höhe von Wittow das Feuer auf Hiddensoe erkannte, ließ Jacobson den Schnabel nach dorthin richten.

Ob er dabei glaubte, dass ihn Staelswerd dort nicht suchen werde, ist schwer zu bestimmen; jedenfalls war er auf einen Angriff vorbereitet.

Staelswerd griff nicht sofort nach dem Erscheinen der Brigg den Schoner an, so sehr auch Dalström darauf bestand, sondern forschte erst, ob sein Kapitän an Bord sei. Man antwortete der Wahrheit gemäß, und er begab sich in Folge dessen an das Land, um Jacobson dort zu verhaften.

In seiner Abwesenheit konnte sich jedoch Dalström nicht mehr mäßigen, er forderte den Schoner zur Übergabe auf, der statt der Antwort das Ankertau kappte und feuerte; die Brigg folgte diesem Beispiel, und die Salven der Schiffe waren es, welche die Tischgesellschaft auf das Neue erschreckten.

XXIV. Das Herzensgeheimnis.

Es kommt selten ein Unglück allein, und nach der Feuersbrunst im Dorf Kloster während der Nacht, war das Zusammentreffen der feindlichen Schiffe bei Hiddensoe als ein Unglück anzusehen.

Erschreckt eilten sowohl die Bewohner der Insel wie die von Wittow zu den höheren Punkten des Landes oder an den Strand, als sich das regelmäßige Rollen der Salven über Land und See wälzte.

Vielleicht, dass es einigen von ihnen ein interessantes Schauspiel bot, ein paar Schiffe im Kampf zu sehen; doch die mehrsten standen bleich und starr da und eilten auch wieder in Sicherheit zu kommen, als einzelne Kugeln, bei den verschiedenen Wendungen der Schiffe, in der Nähe der Gruppen einschlugen.

Dalström war sicher ein wichtiger Seemann, doch der alte Swieten stand ihm gewiss in keiner Hinsicht nach, und die Beschädigung des Schoners machte höchstens die Schiffe gleich, da die Brigg bei weitem schwerer als jener war.

Einen Vorteil hatte jedoch Swieten für sich, und dieser bestand in seinen besseren oder vielmehr stärkeren Geschützen.

Bekanntlich sind die eigentlichen Schiffskanonen schwächer konstruiert als die Feldgeschütze und können daher auch nur mit schwächerer Ladung versehen werden.

Swieten benutzte diesen Umstand aufs Beste, und seine Kolberger Jungen pfefferten die Mörser voll bis zur Mündung; jede treffende Kugel ging daher durch die Brigg und bald hatte dieselbe eine Wunde zwischen Wind und Wasser.

Zum Überfluss riss auch noch eines jener mörderischen Geschosse, deren Anwendung heute als völkerrechtswidrig gilt, die jedoch zu jener Zeit allgemein in Gebrauch waren, sogenannte Kettenkugeln, den Toppmast weg, und Dalström sah sich genötigt, das Feuer einzustellen; da sich die Pumpen zur Fortschaffung des eindringenden Wassers nicht als genügend erwiesen, ließ er die Brigg gegen den Strand laufen.

Swieten ließ ebenfalls mit Feuern einhalten, kommandierte jedoch einen Teil der Mannschaft in die Boote, um den vermutlich am Land festgenommenen Kapitän zu befreien. Vierzig bewaffnete Männer stießen zu diesem Zwecke ab und ruderten dem Strand zu.

Inzwischen hatte sich die in dem Gesellschaftssaal von Grieben begonnene Szene weiterentwickelt. Mutter und Schwester waren der ohnmächtigen Clara beigesprungen, einige eindringende Leute des Majors suchten sie zu unterstützen.

„Ist das wahr!", rief dagegen der Major, „sind Sie – heißen Sie Jacobson?"

„Ja, ich bin's!", entgegnete der Freischiffer, sich stolz emporrichtend; „ich führe als Peter Jacobson Krieg auf Leben und Tod mit Schweden, doch mit niemand anderes, denn ich bin kein Seeräuber; keine Nation nennt mich so als die des Herrn hier."

„Welche Schmach!", murmelte der Major.

Der Prediger bekreuzte sich.

Jacobson blickte Heide mit einem leichten Lächeln an und wendete sich wieder zu Staelswerd, der, die Hand an das Gefäß seines Säbels gelegt, dastand.

„Nun, Herr!", fragte der Baron, „werden Sie gutwillig folgen?"

„Nein!", sagte Jacobson bestimmt; „aber ich will Ihnen einen Vorschlag machen, der uns wenigstens aus dieser Situation zu bringen geeignet ist und den Herrschaften hier weitere unangenehme Szenen erspart."

„Ich darf von Euch keine Vorschläge anhören, noch weniger annehmen!", erwiderte der Baron stolz.

„Das Letztere steht in Ihrem Belieben", antwortete Jacobson ruhig; „doch hören werden Sie, mein Herr; dessen Schiff draußen siegt, der möge auch den Kapitän des besiegten als seinen Gefangenen betrachten, und sollte ich in dieser Lage sein, so ist Ihnen sofort Ihre Freiheit gewährleistet!"

Der Baron errötete dunkel über das ganze Antlitz und schoss zornige Blicke auf den Sprecher.

„Ein Pirat muss stets dem bewaffneten Schiff der Marine unterliegen!", sagte er stolz; „es helfen Euch keine Ausflüchte weiter, das Haus ist besetzt, folgt mir!"

Der Major hustete; er betrachtete den Freibeuter mit scheuen Blicken, doch bei alledem schien es, als ob plötzlich in ihn etwas zu dessen Gunsten spreche, er warf einen scharfen Blick auf den Baron.

„Mein friedliches Haus hätte eigentlich nicht zum Tummelplatz des Krieges werden sollen!", sagte er, „und ich glaube ein Recht zu haben, beide Herren zu bitten, dieser Szene ein Ende zu machen!"

„Wohl, Herr Major!", antwortete Jacobson, „jener Herr behauptet Rücksicht auf Sie genommen zu haben – ich tue dies auch, denn Peter Jacobson hätte schon längst ein anderes Wort mit seinem Gegner gesprochen!"

„Herr Gott im Himmel sei uns gnädig und beuge den harten Sinn dieser wilden Männer!", betete der gute Huldrich, jedoch ohne Erfolg.

Jacobson machte schon, während er sprach, eine Bewegung, als wolle er der Tür zu eilen. Baron Staelswerd kam ihm indessen zuvor und riss jene auf, wodurch ein halbes Dutzend bewaffneter Matrosen sichtbar ward, denen er einen Wink gab einzutreten. Ein lauter Schrei mischte sich in das Geräusch ihrer Tritte. Clara war vor Schreck ohnmächtig geworden, doch der Schrecken wirkte auch noch während ihres bewusstlosen Zustandes nach.

Sie erwachte aus demselben, als man sie eben hinausführen wollte, und ihr irrer Blick fiel sofort auf die eintretenden Seeleute, deren Erscheinen ihr jenen Schrei auspresste.

Dann jedoch riss sie sich mit stürmischer Hast los und eilte auf Jacobson zu.

„Kapitän Dyk!", rief das halb aufgeregte, halb entsetzte Mädchen, „oder wie Sie sonst heißen mögen – Sie sind kein Seeräuber, kein Pirat, nein, Sie sind es nicht; ein Mann, der wie Sie zu handeln vermag, kann kein Bösewicht sein."

„Clara!", rief der Vater.

„Clara!", mahnte auch die Mutter.

„Gnädiges Fräulein!", sagte der Prediger mit noch immer gefalteten Händen.

„Sie haben recht, Fräulein Clara!", antwortete der Kapitän, „ich bin kein Bösewicht, obschon die Bezeichnung meines Treibens sich der Wahrheit nähert; erinnern Sie sich dessen, was ich zu Ihnen bei unserem Abschied sagte!"

„Ich wünschte einen Augenblick, Sie wären wirklich ertrunken!", rief das Mädchen mit einer flammenden Röte im Gesicht; „aber hier meine Hand, Sie mögen sein, wer Sie wollen und was Sie wollen, ich werde nie vergessen, was ich und wir Ihnen schuldig sind, was Sie überhaupt für Ihre Mitmenschen getan!"

Der Kapitän hatte die ihm gereichte Hand genommen, um sie an seine Lippen zu bringen; und wenn gesagt wird, dass neues Entsetzen alle bei dieser Bewegung erfüllte, so ist dies nicht zu viel behauptet.

Die Eltern und die Schwester wurden ganz starr, als Clara den Gebrandmarkten berührte; der Baron dagegen ward blass wie eine Leiche; jetzt erkannte er, wem er in der Gunst der jungen Dame nachstehen musste, und wie sehr dies seinen Stolz verletzen musste, ist begreiflich.

Doch die Szenen sollten heute einmal überhaupt schnell wechseln, ein heftiger Eindruck stets den anderen jagen. Ehe noch jemand eine Bemerkung zu machen im Stande war, drängte sich der Verwalter des Majors durch die an der Tür befindlichen Matrosen.

„Der Schoner hat gesiegt!", rief der Mann; „die Brigg ist entmastet und jagt dem Strand zu, die Piraten kommen in Booten an das Land, vielleicht werden sie plündern!"
Alle starrten den Sprecher verdutzt an, die Schweden erbleichten, nur Jacobson lächelte.

„So werden Sie auch noch sogar meinen Vorschlag annehmen müssen, Herr Baron", sagte er ruhig, „fürchten Sie nichts von meinen Leuten, sie werden niemand ein Haar krümmen, der sie nicht angreift. Leben Sie wohl, Herr Major, vielleicht werden Sie noch besser über mich denken!"
Der Kapitän verbeugte sich nach diesen Worten und schritt hinaus. Niemand versuchte ihn aufzuhalten.

XXV. Ein Geständnis.

Es waren einige Stunden seit dem gestörten Frühstück im Griebenschen Hause vergangen; der Schoner war nordwärts mit seinem wieder eingeschifften Kapitän verschwunden. Die Brigg lag unterm Entendorn auf dem Strand, glücklicherweise so, dass sie Überlandwind und schwaches Wasser hatte. Auf ihrem Deck waren einige Leute beschäftigt, die Wunden anderer zu verbinden. Eine Anzahl Matrosen wand die Geschütze aus dem Zwischendeck empor, um sie an das Land zu bringen.
Auf dem Strande standen der Baron Staelswerd und der Leutnant Dalström in lebhafter Unterhaltung begriffen; in ihrer Nähe befand sich der alte Lotse Nehls, niemand hatte bemerkt, dass er beim Abgang des Kapitän Jacobson einige Worte mit demselben gewechselt. Eine Menge Neugieriger umstand jene Gruppe.

Im Schloss Grieben gab es dagegen eine etwas stürmische Szene. Die Glieder der kleinen Familie hatten sich in dem gewöhnlichen Wohnzimmer versammelt und der Major durchmaß dasselbe mit großen Schritten.
Die Frau saß auf einem Stuhl am Fenster und das in ihrer Hand befindliche, feuchte Tuch, deutete an, dass sie geweint habe. Clara und Sophie saßen eng aneinander geschmiegt auf dem Sofa; Clara sah blass und leidend aus.
„Es ist eine Schmach für mein Haus!", sagte der Major; „und ich bleibe dabei, es ist eine Schande für uns, einen solchen Menschen sozusagen in die Familie förmlich aufzunehmen!"
„Dennoch –!", meinte die Fran leise.
„Ja, eben dennoch!", fuhr der Major heftig fort; „das ist es ja, was ich sage, dennoch hat sich dieser Jacobson in einer Weise benommen, die man ritterlich nennen könnte und wir sind ihm Dank schuldig!"
„Übrigens hast Du ihn selbst eingeladen", begann die Frau wieder; „er würde ohne Deine Einladung sich sicher nicht aufgedrängt haben!"
„Aber er ist in falscher Gestalt erschienen", murrte der Major; „und das ist seine schwere Schuld, natürlich hätte sich der Baron sein Wild suchen können, wo er Lust hatte, nur nicht bei mir. Doch es wird ihm Vergnügen gemacht haben, mich so bloß zu stellen!"
„Wir müssen milder über beide Männer denken!", sagte die Frau; „für den Baron spricht das Gebot seiner Pflicht!"
„Jawohl, Frau!", rief Grieben ärgerlich; „es fehlte nur noch, dass ihn dies Gebot veranlasste, mein Haus zum Kampfplatz zu machen; ich kann ihm beim besten Willen für seine Handlungsweise keinen Dank wissen!"
„Dank und Entschuldigung ist zweierlei; lieber Mann!"

„Gut, es mag sein; aber womit entschuldigst Du unser Töchterlein? – ha! weiß es Gott, Mädchen, ich könnte Dich hassen –, wenn ich Dich nicht so liebhätte!"
Der kleine Major nahm sich fast komisch aus, in seinem Zürnen, obwohl zugegeben werden muss, dass er Ursache dazu hatte und in eine peinliche Lage geraten war.
„Ihre Aufregung –!", sagte die Frau.
„Aufregung hin, Aufregung her", sagte der Major heftig; „es fehlte nur noch, dass sich Clara dem Mann an die Brust geworfen!"
„Grieben –!", bat die Mutter mit stehendem Blicke.
Seit einiger Zeit bereits, hatte sie die Berührung dieser Seite befürchtet und gewiss wunderte sie sich zugleich darüber, dass ihrem Gemahl die wahren Empfindungen der Tochter entgangen waren.
Clara ihrerseits bebte bei jedem Worte des Vaters zusammen und schmiegte sich enger an die Schwester, als müsse sie am Busen derselben Schutz suchen.
„Ich gebe es zu", hob der Vater von Neuem an; „dass die Mädchen dem Mann dankbar sein mussten, wenn er für uns der Kapitän Dyk geblieben; doch seit sein wahrer Name und sein gefährlicher, verbrecherischer Charakter bekannt geworden, konnte es nicht anders sein, als dass jede Beziehung der Mädchen zu ihm aufhörte; meine Sache war es, für sie einzutreten!"
„Der Kapitän ist kein Verbrecher!", flüsterte Clara.
„Nicht!", rief der Major erstaunt.
„Er hat es abgeleugnet!", fuhr Clara lebhafter fort, „und sein ganzes Benehmen zeigt, dass er nicht lügen kann!"
„Dass Dich –!", stieß Grieben hervor, „und sein falscher Name, der Schein, den er sich gegeben, der ganz ehrenwerte Stand, unter dem er hier aufgetreten?"
Clara errötete.

„Es ist Krieg!", flüsterte sie.

„Ein schöner Krieg, den diese Art von Leute führt!", rief der Major, „doch zum Henker – da fällt mir etwas ein! Frau, wo haben wir denn unsere Augen gehabt? Mädchen ich will doch nicht hoffen, und weiß Gott, in mir dämmert eine eigene Ahnung auf; Du hast die Hand des Barons, der eine Kleinigkeit abgerechnet, eine ganz angemessene Partie für Dich war, ausgeschlagen, ohne eigentlich erkennbaren Grund – sollte etwa gar –!"

Clara erglühte dunkel und barg schluchzend ihr Gesicht an dem Busen der Schwester.

„Tod und Teufel!", fuhr der Major auf.

„Väterchen!", sagte die Frau sich erhebend, „mäßige Dich, ich habe bereits früher erkannt, was Dir jetzt klar wird, doch hier hilft kein Zürnen, überlass mir das Nötige!"

„Gott wie strafst Du mich!", rief der Major in seiner Verzweiflung, „auch das noch – verwünscht sei diese Stockholmer Erziehung, die mir die Kinder verwirrt gemacht hat und mich zu verderben droht. – In welchen Verhältnissen stehst Du mit dem Freibeuter, Mädchen – hast Du ihn öfter gesehen wie wir?"

„Sicher nicht!", antwortete die Mutter statt der Tochter.

„Nun denn – ist etwas zwischen Euch gesprochen? – Der Herr schütze, mich, dass ich nicht noch den Verstand verliere!"

„Geht hinaus Kinder! sagte die Mutter.

„Nicht von der Stelle!", rief Grieben, „erst muss ich wissen – was ist es zwischen Dir und dem Kapitän?"

Die Frau hatte sich zwischen den Major und die Kinder gestellt; die beiden Mädchen hielten sich, heftig weinend eng umschlungen.

„Frau!", rief der Major, dessen einen Moment milder gewordener Zorn sich wieder steigerte, „soll unsre lange friedliche und zufriedene Ehe an der Klippe, die eine tolle Mädchenlaune bildet, scheitern?"

„Teurer Mann!", sagte die Frau ebenfalls in Tränen ausbrechend.

Plötzlich jedoch erhob sich Clara.

„Verzeihung, teure Eltern!", sagte sie mit fast von Schluchzen unterdrückter Stimme, „ich mag undankbar erscheinen, ich mag nicht länger wert sein, Ihr Kind zu heißen, aber Sie wollen die Wahrheit wissen, mein Vater, hier ist sie: ich liebe den Mann; habe ihn in mein Herz geschlossen vom ersten Moment unserer Begegnung an!"

Clara endete ihr Geständnis mit einem lauten Schrei, bedeckte ihr Gesicht mit den Händen und eilte hinaus; der Vater wollte folgen, doch die Frau trat ihm wiederum in den Weg.

„Mir aus den Augen!", schrie der Major seiner nicht mehr mächtig, sich auf einen Stuhl werfend, „das ist mein Ende, hätte ich solches nimmer erlebt!"

Es schien wirklich einen Moment, als ob die heftige Erregung des Mannes ihn in einen gefahrdrohenden krampfhaften Zustand versetzte.

XXVI. Ein Schwabenstreich.

Während dies im Haus des Majors von der Grieben vorging, hatten die beiden schwedischen Offiziere ihre Beratung fortgesetzt und waren einig geworden.

Der Wind hatte bereits viel von seiner Heftigkeit verloren und da das Schiff über dem unter Schutz lag, so war für dasselbe nichts weiter zu fürchten, sondern man konnte sofort an die Ausbesserung des erlittenen Schadens denken.

Dieses zu bewirken sollte die Aufgabe Dalströms sein, und da man auf die Unterstützung der Inselbewohner rechnen zu dürfen glaubte, so war Aussicht, bald damit zu Stande zu kommen. Inzwischen sollte der Baron in dem großen Boot der Bring nach Stralsund gehen, um dort von dem Vorfall Meldung zu machen, und die weitere schleunige Verfolgung des Piraten durch andere Fahrzeuge zu bewirken.

Die Schaluppe ward deshalb hergerichtet, ein Bootsmann und zwanzig Matrosen nahmen außer dem Baron Platz in derselben und gegen Mittag ungefähr stach das kleine Fahrzeug in See, um nach Stralsund zu gehen; der zwar scharfe aber günstige Wind versprach eine kurze Fahrt.

Nach dem Abgang des Bootes begann Dalström sofort die nötigen Anordnungen zum Beginn der Ausbesserung zu treffen, und entsendete den Zimmermann mit einem anderen Boote nach dem Dorf Trent, um dort das nötige Holz zur Herstellung eines neuen Mastes anzukaufen. –

Es war noch lange nicht Abend, als die Bewohner der Insel ein ganzes Geschwader anlangen sahen, es waren zwei Briggs und drei Schoner, die alle der Spur des Freischiffers folgen sollten. Das letzte der Schiffe war eine Kanonierschaluppe, welche außer den zu ihrer Bedienung nötigen Seeleuten, auch noch eine Kompagnie Soldaten und ein paar Beamte der Admiralität sowie der städtischen Polizei an Bord hatte.

In welcher Weise der Leutnant Baron Staelswerd seine Meldung abgestattet, kann mit Bestimmtheit nicht angegeben werden; doch darf man wohl annehmen, dass er Edelmut genug besaß, keinen Schatten einer Schuld auf den Major und dessen Familie zu werfen.

Dessen ungeachtet hatte das Gouvernement, vielleicht in dem Benehmen des Majors oder in der Aufnahme des Freibeuters in seinem Haus, obwohl ihm der Charakter desselben unbekannt gewesen sein sollte, eine Mitschuld an den Vergehen desselben finden zu müssen geglaubt.

Doch nicht allein auf den Major fiel ein Verdacht, sondern auch auf alle Bewohner der Insel und so war beschlossen, eine Kommission zu entsenden, um nach jenen Mitschuldigen zu forschen und für den nötigen Fall dieselben zu verhaften.

Diesen Zweck hatte die Kanonierschaluppe und ihre Bemannung sowie die in derselben anlangenden Beamten. Staelswerd war übrigens vorläufig noch in Stralsund geblieben.

Die anderen Fahrzeuge hielten sich denn auch nicht weiter bei der Insel auf als nötig war zu erfahren, welche Richtung der von ihnen gesuchte Schoner eingeschlagen und segelten sogleich weiter; nur die Schaluppe legte an und schiffte ihre Mannschaft aus, welche einstweilen ein Biwak auf dem Alt-Bessiner Werder bezog.

Doch sehr bald schon zogen die Beamten mit einem Detachement der Kompagnie ab, um ihre Richtung erst nach Norden, um den Seebusen, und dann südwärts nach Grieben zu nehmen.

Die Leute von Grieben hatten sehr wohl die Bewegung auf der See bemerkt, und von derselben auch dem Herrn Nachricht gegeben.

Doch der Major war zu sehr von der ihn selbst betreffenden Sache in Anspruch genommen, als dass er sich viel um Dinge bekümmern sollte, die ihn, wie er meinte, nichts angingen.

Als man ihm daher das Nahen der Truppen meldete, äußerte er sich nur in unangenehmer Weise über den unwillkommenen Besuch und wünschte ihn völlig aufrichtig zu allen Teufeln.

Erst in der Meinung, es nur mit Soldaten zu tun zu haben, wollte er schon seinen Verwalter beauftragen, die Geschäfte mit denselben abzumachen: doch durch den Augenschein anders belehrt, sah er sich genötigt, die Herren selbst zu empfangen. –

Es ist zur Überschrift des Kapitels der Ausdruck Schwabenstreich gebraucht, und wir glauben ein Recht zu haben, das Benehmen der schwedischen Behörden in diesem Fall so nennen zu dürfen.

Zwar ist es in Kriegszeiten wichtig, jeden Verdacht zu verfolgen; doch eine nur oberflächliche Bekanntschaft mit der damaligen Sinnesweise eines rügenschen Edelmannes dürfte den Beamten gesagt haben, dass hier jeder Verdacht grundlos sein müsse.

Dass der Major übrigens nicht in der Verfassung war, eine Mission wie die der bei ihm eingetroffenen Beamten mit freundlichem Gesicht zu betrachten, lässt sich leicht denken.

Der Edelmann und Offizier empörte sich bei dem beobachteten Verfahren in gleicher Weise in ihm, und er antwortete nach dem überhaupt nur kühlen Empfang, welchen er den Herren angedeihen ließ, in höchster Entrüstung.

„Wie?", rief er zuerst aus, „hat mich der Baron in solcher Weise geschildert, dass man mich für einen Genossen von Verbrechern halten kann?"

„Der Herr Baron hat sicher nur gemeldet, was wahr ist!", meinte der Beamte entschuldigend, „doch es liegt dem Gouvernement daran, die Verbindungen des frechen Seeräubers kennenzulernen!"

„Nun Herr!", fuhr der Major fort, „ich bin getäuscht worden, und das kann jedem ehrlichen Manne passieren!"

„Ihr Wort in Ehren!", erwiderte der Beamte mit einer Verbeugung, „dennoch müssen wir bitten; sich auf andere Weise von dem Verdacht, der Sie trifft, zu reinigen!"

„Zu reinigen?", rief der Major kirschbraun im Gesicht, „ist meine Versicherung noch nicht Reinigung genug; ich bitte Sie zu bedenken, mit wem Sie sprechen. Übrigens bin ich nicht verpflichtet, Ihnen Rede zu stehen; ich, der Ausüber der niederen

Gerichtsbarkeit auf dieser Insel, bin nur dem höheren Landesgericht verantwortlich und verweigere jede Auslassung auf die Fragen einer mir höchstens gleichstehenden Ortspolizei und von Behörden, denen überhaupt nicht die Qualifikation eines Gerichts eigen ist!"

„Dann werden sie uns in die ungenehme Notwendigkeit versetzen", antwortete der Beamte, „Sie vorläufig bewachen zu lassen und Sie und Ihre Angehörigen später mit nach Stralsund zu nehmen!"

„Tun Sie, was Sie zu verantworten gedenken!", rief der Major heftig, verließ das Zimmer und warf dessen Tür zu, dass fast das ganze Haus davon erschüttert ward.

Die Beamten sahen sich mit langen Gesichtern an, brachen dann jedoch auf, und liefen einige Militärs im Haus zurück, sie selbst begaben sich nach Kloster, um zu forschen, welche Leute mit dem Freibeuter in Verbindung gestanden hatten; sie erfuhren deren Namen leicht, vernahmen sie und verhafteten auch einige Personen. Der Lotse Nehls, welcher sehr bald ihre besondere Aufmerksamkeit erregte, war jedoch nicht zu finden, und da es bereits spät geworden, so gaben die Herrn schließlich für heute ihre Arbeiten auf.

Inzwischen war es auf der ganzen Insel ziemlich lebendig geworden; denn die Bewohner derselben, welche noch das Blut der alten Ralunken in ihren Adern spürten, urteilten keineswegs alle so streng über den kühnen Freischiffer. Was sie aber empörte, war die bereits lautbar gewordene Behandlung ihres guten Edelmanns und die Festnahme einiger Personen aus ihrer Mitte. Es tat sich deshalb überall auf dem ganzen Eiland eine bedenkliche Bewegung kund, und nur die Anwesenheit des Militärs hinderte vielleicht einen lauten und nachdrücklichen Ausbruch der Unzufriedenheit.

XXVII. Das Signal.

Die Küste von Wittow beginnt sich bei dem Dorf Dranske zu heben; ebenso auf der anderen Seite, hinter der Sanddüne Schave und dem Dorfe Drewoldke; sie steigt dann von beiden Seiten allgemach höher und bildet steile, zerklüftete Wände von Ton und Mergelstoff mit mächtigeren und kleineren Granitblöcken auf der Sohle, die am Vorgebirge Arkona die Höhe von zweihundertsiebzig und einigen Fußen erreichen.

Arkona, auf dem jetzt ein Leuchtturm steht, ist derselbe Fleck Erde, auf dem sich einst die mächtige wendische Burg des Götzen Swantewitts erhob, und noch befindet sich dort ein Wall gegen hundert Fuß Höhe, aus jener Zeit.

Südwärts von diesem Burgwall bildet die steile, den Wogen und Stürmen entgegenstrebende Küste scharfe Ecken, besonders bei den Dörfern Vitte, Goor und Nobbin, die zugleich Einbuchtungen haben.

Hinter der scharfen Ecke von Goor befindet sich deshalb bei Nordostwind ein völlig geschützter Fleck, der zugleich ein hübsches Versteck abgibt, in das man nur von der Schawe und den ihr nahen Gewässern aus einen Blick werfen kann.

Es ist ein einsamer Platz, ein wüster, wilder Ort zugleich, und alles Leben, welches man meistens hier unten wahrnimmt, besteht in den Möwen, welche über der See schweben, oder den Seehunden, die träge auf den Felsen umherliegen.

Obgleich die, durch den Nordoststurm noch immer aufgeregte See, ihre langen gewaltigen Wogen durch die Tromper-Whk der Schawe zurollte, war unter Goor doch fast glattes Wasser, und hier finden mir gegen Abend den Schoner „Merkur", vor Anker liegend, wieder.

Es war sicher eine große Kühnheit von dem Kapitän desselben, sich nach dem Vorgefallenen hier an dieser Stelle aufzuhalten.

Doch ein bedeutender Grad von Verwegenheit war ja der Hauptzug in dem Charakter Jacobsons, und wie er richtig gerechnet, suchten ihn seine Verfolger hier nicht. Im Übrigen waren alle Hände tätig am Bord des Schiffes; denn auch der Schoner hatte bei dem kurzen Kampf gelitten, obwohl sein Verlust gegen den der Brigg nicht in Anschlag gebracht werden konnte.

Oben auf dem Ufer stand indessen ein Mann als Ausguck und spähte auf See und Land hinaus, um zur rechten Zeit etwa nahende Gefahr zu entdecken.

Unter Swietens Leitung war eine neue Stenge bereits wieder emporgebracht, und man war eifrig dabei, die Takelage aufzusetzen.

Jacobson beschäftigte sich dagegen mit der Ausrüstung der beiden Boote des Schoners, als wollte er eine Länderpetition vornehmen.

„Nun, mich soll wundern", sagte er nach einiger Zeit, „ob der alte Nehls Wort halten wird; es beginnt zu dämmern!"

„Ja, und wir werden mit der Dämmerung fertig sein", antwortete Swieten; „also Sie wollen wirklich das Mädchen entführen, Kapitän?"

„Wer hat Euch das gesagt, Swieten?", fragte Jacobson überrascht.

„Hm!", meinte dieser lächelnd, „das ist nicht schwer zu erraten; ich habe noch nicht wahrgenommen, dass Kapitän Jacobson sich viel aus Frauenzimmern machte, doch denke ich, dass, wenn er sich eine Braut oder Frau wünscht, er dieselbe nimmt, wo er sie eben findet, ohne eben viel zu fragen, ob man sie ihm geben will!"

„Nun ja, Swieten", antwortete der Kapitän, „es ist etwas an Eurer Vermutung, doch will ich nicht gerade eine Entführungsgeschichte ins Werk setzen. Nach dem, was vorgefallen, muss ich befürchten, dass das Mädchen einen schweren Stand haben wird. Ich bin es ihr daher schuldig, dem Vater einigen Aufschluss über meine Person zu geben, und ist derselbe dann nicht vernünftig oder will mir das Mädchen folgen, so weiß ich allerdings nicht, was geschehen kann."

„Ganz gut!", erwiderte Swieten, „doch werden nicht die Schweden, welche wie die toll gewordenen Stiere da hinaufgerannt sind, zurückkommen?"

„Bis dahin hoffe ich zu Stande zu sein!", sagte der Kapitän; „sagt einmal, Swieten, ob wir nicht völlig in preußische Dienst treten?"

„Ich nicht!", brummte Swieten; „und Sie auch nicht, sollte ich denken!"

„Gut, wir werden sehen!", murmelte Jacobson, augenscheinlich unzufrieden, dass der Steuermann nicht Lust hatte auf das Thema einzugehen; „schickt die Leute in die Boote, ich will abgehen!"

Beide Boote wurden schnell bemannt, während der Kapitän in die Kajüte ging, um sich zu dem beabsichtigten Ausflug umzuziehen.

Als er wieder heraufkam, empfahl er dem Steuermann Wachsamkeit, stieg in die Schaluppe hinab, und beide Fahrzeuge segelten, hart am Ufer entlang steuernd, davon.

Noch ehe sie über Dranske hinaus waren, herrschte vollkommene Finsternis; an dem flachen Sandstrande des Bugs ließ Jacobson anlegen und wartete hier bis Mitternacht; seine Unruhe stieg sichtlich mit jeder Minute, als er immer noch nicht das mit dem alten Nehls verabredete Signal erblickte. Jedoch fast pünktlich um zwölf Uhr, stieg in West-Süd-West ein Licht empor und sank ebenso schnell wieder, gleich darauf erschienen zwei übereinander und zuletzt wieder ein einzelnes.

„Auf, Jungen!", rief Jacobson seinen Leuten zu; „es ist Zeit; das andere Boot folgt hart hinter meinem Spiegel, bis ich es anders bestimme!"
Die Matrosen verrichteten lautlos die Arbeit des Segelsetzens, machten ihre Waffen handlich, und die Boote schossen von Neuem in die See und die Dunkelheit hinein und gerade auf den Dornbusch zu.

XXVIII. Der Lotse.

Ein Schlag auf der Stelle, wo ein früherer getroffen, erneuert zwar den ersten Schmerz, vermehrt ihn auch wohl, aber er hebt die Erinnerung an den ersten wie seine alleinige Wirkung einigermaßen auf, und dies empfand auch der Major, als er sich der Kommission des Gouvernements entzogen hatte.
Zwar nicht minder verletzt und nicht weniger zornig als vorhin, verschwand jedoch der Groll gegen sein Kind in dem neueren Unmut, der sich nur noch mittelbar gegen Clara und den Kapitän, unmittelbar dagegen wider eine hohe Obrigkeit wendete.
Grieben bedurfte einiger Zeit, sich soweit zu beruhigen, seinen Angehörigen die neue Verletzung seines Stolzes und seiner Stellung mitteilen zu können.
Er suchte dies zu erreichen, indem er in dem einsamen Speisesaal umherschritt, wobei er verschiedene Äußerungen murmelte, die jedenfalls nicht patriotisch genannt zu werden verdienten.
Frau und Töchter erschraken natürlich nicht wenig, als er zu ihnen trat, die Absicht der angekommenen Herren zu melden, und allerdings ging solches auch nicht ohne einige bittere Bemerkungen über den Kapitän vorüber.
Doch nach diesem Ausbruch zeigte sich der Major als leidlich zu Hause und geneigt, das Verhältnis Claras zu dem Kapitän aus einem anderen Gesichtspunkt zu betrachten.

Ja, an die Stelle seines Zornes trat sogar ein gewisses Mitleid für die Tochter, und als er solches an den Tag legte, flog ihm Clara an die Brust, eine Art von Versöhnung fand statt.
Übrigens war Grieben so vorsichtig und zartfühlend, nicht jetzt Versprechungen von Clara zu fordern; vielleicht glaubte er ohnehin, dass man den Kapitän nicht wiedersehen werde.
Was nun das gegen ihn eingeleitete Verfahren betraf, so beunruhigte es ihn bei näherer Überlegung wenig, da er glaubte, jede Beschuldigung leicht von sich weisen zu können.
Auf diese Weise war denn bis zur Zeit des Abends wieder eine ruhigere Stimmung über die Gemüter der Familienmitglieder gekommen; man nahm das Abendessen zusammen ein, und als der Major von den Angehörigen der Verhafteten um Hilfe angegangen ward, versprach er solche und suchte die Betroffenen zu trösten.
Es ward allgemach später, der Abend trat ein, und man dachte daran sich zur Ruhe zu begeben, als leise an das Fenster des Zimmers gepocht ward, welches nach dem Garten hinaus lag. Der Major erhob sich, schritt zu dem Fenster, öffnete es und erkannte, dicht an die Wand gedrückt, den alten Nehls.
„Pst, Herr Major!", flüsterte derselbe; „ich muss Sie notwendig sprechen; hier hinten ist niemand im Garten, wollen Euer Gnaden mir nicht die Tür öffnen lassen?"
„Ich werde es selbst tun, Nehls", antwortete der Major, „wartet einen Augenblick!"
Grieben ging hinaus. Bald darauf erschien er, von dem Lotsen gefolgt, wieder im Zimmer; der Letztere machte sein Dutzend Scharrfüße vor den Damen. „Nun, was wollt Ihr, Nehls?", fragte der Major.

„Euer Gnaden wissen vielleicht", antwortete der Mann, „dass sie mich auch suchen; nun, ich habe aber nicht Lust, mich beistecken zu lassen, obwohl ich, wenn einer schuldig wäre, es nur allein sein könnte."

„Wie, Ihr?", rief der Major; „also Ihr kennt den Kapitän?"

„Ja, gnädiger Herr!"

„Und habt mit ihm in Verbindung gestanden?"

„Ja und nein. Hören mich die gnädigen Herrschaften an."

Nehls begann zu erzählen, was wir bereits wissen, und daran seine Vermutungen zu reihen, die wir ebenfalls bereits kennen. Natürlich waren ihm die genaueren Beziehungen des Kapitäns zu Preußen fremd, doch hatte er, wie er sich ausdrückte, einen gewissen Wind davon.

Die Mitteilungen des alten Nehls ließen den Freischiffer in einem anderen Licht erscheinen, als es bisher der Fall war, und namentlich Clara verschlang fast jedes Wort des alten Mannes mit den Blicken. Der Major ging sinnend im Zimmer umher; er kannte natürlich recht gut die vor mehr als dreißig Jahren spielende Görzsche Angelegenheit.

„Als der Kapitän hinausging", fuhr der Alte fort, „äußerte er zu mir, dass er Euer Gnaden noch einmal sprechen müsse und ich ihm deshalb ein Signal geben solle, wenn es ohne Gefahr geschehen könne. Ich vermute, dass er Euer Gnaden sagen wollte, was ich bereits vorgebracht; doch dürfte sein Besuch jetzt nicht stattfinden können."

„Mir auch sehr lieb, Nehls", antwortete der Major, „denn ich muss jede Gemeinschaft mit dem Mann meiden und Ihr auch, versteht Ihr!"

„Ganz wohl, Euer Gnaden", meinte Nehls; „aber nun von Ihnen zu reden, Sie sollen morgen mit der gnädigen Frau und den gnädigen Fräulein nach Stralsund transportiert werden!"

„Ich werde das abwarten!", rief der Major, wieder zornig werdend; „man soll es nur wagen!"

„Ah, sie werden es wagen!", sagte Nehls; „und es ist nicht gut getan zu warten; mir ist da ein Gedanke gekommen, wenn der Kapitän sich wirklich einfinden sollte –!"

„Nichts von ihm, Nehls; bei meinem Zorn, nichts!", rief der Major.

„Nun, nichts für ungut", erwiderte der Alte; „aber ich befürchte, man wird Sie nicht so leicht wieder loslassen; sie sind alle zu erzürnt auf den Kapitän!"

„Mich geht Euer Kapitän nichts an!", rief der Major unwillig; „hütet Euch nur selbst, ich will nichts von dem wissen, was Ihr vorhabt."

Nehls begriff, dass er mit seinem Vorschlag schlecht angekommen war, und versuchte einige Entschuldigungen, die der Major kaum beachtete, sondern ihm durch einen Wink andeutete, dass er verabschiedet sei.

Als er das Zimmer verlassen, schalt der Major auf den Alten und forderte dann seine Familie auf, sich mit ihm zugleich zur Ruhe zu begeben.

Es geschah, und alles, bis auf einen Posten vor der Tür des Hauses, schien sich in den Armen des Schlummers zu wiegen.

XXIX. Ein Plan.

Der alte Nehls schlich sich durch den Garten zurück und langte ungefährdet wieder auf der Fläche hinter demselben an, was als Beweis dienen konnte, dass die Überwachung der Insel seitens der schwedischen Soldaten nur eine höchst mangelhafte war.

Er stieg hiernach vorsichtig zu dem Dorf Kloster hinauf, wobei sein Auge verschiedentlich nach den Biwakfeuern auf dem Entendorn und den Lichtern der neben demselben liegenden Schiffe streifte.

Kloster, halb in Ruinen liegend, war still und öde; die Bewohner des Ortes hatten heute so viel erlebt, waren so oft in Bewegung gekommen, dass sie längst die ihnen so nötige Ruhe gesucht hatten.

Nehls schritt zu einer der stehen gebliebenen Hütten, öffnete leise die untere Hälfte der Tür und weckte einen dicht neben der Schwelle schlummernden Knaben.

Hiernach suchte er umher und nahm, als er gefunden, was er suchte, den Jungen bei der Hand; derselbe schwieg wie er, während beide dem Bakenberg zuwanderten.

Auf der Kuppe angelangt, hieß der Alte den Knaben in die Wachthütte kriechen, was dieser auch tat; er selbst legte sich neben der Stange platt auf den Boden.

Es dauerte ziemlich lange, ehe die Wachtfeuer auf dem Entendorn erloschen, doch endlich geschah es; bald verschwanden auch die Lichter der Schiffe und jetzt erhob sich Nehls wieder, den Jungen hervorzuholen.

Mit wenigen Worten unterwies er denselben, was er zu tun habe, lauschte noch, trat wieder mit dem Knaben in die Hütte und zündete eine Laterne an; als es geschehen, verließ er schnell den Berg und eilte in der Richtung des Dornbusches davon. Hier in dem niederen Gestrüpp des Abhanges verborgen, beobachtete er die von dem Knaben aufgesteckten Signale und lauschte gespannt, bis sie zu Ende waren; sie bedeuteten soviel, dass zwar Gefahr drohe, dass jedoch mit Vorsicht eine Landung möglich sei.

Nehls vernahm nichts wodurch angedeutet werden konnte, dass man auf der Insel die Lichter bemerkt habe, und er wendete nunmehr seine Aufmerksamkeit der See zu, die sich dumpf grollend am Ufer brach.

Eine halbe Stunde später sah er unter sich etwas, wie lichte Schatten hingleiten, und ließ einen leisen Pfiff hören, der sofort beantwortet ward; die Schatten verschwanden, aber das Geräusch landender Boote ließ sich vernehmen; Nehls kroch schnell am Ufer hinab. Im nächsten Moment stand der Kapitän Jacobson neben ihm.

Nehls teilte dem Kapitän mit, was sich seit er fort gewesen, auf der Insel zugetragen, ferner seine Unterredung mit dem Major. „Das sind zum Teil böse Sachen!", murmelte Jacobson, „doch zuerst von Euch; ich denke, Ihr kommt gänzlich zu mir am Bord, wo Ihr sicher seid und ich Euch gebrauchen kann?"
„Ich bin bereit, Herr!", antwortete Nehls.
„Dann muss ich wenigstens die junge Dame sprechen!", fuhr der Kapitän fort, „wie könnte dies angehen!"
„Es wird schwierig sein, Herr!", antwortete Nehls, „aber es ist doch vielleicht nicht unmöglich!"
„Wisst Ihr, wo hinaus das Zimmer derselben liegt?"
„Ich weiß es!"
Der Kapitän dachte einige Zeit sinnend nach.
„Der Major vertraut auf seinen Rang und seine Stellung", sagte er dann, „doch er könnte sich verrechnet haben, er kennt die jetzigen Schweden nicht, wenigstens nicht die herrschende Klasse, es sind schon um leichterer Ursachen Leute von Rang und Stand mit entehrenden Strafen belegt worden!"

„Ähnliches habe ich auch gesagt!", meinte Nehls.

„Nun denn!", rief der Kapitän, „er muss wider seinen Willen vor einem solchen Schicksal bewahrt werden, wir müssen ihn zwingen davonzugehen!"

„Zwingen?", fragte Nehls.

„Nicht anderes!", antwortete Jacobson; „es wäre nicht der erste Fall dieser Art in der Welt, ich habe Hände genug, dergleichen auszuführen!"

„Hm, hm!", meinte der Alte, sich den Kopf kratzend, „aber der gnädige Herr wird sich gewaltig sperren!"

„Gleichviel, er sperrt sich gegen uns oder gegen die Schweden!", rief Jacobson, „hollah Jungen, teilt Euch in drei Wachen, zwei gehen mit mir, die dritte bleibt bei den Booten; vermeidet das Schießen, braucht die Messer, wenn es nötig sein sollte, macht keinen Lärm ohne Ursache und nun vorwärts!"

Die mitbeorderten Männer, der Kapitän und Nehls stiegen klimmend an der steilen Wand empor; als man oben angelangt war, ging es leise über die dunkle Fläche fort bis in die Nähe des Gutshofes.

„Vor dem Hause steht eine Schildwache!", sagte der Lotse.

„Gut, ich werde für sie sorgen!", antwortete Jacobson, „doch wie steht es mit den Hunden?"

„Sie kennen mich!", meinte Nehls, „ich werde sie beschwichtigen!"

„So tut es!", sagte der Kapitän.

XXX. Eine doppelte Überraschung.

Der schwedische Soldat wanderte mit schweren schleppenden Schritten vor dem Herrenhaus von Grieben auf und ab; seine Aufmerksamkeit war längst eingeschläfert, denn es war immer kein Kriegsterrain, auf dem er sich befand; vielleicht dachte er an seine Heimat dort jenseits des Meeres, an seine Lieben oder was ihm sonst teuer war; er hatte schon seit langer Zeit keinen Blick um sich geworfen.

Da huschten schnell Schatten neben ihn hin, so leise, dass sein Ohr nichts vernahm; das Gewehr ward seinen Händen entrissen, eine schwere Hand legte sich auf seinen Mund, kräftige Fäuste hoben ihn vom Boden auf und hielten ihn in der Schwebe, bis ihm Hände und Füße gebunden, und der Mund durch ein Tuch verstopft worden.

Erst dann ward er platt auf den Boden gelegt; der erste Akt des geheimnisvollen Angriffs der Kaper auf das Haus war lautlos beendet.

Im Hof muckten allerdings die von Jacobson wegen ihres Bellens gefürchteten Hunde, doch Nehls brachte sie schnell zum Schweigen, die Seeleute näherten sich sämtlich bis auf zwei, die bei dem Soldaten Posto fassten, einzeln und leise der hintern Seite des Hauses.

Doch jetzt galt es in dasselbe zu kommen.

„Hier hilft kein Zögern!", sagte der Kapitän und drückte mit seinem Tuch eine Scheibe ein. Bald war das Fenster geöffnet. Nehls und ein Mann stiegen hinein, um die Tür von innen zu öffnen; alle betraten den geräumigen Flur.

Man hatte zwar kein Licht, doch es sollte nicht schaden, Nehls musste verschiedene Männer an die Türen der Dienstleute, andere vor die Zimmer der Personen, deren man habhaft werden wollte, postieren.

Als dies geschehen, forderte Jacobson ihn auf, zuerst die Mädchen zu wecken, und begleitete ihn vor die Tür der Schlafzimmer derselben.

Nehls pochte leise; aber er musste sein Pochen mehrmals wiederholen; denn die armen Kinder, erregt von den Vorfällen des Tages, hatten gewiss lange nicht einschlafen können und schlummerten daher jetzt nur umso fester.

Doch endlich ließ sich eine fragende Stimme hören, und Nehls nannte seinen Namen.

„Mein Gott, was wollt Ihr?", fragte Clara.

„Kleiden Sie sich an, meine gnädigen Damen", mahnte Nehls, „es ist Gefahr vorhanden, wenn Sie nicht bald das Haus verlassen!"

„Doch nicht ohne die Eltern!", riefen die Mädchen.

„Nein, nein, meine Damen", antwortete jetzt Jacobson, „Ihre werten Eltern werden Sie begleiten!"

Ein Ausruf des Erstaunens folgte; einer neuen Bitte, sich schnell anzukleiden, ward eine Zusage. Jacobson und Nehls begaben sich nach dem Schlafzimmer des Majors und seiner Gemahlin.

Nehls spielte hier dasselbe Stück, und es erfolgte sofort die verwunderte Antwort und Frage Griebens. Auch dieser wollte wissen, was den Alten wiederum und zu dieser Zeit herführe und besonders, wie er in das Haus gekommen.

„Sie sollen alles wissen, gnädiger Herr", antwortete Nehls, „kleiden sich Euer Gnaden nur erst an, ebenso die gnädige Frau, es ist durchaus nötig!"

Der Major brummte etwas, und man hörte ihn dann mit seiner Frau sprechen, endlich Licht machen, und bald darauf öffnete sich die Tür.

Doch der Major fuhr fast entsetzt zurück, als er nicht allein den alten Nehls, sondern auch Jacobson und die bewaffneten Matrosen erblickte.

„Herr!", rief er, „was wagen Sie und auch Er, Nehls – Ihm werde ich das nicht ungestraft hingehen lassen!"

„Herr Major!", sagte der Kapitän, während jener schüchtern über Seite ging, „ich will nicht um Verzeihung bitten, so wenig wegen früherer wie wegen dieser Handlungen; doch ich habe Sie in eine Lage gebracht, welche gefährlich für Sie werden muss; das darf ich nicht zugeben, und deshalb ist mein Entschluss, Sie vor Schaden zu hüten; mein Name möge Ihnen für die Unabänderlichkeit eines solchen bürgen; viel Worte zu machen, ist nicht Zeit!"

„Herr, Sie erlauben sich so etwas in meinem eigenen Hause?", rief der Major.

„Ich muss!", erwiderte der Kapitän. „Gnädige Frau, folgen Sie wenigstens gutwillig, Sie alle werden mir noch einst Dank wissen, dass ich mir diese allerdings bedeutende Freiheit nehme."

Der Major wollte auffahren, doch der Kapitän gab den hinter ihm stehenden Matrosen einen Wink, und im Nu befand sich der sträubende und schimpfende Major, vom Boden aufgehoben, in ihrer Gewalt.

„Nehls, sorgt für warme Kleider", sagte der Kapitän. „Herr Major, Sie haben mich einst einen Engel genannt, halten Sie nur eine kurze Zeit für jetzt an dieser Meinung fest, vorwärts, Leute!"

Der Major ward zwar mit aller Schonung behandelt, doch hielt man ihm den Mund zu, während er hinausgetragen ward, die Fran folgte schweigend. Jacobson eilte die Treppe hinan, die Mädchen herunter zu holen; auch sie folgten gutwillig, obwohl zitternd.

Draußen wurden auch die Frauen emporgehoben, und schnellen Schrittes ging es, ohne dass ein Wort gesprochen ward, über die Ebene hin bis zum Ufer des Dornbuschs, wo der Kapitän den Leuten hinabrief, Taue herauszubringen.

Vermittelst derselben wurden die vier Personen glücklich vom Ufer hinunter und in die Boote gebracht, auch die Seeleute schwangen sich hinein und begannen die Segel zu entfalten. Den Major ließ man jetzt los, und eben setzte er an, einige schwere Gewitter loszulassen.

„Halt da!", unterbrach ihn jedoch ein lauter Ruf. „Wer da?"
„Vorwärts, Jungen!", rief Jacobson; „jetzt oder nie!"
„Feuer!", erschallte ein Kommando, und ein Dutzend Schüsse krachten, ohne dass jedoch einer traf. Bei dem flüchtigen Licht, welches die Musketensalve gewährte, sah man einen Trupp Soldaten am Ufer stehen und unten am Strand ein Boot; auf die Salve folgte ein Kanonenschlag von der Kanonierschaluppe aus.

XXXI. Ein junger Löwe.

Die Angelegenheit des Fähnrichs von Wardow und gewissermaßen auch die des alten Hochbootsmanns Klassen hatten einen sehr bösen Anstrich bekommen.

So lange nur eine Unvorsichtigkeit des jungen Helden vorlag, dem ein Unglück zu Hilfe kam, um ein gutes königliches Schiff verloren gehen zu machen, konnten ihm die Kriegsartikel wenigstens nicht an die Ehre kommen, und Klassen hatte die Aussicht, ganz leer auszugehen.

Doch nachdem sich alle ehedem auf der Postjacht dienenden Matrosen eingefunden, um ihr Zeugnis abzugeben, und endlich gar der Depeschendiebstahl sich herausstellte, da gewann die Heldentat des Fähnrichs in den Augen seiner Richter ein ganz anderes Ansehen.

Freilich konnte man auch unter diesen Umständen Wardow wie Klassen nur gleichsam Sündenböcke nennen, die die Folgen einer Schuld zu büßen bestimmt waren, deren Höhe das Schicksal und nicht ihre Absicht bestimmt hatte.

Doch das änderte das Böse an der Sache nicht, und dies bestand darin, dass der Beschluss gefasst ward, alle beide neben Nachlässigkeit und Ungeschicklichkeit im Dienst auch noch des Landesverrats anzuklagen.

Wardow war, bis die Angelegenheit bis zu diesem Punkte gediehen, im Lazarett soweit genesen, dass er wieder umher zu gehen vermochte, und er machte sich bereits mit dem Gedanken vertraut, nach der Hauptwache überzusiedeln, woselbst sich Klassen bereits seit langen Wochen befand.

Nach der Hauptwache ward der Junker denn auch eines Tages allerdings geführt, doch nicht, wie er glaubte, in gelinde Haft, sondern um, nachdem er mit Ketten beladen, in einen engen starken Kerker gesteckt zu werden.

Dasselbe Schicksal hatte denn auch Klassen zu seinem Schrecken an demselben Tage, und die Verschärfung ihrer Haft bildete einige Tage das Stadtgespräch in Stralsund.

In diese Zeit fiel Staelswerds erneuertes Zusammentreffen mit Jacobson, und seine Ankunft in Stralsund zum Zwecke der Meldung der von dem Freibeuter erhaltenen Schlappe. Staelswerd hörte von der Wendung des Loses der beiden Männer.

Als der Baron früher über das Versehen des jungen Mannes schwieg, war dies bereits ein Gnadenakt; er hätte sich sicher auch kaum weiter für denselben interessiert, doch jetzt, gleichsam sein Leidensgefährte geworden und selbst in eine Untersuchung geraten, die sich leicht darauf erstrecken konnte, dass gerade er es gewesen, der die wichtigen Papiere einem verdächtigen Manschen anvertraut hatte, musste es ihm auch daran liegen, dass Wardow möglichst gelinde davonkam.

Er brachte deshalb nochmals die Angelegenheit des jungen Mannes vor der Admiralität zur Sprache und hob besonders hervor, dass der Junker zuerst Verdacht gegen das Schiff und dessen Führer gefasst, wodurch seine ganze Handlungsweise als aus übertriebenem Diensteifer entsprungen erschien.

Wardows Sache, die bereits angefangen bedenklich zu werden, ward dadurch wie mit einem Schlage verändert, und wie die Herren der Admiralität in dieser ganzen Geschichte eine merkwürdige Unklarheit der Begriffe an den Tag legten, so nannten sie den unbedachten Junker, in Folge der neuern Mitteilungen des Barons, plötzlich einen Helden, dessen heroische Tat Anerkennung statt Strafe verdiente.

Wardows Fesseln fielen daher wie die des alten Hochbootsmanns, und beide wurden vor die schnell zusammengetretene Kommission geführt, wo man den ersten, mit Lobeserhebungen überhäufte, und beiden ihre Freilassung ankündigte.

Bevor dies geschah, war indessen schon die Expedition zur Verfolgung des Kapers, sowie die Kommission zur Untersuchung der Verhältnisse auf Hiddensoe abgegangen. Wardow, der davon hörte, bedauerte, jener ersteren nicht beiwohnen zu können. Aber durch das Steigen seiner Aktien kühn gemacht, forderte er dreist ein Kommando, um auf eigene Faust den Mann zu verfolgen, der ihm so viel Leiden verursachte.

Man lächelte bei dieser naiven Forderung des jungen Mannes; doch man gab auch seinem Anspruch nach, und schon am Abend sah er sich als Kommandeur einer Schaluppe mit zwanzig Mann Besatzung; einstweilen übertrug er dem alten Klassen, der gar nicht aus der Verwunderung herauskam, das Fahrzeug zum Auslaufen klarzumachen, und trat dann einen wichtigen Gang an, den er noch am Lande zu machen.

Sein Weg führte ihn nach der Börse, wo die Marineoffiziere, die gerade anwesend waren, ein Fest zu geben beschlossen hatten, und wo er denn auch von dem ebenfalls anwesenden Staelswerd die Ursachen seiner Freilassung sowie das Nähere über die Vorfälle nordwärts vernahm.

Es ist natürlich, dass Wardow dem Baron einen warmen Dank abstattete, dass er durch die Mitteilungen über die Verhältnisse Jacobsons zur Familie des Majors noch mehr im Hasse gegen denselben gestärkt ward, und dass er endlich, durch die ihm von allen Seiten zu Teil werdenden Lobsprüche berauscht, mit überschwänglichem Mut auf den Schauplatz neuer Taten eilte.

Klassen hatte, während der junge Herr tafelte, seine Aufgabe vollbracht; außer den Matrosen waren noch dreißig Soldaten an Bord gekommen, und Wardow befahl, spät Abends anlangend, in See zu gehen. Klassen schüttelte wiederum sein graues Haupt, doch seine jetzige Stellung erlaubte keine Widerrede, und er stellte sich an das Steuer, um das Fahrzeug den Gellen hinabzuführen.

Wardows Herz war zu voll, um nicht mitteilsam zu sein; er suchte deshalb bald den Alten auf, und beide tauschten nun während der Fahrt ihre Erlebnisse, Ansichten und Erfahrungen aus, bis man den Bock erreichte, wobei der jüngere Mann mehrfach den älteren neckte, dass er doch richtiger geschlossen, als dieser und Klassen gutmütig zugab, dass der Junker ein „Allerweltsmensch" sei.

Auf jenem Punkt hörten indessen jene Gespräche auf, um anderen zu weichen, welche die gegenwärtige Lage bedingte; denn Wardow hatte nicht daran gedacht, zu fragen, wo das Exekutionskommando wohl liegen könne, und man glaubte deshalb, es an dem Landeplatz unterm Bakenberg zu finden; anderenteils war jedoch die Fahrt bei Nacht selbst für ein kleines Fahrzeug in den Binnengewässern rechts von Hiddensoe zu gefährlich, um so leichthin gemacht zu werden, und man ward deshalb einig, an der Westküste der Insel hinaufzugehen.

Der alte Klassen hatte einen besonderen Mann als Ausguck nach vorne geschickt und dem Steuer die jenem Zwecke entsprechende veränderte Richtung gegeben, und man fuhr einige

Zeit in dem angenommenen Kurs fort. Wardows Redseligkeit hatte sich endlich gelegt, und man erreichte meistens schweigend die Höhe von Witte auf Hiddensoe.

Auf jener Höhe angekommen, rief jedoch der Ausguck plötzlich:

„Fliegendes Licht in Nord-Ost-Nord; Signal Licht!"

Seine beiden Vorgesetzten sahen dies Licht so gut wie der Mann selbst, und sie sahen auch die beiden folgenden Signale; über die Natur der Lichter war bei den beiden Männern am Steuer kein Zweifel, wohl aber darüber, wo, von wem und zu welchem Zwecke sie gegeben worden, denn diese Signale gehörten nicht zu denen der Flotte und flogen auch zu hoch, um vom Mast eines Schiffes zu kommen.

„Also offenbar Landsignale", meinte Wardow mit seinem stets fertigen Urteil, „alle Wetter Klassen, da hat mir der Baron vorgeplaudert, dass auf der Insel Nachsuchungen wegen Einverständnissen mit dem Freibeuter angestellt werden sollen – wenn diese Signale jenen gelten sollten!"

Klassen schwieg einige Zeit bedächtig. „Nicht unmöglich!", meinte er dann, „doch wenn den Kerl drei oder vier Schiffe jagen, wird er sich hier nicht mehr aufhalten, es werden am Ende doch Signale für unsere Kreuzer sein."

Wardow schwieg, die Meinung des alten Mannes hatte diesmal zu viel für sich, um bestritten werden zu können, und man schob immer weiter am Strand entlang bis zum Bakenberg, legte an und war verwundert, hier auch keine Spur von einem Schiff zu treffen.

Jetzt erst ward es den beiden Führern des Bootes einleuchtend, dass die Eskadre drüben sein müsse, und man beschloss, um den Dornbusch zu segeln und jene einstweilen aufzusuchen. Gleichsam in der Ahnung gewisser Dinge landete der Fähnrich jedoch mit den Soldaten, um am Strand entlang zu marschieren;

das Boot kam an, als sich Jacobson mit den Entführten wieder einschiffte.

Zuerst glaubte der Junker, es mit Leuten der Flotte zu tun zu haben und wollte, wie immer zu keckem Übermut geneigt, sie überraschen, um sich an ihrem Schreck zu weiden. Doch da ertönte eine Stimme, die er genau kannte, und der junge Mann ließ seinen ersten Ausruf hören, dem sofort das Kommando Feuer folgte.

„Klassen, Klassen!", schrie er dann, bis an die Knie in das Wasser tretend, „er ist es – Feuer, Feuer aus der Bugkanone und dann hierher."

„Wohl Herr!", ließ sich Klassens Stimme vernehmen, dagegen ertönte das Aufschreien einer weiblichen Stimme aus den sich entfernenden Böten.

„Halt ein, Klassen!", schrie Wardow von Neuem, doch es war zu spät, der Schuss krachte, und obschon er nicht traf, so erkannte man doch von beiden Seiten die Situation, in der man sich befand.

„Herr Fähnrich von Wardow!", rief die Stimme des Majors von der Grieben über das Wasser, „ich und die Glieder meiner Familie werden mit Gewalt entführt, tun Sie Ihre Schuldigkeit."

„Klassen, Klassen!", ertönte es als Antwort gellend über die Gewässer, und mit diesem Ruf mischte sich der dumpfe Schall eines Kanonenschlages vom Bessiner Werder; hinterher stieg eine Leuchtkugel auf und erhellte ungefähr zwei Minuten im weiten Umkreis den Meeresspiegel und das Vorgebirge wie am Tag.

Band 2
I. Eine kleine Jagd.

Es gibt nichts Imposanteres als eine an sich schon pittoreske Gegend, besonders ein Wasser in der Nähe durch Leuchtkugeln der größeren Art wie sie eigentlich nur zu militärischen Zwecken verwendet werden, erhellt zu sehen.

So klar und genau in ihrem Lichtkreis eine solche Beleuchtung ist, behält sie doch immer noch einen magischen geisterhaften Anflug.

In solcher Weise erschien jetzt das Cap Dornbusch, massig und drohend, die Wogen rollten wie eine bewegte Tuchdecke gegen dasselbe an, und am Land wie auf dem Wasser erkannte man jeden einzelnen Gegenstand.

Fast bis an den Gürtel im Wasser befindlich, stand Wardow mit gezogenem Degen da; Wut und Kampfbegierde lag in seinen Augen ausgedrückt.

Seine etwas wasserscheuen Soldaten standen am Strand, teils ihre Musketen wendend, teils auch zu weiterem Gebrauch in Bereitschaft setzend.

Mit vollen Segeln steuert der alte Klassen, sein Antlitz trotzdem dem Feind zugewendet, dem Strand näher; die Seeleute der Schaluppe, einige halbnackend, schauten gleich ihm nach jenen Booten hinüber, die leicht nach Norden glitten.

In dem einen dieser Fahrzeuge stand Jacobson auf der Steuerbucht, einem zürnenden Meergott gleich.

So fast frei in der Luft schwebend, erschien der Bau seines Körpers und seine Haltung fast doppelt so kühn und kräftig als sonst; sein Blick folgte erst dem Geschoss, wahrscheinlich um zu berechnen, wie lange sein Licht dauern werde, dann fiel er scharf auf den Lotsen und endlich auf den Major. Die Frauen sahen mit Scheu zu dem kühnen Mann empor, der jetzt mit zitternder tiefer Stimme sagte:

„Sie tun Unrecht, Major von der Grieben; Sie werden es bereuen, sich in die Gewalt dieses Knaben zu geben, wie in die der Schweden überhaupt; Sie sind frei, sobald wir den nächsten Strand erreicht haben, wenn es Ihnen beliebt, aber bedenken Sie, was Sie tun!"

„Tun Sie Ihre Schuldigkeit!", hatte der Major vorhin dem Fähnrich zugerufen, und damit gemeint, dass derselbe das Feuer fortsetzen solle, was jedoch nicht geschah.

„Ich habe keine Gemeinschaft mit Euch, Herr!", erklärte der Major heftig auf die Rede des Kapitäns. „Feuer, Wardow, Feuer solange es noch Licht gibt!", rief er.

Doch die Kugel sank und erlosch; rabenschwarze Finsternis trat an die Stelle des Lichtes; Flüche und Kommandos schallten von drüben, in den Piraten-Booten war es still.

So mochten vielleicht zehn Minuten vergehen.

„Hollah!", rief plötzlich der Major über das Wasser hin. „Hollah, hierher!", wiederholte er, und andere Stimmen antworteten von hinterwärts.

„Stille!", rief jetzt Jacobson dem Major zu. „Herr, Sie scheinen einem Edelmut trauen zu wollen, den Sie doch nicht Lust haben, anzuerkennen!"

Der Major antwortete nicht, wohl aber ließ er aufs neue seine Rufe ertönen.

Inzwischen waren einige Boote, welche vermutlich sofort vom Entenborn aus abgelaufen, Schüsse von denselben, und einzelne Kugeln schlugen gegen die Planken der fliehenden Fahrzeuge.

„Legt Euch!", rief Jacobson, haltet Eure Waffen bereit, Jungen!" Doch es kam nicht zum Kampf. Die Verfolger hatten wahrscheinlich nicht ganz die Richtung der Flüchtigen aufgenommen; ihre Boote erreichten den Bug und legten an.

„Schafft die Herrschaften schonend hinaus, Männer!", befahl Jacobson, „Herr Major, ich verzeihe Ihnen, denn jetzt habe ich zu verzeihen, ich wünsche Ihnen alles Gute und besonders, dass Sie nicht bereuen, mir kein Vertrauen geschenkt zu haben!"
Statt der Antwort ließ der Major von Neuem seine Signalrufe ertönen, während man ihn, seine Gemahlin und die jüngste Tochter an das Land trug. Auf den Arm des Kapitäns legte sich indessen eine leichte Hand.

„Ich bleibe!", flüsterte eine sanfte Stimme.

„Bei Gott!", erwiderte Jacobson, „doch ich habe es fast erwartet – abgestoßen, Jungen!"

„Clara, um Gotteswillen, wo bist Du?"

Es erfolgte keine Antwort auf diese Rufe und Fragen. Die Boote verschwanden in der Nacht, und jammernd blieben die drei Personen am Strand zurück. Doch bald erschienen andere Boote, um sie aufzunehmen.

Wardow zeigte sich bei dieser Gelegenheit in seiner ganzen Ritterlichkeit, und schwor als er hörte, dass Clara dennoch entführt sei, die Beute dem kecken Räuber abzujagen.

Drei Boote waren im Ganzen angelangt, und in einem derselben sollten der Major und die Seinigen zurückgebracht werden, die beiden anderen jedoch die Verfolgung fortsetzen.

Mit möglichster Eile wurde alles Nötige verrichtet und Wardow eilte weiter nach Norden, während Grieben südwärts geführt ward.

Eltern und Tochter trafen wieder in ihrem Haus ein; der Major war erzürnt. Am Morgen erschien auch der Imker, man hatte gleich von Anfang die weitere Spur des Piraten verloren.

„Sie werden mir bezeugen!", sagte der Major immer noch aufgeregt, „dass ich mein Möglichstes getan, den verwegenen Freibeuter in Ihre Hände zu liefern!"

„Freilich, freilich, Herr Major!", entgegnete Wardow, „und ich bin glücklich, es zu können!"

„Melden Sie auch der Kommission, dass ich jetzt zu jeder Auskunft bereit bin!", fuhr jener eifrig fort, „ich sah ein, dass ich Unrecht hatte, ich will mein Benehmen von früher wieder gut machen!"

Wardow verbeugte sich und versicherte nochmals, alles zu tun, um den Major vor den Folgen der Bekanntschaft mit einem Mann zu schützen, der ja auch ihn sonst an den Rand des Abgrundes gebracht hatte.

II. Eine Verständigung.

Die Sonne stieg spät, aber glänzend im Osten am anderen Morgen aus der See empor, und ihre Strahlen vergoldeten die Segel des Merkur, der unter allen nur möglichen und fast nicht möglichen Lappen hart Nordwest anlag und wie ein Schwan durch die leicht bewegten Wellen glitt.

Auf seinen beiden Topps befanden sich Lugmänner mit Fernrohren bewaffnet, die sie seit dem ersten Morgengrauen schon unablässig nach allen Seiten richteten.

Auf der Schanze schritten Jacobson und Swieten umher; beide schweigend, beide ihren Gedanken nachhängend, die sie jedoch jeden Auenblick unterbrachen, um ebenfalls auf die See hinaus zu spähen oder die Männer in den Marsen zu beobachten.

„Noch immer nichts?", rief endlich der Kapitän hinauf.

„Kein Lappen, Herr!", lautete die Antwort, es ist freie See, soweit Auge und Glas reichen!"

„Also glücklich getäuscht!", meinte Jacobson mit einem Anstrich von Zufriedenheit, „die Narren, welche glauben, der Fuchs kehre direkt zum Bau zurück, sie werden sich wundern, jenseits nichts von dem Vogel zu entdecken, den sie schon im Netz zu haben glauben!"

Swieten brummte etwas Unverständliches und warf im Vorbeigehen einen Blick auf die Bruchsole, um hinterher eine neue Schwenkung zu machen. Jacobson betrachtete ihn lächelnd und fuhr fort:

„Dänemark hat sich endlich mit Bestimmtheit für die Neutralität erklärt, und dies war es, was ich seit lange wünschte; wir gehen also nach Dänemark, ich will einmal wieder meine Flottille zusammen sehen, und dann drauf, alter Swieten, wie der Adler aus der Höhe, bis zu der niemands Auge reicht; man soll bald innewerden, dass Peter Jacobson noch die alten Zähne hat, obwohl sie seit längerer Zeit nicht gebissen haben!"

Swietens sonst so kaltes Auge leuchtete einen Moment auf, dann jedoch lächelte er und zog seine Schultern langsam in die Höhe.

„Wo werden wir die Schiffe treffen?", fragte er wieder kalt.

„Nach meiner Meinung unter Moens Klink!", gab der Kapitän zur Antwort, „dahinter habe ich sie bestimmt!"

„So soll die ganze Flotte bei der Feierlichkeit zugegen sein?", fragte der Steuermann schnell.

„Swieten!", sagte der Kapitän, sich plötzlich umwendend, im drohenden Ton.

Swieten nahm jedoch diesmal die Mahnung, in seinen Schranken zu bleiben, so leicht, dass er sie überhören zu wollen schien, als plötzlich der Schall einer kleinen Glocke durch das Verdeck ertönte.

Der Steuermann lächelte; Jacobson ward rot, sagte aber nichts, sondern wendete sich schnell ab und sprang die Treppe zur Kajütentür hinunter.

Man ahnt wohl, dass dies kleine Gemach die schöne Beute barg, welche sich Wardow verschworen, dem Kapitän wieder abzujagen; er konnte natürlich nicht wissen, dass dieselbe dem Entführer freiwillig gefolgt war.
Die Wahrheit zu sagen, war jedoch auch Clara der etwas unüberlegt gefasste Entschluss wieder leid geworden; die Liebe ist eine Macht, der niemand widersteht, wer sich ihr erst ergeben; sie achtet so wenig die Gesetze der Moral, wie andere Schranken in gewissen Augenblicken, um freilich im nächsten schon zu sehen, wie töricht die gefassten Entschlüsse zu nennen und wie wahnsinnig die Ausführung derselben gewesen.
Auf Clara hatten alle kurz vorher einander rasch folgenden Ereignissen dahin gewirkt, dass sie nicht vollkommen Herrin ihrer Besinnung geblieben, und dies war ganz nützlich.
Sie suchte in jenem Moment in dem Benehmen des von ihr geliebten Mannes nur die edle Tat, die fortgesetzte Bemühung, dem Mitmenschen zu dienen, welches Bemühen diesmal, statt Dank zu ernten, mit schnödem Undank zurückgewiesen wurde. Ihre Neigung beherrschte daher ihren Verstand völlig, und sie tat, was ihr vom Standpunkt einer strengen Sitte nicht zu verzeihen war.
Clara langte mit den Booten beim Schiff an, und Jacobson besaß Takt genug, die junge Dame für heute, sobald für ihr Bequemlichkeit gesorgt worden, allein zu lassen.
Das erste Bedürfnis der jungen Dame in ihrer neuen Lage war Ruhe; doch Clara sollte dieselben nicht allzu lange genießen, das Auslaufen des Schiffes oder vielmehr die dazu nötigen Arbeiten weckten die junge Dame aus ihrem leichten Schlummer, und seit dieser Zeit bereits wachte sie, obwohl Kapitän Jacobson das Gegenteil glaubte.

Clara kam jetzt wegen des von ihr unternommenen Schrittes ein Grauen und dann Reue an. Sie fand nicht etwa ein großes Unrecht darin, ihren Eltern und ihrer Schwester gegenüber; wohl aber war sie zweifelhaft, mit welchen Augen sie später der Mann deswegen betrachten werde, an dessen Achtung ihr alles gelegen war.

Gern hätte sie denselben wieder bei sich eintreten sehen; gern hätte sie das ihr angedeutete Zeichen mit der Glocke gegeben, wodurch sie ihn herbeirufen konnte. Doch sie fühlte nur zu gut, dass dies vor Tagesanbruch die Schicklichkeit verbiete und so erwartete sie denn, höchst aufgeregt und von beängstigenden Gedanken geplagt, den Morgen.

Endlich brach denn auch der so sehnlich erwartete Tag an, und Clara läutete.

Es ist unnötig von der Sehnsucht zu reden, mit der Jacobson dies Zeichen erwartete; mit pochendem Herzen folgte er dem Ruf und trat gleich darauf in die Kajüte. Clara bedeckte ihr Gesicht mit den Händen; der Kapitän blieb an der Tür stehen.

„Clara!", begann er endlich leise, und jene wagte es, aufzublicken; ihr Gesicht war mit einer Purpurglut überzogen.

„Kapitän!", stotterte die junge Dame, ich bin in Verzweiflung, was werden Sie von mir halten, in welchem Licht muss ich Ihnen erscheinen!"

„Nicht an Ihnen ist es, Clara!", sagte der Kapitän, sein Haupt senkend, „solche Fragen zu tun; sie kommen mir zu; mir, der sich unter der Maske eines ehrlichen Mannes in Ihr Haus und in Ihr Herz schlich, und der trotz seiner Entlarvung strebte, Sie zu erobern!"

Clara richtete ihr Auge auf den Mann, den sie einen Moment mehr gefürchtet, als geliebt hatte, und der jetzt so sanft zu ihr sprach.

„Ich habe nicht vergessen!", antwortete sie leise, „was Sie beim ersten Abschied zu mir gesprochen!"

„Dann ist alles gut!", rief der Kapitän lebhaft vortretend, „dann weiß ich, dass Sie an mich glauben, und ich verdiene einen solchen Glauben!"

„Ich bin davon überzeugt!", antwortete Clara.

„Der Kapitän war inzwischen nah zu ihr getreten, ergriff ihre Hand und führte dieselbe an seine Lippen, während er sein Knie beugte und sich auf den Boden niederließ.

Clara senkte ihren Blick, aber gerade dieserhalb fesselte der des Mannes ihr Auge, und lange schauten beide einander innig an.

„Wir verstehen uns!", rief plötzlich der Kapitän aufspringend, „ich darf nichts weiter verlangen, aber es genügt mir auch diese stumme Sprache, und es wird die Zeit kommen, hoffe ich, in der ich reden darf. Wie glücklich mich ihr Vertrauen macht, davon will ich ebenfalls für jetzt nicht sprechen; ich hätte Sie ohnehin nicht von mir gelassen, Clara, bis der drohende Moment vorüber ist; ich konnte es nicht ertragen, Sie den Schikanen einer Untersuchung ausgesetzt zu wissen, denen sicher die Ihrigen entgegengehen. Ist alles beendet, werde ich Sie der Familie zurückgeben und den Vater um Ihre Hand bitten. Denn alles an unserer späteren Verbindung muss legal sein, sie soll besonders von der Einwilligung Ihrer Eltern abhängen, bis dahin betrachten Sie mich als den Beschützer Ihrer Freiheit und sich selbst als meinen Gast!" Ein warmer Händedruck antwortete dieser Rede Jacobsons, und völlig beruhigt konnte Clara jetzt zu dem Mann ihrer Wahl emporblicken, der sich neben sie setzte, um sie näher über seine Stellung im Leben und seinen erwählten Beruf aufzuklären.

In Claras Augen konnte Jacobson durch diese Eröffnung nur noch gewinnen.

III. Eine wichtige Person.

„Seht fleißig nach dem Boot, alter Klassen!", sagte der Junker flüchtig im Vorbeigehen zu dem Hochbootsmann, „ich habe noch Geschäfte auf der Insel, aber dennoch könnte es kommen, dass wir jeden Augenblick abgehen müssten!"
Klassen brummte vor sich hin, als der junge Mann seine Antwort gar nicht abwartete, sondern eilends nach dem Werder schritt und einem Boot der Marine befahl, ihn an Bord der Kanonier-Schaluppe zu bringen.
Ein Marinefähnrich war sonst in der Regel auch in Schweden eine unbedeutende Person, doch als unser Junker dem kommandierenden Offizier seine Meldungen abstattete, merkte sogar dieser, dass er mit einer besonderen Spezies der Gattung zu tun hatte, was ihm ein spöttisches Lächeln entriss.
Doch Wardow kehrte sich daran nicht, sein Glück war mit jedem Moment im Wachsen, und ohnehin zum Übermut geneigt, ward er es dadurch nur noch mehr. Keck ersuchte er auch die Mitglieder der Kommission, seine Erklärungen anzuhören.
Es gab zwar einige Zweifel an der Aufrichtigkeit der Gesinnung des Majors, doch Wardow war wirklich ein warmer Fürsprecher und deshalb nahm man endlich an, dass alles sei wie er gesagt.
Indessen war die Angelegenheit des Majors nicht das Wichtigste für den Augenblick. Alle noch auf der Insel anwesenden Offiziere waren zu sehr durch die aufs Neue an den Tag gelegte fast unbegreifliche Frechheit des Piraten, aufgeregt, als dass dieser Gegenstand sie nicht zunächst beschäftigt haben sollte.
Der Kommandeur der Schaluppe rief deshalb alle anwesenden Offiziere zu einer Art von Kriegsrat zusammen, um irgendeinen Beschluss betreffs des Freibeuters zu fassen, und auch Wardow hatte Sitz in diesem Rat, wenn auch eigentlich keine andere

Stimme, als um vor demselben die Ereignisse dieser Nacht zu wiederholen.

Dass der Pirat Einverständnisse auf der Insel und am Land, überhaupt mit den Bewohnern unterhalte, glaubte man, annehmen zu dürfen; dass er sogar noch selbst mit einem Teil seine Leute in der Gegend sei, schien ebenfalls glaublich, und dies bestimmte den Beschluss des Rats, der endlich dahin lautete, eine Bootsflottille auslaufen zu lassen, um nach Seeräubern, wie man sie hartnäckig nannte in den vielen Verstecken der Binnengewässer suchen zu lassen. Versteht sich, wollte und musste Wardow von der Partie sein.

Die Flottille lief denn auch sehr bald aus, um sich in den unzähligen Winkeln der Inselküsten zu verlieren. Die Kommission des Gouvernements zog feierlich nach Grieben, um dort verschiedene Tatbestände festzustellen und den Major zu verhören.

Grieben war durch die Ereignisse der Nacht vollkommen ein anderer geworden. Zwischen zwei drohenden Elementen gestellt, blieb ihm nichts übrig, als auf die Seite des Gesetzes zu treten, wenn schon damit augenscheinlich eine gewisse Aufgabe seiner Herrenrechte verbunden war.

Er konnte nicht zweifelhaft sein, dass sich die Herren auf Wardows Bericht vielleicht auch ohne denselben wiedereinstellen würden. Deshalb ordnete er an, für dieselben ein Frühstück bereitzuhalten, und empfing sie selbst bescheiden und zuvorkommend als sie anlangten.

Einige Zeit hindurch wollten die Herren wohl noch beleidigte Obrigkeit spielen, doch das Frühstück ließ sie mildere Gesinnungen fassen, und man ging schließlich ganz cordial an die Verhöre und Aufnahme verschiedener Protokolle, bei welcher Gelegenheit auch die Frau und Tochter des Majors vernommen wurden.

Als endlich alles soweit geordnet war, erfolgte dennoch zu des Majors Erstaunen der Beschluss, ihn mit nach Stralsund zu nehmen. Der Major sah ein, dass wer A gesagt, auch B sagen muss. Die Kanonier-Schaluppe rüstete, der Major nahm Abschied, und jene segelte mit ihm und der Kommission südwärts. Zurück blieb nur Dalström mit seinen Leuten und seinen Wrack; das Soldatenkommando war ebenfalls wieder abgezogen.

Inzwischen hatte dann auch Wardows Boot, wie die anderen, ihre vergebliche Sache beendet, und alle liefen gegen Abend wieder an den Strand, wo der Fähnrich hörte, was geschehen.

Wardow wütete; er eilte zunächst zu Dalström, der ihn ungefähr so hochhielt, wie ein alter Haudegen ein zum Krieger ausstaffiertes Kind.

Außerdem hatte Dalström deshalb einen Groll auf den Knaben, weil er ein schärferes Auge, wenn auch nur unbewusst, gezeigt hatte, wie er selbst.

Wardow kam daher ziemlich schlecht bei ihm an und musste schließlich förmlich ablaufen, was den jungen Mann noch ärgerlicher machte und in fast zu einer Insubordination verleitet hätte.

Ziemlich in seiner Meinung von sich selbst, als sei er eines bedeutenden Protektorats fähig, zurückgekommen, beschloss der junge Mann, im Schloss Grieben seine Aufwartung zu machen und schlug den Weg nach demselben ein.

Er fand dort weinende Augen, ward jedoch von der Majorin wie Sophie gut aufgenommen und zum Abendessen eingeladen.

IV. Ein neues Debüt.

Wardow versuchte während des Essens nach Möglichkeit, die beiden Damen zu trösten, und wenn je Ruhmredigkeit der Jugend etwas leistete, so geschah es durch den Junker, obwohl der Erfolg nur halb zu nennen war.

Der Junker blieb auch noch nach aufgehobener Tafel und schien endlich mit nochmals wiederholten Beteuerungen der entführten Clara wie dem Vater die Freiheit zu verschaffen.

An Bord gelangt, verschmähte er natürlich nach den Genüssen, welche ihm die Griebensche Küche gewährt, sich noch an denen der Kajüte zu erfreuen, obgleich der alte Klassen mit dem Abendessen auf ihn gewartet hatte.

Der Bootsmann speiste daher allein, während sein Kommandeur den Zuschauer dabei abgab; und zwischen beiden entspann sich allgemach folgendes Gespräch:

„Ich weiß wahrlich nicht, was nun!", meinte Wardow, „denn allein weiter den Seeräuber zu verfolgen, wäre doch wohl zu gewagt!"

Klassen sah den jungen Mann mit einem Seitenblick an, der vielsagend genannt werden musste.

„Das meine ich auch!", erwiderte er dann trocken, „und wegen unserer nächsten Tätigkeit dürfte vielleicht Herr Dalström Anordnungen treffen!"

„Der!", rief Wardow verächtlich, „ich habe ein selbständiges bestimmtes Kommando und werde mich während der Dauer desselben niemand unterwerfen!"

„Hm!", brummte der Alte, „damit ist es doch eine eigene Sache!"

Offenbar jedoch fand sich Wardow durch diese Äußerung des alten Mannes schwer beleidigt, denn er erhob sich mit allem ihm zu Gebot stehenden Ausdruck des Stolzes.

„Ich weiß, was ich zu tun habe!", sagte er scharf betont und verließ die Kajüte.

„Immer derselbe!", brummte Klassen vor sich hin und setzte seine Mahlzeit fort. Nach Beendigung derselben begab auch er sich zur Ruhe. –

Am nächsten Morgen mit Sonnenaufgang bot die Nordspitze von Hiddensoe ein ziemlich belebtes Bild dar. Die drei anderen zur Verfolgung Jacobsons abgesendeten Schiff waren zurückgekehrt, mit ihnen noch zwei andere.

Verschiedene Boote mit Mannschaften der Schiffe waren an das Land gekommen und lungerten dort jetzt umher oder gingen Geschäften nach, die fast immer Seefahrer am Land haben, wenn sie sich an einer Küste befinden.

Auch Wardow hatte sich bereits erhoben; indessen hielt er es im Gefühl seiner Würde nicht nötig, dem Ersten der kleinen Flotte seine Aufwartung zu machen, sondern begab sich nach vollendeter Toilette wieder nach Grieben.

Die Besorgnisse der beiden Frauen hatten sich während der Nacht nicht gelegt, sondern eher noch gesteigert; sie sahen deshalb den jungen Mann mit unverhehlter Freude anlangen und zogen ihn zu ihrem Frühstück.

Nach demselben ward es nötig, dass sich die Majorin um die seit einigen Tagen von ihr vernachlässigte Wirtschaft kümmerte, und der Fähnrich lud Sophie zu einem Spaziergang ein.

Das Wetter war einem solchen günstig, die Mutter gab ihre Einwilligung, und die beiden Kinder verließen das Haus, um zunächst den Garten zu betreten.

Wardow verfiel während seiner Unterhaltung sehr bald in einen Ton, der Sophie mehrmals das Blut in die Wangen trieb.

Doch Sophie war ein Mädchen und noch dazu ein junges unerfahrenes Mädchen; es machte ihr Vergnügen, ihre Vorzüge loben zu hören, und bald hatte sie die ungünstigen Verhältnisse, unter denen man lebte, vergessen.

Der Junker drückte nochmals ihre kleine Hand recht herzinniglich, und Sophie litt es bald nicht allein, sondern erwiderte auch den Druck seiner Hand.

„Teure Sophie!", rief Wardow endlich, „die Gegenwart eignet sich zwar nicht eben besonders zu Erklärungen, doch die Liebe bindet sich so wenig an Verhältnisse wie an die Zeit – ich liebe Sie, Sophie."

Wardow versuchte dieser Erklärung dadurch Nachdruck zu geben, dass er sich auf seine Knie warf und die Hand der kleinen Sophie an seine Lippen drückte.

„Um Gott, Herr von Wardow!", sagte Sophie ängstlich, „man kann uns vom Haus aus sehen!"

„Mag uns die ganze Welt sehen!", rief der junge in Feuer geratene Mann, „mag sie meine Erklärungen hören; ich liebe Sie mit der ganzen Kraft meiner Seele, habe Sie vom ersten Zusammentreffen an geliebt und flehe hier um Ihre Gegenliebe!"

„Ich will ja gern -!", stotterte das überraschte Kind, „aber erheben Sie sich nun endlich, ich verginge vor Scham, wenn man uns hier so träfe!"

„Ich danke, Sophie!", rief Wardow aufspringend, „nehmen Sie meinen Schwur der Treue – sobald ich, was nicht lange auf sich warten lassen kann, gestiegen bin, werde ich förmlich um Ihre Hand werben, Teure!"

Wardow schlang seinen Arm um das halb verlegene, halb entzückte Mädchen und drückte dasselbe an seine Brust, zugleich aber auch einen Kuss auf dessen unschuldige Lippen.

Sophie duldete mit holder Röte im Antlitz auch diesen, und beide setzten im traulichen Geflüster ihren Spaziergang fort. Es ist übrigens ein Vorzug der Jugend, auch in den trostlosen Lagen die Hoffnung nicht zu verlieren.

Wohl ohne es eigentlich zu müssen, wenigstens ohne es genau zu beachten, hatten beide den Garten verlassen und befanden sich im Freien auf dem Weg nach der Kuppe des Bakenberges, auf dessen Gipfel sich eine lebhafte Bewegung kundgab. Diese ward dadurch verursacht, dass sich die Kommandeure der Schiffe mit Begleitern dorthin begeben, um See und Land mit ihren Fernrohen zu rekognoszieren.

Wardow folgte nun einem natürlichen Zug, als er seine Schritte den auf dem Berg befindlichen Gruppen zu lenkte, und obwohl Sophie sich anfänglich weigerte, ihn dahin zu begleiten, so gab sie endlich doch seinen Bitten nach, und unbefangen stiegen beide den Berg hinan.

Unter den dort befindlichen Kapitänen und Offizieren war auch Dalström, und es ist möglich, dass er es war, der die Aufmerksamkeit der Gesellschaft auf das Paar lenkte.

Wardow wollte mit freundlichem Gruß nähertreten; er war in mancher Hinsicht gewöhnt, sich von den Offizieren als ebenbürtig gehalten zu sehen, doch das spöttische Lächeln der mehrsten ließ ihn innehalten.

„Wer zum Henker ist denn das!", fragte bald auch eine Stimme, „man sieht aus wie ein Mariner, scheint sogar zu einer Beratung von Marine-Offizieren kommen zu wollen. Doch die Marine, in der es geschieht, muss irgendwo jenseits des Ozeans Mode sein.
– Wer sind wir denn eigentlich, junger Herr?"

Der Mann, welcher diese Worte gesprochen hatte, war der älteste Kapitän unter den Führern der auf der Reede liegenden Schiffe und deshalb also auch der Kommandeur des Geschwaders.

Wardow, durch den Ernst der schließlich gestellten Frage dazu veranlasst, ließ den Arm Sophies, die ganz erschreckt dastand, los.

„Fähnrich von Warnow!", antwortete er mehr ärgerlich, als verlegen.

„Nun Fähnrich von Wardow!", erwiderte der Kapitän, „sehen Sie dort das Schiff! Ich hoffe es; begeben Sie sich an Bord desselben, um sich dort als Arrestant zu melden. Ich bitte Sie, sich zu beeilen!".

Sophie kannte wenig von der Subordination der Leute auf der Flotte, und ihr Schreck machte sich in einem Schrei Luft, nach welchem sie entfloh.

Wardow hätte vielleicht eher den Einsturz des Himmels erwartet, als einen solchen Empfang vermutet, denn sonst würde er sich gehütet haben, hierher zu kommen.

Doch dem einmal bestimmt erteilten Befehl musste auch ohne Widerrede gehorcht werden und eilig wendete er sich zum Gehen, wobei jedoch der Gedanke an verschiedene Duelle, in denen er seinen Beleidiger züchtigen wollte, durch seinen Kopf fuhr.

Ein schallendes Gelächter folgte den beiden, und fast sprachlos vor Wut, führte der gedemütigte Liebhaber seine Herzenskönigin, nachdem er sie eingeholt, nach Hause.

Wardows Abschied von den Damen war hier nur kurz; aber er unterließ dennoch nicht neben den Versicherungen seines Schutzes den er den Damen angedeihen lassen wollte, auch Schwüre seiner Macht abzulegen. Alsdann eilte er davon, teilte Klassen kurz mit, was ihm begegnet, und fuhr schließlich zu dem Schiff, welches der Führung des strengen Herren anvertraut war, der den Dienst über die Courtoisie ihm gegenüber zu setzen wagte.

V. Unter Moens Klient.

Zu den dänischen Inseln gehört auch die Insel Moen. Moen gleicht einem Mondviertel in der Gestalt oder, wenn man will, einer Sichel.

Diese Küsten umschließen daher einen Meeresbusen, welcher sich von Südost in das Land schiebt.

Die Küsten fallen nämlich auf dieser ganzen Strecke aus schwindelnder Höhe steil ab und haben namentlich an ihrer Nordecke eine Höhe von gegen neunhundert Fuß.

Ein Wort über ihre Entstehung.

Im Sommer nämlich strömen die Gewässer des finnischen und Bottnische Meerbusen zum Teil mit heftigen Stürmen südwärts nach wärmeren Gegenden.

Ihr gewaltiger Anprall bricht sich an den pommerschen und rügenschen Küsten, um sich nordwestlich auf Moen und Seeland zu werfen.

Die Natur sorgt überall für sich selbst, und obwohl diese Meeresströmungen hier und da Land fortnehmen, so schaffen sie andererseits Dünen und jene steilen Seewachten, wie Stubbenkammer, Moensklint und Stevensklint.

Zur Zeit dieser Meeresströmungen ist die Bucht von Moen dasselbe, wie die Trompe und Prora bei Rügen, wahre Gegenkessel, die unvermeidliches Verderben jedem Schiff bringen, welches in ihre Wirbel gerät.

Bei den arktischen Nordwestwinden und Stürmen dagegen bildet Moensklint einen Schutz, der die Gewässer an seinem Fuß so sicher wie den besten Hafen macht.

Nur zu solchen Zeiten ist die Bucht von Schiffen gesucht, sonst jedoch verlassen und einsam, ein Schlupfwinkel für Leute, die es nicht gernhaben, dass man ihnen genauer auf die Finger sieht.

Diesen Ort also hatte Jacobson seinen Schiffen als Rendezvous bestimmt, und bereits seit mehreren Tagen war es äußerst lebhaft in dem versteckten Winkel. Stattliche Briggs liefen nacheinander herum, bis es fünf an der Zahl waren, und jeder neue Ankömmling ward von den bereits Vorhandenen durch Flagge, Freudenschüsse und Jubel begrüßt. Auf der mit Granit bedeckten Sohle des Strandes erwachte schnell ein besonderes Leben; es wurden Zelte errichtet und Feste gefeiert, zu denen auch die Bewohner der Insel sich einfanden.

Die Mehrzahl der Landenden schienen dem Äußeren nach Norweger zu sein; alle bewegten sich indessen, als ob sie zu Hause und sicher wären, und sie hatten auch das Recht dazu; denn sämtliche Schiffe waren mit dänischen Kaperbriefen versehen.

Nebenbei ward ein lebhafter Tauschverkehr zwischen den Landbewohnern und den Seeleuten betrieben.

Es war am vierten Tag, seit sich dies Treiben hier entwickelte, als der Posten auf der Höhe ein Schiff signalisierte.

Sofort bedeckten sich die Masten aller Fahrzeuge mit Leuten, die nach dem Segel ausschauten; man erkannte es und richtete alles zum Empfang her.

Der Merkur lief unterdessen schnell herauf; auf seinem Deck befanden sich Clara und Jacobson.

Die junge Dame war wieder ruhiger geworden; sie fand nichts Unrechtes mehr darin, sich dem Mann ihrer Liebe anvertraut zu haben.

Jacobson vermied übrigens alles, wodurch er ihre Lage hätte peinlich machen können, und das Schiffsvolk bewies ihr dieselbe Achtung, wie der Kapitän.

Auch er hatte bereits seit längerer Zeit scharf ausgeschaut und bald entdeckt, dass seine Flottille bereits anwesend war.

So nah gekommen, dass man die Schiffe zu erkennen vermochte, bekamen seine Augen einen eigentümlichen Glanz. „Clara!", sagte er plötzlich mit der Hand auf jene deutend. „Sehen Sie dort meine Macht, sie ist nicht gering, und Sie werden bald genug sehen, dass ich auch anders aufzutreten vermag, wie dort in Grieben."
Clara antwortete nicht durch Worte, aber sie reichte dem kühnen Mann ihre Hand.

Als der Schoner in die Bucht trat, gab die Flottille hinter einander drei Salven; die nahen Ufer hallten sie wieder, und es war, als ob die Erde wankte.

Die Schiffe zeigten schon lange den bunten Flaggenschmuck und unter fortwährenden Hurrarufen ging auch der Schoner vor Anker. Die Führer der Schiffe kamen auf ein Signal vom Merkur herbei, ihren Kommandeur zu begrüßen.

Jacobson stellte seinen Untergebenen die Damen vor, und Clara hätte nie geglaubt, was sie jetzt erkannte. Die so sehr gefürchteten und geschmähten Freibeuter hatten nichts Fürchterliches an sich, sie waren vielmehr, wie Jacobson, gebildete liebenswürdige Leute.

Nachdem ihnen der Letztere Bericht über seine Tätigkeit abgestattet und sie mit seinen nächsten Absichten bekannt gemacht, ward ein kurzes Mahl eingenommen, dem Clara präsidierte. Hiernach luden die Kapitäne diese und Jacobson zu einer am Land veranstalteten Festlichkeit ein und verließen das Schiff.

Clara begann sich für verzaubert zu halten, als sie später in Gesellschaft Jacobsons und Swietens an das Land ging.

Sie hatte früher dergleichen nie gesehen, ja nicht einmal geahnt; es war ein wahrhaft königliches Fest, dem sie beiwohnte, und sie durfte sich als Königin desselben betrachten.

Während der Tafel ward denn auch ein bestimmter Entschluss für die Zukunft gefasst, und dieser ging darauf hinaus, dass die

Flottille nach zwei Tagen auslaufen soll, um offenhin gegen die schwedische Flotte zu agieren.
Diese zwei Tage sollten noch der Ruhe und der Erholung gewidmet werden.

VI. Eine Sinnesänderung.

Der Major von der Grieben hatte sich in sein Schicksal ergeben; er war darauf gefasst, Unannehmlichkeiten zu erfahren, hoffte jedoch auf eine standesgemäße und rücksichtsvolle Behandlung.
So lange er sich in dem Schiff befand, sollte er sich auch nicht getäuscht haben; die Mitglieder der Kommission, wie der Führer des ersteren, benahmen sich höflich gegen ihn, man tat, als sei er ein Passagier des Fahrzeugs.
In Stralsund angekommen, ward er zuerst auf die Kommandantur geführt, dort oberflächlich vernommen und ihm dann ein Haus zum Aufenthalt mit dem Bedeuten, sich nicht zu entfernen, angewiesen.
Der Major war insoweit mit dem Erfahrenen zufrieden, doch er wusste noch nicht, was es heißt, im Kampf der Parteien einer vielfach anders gedeuteten Machtpflege zu unterliegen.
Schon am nächsten Tag ward er dem Gouvernement zugeführt, und hier musste er erkennen, dass man ihn für einen Vaterlandsverräter hielt.
Etwas zu spät begriff der Major, dass er doch auf freien Füßen besser daran gewesen, wie in der Gewalt dieses Gerichts, das übrigens um jene Zeit überhaupt nur Missgriffe machte.
Dennoch beantwortete er auch jetzt noch alle an ihn gestellten Fragen vollkommen ausreichend und suchte sich in glimpflicher Weise von dem gegen ihn vorliegenden Verdacht zu reinigen.

Grieben erfuhr bei dieser Gelegenheit, welche wichtige Person Jacobson im Krieg mit Preußen bereits war und noch werden konnte.

Nach diesem ziemlich lange dauernden Verhör ward der Major wieder abgeführt, jedoch nicht wie früher durch einen Zivilbeamten, sondern durch einen Infanterie-Korporal. Indessen auch dies mochte nichts weiter von Bedeutung sein, und deshalb folgte er dem Soldaten ohne Weiteres.

Dagegen machte ihn der Weg, welchen man jetzt nahm, bald aufmerksam. Derselbe hing nämlich fast durch die ganze Stadt immer deren Südseite zu.

„Wohin führt ihr mich?", fragte der Major endlich.

Sein Begleiter hatte bisher noch kein Wort gesprochen.

„Sie werden es sehen", sagte derselbe jetzt mürrisch, und Grieben war zu stolz, weiter eine Silbe an den unhöflichen Menschen zu verschwenden.

So kam man bis zu der Bastion am Frankenteich und stand endlich vor dem Frankenturm.

„Was – hier?", schrie der Major auf; „Mann, seid ihr nicht bei Sinnen?"

Statt der Antwort pochte der Soldat an die niedrige Pforte, ein Mensch mit einem schweren Schlüsselbund an der Seite öffnete und trat heraus; der Soldat übergab jenem seinen Gefangenen.

„Tretet näher!", sagte der Schließer grob.

Der blaue Turm war ein Festungswerk aus alter Zeit, hoch massiv und aus mehreren Stockwerken bestehend, in denen zu Zeiten schwere Verbrecher verwahrt wurden.

Der Major wusste dies, denn er hatte früher einmal in der Festung garnisoniert.

Noch ganz außer sich vor Überraschung war es ihm nicht möglich gewesen, bisher ein Wort weiter hervorzubringen. Die grobe Anrede des Schließers musste ihn erst wieder ganz zu sich bringen.

„Das muss ein Irrtum sein, Leute!", rief er lebhaft „ich kann unmöglich hier verwahrt werden sollen!"

„Kein Irrtum!", antwortete der Schließer, „nur herein!"

Der Major konnte nicht länger daran zweifeln, dass es mit seiner Einsperrung in diesen alten Gemäuern ernst sei.

Einen Moment mochte er wohl daran denken, sich diesem Los mit Gewalt zu wiedersetzen; doch ein Blick auf die wie zum Zugreifen neben ihm befindlichen beiden Männer ließ ihn leicht anderen Sinnes werden; über dem befand sich ganz dicht neben dem Turm auch noch ein Wachtposten.

„Das geht über alle Begriffe!", murmelte er nach kurzem Besinnen, „ich werde mir indessen Genugtuung zu verschaffen wissen!"

Der Schließer antwortete nicht, der Major betrat den Flur, und die schwere Tür schloss sich hinter ihm. Er ward zwei Treppen hoch geführt und ihm dort ein enges, finsteres, nur durch offene Schießscharten erleuchtetes Gemach ohne alle Bequemlichkeit angewiesen. Der Schließer verließ ihn wieder. Was jetzt alles im Inneren des Majors vorging, dürfte schwer zu sagen sein. Jedenfalls ist jedoch so viel gewiss, dass der Zorn, welcher ohne Frage in im auflodertet, ein höchst gerechter genannt werden musste. Doch der Zorn eines Menschen hinter Schloss und Riegel, zwischen dicken Mauern, ist stets ohnmächtig, das haben schon Kaiser und Könige erfahren, noch mehr, der Zorn legt sich bald um freilich nur einem fast immer unauslöschbaren Groll Platz zu machen.

Mit dem Schließer, der später wieder erschien, um eine schlechte Suppe zu bringen, ein Gespräch anzuknüpfen, war dem Major vorläufig nicht möglich, und er beschloss deshalb zu warten, was die Zukunft bringen werde.

Am Abend erschien ein Offizier im Dienstanzug zu keinem anderen Zweck, als um zu visitieren.

„Mein Herr!", redete der Major diesen an, „wissen Sie, wer ich bin?"

„Leider!", sagte der Mann bedauernd, „ich weiß, dass Sie der Herr Major von der Grieben sind!"

„So wissen Sie vielleicht auch, aus welchem Grund man mir diese Behandlung angedeihen lässt!"

„Man beschuldigt Sie des Hoch- und Landesverrat der Konspiration gegen den Senat und Reichsrat, der Verbindung mit dem Feind."

„Wie ist das möglich?"

„In Schweden ist jetzt vieles möglich!", sagte der Mann achselzuckend.

Der Major sah den Sprecher starr an.

„Und was spricht man in der Stadt von meinem Fall?", fragte er.

„Derselbe hat allgemeinen Unwillen hervorgerufen!", lautete die Antwort.

„Ich danke Ihnen!", murmelte der Major.

Der Offizier entfernte sich und der Major begann über seine Lage nachzudenken; es war, als seien ihm plötzlich die Augen klargeworden und erkenne er den ganzen verderblichen Schund der Parteiumtriebe, die schon so oft Staaten in das Verderben gestürzt haben. Er verwünschte seinen Patriotismus oder das, was er bisher dafürgehalten, und sicher hatte der Reichsrat in diesem Moment keinen ärgeren Feind als ihn, sein Glaube an das rechte Regiment der Aristokratie hatte plötzlich einen argen Stoß erlitten.

VII. Eine ansteckende Krankheit.

Die Strafe, welche der Junker von Wardow für seine Unachtsamkeit oder Achtungswidrigkeit gegen einen Offizier zu erwarten hatte, war eben nicht so bedeutend.

In Wirklichkeit sollte dieselbe auch nur in zwei Tagen Wacharrest bestehen, als sie gefällt worden, und diese hätten sich wohl verschmerzen lassen.

Doch was für den jungen ehrgeizigen Mann mehr zählte, als ebenso viel Monate, war die Lächerlichkeit, welche diesmal mit einer Strafe verbunden war, und die sich bis ins Unendliche fortzusetzen drohte, weil es zu viel Zeugen des Vorfalls gegeben, und alle diese Zeugen mit nach Stralsund gekommen waren, wo sie noch auf Kosten des armen Burschen lachten.

Lächerlich zu werden, ist überhaupt wohl das Schlimmste, was einem ehrgeizigen Menschen auf der Welt begegnen kann. Doch lächerlich vor der Geliebten zu erscheinen, das ist noch mehr als schlimm, und war Wardows Fall.

Zu allem musste nun noch kommen, dass der brave Junker durch die vorhergehenden Ereignisse eine Art von Ruf in der Stadt bekommen, der ihn auch in weiteren Kreisen bekannt gemacht hatte.

Wardow war daher so wütend, als er seinen Arrest antrat, wie es nur ein junger Mann seines Standes und Alters sein kann; in seinem Zorn beschloss er denn mit niemand zu sprechen, während er in Haft sich befand und führte diesen Entschluss auch mit lobenswerter Konsequent aus.

Die Zeugen seines gegenwärtigen Gebarens ergötzen sich deshalb zunächst nun noch mehr über ihn; doch er wollte später die Lacher in fürchterlicher Weise auf seine Seite ziehen und ertrug deshalb alles standhaft; natürlich erfuhr er auf diese Weise nicht, was sonst in der Stadt vorging.

Sein Arrest war zu Ende, und der junge Mann verließ die Hauptwache eiligen Schrittes in keiner anderen Absicht, als den Urheber der ihm zugefügten Schmach vor das Messer zu nehmen, dass heißt, ihm auf Leben und Tod zu beleidigen und ihn zu zwingen, die Mensur mit ihm zu betreten.

Doch Wardow war noch nicht weit gekommen, als er seinen Namen rufen hörte, und so sehr er auch eilte, einem unberufenen Schwätzer zu entkommen, jener Mensch folgte mit solcher Ausdauer, dass der Junker genötigt war, sich zu ergeben.

Jener Mensch war ein Fähnrich der Landtruppen, der lachend näherkam.

„Wetter, Wardow!", rief derselbe, „du fliegst ja förmlich; aber kein Wunder, Freund, wer so wie du die gottvollsten Romane einfädelt, der kann nicht mehr wie gewöhnliche Sterbliche wandeln. Erzähle mir ein wenig von da draußen auf der wüsten Insel!"

„Lass mich in Ruhe!", erwiderte Wardow heftig.

„Nun, nun!", meinte der Andere begütigend, „ich weiß bereits, die Sache kann auch eine tragische Wendung nehmen, und es soll mir lieb sein, wenn du nicht mit hinein verwickelt wirst."

„Was, tragisch!", meinte Wadow verwundert, „was soll das heißen?"

„So weißt du noch nicht?", fuhr jener fort, „Dein Schwiegervater in Spe ist gemeiner Verbrechen angeklagt und in den blauen Turm gesperrt."

„Der Major von der Grieben?", fragte Wardow.

„Derselbe", hieß es.

„Ich weiß kein Wort davon!", sagte Wardow lebhaft, „so teile mir doch mit, wie das zugegangen!"

Der junge Kamerad wusste zwar nicht viel über die Angelegenheit doch er erzählte, was er wusste, und dies war immerhin genug, um den Fähnrich einen tüchtigen Schreck einzujagen. Er hatte über seine eigene Not ganz das Geschick des Majors und was er für denselben zu tun gedachte, vergessen.

Wardow trennte sich von dem jungen Freund, aber mit seinen Absichten auf seinen vermeintlichen Beleidiger war es einstweilen vorbei. Er wollte ursprünglich Ruf und Ehre rehabilitieren, und er sollte dies auch, jedoch in ganz anderen Weise, als er beabsichtigt.

Nach kurzer Überlegung wendete sich unser Junker dem blauen Turm zu und verlangte dort, den Major von der Grieben zu sprechen.

Der brummige Schließer musste wohl glauben, dass der junge Mann in dienstlichen Angelegenheiten komme; er machte nicht die geringste Schwierigkeit, ihn einzulassen, und bald stand Wardow vor dem Major.

Grieben hatte mit in der Hand gestützte Kopf dagesessen; er blickte auf und erkannte mit einiger Verwunderung seinen Besuch.

„Ah – Sie!", sagte er, „Sie finden mich in einer sonderbaren Lage, junger Mann, ich muss Ihnen dankbar sein, dass Sie mich hier aufsuchen; ich denke, Sie bringen mir Nachrichten von den Meinen!"

„Nicht so eigentlich!", antwortete Wardow, „doch vor allen Dingen erlauben Sie mir, mein Bedauern über Ihre Lage auszusprechen, ich hörte soeben davon und erschrak nicht wenig!"

„Was machen die Meinen?", fragte Grieben weiter, „was ist hinsichtlich des Freibeuters geschehen?"

„Leider nichts von Bedeutung. Ihre Frau Gemahlin und Tochter befinden sich wohl – ich habe ebenfalls ein leichtes Unglück gehabt; man hat mich wegen eines leichten Versehenes einige Tage eingesperrt!"

„Wirklich!", sagte der Major; sein Auge leuchtete auf; er betrachtete den jungen Mann, der dabei errötete, mit einem eigentümlichen Blick.

„Verständigen wir uns!", fuhr Grieben nach einer kleinen Weile fort, „glauben Sie, Wardow, dass ich die Verbrechen begangen haben könnte, deren man mich beschuldigt?"

„Nicht im Entferntesten!", antwortete Wardow lebhaft.

„Kennen Sie den ganzen Umfang der Bedeutung des Jacobson für diesen Krieg?"

„Nein – ich ahne allerdings Manches!"

Grieben schwieg längere Zeit.

„Sie sind ja wohl auch deutschen Ursprungs?", fragte er endlich.

„Jawohl, Herr Major!"

„Nun denn; ich bin zu der Überzeugung gekommen, dass wir Deutsche zu Unrecht unter schwedischem Regiment stehen, der Jacobson, welcher mit Gut und Blut dem großen Friedrich dient, beschämt uns!"

Wardow öffnete seine Augen sehr weit, als wolle er dadurch besser begreifen, was der Major sagte. Dieser lächelte.

„Ich meine übrigens!", fuhr er nach einiger Weile fort, „Sie werden auch in schwedischen Diensten keine Seide spinnen. Doch zunächst sagen Sie mir, wie Sie hereingekommen!"

„Ohne alle Umstände"; antwortete Wardow, „man mochte glauben, ich habe hier zu tun!"

„So lassen Sie die Leute bei diesem Glauben, junger Freund!", sagte Grieben schnell, „würden Sie mir wohl Ihre Unterstützung zu einem gewissen Unternehmen angedeihen lassen!"

„Zu jedem, Herr Major!"

„So mögen Sie wissen, dass ich diese Untersuchung nicht hier erwarten will – Sie müssen mir zur Flucht behilflich sein!"

Die beiden Männer standen nach diesen Worten des Majors einander einige Zeit schweigend gegenüber.

Offenbar wollte Grieben erkennen, welchen Eindruck sein Wunsch auf den jungen Menschen gemacht hatte.
Wardow war durch denselben überrascht worden, doch nicht etwa in unangenehmer, sondern in angenehmer Weise; denn in der Perspektive dieses Wunsches lag für ihn die Erfüllung eines anderen, den er hegte.

„Mit allen Kräften und allen Mitteln!", rief er dann plötzlich, „ich werde mich glücklich schätzen, wenn es gelingen sollte!"
Grieben drückte dem jungen Mann warm die Hand, und beide sprachen noch einige Zeit über die einzuschlagenden Wege.
Dann verabschiedete sich Wardow mit dem Versprechen, am nächsten Tag wiederzukommen.
Der Major fühlte sich zu ersten Mal behaglich in der engen Zelle, sein Entschluss stand fest; er wollte noch einmal Kriegsdienst nehmen, doch nicht etwa für Schweden oder für den schwedischen Reichstrat.

VIII. Eine würdige Liäson.

Der Baron Staelswerd hatte des Fähnrichs von Wardow in einer Weise gedacht, die ihm Ehre machte und für den jungen Mann von Erfolg war.
Doch der brave Baron sollte bald darauf einen Schreck bekommen, der durchaus nicht gering zu nennen war.
Soweit wir das Leben des Leutnants von Staelswerd verfolgt haben, lag gegen ihn nichts vor, wodurch er den Verdacht der Patrioten besonders erregen konnte.
Zwar ahnte man, dass er mit den Maßnahmen dieser Partei nicht eben zufrieden sein mochte; man sieht es wohl nie gern, dass ein Bruder enthauptet wird.
Doch die Gedanken galten damals noch meistens frei zollfrei, und somit hatte noch niemand gewagt, den Baron anzuklagen.

Sein Bewusstsein war über dem der Art, dass er sich von jeder Schuld vor dem Gesetz frei wusste, wenn schon dies etwas weiter griff, als er im Stillen billigen mochte.

Man kann sich daher den Schreck des Barons denken, als auch er zur Verantwortung gezogen ward.

Soweit dies den Verlust in einem Gefecht betraf, war die Sache natürlich, denn es ist einmal seit langer Zeit bei allen seefahrenden Nationen Sitte gewesen, dass die Schiffsführer ihrer Schäden als unabweislich hinzustellen haben.

Doch dass man ihm auch einen absichtlichen Verlust in die Schuhe schieben wollte, das setzte ihn in Erstaunen und, die Wahrheit zu sagen, in Angst.

Zu der letzteren Gemütsbewegung hatte der Baron ohne Frage alle Ursache; denn das Parteigetriebe urteilt stets nur einseitig und Staelswerd, hiervon überzeugt, beeilte sich, der drohenden Gefahr zuvorzukommen.

Einigermaßen ist die Parteistellung hier schon früher hervorgehoben worden. In den deutschen Besitzungen Schwedens waren die Parteien zwar nicht so schroff geschieden wie in Schweden, doch dies bot nur eine Gefahr mehr für den unterliegenden Teil; denn die Schwankung hatte überhaupt keinen Halt und sprach deshalb umso rücksichtsloser.

Staelswerd wählte deshalb ein Mittel, welches schon öfter als probat erfunden; er knüpfte eine Bekanntschaft aufs Neue an, die ihm einst viel Widerwillen verursacht hatte.

Der Vizegouverneur von Pommern und Rügen war nämlich zu jener Zeit ein gewisser Baron Engeström; ein Mann, dessen Vergangenheit höchst ungleich gewesen und dessen Haut etwas von dem Gell des Chamäleons hatte.

Durch welche Umstände er auf den gegenwärtigen Posten gekommen war, kann hier gleichgültig sein; gewiss war dagegen, dass er es geraten fand, mit aller Zähigkeit dem Senat und Reichsrat anzuhangen.

Ehedem hatte er auch am Hof eine Rolle gespielt, und aus dieser Zeit kannte Staelswerd seine Tochter, eine junge Dame von weniger Schönheit, aber großem Stolz, von keinem Gemüt, aber vieler Hartherzigkeit.

Die Wandelbarkeit des Charakters ihres Vaters hatte auch auf die Baronesse Flora ihren Einfluss geübt; sie war allgemach übersehen und dann ignoriert worden; selbst an dem Ort, wo jetzt ihr Vater eine so hohe Stelle bekleidete, war es ihr nicht wieder gelungen, in die Mode zu kommen.

Diese Dame als Schild zu benutzen, und sollte es auch um den höchsten Preis sein, beschloss der Baron Staelswerd, sobald er die ihm drohende Gefahr erkannte.

Staelswerd war Hofmann, wie schon früher bemerkt worden, und ein Hofmann denkt anders als gewöhnliche Leute.

Flora von Engeström nahm den jungen Kavalier, sobald er sich bei ihr meldete, in einer Weise auf, welche zeigte, dass sie seine Aufmerksamkeit nach Gebühr zu würdigen wisse. Er erhielt sofort eine Einladung, im Zirkel der Familie zu erscheinen, sooft er Lust habe, und Staelswerd versäumte nicht, dieser Einladung Folge zu leisten.

Damit war indessen noch nichts gewonnen; denn obwohl die gegen ihn eingeleitete Untersuchung, seit er das Haus der Engeström besuchte, liegen blieb, so blieb sie jedoch eben auch über seinem Haupt schweben; denn Baronesse Flora, besonders aber ihr Herr Papa, waren Leute, die so leicht nicht überlistet werden konnten.

Staelswerd sah deshalb ein, dass er den entscheidenden Schritt tun müsse, und er entschloss sich, ihn zu tun. An Gelegenheit, diesen Entschluss auszuführen, konnte es ihm nicht fehlen, da sie genug geboten ward.

Der Baron begab sich deshalb eines Vormittags schon in das Gouvernements-Haus und stattete zunächst dem Gouverneur seinen Besuch ab; hiernach begab er sich zur Frau desselben, und endlich zu der Baronesse Flora.

Staelswerd war Hofmann, wir wiederholen es zum dritten Mal, und Comtesse Flora war am Hof gewesen: sie verdiente außerdem die Bezeichnung einer klugen Dame; Flora lächelte, als sie den Baron eintreten sah, dieser bemerkte das Lächeln und war klug genug, es zu verstehen.

„Meine gnädige Baronesse!", begann er, „in der Regel spielen die Leute Versteck miteinander und suchen einander zu übervorteilen, ohne dass es einem der beiden Teile damit so recht gelingt. Wir wollen daher offenes Spiel treiben, einander die Karten zeigen und daraus das Resultat arrangieren!"

„Ich bin vollkommen Ihrer Meinung, mein Herr!", antwortete die Dame, „ja, ich habe sogar erwartet, dass Sie mir auf diese Weise nahen würden; doch es ist an Ihnen zu sprechen!"

„Jawohl!", antwortete Staelswerd mit einer Verbeugung, „ich habe unsere frühere etwas flüchtige Bekanntschaft erneuert, weil es mir eine Notwendigkeit geworden, und ich für mich günstige Folgen davon erwarte!"

„Ich wusste dies von Anfang an, mein Herr!", sagte die Baronesse sehr ruhig, „und ich ließ die Annäherung geschehen aus Gründen, die Sie sich selbst sagen mögen."

„Ihr, Herr Vater, gehört einer Partei an, die vielleicht Ursache haben könnte, mich zu verfolgen, ich wünschte, dass diese Verfolgung gänzlich aufgehoben würde!"

„Das kann geschehen!", sagte Flora ruhig, „denn mein Vater ist stets nur so weit Parteimann, als es sein Vorteil erheischt!"

„In gewisser Hinsicht sind wir dies alle!", antwortete Staelswerd, „und der eigentliche Zweck, der Parteinahmen die Erreichung

eines gewissen Ziels, das meine wäre ein leidlich schnelles Emporsteigen, wozu im Übrigen die Zeit wohl günstig sein dürfte!"
„Ein solches liegt in meinem Interesse für einen gewissen Fall; sind das Ihre Bedingungen alle, Baron?"
„Ich bin damit zu Ende, ja!"
„Nun, so erlauben Sie mir wohl, die meinigen zu stellen?"
„Ich bitte darum!"
„Sie sind reich, haben einen geschätzten Namen und werden später einen bedeutenden Rang einnehmen, ich wünsche, dies alles mit Ihnen zu teilen!"
„Nicht mehr als billig, meine gnädige Baronesse!"
„Ich wünsche aber außerdem völlig unabhängig zu sein – was Sie natürlich zu Gleichem berechtigt!"
„So sind wir also einverstanden!", sagte der Baron, die Hand der Dame nehmend und an seine Lippen führend, „ich darf mich an den Herrn Papa wenden und einen Antrag stellen!"
„Wir schließen eine rechte und echte Konvenienzheirat!", antwortete die Dame, jedoch diesmal mit einem Lächeln, „vielleicht ist sie dennoch so glücklich, wie überhaupt eine Ehe sein kann!"
Der Baron verbeugte sich und verließ seine Braut. Am nächste Tag machte er wiederum deren Vater zur rechten Zeit seine Aufwartung und bat um die Hand der Tochter.
Der Vizegouverneur sagte dem Bewerber dieselbe zu, und noch an demselben Tag fand die Verlobung des Paares statt; die Untersuchung wider den Baron ward sofort eingestellt.
Vier Wochen später fand die Vermählung des Paares statt, und am Hochzeitstag erhielt der junge Ehemann das Patent als Kapitän der Flotte.
Schon am Tag nach der Hochzeit ward ihm das Kommando über ein Geschwader von acht Kriegsschiffen übertragen, mit denen er besonders auf den Freibeuter Jacobsen Jagd machen sollte.

Zu dieser Maßregel hatten hauptsächlich Ereignisse beigetragen, die wir noch näher betrachten müssen.

Der Baron verließ übrigens seine junge Gemahlin ebenso gleichgültig wie diese ihn scheiden sah. Beide hatten indessen ihren Zweck erreicht.

IX. Die Befreiung.

Als Wardow den Major verlassen, beschäftigen sich seine Gedanken ganz ausschließlich mit der Angelegenheit desselben.

Der Hauptplan zur Befreiung desselben war bei dem jungen Mann bald fertig; er wollte als derjenige im blauen Turm erscheinen, der den Verhafteten zum Verhör zu führen habe. Er zweifelte nicht daran, dass man ihm den Major überantworten werde, und derselbe war alsdann auf freien Füßen.

Doch damit war die Sache nicht zu Ende; es musste auch für das schnelle Fortkommen desselben gesorgt werden, und hierzu sollte Klassen dienen, wenn er nämlich wollte.

Indessen konnten er und Klassen den Major immer nur, ohne sofort entdeckt zu werden, bis Hiddensoe schaffen, von wo weitere Maßregeln dazu getroffen werden mussten, was als eine Obliegenheit der Familie desselben erschien.

Wardow beschloss daher zunächst, einen Brief an die Majorin abzusenden, um ihr darin das Erforderliche mitzuteilen, und er ging, denselben zu schreiben.

Als er das Schreiben, in dem er übrigens einiges über die Lage des Majors angedeutet hatte, fertiggebracht, eilte er nach dem Hafen hinunter, seine Überbringung zu vermitteln.

Dies war nicht schwierig, denn trotz der Kriegszeit war der Küstenverkehr in der Gegend ziemlich lebhaft und der Junker fand sehr bald einen Insulaner, der gegen Geld sofort mit seinem Boot den Hafen verließ.

Wardow war, wie wir wissen, zum Kommandeur einer Schaluppe ernannt, und bis jetzt hatte ihn trotz des Arrestes noch kein Befehl seines Kommandos entsetzt. Er fand sein Fahrzeug am Bollwerk und Klassen anwesend, den er aufforderte, mit ihm in die Kajüte zu kommen. Klassen folgte sofort.

„Alter Freund!", redete ihn der Fähnrich an, „wir haben bis jetzt bereits so manchen Strauß zusammen durchgefochten, dass es mir ordentlich ist, als gehörten wir zusammen."

Klassen fuhr sich ein paar Mal mit der Hand über das Gesicht und machte eine etwas verlegene Miene.

„Mir ist das nun nicht gerade so, Junker", antwortete er, „denn Sie haben eine eigene Manier, sich und andere in die Tinte zu bringen: ich rechne, hätten wir den Schoner zu einer gewissen Zeit segeln zu lassen, wohin er wolle, wäre vieles ungeschehen geblieben!"

„Oho, Klassen!", rief Wardow, „doch Ihr mögt Recht haben, es ist fast so; indessen ist einmal geschehen, was nicht zu ändern ist. Diesmal sollt Ihr mir ein gutes Werk verrichten helfen; ich will den Major von der Grieben befreien!"

„Der arme Major!", sagte Klassen.

„Das ist ein verständig Wort!", meinte Wardow, „wollt Ihr?"

„Dazu möchte ich gerade nicht nein sagen!", antwortete der Alte langsam, „es fragt sich nur was zu tun ist."

„Ihn ganz einfach in einem Boot überfahren, Alter, wozu ich Euch beurlaube oder kommandiere, wie Ihr wollt!"

„Nun, es mag sein!", sagte Klassen nach kurzem Besinnen, „der brave Herr hat es um uns verdient!"

Der Junker verließ, nachdem dies Abkommen getroffen, sein Boot wieder und beeilte sich, seine Meldungen als glücklich von einer zweitägigen Krankheit Gensener abzustatten, demnächst ging er auf die Admiralität, um sich weitere Befehle zu erbitten. Man hieß ihn, sich wieder auf seine Station verfügen.

Dieser Befehl war unzweifelhaft aus Unkenntnis der Verhältnisse gegeben. Wardow wusste dies, aber er hütete sich wohl, den Irrtum aufzuklären, denn jene Weisung vereinfachte sein Vorhaben um ein Bedeutendes. Er beschloss dasselbe schon an diesem Abend auszuführen und eilte nach dem Hafen, den Befehl zu geben, dass man sich zum Auslaufen bereithalte.

So weit schien sich alles für das Unternehmen des jungen Mannes günstig zu gestalten. Doch als er am Abend im blauen Turm erschien, erfuhr er zu seinem nicht geringen Schreck, dass man ihn nicht zu dem Major lassen wolle, dass sogar Befehl gegeben, gerade ihn unter keiner Bedingung mit demselben in Verbindung zu bringen.

Das war unangenehm, es war sogar auch gefährlich; denn es deutete an, dass man ihn im Einverständnis mit dem Verhafteten wähne, was Wardow, während er fortging, besonders beunruhigte.

Der Junker hatte Verstand genug, zu begreifen, dass er sich schleunigst entfernen müsse, und er eilte mit seiner Schaluppe den Hafen zu verlassen.

Doch Wardow ging an diesem Abend nur bis Bessin hinauf und ließ dort den Anker fallen; allein in der Kajüte versuchte er nun einen neuen Plan zur Befreiung des Majors zu entwerfen, er kam darauf, statt der List Gewalt anzuwenden und zu diesem Zweck morgen früh eine Musterung über seine Leute anzustellen, um sich die zur Mitwirkung geeigneten auszuwählen.

Wardow riskierte dabei nicht viel, denn Seeleute sind stets geschworene Feinde alles Gefängniswesen und Freunde verwegener Taten; als er am morgen Klassen Mitteilung machte, fand er, dass sogar dieser damit einverstanden war.

Ein halbes Dutzend verwegener Burschen fand sich denn auch leicht aus der Mannschaft heraus, und nachdem Wardow und

Kassen gehörig alles verabredet hatten, fuhr man am nächsten Abend in dem Boot der Schaluppe wieder südwärts.
Stralsund liegt auf einer Insel und bildet selbst ein Dreieck. Es gibt überhaupt nur drei Zugänge zur Stadt vom Land aus, und den einen derselben bildet das Frankentor, sowie die Frankenbrücken, welche dort liegen, wo der Frankenteich mit dem Gellen verbunden ist.
Wardow und seine Gesellschaft passierten in ihrem Boot vom Norden her den ganzen Hafen und liefen in den Frankengraben ein, durchschnitten den Teich und legten zwischen dem Weingarten und der Kaiserbastion an.
Bereits an den Brücken von den Wachen angerufen, wurden sie es auch hier; doch Wardows Antworten und die Uniformen waren ein sicherer Pass, und der Posten am blauen Turm verhindert das Landen der Leute nicht.
Zwei derselben blieben, als wollten sie das Boot beaufsichtigen, bei dem Wachtposten zurück, Wardow, Klassen und vier andere begaben sich direkt nach dem blauen Turm, an dessen Tor der Junker pochte.
Wardow hatte den kürzesten Weg erwählt seinen Zweck zu erreichen. Der Schließer öffnete und trat heraus. Der Junker redete ihn an und verlangte wie früher, zu dem Major gelassen zu werden.
„Nichts!", murrte der Mann, „es soll nicht sein!".
Während des kurzen Gesprächs trat jedoch der Junker auf den Mann zu, der sich deshalb zurückzog. Sofort sprangen die Seeleute herbei, ergriffen den Schließer, warfen die Tür zu und befanden sich nun mit demselben im Inneren des Turmes. Außerhalb desselben war fast kein Geräusch vernommen.
Der Schließer und seine Angehörigen wurden schnell gebunden und hiernach eilte Wardow nach der ihm bekannten Zelle des Majors.

Grieben erkannte den jungen Mann kaum bei dem trüben Schein seiner Lampe, doch er freute sich sehr, ihn zu sehen; als er aber hörte, was geschehen, erschrak er doch.

„Wie!", rief er, „Sie haben alles meinetwegen in die Schanze geschlagen, das werde ich Ihnen nie vergessen!"

Wardow erwiderte nichts, und beide beeilten sich, von den Leuten Wardows gefolgt, das Gemach und den Turm zu verlassen.

Man kam an dem Posten vorüber, der keine Ahnung von dem, was geschah, hatte, stieg in das Boot und stieß ab.

Der Teich, die Brücken und ein Teil des Hafens waren glücklich passiert. Der Major war ganz glücklich und drückte wiederholt seinen Befreiern die Hand.

Da plötzlich, man konnte vielleicht die Höfe der Heiligengeistbrücke erreicht haben, krachte der Alarmschuss, welcher zu jener Zeit gegeben ward, wenn aus Festungen ein Soldat desertiert oder ein Verbrecher entsprungen war.

X. Unerwartete Hilfe.

Die Ursache, aus der die Flucht des Majors so schnell entdeckt ward, war einfach genug.

Wardow, wie seine Leute, hatten bei ihrem Unternehmen nur das Gelingen desselben im Auge, jedoch nicht die Sicherung desselben.

Als sie den Turm verließen, hatten sie daher nicht daran gedacht, alle Türen desselben zu verschließen, sondern eilten nur, davon zu kommen.

Unter Umständen hätte dies auch wenig auf sich gehabt, doch der Zufall wollte, dass gleich nach ihnen der Offizier der Ronde erschien und die Bescherung im Turm noch ganz warm fand.

Der herbeigerufene Posten ergänzte, was der übertölpelte Schließer nicht wusste, und der Offizier erfuhr hierdurch, was er zu tun habe.

Er eilte, so schnell er konnte, zu dem Posten, auf dem sich die Lärmkanone befand und ließ dieselbe lösen; ein Lichtsignal deutete außerdem an, dass der Flüchtling sein Fortkommen zur See zu bewerkstelligen gesucht.

Der Hafen kam natürlich sofort in Aufruhr, die Wachtschiffe spähten umher, und das Boot war sehr bald vermittelst ihrer Nachtlichter entdeckt; da kein solches im Dienst sein konnte, so musste es das sein, in welchem sich der Deserteur befand; eine Anzahl Fahrzeuge kam in Bewegung, um Jagd auf dasselbe zu machen.

Im Boot hatte der Schuss zuerst die Wirkung ausgeübt, dass alle einen Moment ganz starr vor Schreck wurden. Der Major sprach zuerst wieder.

„Also vergebens!", stieß er mit einem tiefen Seufzer hervor.

„Angezogen!", rief dagegen der alte Klassen und gab dem Ruder eine Bewegung, dass das Bot den Schnabel landwärts, das heißt der Rügenschen Küste zuwendete.

„Wohin?", fragte Wardow.

„Wir müssen ans Land!", antwortete der Bootsmann, vielleicht erreichen wir auf diese Weise unsere Schaluppe, der Weg nach Norden, wie südwärts, zu Wasser ist uns abgeschnitten.

„Wahr!", murmelte Wardow.

„Sollte Gefahr drohen", meinte Grieben, „so will ich mich lieber vorher ergeben!"

„Nun und nimmer!", sagte der alte Bootsmann bestimmt.

Die Matrosen hatten kaum den Befehl des Alten vernommen, als sie auch mit vereinter Kraft zu arbeiten begannen.

Das kleine Fahrzeug schoss dahin wie ein Pfeil und war dadurch allerdings bald dem Lichtkreis der Verfolger entrückt. Dessen

ungeachtet feuerte man einige Schüsse ab und die Kugeln sausten nah genug an den Flüchtigen vorüber.
Doch das Geschützfeuer musste eigestellt werden, um die Verfolger nicht zu gefährden und nach einer halben Stunde ungefähr stieß das Boot Wardows zwischen Altfähr und Bandewitz auf den Strand. Man wollte eben vereint in das Land eilen, als eine Stimme dies Unternehmen unterbrach.
„Hollah!", rief dieselbe, „was gibt's denn da drüben; wohin wollt ihr?"
Das Wiehern mehrerer Pferde ließ erkennen, dass man es mit einem Reitertrupp zu tun hatte und einer derselben sprengte auch näher.
Obwohl der Abend ziemlich dunkel geworden, ließ sich doch die Uniform eines Husaren erkennen und plötzlich stieß Wardow einen Ruf freudiger Überraschung aus.
„Lebrecht!", sagte er hinterher, „Dich hat Gott gesendet, Junge. Aber lass uns von der Stelle, sie wird bald nicht mehr geheuer sein; oder noch besser, lass durch Deine Leute unseren Verfolgern eine falsche Spur nachweisen!"
„Wardow!", rief der andere, „was zum Henker bist Du im Ausreißen begriffen!"
„Nein und ja!", rief der Junker, „doch nur erst fort, dann sollst Du alles wissen!"
Der Husar wendete sich an seine Leute und gab einige Befehle in schwedischer Sprache, worauf sich diese vereinzelt am Strand verteilten.
„Vorwärts also!", sagte er dann und von ihm begleitet rannte der Trupp in das Land hinein.
Von der Stelle, wo Wardow gelandet, bis zu der, wo das kleine Fahrzeug lag, welches er befehligte, mochte ungefähr eine halbe Meile sein.

Man hatte die Richtung nach dem letzteren eingeschlagen und unterwegs teilte der Fähnrich dem Husaren das Nötige mit.

Sie mussten sehr vertraut miteinander sein, diese beiden jungen Leute; denn wahrlich, nicht jeder hätte wissen dürfen, was Wardow hier dem anderen sagte.

Doch dieser lachte nur in Folge dessen ganz munter.

„Das ist hübsch!", meinte er dabei, „ich freue mich Ihnen begegnet zu sein, Herr Major; man bedauert Sie bereits allgemein im Land; doch Wardow, Du Wetterbursche, es wird Dir den Hals kosten!"

„Mag es!, wenn man mich erwischt", antwortete der junge Mann munter, „doch fürs erste, denke ich daran nicht!"

„Halten wir einen Augenblick!", sagte der Husar, „Herr Major, nehmen Sie mein Pferd, Sie scheinen müde zu sein!"

Es war wirklich so, wie der junge Mann sagte, und deshalb hatte auch der Major nicht auf die Rede desselben geantwortet.

„Ich nehme Ihr Anerbieten mit Dank an!", erwiderte der Major, in den bereits von dem Husaren verlassenen Sattel steigend und noch schneller als vorhin ging es dann vorwärts.

Eine halbe Stunde reichte aus, die Gesellschaft raschen Laufs querfeldein zu Strand und an die Stelle zu bringen, wo die Schaluppe lag.

Auf diese Rufe der Ankommenden, deren Stimmen man drüben erkannte, ward das Fahrzeug dem Land nähergebracht und man schickte sich zur Einschiffung an.

Der Major war bereits vom Pferd gestiegen und hatte dies seinem Eigentümer wieder übergeben.

Letzterer schüttelte Wardow die Hand.

„Glück zu also!", sagte er dabei, „Du hast viel eingesetzt, aber ich hätte es für denselben Preis ebenso gemacht!"

„Reichen Sie auch mir die Hand!", sagte der Major, „und wenn ich noch eine Bitte an Sie wagen darf, so sagen Sie mir, wem ich meine schließliche Rettung zu verdanken habe!"

„Mein Name wäre eigentlich nicht nötig", sagte der junge Mann, sich in den Sattel schwingend, „doch ich kann Ihnen denselben auch nennen, er ist unbedeutend genug, um ihn recht bald zu vergessen; ich heiße: Lebrecht von Blücher!"

XI. Der Lohn in Aussicht.

Als der damalige Kornett Blücher seinen Namen genannt, sprengte er davon und in die Nacht hinein.

Jener konnte damals noch keinen bedeutenden Eindruck auf Leute, die ihn hörten, machen; denn er war vollkommen unbekannt und nur hier insofern wichtig, als sein Träger den Flüchtigen einen Dienst erwiesen.

Man schiffte sich ein und so wie es geschehen, ward von der Küste abgehalten von Verfolgern war hier nichts zu bemerken, sie mussten sämtlich andere Richtungen gewählt haben.

Erst als man sich hiervon ausreichend überzeugt hatte, gingen der Major und Wardow in die Kajüte.

„Das nenne ich doch noch Glück haben!", meinte der junge Mann hier, „ein braver Bursche, dieser Blücher, aber jetzt vor allen Dingen, Herr Major, möchte ich vorschlagen, den Inhalt unserer Speisekammer zu prüfen!"

„Ja das!", antwortete der Major, „und dann müssen wir überlegen, was weiter zu tun ist!"

Wardow nickte mit dem Kopf und verschwand auf einen Moment aus dem kleinen Raum. Bald jedoch kehrte er mit einem anderen Mann, der einige Lebensmittel trug, zurück. Durch diesen Mann ließ Wardow auch Klassen rufen.

Das Mahl der drei Leute war schweigend und ging ziemlich schnell zu Ende. Klassen wollte namentlich schnell wieder nach oben gehen.

„Ich habe doch unbedacht gehandelt!", sagte der Major, als jener die Kajüte verlassen, „was soll aus all' den Leuten, die sich an meiner Befreiung beteiligt, werden!"

„Sprechen wir davon später, Herr Major!", sagte Wardow, „jene ist noch in der Schwebe, ich meine, wir dürfen uns auf Hiddensoe nicht länger aufhalten, als um Ihre Frau Gemahlin und Fräulein Sophie abzuholen!"

„Gewiss nicht länger!", antwortete der Major.

„Dann gebrauchen wir auch dies Fahrzeug noch länger; wir werden es überhaupt behalten müssen!"

„Dies Fahrzeug, Wardow -?", meinte Grieben, „nein, ich wollte meine Person retten, doch ich will den Staat nicht berauben!"

„Sie vergessen, Herr Major, dass der Trog hier durch Ihr und mein Vermögen vollständig bezahlt sein dürfte!"

Grieben fuhr auf und stützte dann sinnend sein Haupt in die Hand.

„Unser Vermögen!", sagte er dann langsam, „ja, das ist verloren; armer Knabe, wie soll ich Ihnen einst diese Schuld abtragen, da ich selbst zum Bettler werde!"

Jetzt oder nie, mochte Wardow denken. Und wahrlich einen günstigeren Moment hätte er um seine Wünsche auszusprechen, nicht wählen können.

„Herr Major", begann er leicht errötend, „mit meiner Laufbahn als Militär in schwedischen Diensten wäre es überhaupt zu Ende gewesen, wie ich glaube; denn einmal fühlte ich mich entehrt und war außerdem, als ich Ihr Los erfuhr, auf dem Weg, jenen Menschen der die Veranlassung dazu gegeben, aufzusuchen, um ihn empfindlich zu züchtigen. Das Ende der Sache wäre jedenfalls für mich nicht angenehm ausgefallen; deshalb zählt dies zunächst nicht mit!"

„Mag sein!", sagte der Major, „doch jetzt sind Sie auch noch zum wirklichen Übeltäter geworden und dies rein meinetwegen!"

„Wohl, Herr Major, aber nicht ganz ohne Interesse!"

Wardow schwieg einige Zeit, um sich zu sammeln.

„Ich habe nämlich die kühne Idee", fuhr er dann fort, „von Ihnen einen sehr bedeutenden Preis für das kleine Opfer, welches ich gebracht, zu fordern!"

„Nun!", meinte der Major.

„Ich liebe Ihre Tochter Sophie!", sagte Wardow aufstehend, „ich würde mich glücklich schätzen, einst Ihr Sohn zu heißen!"

„Knabe!", rief Grieben überrascht, „wenn das Mädchen will, Junge, aber Ihr seid ja noch beide Kinder!"

„Sophie will!", antwortete Wardow ruhig mit leichtem Erröten, „und ob ich noch ein Kind bin oder etwas Anderes, darüber lässt wohl die Gegenwart wenig Zweifel!"

„Verzeihung, Verzeihung", rief Grieben dem jungen Mann schnell die Hand hinstreckend, „ich vergaß einen Moment, Sie sind sogar ein ganzer Mann, – ein Held!"

„Das ist zu viel, Herr Major!"

„Nein, durchaus nicht! Doch wir vergessen ja die Hauptsache – für jetzt; wir wissen ja kaum, was in der nächsten Zeit aus uns werden soll!"

„Ich weiß am Ende auch dazu Rat!", meinte Wardow lächelnd!

„Nun lassen Sie hören!", rief der Major aufmerksam.

„Der Graf Kreuz und der Baron Horst sind in preußische Dienste getreten und von König Friedrich zuvorkommend aufgenommen worden!"

„Es ist wahr!", murmelte der Major, ich habe bereits daran gedacht, nach Preußen zu gehen!"

„Nun denn!", fuhr Wardow fort, „wir haben über dem vielleicht noch einen bedeutenden Fürsprecher bei dem König: Ich meine den Freibeuter Jacobson!"

„Ah den!", rief der Major, „ich hatte ihn fast vergessen – aber ich habe diesen Menschen zu schwer verletzt!"

„Aber auch Ihr Vergehen so gebüßt, dass er keine bessere Genugtuung verlangen kann!"

„Freilich, freilich, er hatte nur zu recht! Und je mehr ich über ihn nachgedacht habe, desto klarer ist mir geworden, dass er ein edler Charakter ist!"

„Ich bin selbst dieser Ansicht!"

„Dass er aber gern sich Ihrer annehmen würde, dafür bürgt seine ganz unzweifelhafte Neigung zu Fräulein Clara!"

„Clara!", murmelte der Major, „sie ist in seiner Gewalt!"

„Und sicher gut aufgehoben!", fügte Wardow hinzu, „ich bin also der Meinung, wir suchen den Mann auf, wenn er zu suchen ist, ich will ihm gern für die ihm zugefügte Unbill Genugtuung geben!"

Grieben schwieg; er dachte offenbar nach, und er hatte auch wohl Ursache dazu; war es doch überhaupt immer dieser Mann, der das ganze Unheil für ihn heraufbeschworen hatte.

Inzwischen war das kleine Fahrzeug stetig höher hinaufgelaufen, machte nach und nach die verschiedenen Eilande klar und gelangte bis in den Trog.

Klassen hatte absichtlich diesmal diesen Weg gewählt, um dem nach dem Werder liegenden Schiff ein dreistes Gesicht zu zeigen.

Als man bei demselben vorüberlief, ward angerufen und Klassen antwortete, wie es sich gebührte, auf alle Fragen, dann strich man am Entendorn entlang.

Da es inzwischen stark auf den Morgen ging, so war auch jetzt Eile not, und der Major sowie Wardow beeilten sich, nach Grieben zu gelangen.

Auf dem Gut lag noch alles in tiefem Schlaf; zwar hatte die Majorin für ein Fahrzeug gesorgt, wie ihr Wardow geraten, doch sonst war nichts weiter geschehen.

Als sie und Sophie endlich herausgepocht worden, war ihre freudige Überraschung groß; sie vermehrte sich noch, als man ihnen mittelte, dass sie sofort mitmussten.

Während die Frauen sich zu der Reise rüsteten, suchte der Major, unterstützt von Wardow, seine Barbestände und andere Wertsachen zu sammeln. Alsdann brach man auf, um sich an Bord zu begeben.

Auf dem Weg zum Strand waren alle stumm, jeder hing seinen besonderen Gedanken nach und der Major seufzte mehrmals. Doch diese trübe Stimmung schwand, so wie er das Fahrzeug betreten.

„Ich hoffe doch noch einst wiederzukehren!", sagte er mit einem letzten Blick zurück, in das Dunkel nach der Gegend wo Grieben lag.

Inzwischen ward denn auch losgeworfen, der Wind blies steif aus Südost, und als es völlig Tag geworden, lag die Küste nur noch undeutlich hinter den Flüchtigen.

XII. Swietens Glück und Unglück.

Ein herrlicher Morgen war angebrochen, und prachtvoll stieg die Sonne aus dem Meer empor, um die in einer Linie südostwärts stehende Flottille des Freischiffers erkennen zu lassen.

Alle flaggten zum Morgengruß und der Schoner, welchen Jacobson als Admiralschiff beibehalten, dankte.

Bereits vor dieser Szene hatte Jacobson Clara von Grieben ersucht, das zu erwartende Schauspiel des Sonnenaufgangs auf dem Verdeck zu genießen und Clara hatte dieser Aufforderung Folge geleistet.

Beide befanden sich auf der Schanze und betrachteten jenes großartige Schauspiel längere Zeit stumm, um später eine Unterhaltung über Erscheinungen im Gebiet der Natur zu beginnen, die allgemach lebhafter ward.

Auch Swieten befand sich auf der Schanze und in seiner Nähe der Lotse Nehls, welcher ganz plötzlich mit einem Lächeln zu dem letzteren trat und ihm seine Hand auf die Schulter legte.

Swieten fuhr auf; er hatte nämlich, wie es schien, tief in seine eigenen Gedanken versunken dagestanden, während sich sein finsterer Blick auf Jacobson und Clara richtete.

„Was wollt Ihr!", fuhr er den Lotsen an.

„Seid nicht böse!", meinte der alte Nehls, „ich glaube Eure Gedanken zu erraten, Herr, und will ihnen eine andere Richtung geben; ich weiß, dass gewisse Leute nicht gerne ein Frauenzimmer an Bord sehen!"

„Ihr irrt, Lotse!", erwiderte der Holländer, „ich habe nichts gegen die Anwesenheit der Dame; vielmehr erinnerte mich ihre Gegenwart und ihr Zusammensein mit dem Kapitän an eine längst verschwundene frühere Zeit, wo auch mir – doch das ist am Ende gleich!"

„Was gibt's?", fragte Jacobson, der durch dies Gespräch von seiner Unterhaltung mit Clara abgezogen ward.

„Ja, Herr!", antwortete Nehls, „ich glaube bei Gott etwas, woran ich wenigstens nie zu denken gewagt haben würde – Herr van Swieten trauert in diesem Moment über ein verlorenes Glück, vielleicht gar um eine Braut –!"

Swieten warf den Lotsen einen wütenden Blick zu. Clara errötete und Jacobson sah nachdenklich vor sich nieder.

„Kommt näher, Swieten!", sagte er dann milder, „es ist wahr, Ihr habt ja dergleichen zu betrauern. Es ist schon eine geraume Zeit her, seit Ihr mir versprochen, das Nähere darüber mitzuteilen; es könnte dies heute an dem schönen Morgen, den uns sicher kein Zusammentreffen mit den Schweden stören wird, geschehen; „was meint Ihr?"
Swieten schwieg einige Zeit und sah nachdenklich vor sich nieder?
„Da Ihr es wünscht, Kapitän!", antwortete er, „so kann es mir gleich sein, ob ich mein Versprechen jetzt oder ein anderes Mal erfülle; doch glaube niemand, dass mein Los etwas Anderes als das der mehrsten Menschen bietet; – Täuschung heißt mein Leben von Anfang an und wenn Ihr Kapitän mich nicht täuschte bisher, so denke ich, wir werden eines guten Tages beide in unseren Hoffnungen bitter genug zusammen getäuscht werden und alle unsere Absichten zu Schanden gehen!"
„Recht so, Alter!", sagte Jacobson mit leichtem Lachen, „Fräulein Clara kehren Sie sich nicht an dieser Rede des alten Sünders, wenn er sentimental wird, ist er noch stets interessant gewesen; – heda, Koch, das Frühstück auf das Hinterdeck; die Abenteuer Swietens sollen uns dasselbe würzen!"
Dem Befehl des Kapitäns ward Folge gelistet; als der Tisch bestellt worden, nahmen Clara, der Kapitän und Swieten an demselben Platz.
„Kommt auch Ihr heran, Nehls!", sagte Jacobson, „denn Euch verdanken wir ja, was uns Swieten zum Besten geben wird."
Nehls kratzfußelte, wischte sich mehrmals mit der Hand über das Gesicht und machte wiederholte Verbeugungen von Clara, die ihm einen Sessel hinschob und später mit dem versorgte, was der Mensch bedarf, wenn er am Frühstückstisch tätig sein soll.

Swieten nahm mit großer Gemütsruhe einige Tassen Tee zu sich, dem er eine reichliche Quantität Rum beimischte und nahm mehrmals einen Anlauf, seinen Vortrag zu beginnen, ohne erst recht damit in den Gang kommen zu können.

Dann jedoch erzählte er Folgendes:
Ich war noch sehr jung, als mir ein Buch in die Hände fiel, welches meine Phantasie auf eine gewaltige Weise entzündete und meine Seele mit Wünschen erfüllte, die ich nie wieder loswerden konnte, um die sich mein ganzes Wesen und Sein drehte und die endlich den Ausschlag gaben, als ich einen Beruf für das Leben zu wählen genötigt war.

Es war dies ein eigentümliches Buch und sein Inhalt erzählte sowohl von Abenteuern als Reichtümern, die alles Gläubliche überstiegen, deren Vortrag aber dennoch so wahrscheinlich klang, als sei er eigens darauf berechnet, ein jugendliches Gemüt zu verführen und mit sich fort zu reißen.

Und ich wurde verführt und fortgerissen; ich wünschte dieselben Abenteuer zu erleben, wollte denselben Phantomen nachjagen, wie es die Helden der Erzählung getan, und das Ziel, welches sie verfolgt hatten, auch für mich zur Lebensaufgabe machen.

Der Inhalt der Erzählung war kurz gefasst Folgender:
Ein holländischer Seemann kommt unter ziemlich misslichen Umständen nach Trinkomale, auf Ceylon. Verdrießlich dort seine Hoffnungen fehl schlagen zu sehen, schlendert er, in sich gekehrt, die Straße entlang, als ihn ein plötzliches Geschrei seinem Grübeln entreißt.

Zugleich sieht er wie die belebte Straße sich leerte, wie man die Türen, sogar Fensterladen schließt und wie man ihm durch Winke und Rufe zu verstehen gibt, auch sich in Sicherheit zu bringen.

„Ein Malaie, ein Malaie", versteht er aus dem Stimmgewirr, „er wird Euch töten, rettet Euch!"

Dies bewegt ihn endlich hinter sich zu sehen und er sieht, wie ein junger Mensch aus mehreren Wunden blutend, auf ihn zustürzt; auf den Fersen desselben folgt ein Malaie im Opiumrausch, einem Zustand, in welchem einen solchen zu töten, nicht nur jedermann erlaubt, sondern geboten ist und auf dessen Tötung sogar eine Belohnung steht, – ein Malaie im Opiumrausch also, mit funkelnden Augen, den geschwungenen Dolch mit geschweifter Klinge in der Rechten, wiederholt nach dem Fliehenden stoßend.

„Rettet mich, rettet Euch!", ruft der Verfolgte in verzweifelter Todesangst und stürzt erschöpft zu den Füßen des Seemanns hin, der wirklich einen Augenblick durch diesen Vorfall konsterniert ist.

Doch schnell ermannt er sich, jede Sekunde Zögerung muss augenblickliches Verderben auch ihm bringen. Ein Tritt vor den Unterleib des Wütenden hält ihn von seinem Opfer ab und macht ihn wanken: ein schnell folgender Faustschlag des kräftigen Holländers wirft den Blutgierigen zu Boden, wobei ihm die gefährliche Waffe aus der Hand fliegt.

Jetzt stürzen aus allen Türen Männer heran, fallen über den Boden Geworfenen her, der unter ihren Misshandlungen seinen Geist aufgibt und doch vielleicht vermöge des Opiums selig stirbt, während der von der wütenden Menge in Stücke zerrissen wird.

Der staunende Seemann wendet sich schaudernd ab, bückt sich nach dem Ohnmächtigen, hebt ihn auf und will ihn in ein Haus tragen, als der junge Mann wieder zu sich kommt.

„Ich danke Ihnen, mein Herr!", ruft der Jüngling lebhaft, „sind Sie fremd in diesem Land, so folgen Sie mir; im Haus meines Vaters werden Sie kein Fremder sein. Ich bin tief in Ihrer

Schuld, aber ich werde suchen, diese Schuld abzutragen. Kommen Sie, es wird Ihnen nie leidtun, meine Bitter erfüllt zu haben."
Geretteter und Retter mustern sich noch einige Zeit, der Holländer scheint zu zögern; denn offenbar ist der Jüngling das Kind eines guten, wenigstes eines reichen Hauses, in das er, der einfache Seemann, eingeführt zu werden, keinen Anspruch zu haben meint.
„Kommen Sie!", drängt jedoch der andere von Neuem, „ich sehe jetzt, dass Sie fremd sind; freilich bin ich nur ein Portugiese und deshalb ein Mensch, den der Holländer hier verachtet, aber ich denke, wenn Sie edelmütig genug waren, mich zu retten, werden Sie auch so großmütig sein, mich Ihrer wert zu halten!"
Eine lebhafte Röte färbt bei dieser Rede des Jünglings die Wangen des Holländers und er schüttelt heftig den Kopf.
„Ich verachte niemand!", antwortete er, „und wenn ja, so sind es die schurkischen Schacherer meiner eigenen Nation, die mich durch Versprechungen hierhergelockt, welche sie nie zu erfüllen beabsichtigen!"
„Sie haben Recht, mein Herr!", erwiderte der Portugiese, „die Klasse ist nicht achtungswert; aber kommen Sie, bevor man uns mehr beachtet, als bisher geschehen, es wäre mir nicht lieb!"
Der Seemann folgt dem jungen Mann, obgleich sichtlich immer noch zögernd, während die Menge den Malaien völlig abfertigt und beide schreiten durch die Stadt und die Vorstadt dem Binnenland zu.
„Wie heißen Sie?", fragt der Portugiese im Freien, „Ihren Namen darf ich doch wissen?"
„Er lautet van Straaten!", antwortete der Seemann. „Der meine ist Preilho di Zabana"; sagt der Jüngling, „aber nennen Sie mich Jouan! Das ist dort das Haus meines Vaters!"

Der Seemann stutzt abermals, denn was der junge Portugiese ihm zeigt, ist kein Haus, sondern ein Palast, doch nein, es ist ein Komplex von Palais, von denen das eine sich nur durch besondere Größe und Schönheit vor den anderen auszeichnet, die selbst mit jedem Prachtgebäude dieser Art wetteifern können.
Er weigert sich endlich, weiterzugehen und will umkehren, doch Jouan hängt sich an ihn, lässt sich nicht abschütteln und zwingt ihn wenigstens wieder stehenzubleiben.
Dieser freundliche Streit hat natürlich, von weitem gesehen, ganz den Anschein einer Balgerei und dieser Schein lockt ein junges Mädchen herbei, ein Mädchen, das einem Engel gleicht und welches Jouan als seine Schwester Euphora vorstellt. Was Jouan nicht gelingt, das gelingt Euphora und beide, den Seemann an den Armen weiterzerrend, führen ihn jubelnd in das Schloss und in ein Zimmer, wo, wie man van Straaten sagt, der Vater beider ihn empfangen wird.
Natürlich hat der Bruder der Schwester bereits eröffnet, was geschehen ist und der Seemann macht sich gefasst, einem Mann gegenüberzutreten, gegen den er ein nichts, ein reines gar nichts sein muss, was vor dessen Stolz, Macht und Herrlichkeit in keiner Weise Geltung haben kann.
Doch stattdessen sind es Teilnahme und Mitleid, die sein Herz bewegen, als er den Sennhor Preilho usw. erblickt; denn dieser reiche Portugiese ist nichts als der Schatten eines Menschen; ein Mann, der im eigentlichen Sinne des Wortes verdorrend auf einem langjährigen Krankenlager schmachtet und mein Landsmann philosophiert, dass doch aller Reichtum auf der Welt nicht glücklich machen kann, wenn die Gesundheit fehlt.
Inzwischen teilen die Kinder mit, was mitzuteilen ist, der Kranke dankt dem Seemann mit den herzlichsten Worten, bittet ihn, es sich so lange in seinem Haus gefallen zu lassen, als es ihm beliebt und wenn er des Aufenthalts überdrüssig, seinen Lohn

selbst zu bestimmen. Den Kindern befiehlt er für Pflege und Unterhaltung des Gastes zu sorgen, als sei er fürstlichen Ranges.

Der Seemann kommt sich in den nächsten Tagen wie bezaubert vor; aber es gefällt ihm immer besser in dem gastlichen Schloss und namentlich ist es der Engel Euphora, welcher ihm dasselbe als ein Paradies erscheinen lässt, er denkt nur noch mit Schrecken an Abreise und Trennung.

Doch endlich gewinnt sein nüchterner Verstand wieder die Oberhand, er sieht ein, dass er sich losreißen muss und bestimmt den Tag seiner Abreise zum Schmerz Jouans und zum Schrecken Euphoras, die fast ohnmächtig bei der Ankündigung seines Entschlusses wird. Da lässt ihn der Vater zu sich rufen, um zu erfahren, wodurch er aus seiner Schuld kommen kann.

Van Straaten weigert sich noch etwas anzunehmen, aber der Portugiese erklärt stolz, dass er niemand etwas schuldig bleiben möge. Es sei wahr, es gäbe kaum etwas, die Tat des Seemanns zu belohnen, aber er sei auch gewillt, den höchsten Preis für die Rettung des Sohnes zu zahlen.

„Ich bin sehr reich!", sagt er, „aber meine besten Schätze sind diese beiden; nimm für die Rettung meines einen Kindes, das andere – genügt Dir das?"

Jouan jubelt laut, Euphora schreit auf und bedeckt ihr Gesicht mit den Händen! Van Straaten greift sich an den Kopf, es ist, als müsse ihm derselbe zerspringen. Er weiß nichts zu antworten.

Der Kranke schickt alle drei hinaus und ersucht den Seemann die Nacht bei ihm zu wachen, da er ihm Mitteilungen zu machen, die ihm zum Entschluss bringen dürften.

Unser Holländer besinnt sich allgemach wieder, die Abreise wird aufgegeben. Die Nacht sieht ihn neben dem Bett des Kranken sitzen und mit weit geöffneten Augen und aufgesperrtem Mund den Worten desselben lauschen.

Und was erzählt ihm denn der Sennhor so wichtiges?

Sennhor Preilho teilt dem Seemann mit, wie er vor Jahren arm, wie er in das Land gekommen, wie er aber gewusst, dass die Singalesen, als die Europäer die Insel erobert, ihre Schätze zusammengehäuft und in neun großen eisernen Kisten auf dem Adamspic verborgen hätten. Wie er ferner mit einem gewonnenen Freund das Versteck aufgesucht, es ihnen aber nur gelungen sei, eine Kiste zu öffnen. Dessen ungeachtet hätten er und der Freund ihre Millionen davon; der Freund sei später in Europa gestorben, ihn selbst habe die Gliederdarre an einem zweiten Unternehmen, wie das Erste, verhindert, sein Sohn sei bisher noch zu jung gewesen, auch habe es an einem zweiten Teilnehmer gemangelt, um den Inhalt der anderen acht Kisten zu holen. Doch er hoffe jetzt seien Mann gefunden zu haben.

„Niemand", so schloss der Portugiese, „habe ich bisher dies Geheimnis anvertraut und mit ihm bist Du reicher wie ich, jetzt darfst Du Dich nicht mehr zu arm halten, mein Schwiegersohn zu werden!"

Der Seemann schwieg, er horchte noch immer, als der Portugiese bereits geendet, aber der Holländer war in ihm rege geworden, er weigerte sich nicht mehr, den Engel Euphora zum Weib zu nehmen, er versprach alles, was deren Vater verlangte und nach zwei Monaten, die zur Rüstung und der Jahreszeit wegen noch verstreichen mussten, machten sich van Straaten und Jouan auf den Weg nach dem Adamspic. –

Und jetzt folgte die Schilderung einer so abenteuerlichen Reise, gegen die alle Reisen in der Welt nichts sind. Alle Gefahren, welche die Natur nur zu schaffen im Stande ist, mussten von den beiden Abenteurern überwunden werden. Jouan erlag denselben. Van Straaten kam an und sah die Kisten, aber nicht fähig, sie zu erbrechen, musste er verzweifelnd umkehren. Er kam wieder in Trinkomale an, aber der Sennhor war gestorben, Euphora verschwunden, das Vermögen des Ersteren eingezogen. Von

Straaten hatte gleichsam nur einen gut beginnenden, aber böse endenden Traum gehabt. Er starb elend im Hospital und – die acht Kisten mit ihren Schätzen blieben auf den Adamspic. Das Geheimnis ihres Versteckes war mit ihm in die Gruft gelegt worden. –

Das war der Inhalt der abenteuerlichen Geschichte, welche einen solchen unabweisbaren Eindruck auf mich machte und mit der glühenden Phantasie eines lebhaften Knaben wusste ich mir Situation um Situation auszumalen, als habe ich selbst alles, bis auf die kleinsten Details durchlebt, mitgewünscht, mitgehofft, mitgelitten und natürlich auch Euphora den Engel mitgeliebt.

Auch als ich älter ward, verließen mich diese Phantasien nicht, sie trieben mich wie gesagt auf die See, sie begleiteten mich auf allen meinen Reisen, den Knaben, den Jüngling, den Mann, und sie durchschauerten mich mit wonnigem Gefühl, als ich die Stelle eines zweiten Steuermanns auf einem nach Madras bestimmten Schiff erhielt.

Nach Madras, der Gedanke schon daran, ließ mich nicht schlafen; ich musste Ceylon passieren, es sehen, – ja vielleicht – welche Möglichkeiten gibt es nicht zur See, – vielleicht meinen Fuß auf die Insel setzen und dann – dann freilich sollte mich nichts zurückhalten, van Straaten nachzuahmen. Hatte ich nur erst die Kisten, so konnte mir auch die Euphora nicht fehlen. –

Ich war bis auf meine zur fixen Idee gewordene Einbildung ein wohlgezogener Knabe, ein anständiger Jüngling gewesen und, trotz derselben, ein verständiger Mann geworden, das sagte mir alle Welt nach und ich selbst leugnete es nicht, denn ich hielt auch jene Idee für eine verständige.

Hätten andere dieselbe gekannt, so dürften sie jedoch anders geurteilt haben, aber ich hütete mich wohl vor dem, was in mir wühlte, etwas auf die Oberfläche treten zu lassen; ich wollte meine Schätze mit niemand als mit einem Auserwählten teilen und dieser war noch immer nicht gefunden.

Dagegen füllte ich meine Kiste mit Gegenständen, die ich zu der möglichen Extratour brauchen konnte, und als die heimatliche Küste meinen Blicken schwand, da dachte ich – Vaterland, du siehst mich als Millionär oder nie wieder. Ja, so lautete mein Abschied von der Heimat.

Unsere Reise ging glücklich von Statten; ich erzähle nichts von der Hinreise, weil es kaum etwas Anderes als Alltägliches gab und alltäglich war auch schon mein Herzklopfen, wenn ich dachte, dass ich mit jedem Tag meinem ersehnten Ziel um so und so viel nähergekommen sei.

Aber niemand ahnte, was in mir vorging und wenn ich auf der Karte mit Vorliebe Ceylon studierte, so glaubten der Kapitän wie mein Maat, es geschehe um desto besser seiner Zeit für die Sicherheit des Schiffes sorgen zu können.

Da kam noch obendrein der Zufall meinem Vorhaben zu Statten; eine leichte Havarie veranlasste den Kapitän, Ceylon anzulaufen, um dieselbe dort herstellen zu lassen. Wir landeten zu Point de Gallo und mein Entschluss war schnell gefasst, ich machte mich krank, erhielt meine Entlassung und blieb zurück, als das Schiff die Insel verließ. Natürlich war ich gesund, als das Schiff außer Sicht gekommen.

XIII. Sein Glück.

Swieten machte eine Pause, um sich von Neuem mit Lebensmitteln zu versehen! Claras Blick hing mit großer Aufmerksamkeit an seinem Mund und Jacobson lächelte.

„Ich hätte es mir denken können, Swieten", sagte er, „Geld musste das Fundament Eurer Handlungen sein, das Ziel, auf welches Ihr lossteuerte; ohne die Absicht, Geld zu machen, hättet Ihr sicher keinen Schritt getan."

„Ich könnte Ähnliches einem gewissen Mann zurückgeben", sagte Swieten, „und wenn dabei das Geld nicht sein Ziel ist, so macht dies die Sache nur noch lächerlicher – denn Geld ist wirklich ein reeller Grund und wer es zu erhalten sucht, wird im Stande sein, auch andere Dinge auszuführen, die ihm ohne dem nie gelingen können."

Jacobson blickte mit einem leichten Stirnrunzeln zu seinem Steuermann hinüber, nahm dann eine verächtliche Miene an und machte eine heftige Handbewegung.

„Wir kennen uns", murmelte er, „jeder nach seiner Weise!"

„Das ist auch meine Meinung!", sagte Swieten, ruhig seinen Tee schlürfend und fuhr fort, als er den Rest der Tasse zu sich genommen.

„Bei alledem muss ich dem verständigen Menschen in meinem damaligen Wahn wie ein halb Verrückter, oder wie ein von einer wahnwitzigen Idee beharrter Bursche vorgekommen sein, und dennoch sollte die Folge zeigen, dass so wenig meine Einbildung wie meine späteren Anstrengungen einer reinen Chimäre nachjagten.

Sie wissen vielleicht, dass die Portugiesen die Insel Ceylon entdeckten, besetzten und sich dabei entweder durch Unredlichkeiten oder Bedrückungen den Hass der Eingeborenen zuzogen, die gern das verhasste Joch abgeschüttelt hätten.

Dies machten sich die Holländer zu Nutzen, als sie in Ostindien festen Fuß gefasst hatten und von ihnen unterstützt, wurden die Portugiesen von der Insel zum Teil verjagt, zum anderen Teil unterdrückt.

Doch die aus zwei verschiedenen Völkerstämmen bestehenden Ureinwohner des Landes sahen bald zu ihrem Verdruss, dass sie aus dem Regen in die Traufe gekommen waren, weil meine edlen Landsleute das Erpressungssystem noch besser kannten, als die Portugiesen.

Die Engländer beeilten sich deshalb, den Holländern denselben Dienst zu leisten, welche diese den Portugiesen erwiesen und so ward die Insel englisch und die eigentlichen Besitzer derselben einsehend, dass sie nichts mehr vor der Macht, Hab- und Raubgier der Europäer schützen könne, unterwarfen sich an den Küsten, während die des Inneren in undurchdringlichen Wäldern ihre Unabhängigkeit zu erhalten suchten.

Van Straaten hatte seinen Versuch, die von ihnen auf dem Adamspic gemachten Schätze zu heben, unter der Herrschaft der Holländer gemacht, ich machte ihn als die Engländer die Herren der Insel waren.

Als mein Schiff die Insel verlassen, hielt es mich nicht länger mehr in Point de Gallo, ich fuhr mit einem Küstenfahrzeug nach Trinkomale, um hier Spuren des van Straaten nach den Winken des gedachten Buches, welche mir in der Erinnerung geblieben waren, aufzufinden.

Ich fand denn auch das Hospital in Trinkomale, wo er vermutlich verstorben. Ich fand ein Schloss in der Nähe der Stadt, welches wahrscheinlich dem Sennhor gehört hatte, in dem jedoch jetzt der englische Gouverneur der Stadt wohnte.

Das war vorläufig alles und gewiss nicht viel.

Ich suchte mich inzwischen über die Lage des Adamspic und den Weg dorthin zu informieren, namentlich aber in Erfahrung zu bringen, ob man wohl durch das Land bis dahin reisen könne. Das Erstere gelang mir ziemlich leicht, das Resultat der letzteren Forschungen ging jedoch darauf hinaus, dass wer nicht von den wilden Elefanten der Ebene oder den Büffeln der Sümpfe getötet, es sicher von den wilden reißenden Tieren und den Schlangen des Waldes würde, und dass wer diesen entginge, notwendig einer großen Affenart des Hügelterrains, die einige auch für eine Menschenrasse hielten, verfallen müsse; wer aber alle Gefahren überwinde und bis in das Reich der Singalesen gelangte, werde sicher von diesen, besonders von den Wächtern des Königs, auf dem Berg selbst getötet, gar nicht daran zu denken, dass der Rückweg noch fast schwieriger als der Heimweg [sic: Hinweg] sei. Das lautete allerdings wenig tröstlich.

Soviel ich bemerkte, wusste niemand im Land von den unermesslichen Schätzen des Adamspic und ich hütete mich natürlich, es zu sagen, rüstete mich dagegen auf alle Fälle und wenn es auch allein sein sollte, eine Reise dahin anzutreten.

Während dieser Zeit besuchte ich täglich, sobald es das Wetter erlaubte, den Hafen und nun, Kapitän, sollen Sie sehen, dass ich doch noch einen anderen Sporn kannte, um deswillen ich die schon von mir als Eigentum betrachteten Schätze zu heben suchte.

Ich mag im Grunde wohl eine trübselige Figur bei meinen Spaziergängen gezeigt haben; jedenfalls fiel ich einem älteren Herrn auf, der mir häufiger, bald allein, bald in Begleitung einer verschleierten Dame begegnete, deren ausgezeichnete Gestalt auch von mir nicht unbeachtet blieb.

Eines Tages redete mich dieser Mann teilnehmend an, vielleicht glaubte er, dass ich ein von seinen Landsleuten misshandelter Holländer sei und wir unterhielten uns längere Zeit. Dies wiederholte sich in der Folge fast täglich, weil ich noch warten musste, bis die mir günstige Jahreszeit eingetreten und mitunter richtete auch die Dame, wenn sie gerade den Herrn begleitete, einige Worte an mich. Der Klang ihrer Stimme erschütterte förmlich mein ganzes Nervensystem.

Der alte Herr und ich wurden endlich vertrauter; ich hatte ihm mitgeteilt, dass ich jemand auf der Insel erwarte und er lud mich endlich ein, ihn so oft und wann ich wolle, zu besuchen.

Ich folgte dieser Einladung nur zu gern, ich sah bei meinen Besuchen das Antlitz der Dame, ich erfuhr, dass es die Tochter meines Freundes oder Gönners sei und mein Herz fing Feuer, ich liebte Jenny mit aller Kraft meiner Seele, die bis dahin durch dies Gefühl noch nicht erregt worden war.

Das Folgende machte sich jetzt von selbst. Man geht nur nach Ostindien, um reich zu werden und nach einigen Jahren zurückzukehren, seinen Reichtum in Europa und dem Comforn seiner großen Städte zu genießen, wenn nämlich die verschiedenen Fieber eine Rückkehr erlauben. Wer es also gut mit seiner Familie meint, lässt sie in Europa.

Jennys Vater war Kaufmann und nach ernstlichen Spekulationen zu demselben Zweck nach Ceylon gekommen; er hatte sich jedoch nicht von der einzigen Tochter trennen mögen, sie vielleicht auch nicht von ihm und somit hatte er Eile, sein Ziel zu erreichen.

Nach dem Oben gesagten konnte der Aufenthalt auf der Insel einer jungen Dame nicht viel Interessantes bieten, besonders gab es keine Gesellschaft für sie und dies war gewiss meiner, sonst vielleicht nicht von ihr beachteten Person günstig. Denn wir verstanden uns bald, wir liebten uns, wir waren glücklich – ja, ich glücklich, dass ich fast gar nicht mehr an meinen Plan dachte.

Den Augen des Vaters konnte unsere Annäherung nicht lange verborgen bleiben; ich erkannte sehr leicht, dass sie ihn unangenehm berührte und er es bereute, mich in sein Haus aufgenommen zu haben. Doch ward er nicht eigentlich erzürnt, sondern gab mir nur Winke, meine Besuche einzustellen und als es nicht geschah, begann er selbst das erste Wort über eine Sache auszusprechen, die mich, so mutig ich sonst war, ihm gegenüber hasenherzig gemacht hatte.

Jennys Vater verhehlte mir nicht, wie wenig angenehm es ihm sei, dass ich sein Vertrauen nun dazu benutzt, mich in das Herz seiner Tochter zu stehlen; aber er erklärte mir, dass er nur für diese Tochter lebe und dass er auf alles eingehen werde, was das Glück derselben ausmachen könne und sollte es auch sein müssen, dass er ihre Hand einen von ihm nicht gern gesehenen Mann zuspräche.

„Jedoch!", fügte er hinzu, „wenigstens muss dieser Mann nachweisen können, dass er ihrer würdig ist, und dass er die Mittel hat, welche ich für Jenny zu erwerben suche. Sie scheinen Seemann zu sein und die Mittel zu haben, anständig leben zu können. Doch weiter weiß ich nichts von Ihnen. Ihre Untätigkeit in einem Land, wo man nur Schätze zu erwerben sucht, spricht nicht für Sie. – Der Vater Jennys muss, ehe das Verhältnis fortgeht, von Ihnen Nachweise über Ihre Person, Ihr Vermögen, Ihre Aussichten verlangen, um danach beurteilen zu können, ob jenes abzubrechen sei, so lange es noch Zeit ist!"

Es durchzuckte mich wild in diesem Augenblick, denn so wenig ermunternd die Rede war, ließ sie mich doch Hoffnung schöpfen; ich sprang auf und ergriff die Hand des alten Mannes.

„Herr!", rief ich dabei, „ich bin vielleicht in diesem Moment der reichste Mann der ganzen Insel, vielleicht des ganzen britischen Ostindiens und das will sicher etwas heißen, es kommt nur darauf an, meine Schätze zu heben!"

Der Kaufmann sah mich bedenklich an, ich hatte früher so wenig Neigung zu exaltierten Stimmungen gezeigt, dass er vielleicht glaubte, ich mit meinem Herzen auch den Verstand verloren.

„Erklären Sie sich deutlicher", sagte er endlich langsam.

Ich deckte mein früheres Leben vor dem alten Herrn auf und er verzog keine Miene dabei; ich hütete mich wohl, die Quelle zu nennen, aus der mein eingebildeter Reichtum entsprang, schloss

aber meinen Vortrag durch den Anhang, dass ich, was jenes Buch beschrieb, bruchstückweise auf meinen Reisen erfahren und meine Absicht sei, den Schatz zu heben, zu welchem Zweck ich hier einstweilen meinen Aufenthalt genommen; schließlich bemerkte ich, er werde mein Vertrauen ehren und mein Geheimnis bewahren!"
Der Mann war aufmerksam und endlich aufgeregt geworden.
„Es ist richtig!", sagte er, „ich habe davon ebenfalls gehört, doch gezweifelt, dass es einen Menschen geben werde, der Mut genug besäße, zu unternehmen, was Sie beabsichtigen. Ich billige Ihre Absicht und gelingt Ihr Vorhaben auch nur teilweise, so ist Jenny die Ihre. – Doch Sie müssen allein das Wagnis bestehen, denn finden Sie jemand, der denselben Mut wie Sie hat, so dürfen Sie auch darauf rechnen, dass er Mut genug hat, Sie zu berauben – Gold und Schätze blenden! Gehen Sie allein!"
„Gut, ich gehe allein!", rief ich lebhaft. „Doch zuvor verloben Sie mich Jenny; es soll Sie, wenn mein Unternehmen misslingt, nicht genieren, denn dann habe ich aufgehört, unter den Lebenden zu sein!"
„Es sei so", sagte der alte Herr.
Jenny ward hereingerufen, ich machte sie mit unserem Glück bekannt; sie selbst hatte an des Vaters Zustimmung gezweifelt und konnte nicht ahnen, wodurch ich denselben dazu gebracht, doch ebenso selig als ich, sank sie an meine Brust, nachdem der Vater unsere Hände zusammengelegt.
Freilich erschrak sie, als ich zu einem Unternehmen auszog, dessen Natur sie zwar nicht kannte, dessen Gefahren sie jedoch ahnte.

XIV. Mein Unglück.

Schon wenige Wochen nach diesem Tag, der einer der glücklichsten meines Lebens genannt werden muss, verließ ich zu Pferde, ein tüchtiges Doggenpaar neben mir und gut bewaffnet, Trinkomale, um mich in das Innere des Landes zu begeben. Einen mutigen Mann durfte man mich schon früher nennen, jetzt jedoch war diese Eigenschaft bis zur Tollkühnheit gesteigert; übrigens konnte ich mich auch auf weiter nichts, als diesen Mut, verlassen.

Ich will Sie nicht mit der speziellen Beschreibung meiner Reise ermüden; sie ging nur einen Tag günstig und ohne Hindernisse und Schwierigkeiten von Statten, dann hatte ich täglich zu kämpfen und zwar in der Weise, wie man es mir gesagt; außerdem jedoch auch noch in anderer Weise, denn die Insekten und Würmer gehörten zu den Feinden, an die ich nicht gedacht; besonders quälten mich und meine Tiere die Blutegel.

Mein Pferd fiel, ehe ich über die Terrassen-Region hinauskam; einer der Hunde war von einem Bären zerrissen und der andre ganz nah meinem Ziel durch einen vermutlich vergifteten Pfeil eines Singalesen getötet.

Doch ich erreichte mein Ziel und fand, dass die Angaben, hinsichtlich der Bewachung der Schätze falsch waren, sie wurden gar nicht bewacht, der Pic ward überhaupt von keinem lebenden Wesen bewohnt, nicht einmal Würmer fand ich auf dem Granit seiner Spitze, dagegen die Adamsspur und sehr bald die Höhle, eigentlich eine Schlucht, in der sich acht riesige, stark mit verrostetem Eisen beschlagene Kisten befanden, bei deren Anblick ich laut aufjubelte.

Ich hatte mich in der letzten Zeit bereits nur von Waldfrüchten und Beeren erhalten und mein Anzug war defekt und zerrissen, meine Munition weit über die Hälfte verbraucht; zwei Monate waren, seit ich Trinkomale verlassen, verstrichen. Meine Kräfte waren erschöpft.

Dennoch bekam ich neues Leben, als ich die inhaltreichen Kisten sah und machte sofort einen Versuch, den Deckel der einen derselben zu sprengen.

Ich musste bald davon abstehen und mich zunächst einer Ruhe, die ich nötig hatte, überlassen; während derselben kam mir der Gedanke, zuvörderst nachzusehen, welche der Kisten sich am leichtesten öffnen lassen möchte.

Als ich wieder an die Arbeit ging, beachtete ich diesen Gedanken und fand, dass der Verschluss der einen Kiste gesprungen; an diese machte ich mich sofort.

Indessen vier Tage lang leistete der Verschluss mir Widerstand und schließlich musste ich zu meinem Pulver greifen um eine Seitenwand der Kiste zu sprengen.

Was ich dann sah?

Ich weiß selbst nicht, wie ich dies genau schildern soll; denn eine Art Verzückung ließ die hervorquellenden Schätze meinen Augen doppelt und dreifach erscheinen, genug, es gab hier an Gold, Silber, Edelsteinen, goldenen, silbernen Gefäßen, Münzen, eine solche Menge wie dergleichen außer mir vielleicht kein Mensch gesehen und ich warf mich in die hervorquellenden Schätze hinein, um soviel ich mit meinen Armen fassen konnte, an meine Brust zu drücken.

Nach einiger Zeit ging ich an eine Auswahl und trug Haufen zusammen, welche kein Pferd auch nur einen Tag geschleppt hätte.

Inzwischen hatten mich Arbeit und Aufregung erschöpft, ich musste ruhen und überlegte dabei, welche Auswahl ich wohl zu treffen. Es war mir klar, dass ich nur wertvolle und zugleich leichte und umfanglose Sachen nehmen dürfe, also Diamanten,

Perlen und andere wertvolle Edelsteine, dagegen nicht einmal die ungeheuren Summen gemünzten Goldes.

Am nächsten Morgen begann ich nach meinem Verständnis, meine Auswahl zu treffen; die Menge, welche ich entnahm, war immer noch zu bedeutend für meine Kräfte, doch ich musste versuchen, mitzunehmen, was sich mitnehmen ließ, weil ein zweiter Weg hierher nicht möglich sein dürfte.

Alles Übrige stopfte ich wieder in die Öffnung der Kiste zurück, packte einen Haufen Steine dagegen und machte mich dann auf den Weg; ich hatte zwei Wochen am Ort verweilt und Sie werden dadurch Ihre Ansicht über mich bestätigt finden, Kapitän, dass ich mich nicht von demselben trennen konnte.

Doch nun die Rückreise.

Ich nahm an Waffen vom Adamspic nur mit, eine Doppelbüchse, zwei Pistolen, einen langen spanischen Degen und ein Messer; zu den Schusswaffen besaß ich noch ungefähr ein Pfund Pulver und doppelt soviel Blei; an Lebensmitteln die ich mir auf dem Berg nur durch weite Ausflüge verschaffen konnte, hatte ich gar nichts.

Die kleineren Edelsteine hatte ich überall in und an meinen Kleidern befestigt, um ihre Last zu verteilen, außerdem hingen an meinem Gürtel eine Anzahl mit denselben gefüllten kleineren Beutel und über jede meiner Schultern hing ein Quersack mit größeren Wertgegenständen. Ich mag auf diese Weise wohl Schätze gegen hundert Millionen an Wert von Adamspic mitgenommen haben.

Doch wie ich schon bemerkt, meine Kräfte waren erschöpft, ich keuchte bald unter meiner Last und musste beginnen, aus meinen Säcken einen Gegenstand nach dem anderen fortzuwerfen; der Glückliche, welcher meiner Spur hätte folgen können.

Dies ging so fort, bis beide Säcke geleert waren; meine Kräfte nahmen dabei immer mehr ab und muss gestehen, dass sie zum

Teil durch den Gram über meine Verluste, wie ich es nannte, schwanden. Ich hatte übrigens die Zeit zur Hin- und Rückreise nicht gehörig berechnet und die Regenzeit trat ein, als ich kaum den Fuß des Berges erreicht hatte; doch so lästig mir dies sein musste und so sehr es mich in Gefahr brachte, tödlichen Fiebern zu erliegen, hatte es doch das Gute, dass es mich vor den Angriffen von Menschen und Tieren einigermaßen schützte.

Ohne trocken zu werden, hungernd, frierend, nur selten eine Stunde schlafend, wanderte ich fort, meistens von Tausenden von Blutegeln bedeckt, die noch den Rest meiner Kräfte erschöpften; aber das Ziel, welches ich erreichen wollte, vor Augen, verlor ich noch in der verzweifeltsten Lage Hoffnung und Mut nie ganz; ich glaube überhaupt, dass nur jene mich in allen Gefahren aufrecht und kräftig erhalten hat; übrigens fiel mir die Kleidung stückweise vom Leib.

Dessen ungeachtet rückte ich, obwohl langsam, dem Ort, von dem ich ausgegangen, näher und langte ungefähr fünf Monate nach dem Tag, an welchen ich Trinkomale verlassen, in der Nähe dieses Ortes, abgerissen, krank, abgefallen, wie ein Bettler aussehend und wie ein Sterbender siech, dennoch mindestens noch vier bis fünf Millionen schwer, an.

Dass ich wie ein Bettler erschien, war im Grunde gut, denn es konnte nichts von meinen Reichtümern verraten; doch man konnte mich deshalb für einen Vagabunden halten und dies war nicht gut.

Ich sah mich daher genötigt, in einem nahen Gehölz die Nacht abzuwarten, um den Rest meiner Reise zurückzulegen, ich fror und hungerte entsetzlich unter Herzklopfen, welches mir einen Krampf zu verursachen drohte.

Endlich jedoch kam die ersehnte Nacht und ich brach auf, der Stadt näher zu wanken; ich erreichte sie von dichter Finsternis umhüllt und schwankte durch die Straßen dem Haus meiner Jenny zu; doch am Ziel waren alle meine Bestrebungen fast zunicht geworden.

Zwar ward auf mein Pochen ein Fenster geöffnet: doch meine heisere Stimme ward nicht erkannt und als ich dringend den Hausherren zu sprechen verlangte, ward zwar die Tür geöffnet, ich jedoch beim Eintritt mit hinauswerfen bedroht. Auch der hinzugekommene Hausherr erkannte mich nicht und erklärte mich für einen Betrüger, als ich meinen Namen nannte. Erst Jenny erkannte in den Elenden, der bei Nacht und Nebel anlangte, ihren Verlobten und wollte sich an meine Brust werfen, woran sie jedoch durch mein Zusammensinken verhindert ward.

Ich sank zwar zusammen, aber ich ward nicht ohnmächtig; die Sorge um meine Schätze hielt mich wach, wenn auch gleichsam nur in einer Art Schein-Ohnmacht.

Ich hörte dabei wie der Vater Jennys sagte:

„Also er ist es doch?"

„Er ist es!", wiederholte jene, „mein armer Swieten!"

„So ist sein Unternehmen misslungen!", seufzte der Vater, „es ist ein Unglück, Leute macht ihm in Eurem Zimmer eine Lagerstelle zurecht, es ist jetzt zu spät, ihn ins Hospital zu schaffen!"

„Wie mein Vater!", rief Jenny, „haben Sie vergessen, dass dieser Mann mein Verlobter ist?"

„Nein, nein!", – sagte der Vater kleinlaut, „und doch – es ist ein Unglück; aber stille, sagte er nicht, er würde nicht wiederkehren, wenn es misslänge?"

„Ich weiß davon nichts, Vater!", antwortete meine Verlobte, „ich weiß nur, dass wir ihn bereit seit einem viertel Jahr als tot betrauern und dass er jetzt da ist!"

„Es ist richtig!", meinte der Vater; „ich weiß nicht, wie mir der Kopf steht, ich bin erschrocken; Leute bringt den Herrn van Swieten in mein Zimmer."
Es berührte mich unangenehm, dass Jennys Vater, wenn auch nur momentan, mich nicht kennen, mich in meiner Not von sich weisen wollte.
Doch niemals kann ich mit Worten die Empfindungen beschreiben, welche meine Brust bei dem edlen Benehmen Jennys durchschauerten; schon bei dem Erblicken ihrer Trauerkleider hatte ich eine gewisse Ahnung, jetzt war ich überzeugt, dass ihre Liebe felsenfest war.
Ich ward von ihr und dem Vater begleitet, in das Zimmer des letzteren gebracht und dort auf ein Sofa gelegt.
Es dauerte nicht lange, bis ich mich erholte.
„Zu essen und zu trinken!", waren meine ersten Worte; man brachte Speisen und Wein; ich trank ein Glas des letzteren, der mir wie Feuer durch die Adern rann; dies Feuer teilte sich meinem Geist mit.
„Ich bin da, es ist geglückt!", rief ich, beide Hände ausstreckend.
Vater und Tochter ergriffen meine schmutzigen wunden Hände, wenn auch mit verschiedenen Gefühlen und aus nur wenig verwandten Ursachen.
„Es ist –!", stöhnte der alte Mann.
„Was ist –?", fragte Jenny.
„Ja", erwiderte ich, – „ich, Ihr seid Millionäre –!"
„Himmel!", schrie der Vater auf.
„Nur eine Stunde Ruhe, dann mehr"; sagte ich.
„Ohne Dich umzukleiden?", fragte Jenny.
„Ja!", lautete meine Antwort, nachdem ich mich auf dem Sofa zurchtelegte, „es muss so sein!"
Ich schlief nicht, ich wachte auch nicht, ich sah alles, was um mich her vorging, ich bemerkte die Spannung, mit der mich

Vater und Tochter betrachteten; mich selbst jagte ein beginnendes Fieber in wilde wachende Träume hinein, doch kräftigte mich die regungslose Lage etwas. Endlich sprang ich auf.

„Türen und Fenster zu, dicht verhangen", rief ich, „ich habe zwar die mehrsten meiner Schätze fortwerfen müssen, um weniges zu retten, doch was ich gerettet, ist genug, um Fürstentümer zu kaufen!"

Der Vater verriegelte Türen und Fenster; als es geschehen, langte ich meine Schätze heraus.

Es ist unmöglich zu beschreiben, wie Vater und Tochter staunten, lange waren beide stumm; dann bekam der alte Herr Leben, prüfte und berechnete und rechnete Summen heraus, die ungeheuer genannt werden mussten.

Jenny schwieg immernoch mit fest auf mich gerichteten Blicken. „Und darum?", sagte die plötzlich, „deshalb hast du mich verlassen, mir solche Schmerzen bereitet, vielleicht mich für mein ganzes Leben unglücklich machen können."

Ich streckte meine Hand nach dem Vater aus.

„Ich bin fertig!", waren meine letzten bewussten Worte, dann sank ich von Neuem zurück und tiefe Todesnacht umfing mich, – das Fieber war zum Ausbruch gekommen, mein Wille hatte meine Natur beherrscht, doch als er unöntig geworden, fiel ich zusammen. –

Wochen waren vergangen, bis ich meine Befindung wieder erhielt.

Jenny hatte mich gepflegt, ich genas schnell genug wieder von dem meistens tödlichen Sumpffieber.

Der Vater hatte die erbeuteten Schätze verborgen! Man vermied mit mir davon zu sprechen, und ich vermied es selbst.

Nach zwei Monaten war ich so ziemlich hergestellt.

„Mein Sohn!", sagte da eines Tages der alte Mann zu mir, „beim ersten Genuss den mir jene Schätze, die Du gehoben, gewährten, dachte ich daran, Dich zu einem zweiten Gang zu treiben, vielleicht gar Dich zu begleiten, doch Deine Krankheit und die Phantasien derselben haben jede weitere Habgier in mir unterdrückt, wie haben genug, wenn Du zufrieden bist. Fort nach Europa!, heißt jetzt mein Wahlspruch, Du hast für Jenny getan und mehr, als ich tun wollte oder konnte; sie ist Dein. Ich habe bereits mein Geschäft verkauft, ein Schiff erstanden und beladen lassen; Du sollst der Führer desselben sein, wenn Du willst, und in England oder Holland, Du magst bestimmen, wo wir später eine Heimat suchen wollen, werde Deine und Jennys Vermählung gefeiert; Du magst dort als Nabob auftreten, doch hier wollen wir niemand von unserem Reichtum Kenntnis geben.

Ob mir dies recht war? Mir war alles recht, was mich in die Arme meiner Jenny führen konnte uns schnell wurden die letzten Anstalten zur Abreise getroffen, ich hatte nicht Lust meinen lohnenden Gang zum zweiten Mal zu machen.

Nach vier Tagen schon lichtete mein zum Teil durch Malaien bemanntes Schiff die Anker und wir verließen Ceylon; der Anfang unserer Reise war vom Glück begleitet: doch wir trugen den Fluch des Reichtums mit uns an Bord davon.

Swieten schwieg einige Zeit, als ob er sich sammeln wollte, sein Gesicht verdüsterte sich.

„Es ist ein Unglück", fuhr er endlich fort, dass man sich in Ostindien der Malaien bedienen muss. Die von meinem zukünftigen Schwiegervater in den Dienst genommen, hatten eine Ahnung von unseren Schätzen, vielleicht vermuteten sie auch nur von dem alten Herrn erworbene Reichtümer.

Sie überfielen eines Nachts den übrigen Teil der Mannschaft, ermordeten denselben, erstürmten die Kajüte, die ich wütend

verteidigte. Der alte Herr und meine Braut wurden, als ich unterlegen, vor meinen Augen ermordet, ich selbst in die Sklaverei geschleppt, in der ich fünf Jahre zu bleiben gezwungen ward, um sie später arm wie Hiob zu verlassen.
Am Morgen des Tages, der jener Nacht voranging, stand ich mit Jenny, wie der Kapitän mit dieser Dame, auf der Schanze meines Schiffes, den Aufgang der Sonne zu betrachten, und dieser Umstand war es, der mich in trübe Gedanken versetzte.
Swieten schwieg.
„Das hört sich ja animös an!", rief Jacobson unwillkürlich, „doch fürchten Sie nichts, Clara, hier gibt es keine Malaien!"
„Aber Schweden!", sagte Swieten sich erhebend, „übrigens Kapitän, könnten Sie fragen, weshalb ich später nicht einen zweiten Gang, wie jenen, unternommen. Hier haben Sie die Antwort: für meine Jenny konnte ich es wagen, hätte ich es zum zweiten Mal gewagt, doch da dieser Zweck nicht mehr vorhanden, so brauchte ich keine Millionen, Tausende konnte ich mir in anderer Weise verschaffen. – Sie werden hiernach beurteilen, ob ich wirklich habgierig oder geizig bin."
Swieten wendete sich ab und ging nach vorn; der alte Nehls, welcher seiner Erzählung mit offenem Mund zugehört, sah plötzlich mit einem Seufzer auf; gleich hinterher stieß er einen lauten Ruf aus. „Signale!", lautete jener, und Swieten seinen Gang hemmend, kehrte wieder zurück.
„Man avertiert ein fremdes Fahrzeug", murmelte er.
„Mein Fernrohr!", rief Kapitän Jacobson; alles in dem Schiff ward lebendig.

XV. Eine Bereinigung.

Das Schiff der Linie, welches das fremde Segel signalisiert hatte, gab zugleich durch andere Zeichen die Richtung an, in welcher es erschienen, und Jacobson richtete sein Fernrohr demgemäß; die Richtung war südlich.

Der Kapitän blickte lange in derselben durch das Rohr, mit dem er den ganzen Horizont musterte, ohne jedoch etwas zu entdecken; er setzte das Instrument deshalb ab.

„Entweder", meinte er, „jene Leute sehen mehr wie gewöhnlich zu sehen ist, oder ich sehe weniger gut als sonst; der Horizont ist glatt, ich sehe keine Spur von einem Segel. Versucht Ihr mal, Swieten."

Der Steuermann nahm schweigend das Instrument und wollte es eben an sein Auge bringen.

„Nun!", sagte Nehls, „ich denke, wir werden uns wohl mit dem Boot da vor unserer Nase begnügen müssen, – es ist ja auch ein Fahrzeug."

„Bei Gott!", rief der Kapitän, „ein Boot, gebt mir das Glas zurück, Swieten, was aber kann das bedeuten; wir hatten ja keinen Sturm; man sucht uns vielleicht!"

„Ohne Zweifel", murmelte Swieten, „man gibt Winke mit einem weißen Lappen."

Jacobson musterte das Fahrzeug, welches durch Reeder fortbewegt ward mit seinem Instrument; plötzlich stieß er einen Ruf der Verwunderung aus.

„Nehls!", rief er hinterer, „betrachtet einmal den Trog und besonders sein Verdeck, ob Ihr nicht auf demselben Leute seht, die wir kennen und die doch vielleicht uns nicht gerade suchen!"

Nehls nahm das Fernrohr und schaute hindurch.

„So wahr ich lebe!", rief er gleich darauf, „aber Kapitän, die Leute suchen uns gerade; sie werden dem alten Herrn doch an das Magre gekommen sein und da hat er am Ende gut befunden, sich außer Schussweite zu ziehen.

„Kann sein", murmelte der Kapitän.

„Aber wer uns nicht suchen dürfte", meinte Swieten, „das ist der junge Kampfhahn, welcher da mit dem Lappen winkt; er hätte sicher die wenigste Ursache dazu."

Der Kapitän zog seine Stirn in Falten.

„Wovon ist die Rede?", fragte Clara, die so lange aufmerksam zugehört hatte, plötzlich, „wer ist in dem Boot?"

„Wenn uns nicht alles täuscht, Clara", antworte Jacobson, „so nahen sich uns in demselben Ihre Eltern, die Schwester und der Fähnrich Wordow, den alten Klassen nicht zu vergessen."

Clara ließ einen Ruf der Überraschung hören; es war wirklich wie der Kapitän sagte.

Glücklich vom Land abgekommen und nicht verfolgt, hatte das Boot mit den Flüchtlingen allgemach trotz widrigen Windes die Höhe vom Meer erreicht, und da der Abend einbrach, beschloss Wardow im Einverständnis mit Klassen beizulegen, und die Nacht möglichst auf der Stelle zu bleiben, damit man nicht der schwedischen Küste zu nahekomme.

Über dem, war es jetzt nötig, einen Entschluss zu fassen, wohin man sich zu wenden, um ferner den schwedischen Kreuzern zu entgehen: denn den Freischiffer sofort zu finden, durfte man nicht erwarten.

Zu jenem Zweck betraten dann auch Wardow und Klassen die Kajüte des Fahrzeuges, in die sich bereits die Griebensche Familie zurückgezogen, und aus Klassens Vorschlag beschloss man, der dänischen Küste sich zuzuwenden; Dänemark war nämlich immer noch neutral verblieben und man hatte deshalb dort nichts zu fürchten.

Nach Beendigung des Rates verließ der alte Hochbootsmann die Kajüte wieder, um den Matrosen das Resultat derselben mitzuteilen, da man unter den obwaltenden Umständen auch Ihnen eine gewisse Entscheidung einräumen musste.
In der Kajüte fand dagegen noch eine andere Beratung statt.
„Frau", sagte nämlich der Major, „was wir bis jetzt noch nicht Gelegenheit zu besprechen hatten und das doch eilt, für alle Fälle in Wichtigkeit gebracht zu werden, ist eine Bestimmung über die Zukunft von uns allen. Du weißt bisher über dem noch nicht, was eigentlich geschehen, und was wir verloren; das Letzte ist bald gesagt, denn es umfasste gerade alles, was von unseren Besitztümern nicht zwischen den Planken dieses Bootes ist."
Die Frau erschrak nicht wenig; denn so arg hatte sie sich die Sache nicht gedacht, aber sie äußerte nicht viel. Der Major nickte beistimmend mit dem Kopf.
„Gut", meinte er, „suche es mit Ruhe zu ertragen, es geht nicht anders; auch dieser junge Herr befindet sich mit uns in derselben Lage – und das um meinetwillen!"
Der Major sprach diese Worte mit einem besonderen Nachdruck und fuhr dann fort, zu erzählen, was sich mit ihm in Stralsund begeben, wie er behandelt, welche Aussichten er gehabt, und wie er durch Wardows Hilfe und edle Aufopferung frei geworden.
Die Majorin reichte nach diesen Mitteilungen dem jungen Mann dankend die Hand und dieser brachte sie respektvoll an seine Lippen.
„Was nun mich betrifft", fuhr Grieben fort, „so muss ich meine weiteren Schritte tun, um mich in Sicherheit zu bringen. Nach reiflicher Überlegung nun, besonders, nachdem ich in diese Lage geraten bin, erscheint mir Kapitän Jacobson in etwas anderem Licht als früher; es wäre mir daher lieb, ihn aufzufinden,

teils um über Clara Gewissheit zu haben, teils aber, um durch ihn auf preußischen Boden zu gelangen. Finden wir ihn indessen, was zu erwarten steht, nicht, so werde ich durch Dänemark nach Preußen und Dienst bei Friedrich II. suchen; wahrscheinlich wird mich unser Wardow bei dieser Gelegenheit begleiten!"
„Ganz gewiss", antwortete der junge Mann lebhaft.
„Für uns beide wäre also gesorgt", sprach der Major weiter, „doch wohin mit Euch? – Das ist die Frage."
„Ich weiß darauf keine Antwort, Lieber", antwortete die Frau betrübt.
„Aber ich", sagte Grieben, „wie wäre es, wenn wir für Dich und Sophie einstweilen ein Asyl bei Deinem Bruder in Mecklenburg suchten?"
„Er wird uns sicher aufnehmen", sagte die Frau.
„So wäre auch das in Ordnung", fuhr der Major fort. „Doch nun noch eine andere Sache: Ich bin diesem tapferen Jüngling, diesem kühnen Mann eine Genugtuung schuldig und zwar eine doppelte, weil ich ihn nach Ausführung einer edlen tapferen Tat noch ein Kind zu nennen wagte; stille lieber Wardow; er hat mir anvertraut, liebe Frau, dass ihm Sophie nicht gleichgültig ist – nicht hinaus Mädchen, Du bleibst – wenn dasselbe bei Dir der Fall hinsichtlich Wardows ist, so sollt Ihr heute versprochen werden – doch Eure wirkliche Verbindung wird wohl noch eine Weile hinausgeschoben werden müssen!"
Die gute Frau lächelte sanft; sie sagte diesmal nichts darüber, da sie auch diese Annäherung der Kinder bemerkt hatte, doch gab sie ihre Zustimmung und Sophie erklärte stammelnd und unter Erröten, dass Wardow von ihr geliebt werde.
„Gut, gut"; meinte der Major, „Du tust mir damit einen großen Gefallen, Kind, denn meine Ansichten über den jungen Herrn haben sich gegen früher ebenfalls bedeutend verändert – also gebt Euch die Hände – Gott segne Euren Bund, wie ich es tue!"

Diese einfachen Worte des Majors rührten seine Zuhörer fast zu Tränen; Sophie sank der Mutter an die Brust; der Major schüttelte den Fähnrich nochmals die Hand, und der Bund war geschlossen.

Als sich die Griebensche Familie zur Ruhe begab, war Wardow bereits auf dem Verdeck, um seine Wache, die sogenannte Kapitänswache, anzutreten.

„Klassen!", meinte er dabei zu seinem jetzigen Offizier, „ich behielte Euch heute gern bei mir oben, doch Ihr müsst ruhen – geht also, und wisst nur noch, dass ich mich eben mit Sophie von der Grieben verlobt habe."

„Wünsche Glück!", sagte Klassen, die ihm gebotene Hand des Fähnrichs ergreifend und begab sich zur Koje.

Wardow blieb mit seinem Glück und seinen Hoffnungen allein; als er später von Klassen abgelöst worden, suchte er zwar auch sein Lager auf, blieb jedoch wach, um sich romantischen Schwärmereien und dem Bau von herrlichen Luftschlössern zu überlassen.

In dieser interessanten Beschäftigung ward er jedoch mit dem Morgengrauen durch einen Mann gestört, den Klassen abgesendet hatte, um ihm zu melden, dass man eine Anzahl Schiffe in Sicht bekommen. Wardow sprang empor und eilte auf das Verdeck.

Die Lage der Flüchtigen war bei dieser Gelegenheit misslich. Man konnte zuerst nicht anders als annehmen, dass diese Schiffe eine Eskadre der schwedischen Flotte bildeten und der beste Rat schien, sofort die Segel aufzuspannen, um hinabzulaufen, woher man gekommen, solange man noch nicht entdeckt war.

Doch das scharfe Auge Klassens erkannte sehr bald den Schoner und auch Wardow schien er schließlich bekannt; nur blieb es unerklärlich, wie derselbe in Gesellschaft so vieler anderer Schiffe segeln könne.

Bei dem entstandenen Lärm erschienen dann auch der Major und die Frauen auf dem Verdeck, und ersterer erklärte den noch zweifelhaften Umstand dadurch, dass Jacobson ein Geschwader unter preußischer Flagge führen werde; man beschloss, sich demselben zu nähern und ihm Zeichen zu geben; schlimmstenfalls konnte man einem schwedischen Geschwader durch eine List entgehen.

Man kann sich ungefähr die Szene denken, welche folgte, als das Boot den Schoner erreichte und die uns bekannten Personen an seinen Bord stiegen. Wenige Worte genügten, alles ins Reine zu bringen zwischen den verschiedenen Parteien, und Jacobson nahm seine Gäste mit herzlicher Zuvorkommenheit auf, versprach auch jeden der Wünsche des Majors zu erfüllen, besonders aber die Frauen, Clara eingeschlossen, bevor er seine weiteren Zwecke verfolgte, nach Mecklenburg zu bringen. In Betreff seiner Absichten auf Clara sagte er jedoch kein Wort.

Als aber jenes bewerkstelligt worden, und der Major wie Wardow, glücklich bis zu den russischen Vorposten in Pommern befördert worden, entspann sich ein Krieg auf der See, in dem Preußens Adler, obschon nur von geringen Kämpfen unterstützt, dem schwedischen Banner bis zum Herbst viel zu schaffen machte.

XVI. Aut vincere, aut mori.

Es war Herbst geworden.
Der Krieg tobte jetzt fast überall in Europa, besonders in Deutschland.
Man schlug sich in Schlesien, in Ostpreußen, an der schwedischen Grenze, an der hannöverschen, am Rhein und in Sachsen. Russen, Österreicher, Sachsen, Franzosen, Schweden griffen von verschiedenen Seiten Preußen an, und Preußen hatte, ihnen

eben nur Preußen entgegenzusetzen; Friedrich II. hatte keine Bundesgenossen, oder nur solche, die groß im Worte, klein in der Tat und engherzig im Betreff des Geldbeutels waren.

Von allen Feinden flüchtete der König die Schweden am wenigsten, obgleich er sie vielleicht am höchsten achtete; er hatte dem schwedischen Staatskörper zugefügt, was man in der Chirurgie und Anatomie einen tierischen Körper die Adern unterbinden nennt.

Außerdem sandte er dem schwedischen Armee-Corps den Reiter Obersten Belling mit seinen zehn Schwadronen entgegen und diese mussten hinreichend sein, die Schweden in Schach zu halten. Truppen hatte Friedrich nicht weiter dazu übrig.

Nun, Belling war gerade der Mann dazu, ein solches Vertrauen zu rechtfertigen, und seine Husaren waren Leute, die ihn nicht im Stich ließen und besonders solche, die ihm Ehre machten.

Sie trugen damals schwarze Dolmanns, diese Husaren mit grünen Schnüren, die ungarische Filzmütze und vor derselben ein Totengerippe mit dem Wahlspruch: aut vincere, aut mori.

Entweder siegen oder sterben, lauteten diese lateinischen Worte, und ihnen treu warfen sich die Kühnen nieder auf die Feinde, wo sie dieselben fanden, gleichviel, ob sie ihnen an Zahl überlegen oder die Verhältnisse sonst für sie ungünstig waren.

Die Totengerippe erwarben auch daher einen gewaltigen Respekt bei den Schweden, ja man darf wohl sagen, sie wurden gefürchtet und verursachten ihnen panischen Schrecken.

In Folge dieses Umstandes vollführten die kühnen Reiter viele lustige und verwegene Streiche, von denen die Leute in der Gegend noch lange sprachen.

„Teufel, es ist kalt!", sagte dann auch eines Abends ein Husar auf Feldwache, „ich muss mir einen warmen schwedischen Mantel holen; wer will mit?"

Es fanden sich noch mehr Verehrer der warmgefütterten schwedischen Wintermäntel; sie stiegen in den Sattel, ritten über eine der vielen, über die Peene führenden Brücken, jenseits welcher die Schweden standen, und kamen jeder mit einem Kleidungsstück der erwähnten Art versehen zurück.
Freilich wählten sie einen Mann und ein Pferd, doch dafür waren ein Dutzend Schweden kampfunfähig gemacht und nebenbei ein Fouragemagazin angezündet.
Die Husaren, welche diesen Streich ausgeführt hatten, hörten zur Griebenschen Schwadron; denn unser Freund, der Major von der Grieben, war als Oberstleutnant und Eskadronschef dem tapferen Belling'schen Regiment einverleibt worden, und seine Schwadron stand hart an der Grenze zum Vorpostendienst.
Als jene abgelöst, und um die Mittagszeit in dem bereits bezogenen Kantonnementsquartier der Eskadron wieder eingetroffen waren, saß ein Mann ab und ging direkt auf den Oberstleutnant, der bei ihrer Ankunft gegenwärtig war, zu.
„Herr Oberstleutnant!", meldete der Husar, „ich habe erfahren, dass ein schwedischer Husar oder Fähnrich der uns gegenüberstehenden Husaren in Jarmen eine Liebschaft unterhält, und allwöchentlich über die Peene kommt; wenn es erlaubt ist, möchte ich mir den jungen verliebten Herrn greifen."
Grieben schwieg einige Zeit; der Handel war im Grunde genommen nicht der Rede wert, und es mochte immerhin der Husar den Menschen zu fangen suchen; doch endlich machte er eine abwehrende Bewegung.
„Du gehst, doch nicht allein!", antwortete er dem Husaren. „Leutnant von Wardow!"
Der Gerufene, natürlich ebenfalls unser alter Bekannter, kam schnell herbei und stellte sich mit dienstlichem Gruß vor seinen Vorgesetzten und Schwiegervater auf.

„Da meldet mir dieser Mann eben etwas, das der Beachtung wert sein möchte"; sagte Grieben, „Du kannst mit einem halben Zug der Sache ein Ende zu machen suchen; setze Dich deshalb mit dem Husaren in nähere Verbindung."

„Komm Lorenz", sagte der nunmehrige Husaren-Offizier nach einer Verbeugung, und beide entfernten sich. Mit Einbruch der Dunkelheit des frühbeginnenden Abends, ritt Wardow an der Spitze eines Husarentrupps nach der Gegend von Parmen [sic: Jarmen?] zu.

Jarmen ist ein hübsches Gut, welches ehedem einer adligen Familie, – vielleicht auch noch, – des Landes gehörte. Dieselbe war allerdings nicht den reicheren und bedeutenderen Geschlechtern des Landes beizuzählen und überhaupt war eigentlich nichts weiter adlig an derselben, als der Name, während sie sonst echt und schlecht bürgerlich sich gerierte.

Die Bewohner der Grenze waren in einer bösen Lage; um nicht Gewalttätigkeiten ausgesetzt zu sein, mussten sie es mit beiden Teilen der kriegsführenden Parteien halten, wenigstens sich den Anschein geben, als hingen sie dem jeweiligen Sieger an, und wenn dies schon überhaupt galt, so alt es von den Besitzenden noch ganz besonders.

Der gegenwärtige Besitzer von Jarmen versicherte deshalb, obgleich er eigentlich Preuße war, den Schweden, wenn sie bei ihm erschienen, dass er gut schwedisch gesonnen sei; kamen jedoch die Preußen wieder, so beteuerte er, seine alte Bekannte Loyalität nie im Leben zu vergessen.

Wahrscheinlich wussten die Offiziere beider Parteien, was sie von diesen und solchen Versicherungen überhaupt zu halten hatten.

Überhaupt muss man sowohl Preußen als Schweden zum Ruhm nachsagen, dass sie in diesem Krieg nach Möglichkeit die Bewohner des Landes und deren Eigentum respektierten.

Indessen hatte der Jarmer Herr auch zwei erwachsene Töchter und diese machten ihm bei weitem mehr Sorgen in der trüben Zeit, als sein anderes Besitztum.

Bis zum letzten Sommer war es ihm jedoch gelungen, auch diese Schätze so zu hüten, dass sie ungefährdet geblieben; doch um jene Zeit rückte ein neues schwedisches Regiment an die Grenze, und mit ihm ein junger Mensch, der nach der Bekanntschaft mit den Töchtern nicht gewillt zu sein schien, dieselbe so schnell wieder aufzugeben.

Ähnliche Absichten hatten zwar schon früher junge schwedische, wie preußische Offiziere gezeigt, doch die Töchter selbst hatten ihnen keine Ermutigung gegeben und deshalb war ihre flüchtige Neigung meistens mit der Entfernung verschwunden.

Bei dem jungen schwedischen Fähnrich, der jetzt in dieser Weise den Schauplatz betrat, zeigte es sich jedoch zum Schrecken des Vaters, dass die Neigung seiner älteren Tochter der des jungen Mannes begegne.

Der Vater hätte im Grunde nichts dagegen gehabt, wenn ein Offizier, gleichviel ob Preuße oder Schwede, aus anständigem Hause mit seiner Familie in eine vorläufige nähere Verbindung getreten wäre; denn nach dem Krieg musste Frieden werden und mit dem Frieden die alten freundschaftlichen Verhältnisse wieder eintreten, welche früher an der Grenze bestanden.

Doch der junge Springinsfeld, welcher jetzt das Herz der Tochter gewonnen, war zunächst noch nicht einmal Offizier. Sodann ergab eine Unterhaltung mit demselben, dass er arm sei, und sein Name wie seine Familie waren endlich so unbekannt, dass man noch nie im Land, selbst nicht in der Geschichte von beiden hörte oder las; wer konnte anno 1757 den Namen, wer wusste um jene Zeit und auch noch später etwas von dem Namen Blücher?

Der brave Herr verbat sich daher, als die Besuche des jungen Husaren nicht wie frühere der Art von selbst aufhörten, dieselben in seinem Haus.

Das war recht schön soweit; aber leider erkannte die Liebe auch nicht einmal die väterliche Autorität an, und obschon die junge Dame dem Gebot des Vaters vorläufig wörtlich nachkam, so ließ die doch ihren Verehrer wissen, weshalb er sich nicht sehen lasse. „Gut!", dachte Blücher, „es gibt viel Wege zu jedem Ziel, ich werde mich auf andere Weise einführen!"

Der junge Mann stellte jetzt seine Besuche bei Tag ein; kam jedoch jede Nacht nicht bei Jarmen, sondern etwas oberhalb über die Peene, band sein Pferd im Garten an und verplauderte bei schönem Wetter in diesem, bei schlechterem im Zimmer seines Liebchens, einige Stunden mit demselben.

Es ist klar, dass diese Ausflüge des Fähnrichs oder Kornetts nicht ohne Gefahr sein konnten, besonders zu den Zeiten, wenn die Preußen lebhafter andrängten, wozu sie sich übrigens nur selten günstige Gelegenheit entgehen ließen.

Möglich, dass einzelne Leute des Jarmer Hofes um diese Besuche wussten; jedoch mit Rücksicht auf das Fräulein nicht zu Verrätern derselben wurden; wer aber lange keine Ahnung davon hatte, war der Vater.

Desto zorniger ward er, als durch irgendeinen Zufall diese Zusammenkünfte der Liebenden ihm verraten wurden, und doch wusste er nicht, was er in dieser Hinsicht für Mittel ergreifen sollte, um der Sache ein Ende zu machen, als gegen Morgen kurz nach Entfernung des jungen Schweden, die auf Mänteleroberung ausgegangenen Preußen bei Jarmen anhielten, um eine Verstärkung zu fordern.

Der Böse musste dem Jarmer Herren den schlechten Gedanken eingeben!, doch es schien ihm, als ob er eine Macht habe, den kecken Burschen zu verraten und den Führer des Trupps allein rufend, teilte er demselben mit, was er in dieser Nacht entdeckt mit der Versicherung, das er demjenigen, der ihn von diesem Besuch befreien werde, noch eine gute Belohnung zukommen lassen werde.

Das war Wasser auf der Mühle des Bruder Lorenz, der da gedachte, die versprochene Belohnung allein zu ergattern; wie wir gesehen, ward ihm ein Stich durch die Rechnung gemacht und als der Trupp unter Führung des Leutnants von Wardow durch das Abenddunkel nach Jarmen zog, ritt er recht verdrießlich mit allerlei hämische Gedanken im Kopf hinter derselben her.

XVII. Ein Husarentanz.

Der Jarmer Herr also wollte sich von den Besuchen des jungen Blücher befreien; Wardow und seine Leute waren ausgezogen, denselben zu fangen.

Lorenz wusste von dem Jarmer, dass der Schwede niemals über die Bücke hinter seinem Gut, sondern über die bei Benzin oberhalb, oder bei Bagenow unterhalb Jarmen komme.

Hierauf basierte Wardow seinen Plan; er besetzte die Wege am Flussufer entlang nach den beiden genannten Orten, ebenso die Brücke hinter Jarmen durch zwei Mann, für den Fall einer Flucht des Einzufangenden über dieselbe und platzierte sich mit vier Mann in der Nähe des Gartens, nachdem er noch zwei absitzen lassen und in den Garten selbst geschickt. Zu ihnen gehörte Freund Lorenz mit seinen heimischen Gedanken, welche jetzt dahingingen, den Liebeskranken zu retten, wenn ihm nämlich derselbe Uhr und Börse zu überlassen geneigt sein werde.

Es war übrigens ein recht schöner Herbstabend, nur etwas dunkel und dadurch eben zu Unternehmungen, wie sie sowohl Blücher als seine Aufpasser vorhatten, ganz geeignet.

Wardow hatte natürlich keine Ahnung davon, dass der einzufangende Vogel sein Freund Blücher sei.

Es mochte ungefähr zehn Uhr sein, als derselbe im ziemlich scharfen Trab von Benzin aus daherkam und ohne den aufgestellten Posten zu bemerken, um den Garten bog.

An der hinteren Seite desselben saß er wie gewöhnlich ab, band sein Pferd an und sprang über die Einfriedung; mit schnellen Schritten näherte er sich in einem Gang dem Haus.

In diesem gab es natürlich zwei Personen, welche den Moment mit Herzklopfen erwarteten; nämlich den Jarmer Herren und dessen Tochter Ulrike.

Jener hatte offenbar eine bedeutende Unvorsichtigkeit begangen und bei ruhiger Überlegung sah er solche auch recht gut ein; er wagte deshalb kein Wort über den Handel zu den Seinigen zu sprechen, sondern ging mit Sorgen umher; misslang das Unternehmen der sicher erscheinenden Preußen, so musste Verdacht auf ihn fallen, und was dann geschehen konnte, war nicht abzusehen.

Als es Abend geworden, wechselte er seinen Aufenthalt mehrmals im Haus, um bald einen Blick auf die Straße, bald in den Garten werfen zu können. Als er im letzteren nahe dem Haus eine menschliche Gestalt entdeckte, hoben sich ihm die Haare auf dem Haupt.

Dieselbe Gestalt hatte indessen auch die den Geliebten erwartende Ulrike entdeckt und eilte hinab wie gewöhnlich demselben entgegen; sie wunderte sich, dass sie ihn nicht auf dem gewöhnlichen Platz des Zusammentreffens fand. Doch gleich darauf trat jemand aus dem Gebüsch hervor und Ulrike, welche glaubte, Blücher vor sich zu haben, trat schnell näher; gleich darauf stieß sie jedoch einen Schrei aus.

„Still!", sagte jedoch eine unterdrückte Stimme, während sie sich von kräftigen Fäuste ergriffen fühlte. „Ihr Vater hat den jungen

Herrn uns verraten oder verkauft, wie Sie wollen, doch was können Sie daran wenden, wenn ich ihn rette?"

Man kann sich leicht die schreckhafte Überraschung des jungen Mädchens denken; doch es gibt wohl kaum ein weibliches Wesen auf der Welt, das gänzlich den Kopf verliert, wenn es gilt, den Geliebten zu retten.

Schnell besonnen, unterdrückte Ulrike daher ihren Schreck und sagte:

„Fordert – ich habe eine Summe Geld und will gehen, sie zu holen!"

„Nein, das nicht!", sagte der Husar, „wie hoch aber ist die Summe?"

„Hundert schwedische Taler!"

„Gut – ich werde mir dieselben Morgen abholen; Sie gehen dagegen in das Haus zurück und still zu Bett, Kind – wenn nicht Papa ebenfalls auf der Lauer liegt und Sie daran hindert."

Ulrike antwortete nicht, sondern eilte, sobald sie sich losgelassen fühlte, davon; sie wusste selbst nicht, ob sie an die Rettung des Geliebten glauben sollte oder nicht.

Was den Vater betraf, so lag derselbe, wie wir wissen, allerdings auf der Lauer und beobachtete die Bewegungen der Gestalten, welche er nicht erkennen konnte.

Als er eine derselben dem Haus wieder zueilen sah, glaubte er schon, die Zusammenkunft habe wie gewöhnlich stattgefunden, und war eben im Begriff fortzueilen, um sein ungehorsames Töchterlein zu empfangen.

Doch das Auftauchen einer dritten Gestalt fesselte sofort seine Aufmerksamkeit und er sah, wie ebenfalls eine Begegnung mit der Verbliebenen stattfand.

Die letzte Erscheinung war wirklich der junge Blücher, und durch die Dunkelheit getäuscht, wie seine Geliebte, wäre er fast in die Arme des ihn erwartenden Lorenz gestürzt, er griff aber sofort zum Säbel, als er seinen Irrtum gewahr ward.

„Donnerwetter, Preußen!", entfuhr ihm in seiner ebenfalls nicht geringen Überraschung.

„Stille, Herr!", sagte der Husar, „und lasst die Plempe stecken oder zieht sie, doch nur, wenn jemand anderes als ich kommt; ich meine es gut mit Euch, Ihr seid verraten, die junge Dame, welche Euch hier erwartet, habe ich eben zurückgeschickt!"

„Wer seid Ihr?", fragte der Kornett.

„Ein preußischer Husar!", lautete die Antwort, „aber ich bin nicht allein, Garten und Wege sind besetzt; der Herr des Gutes hat uns Eure Besuche entdeckt, doch ich will Euch retten, wenn Ihr mir dafür ein kleines Andenken hinterlasst!"

„Ich verstehe!", murmelte Blücher, „aber der Satan hat mir die Karten in die Hand geführt, ich bin kahl wie eine Kirchenmaus!"

„Keine Uhr? He?", fragte der Husar.

„Alles zu Geier!"

„Das ist fatal – doch ich will Euch auf Ehrenwort gehen lasse, wie hoch wollt Ihrs einlösen?"

„Eine Monatsgage."

„Verdammt wenig, Herr!"

„Dann muss dieser hier!" – Blücher schlug an den Säbel.

„Nutzt Euch nichts!", unterbrach ihn der Husar, „lasst den Sarras in Ruhe, mir seid Ihr schwerlich gewachsen und sicher nicht den anderen; ich will indessen zufrieden sein, – Euer Name?"

„Kornett von Blücher!"

„Ihr Ehrenwort, Herr von Blücher?"

„Ihr habt es!"

„Nun gut; der beste Weg ist eiligst zurück, schnell zu Pferd, und mit Hurra über die Brücke, auf der ein Doppelposten steht – ich werde warten, bis Sie im Sattel sind, ehe ich Lärm mache; einen

zweiten Mann habe ich so gestellt, dass der Ihnen nicht in den Weg kommt!"
„Wie heißt Ihr?"
„Lorenz ist mein schlichter Name!"
„Ich danke, Lorenz!"
„Nicht nötig – sollte ich indessen einmal zu den Schweden gehen, werde ich mir gut Quartier bei Ihnen erbitten, Herr!"
„Und nicht umsonst!", sagte Blücher, sich schnell entfernend.

Eine Minute später ertönte die Stimme des rufenden Husaren durch die Nacht, gleich darauf antworteten andere, man hörte Gepolter und Rufe auf der Brücke hinter dem Garten, ebenso Säbelklirren, dann den Galopp vieler Pferde von verschiedenen Seiten.

Gleich hinter der Brücke stand eine schwedische Vedette; auf diese eilte der Flüchtling zu, ihm nach die preußischen Husaren; die Schweden gaben Feuer und jagten zu ihrer Feldwache zurück, diese war alarmiert, andere Vorposten kamen herbei, die heranstürmenden Preußen fanden eine doppelt so starke Truppe und wendeten um; die Schweden verfolgten sie über die Brücke fort bei Jarmen, vorbei bis an die preußischen Vorposten, diese verstärkten wiederum die Preußen und die Jagd ging abermals der Peene zu und über dieselbe fort nach der schwedischen Seite.

Bei dieser Gelegenheit trafen Wardow und Lorenz aufeinander.
„Dummkopf!", sagte Ersterer, „er hat sich übertölpeln lassen!"
„Oder auch nicht!", antwortete der Husar. „Hat der Herr Oberstleutnant nicht befohlen, einen gewissen Herrn von Blücher vorkommenden Falls zu schonen!"
„Allerdings!"
„Nun der junge Herr heißt von Blücher!"
„Ah – wirklich!"

„Sie konnten nicht weitersprechen, das Gefecht riss sie voneinander; es regnete natürlich Säbelhiebe, auch fielen Schüsse und hin und wieder die Getroffenen aus dem Sattel. Inzwischen waren die Vortruppen beider Armeen alarmiert; Griebens Schwadron rückte aus und eilte im Galopp herbei; von schwedischer Seite kam ebenfalls eine Eskadron zu Hilfe; die Schweden, welche wiederum diesseits der Peene waren, wurden geworfen, jenseits der Brücke attackierte man gegenseitig; doch die Schweden kamen auseinander und jagten in wilder Flucht zurück bis fast nach Gutzkow.

Das hier liegende schwedische Dragoner-Regiment war inzwischen alarmiert, rückte aus und warf sich auf die Preußen, die nun ihrerseits wieder in wilder Flucht umwendeten.

Während dieser Bewegung fielen eine Menge Einzelgefechte vor, bei denen mancher tapfere Reiter ins Gras beißen musste; die Schweden folgten den Preußen wieder über die Brücke; doch nur die aufgelösten Husaren, das Dragoner-Regiment, stellten sich jenseits auf.

Unterdessen war aber auch Belling mit einem ganzen Bataillon Husaren auf dem Platz angelangt, das er schnell zwischen die verfolgenden Schweden und die Brücke schob; jene waren daher abgeschnitten.

XVIII. Der Gefangene.

Die Schweden hatten sich verleiten lassen; sie waren im Grunde genommen so tapfere Soldaten wie ihre Gegner und begierig, die so oft erlittenen Schläge wett zu machen, weshalb sie die Regeln der Klugheit außer Acht ließen.

Doch auch in der misslichen Lage, in welche sie geraten, dachten sie noch nicht daran, sich zu ergeben, vielmehr versuchten sie sich durchzuschlagen, und mehreren gelang es auch wirklich, durch den Fluss zu entkommen. Ob absichtlich oder zufällig ist nicht leicht zu sagen, doch Lorenz ward bei dieser Gelegenheit der Gegner des Kornett Blücher, der sich bei diesem Strauße wacker umhertummelte.

„He, Herr!", rief der alte Spitzbube, „ich hoffe mir an Ihnen noch ein weiteres Lösegeld zu verdienen!"

„Ah, Du bist es!", rief der Kornett zurück, „nun mein „Wort will ich lösen – aber ich dachte, wenn ich es jetzt mit dem Säbel tue, sind wir quitt."

„Der Henker auch, Herr!", meinte Lorenz, „das geht nicht; geben Sie mir nur den Sarras und sich selbst in meine Gewalt, Sie haben Freunde bei uns."

„Freunde – so; das wusste ich kaum!"

„Doch, unseren Chef, den Oberst-Leutnant von der Grieben und den Leutnant von Wardow."

„Ei sieh!", – rief Blücher, „sind sie drüben; es freut mich, Du kannst sie grüßen, wenn Du aus meinen Fingern kommst!"

„Danke, Herr von Blücher; letzteres hoffe ich sicher."

Die Gegner hatten sich während dieses Gesprächs in einer Volte bewegt, und sich scharf im Auge behalten; keiner schien das Gefecht eröffnen zu wollen. Während der letzten Worte des Husaren jedoch hatte Blücher ausgeholt, und da Lorenz glaubte, er werde zuschlagen, so tat er dies ebenfalls. Der flinke Kornett wich aus und erwiderte den Hieb, der jedoch pariert ward.

„Also soll der Säbel entscheiden?", fragte Lorenz.

„Er soll!", erwiderte Blücher.

„Nun denn ehrlich Reiterspiel!", sagte der Husar, „keinen Schuss!"

„Keinen Schuss!", wiederholte Blücher, „ich habe über dem kein Pistol!"

Lorenz war ein alter Reiter, geübt in allen Künsten des Einzelgefechts zu Pferde, und der junge Blücher fühlte bald genug, dass ihm tüchtig eingeheizt ward.
Er erwehrte sich des Gegners, so gut es eben gehen wollte; ärgerte sich aber nicht wenig, als er bemerkte, das ihn derselbe schonte.
„Du wirst Dir bösen Dank verdienen, Mann!", rief er ärgerlich, „ich werde Dich nicht schonen."
„Ich schone Sie nicht, Herr?", lachte der Andere, „sondern meine Uniform, die Sie noch auf dem Leib haben, ich liebe das Kanariengelb, he – das war wenigstens ein Jagdhieb!"
„Donnerwetter!", rief Blücher, als sein Kalsac zu Boden fiel; sein Pferd scheute dabei etwas. Diesen Umstand nahm Lorenz war, gab dem seinen die Sporen, war im nächsten Moment neben dem jungen Mann, riss ihm den Säbel aus der Hand und ihn selbst vom Pferd, das er dessen ungeachtet festhielt.
„Sagen Sie Pardon, Herr!", rief der Husar.
„Verflucht, ich muss wohl!", antwortete Blücher, „lass mich los, ich bin Dein Gefangener." – „Das ist ein verständig Wort!, sagte der Preuße, und dafür will ich mich auch billig finden lassen, wenn Sie fern und Waffen zurückkaufen wollen."
„Wen haben wir denn hier?", rief ein Offizier, der an der Spitze mehrerer anderen heransprengte.
„Unseren Vogel von der Nacht!", rief der Husar, „ich habe ihn doch gefangen!"
„Blücher!", rief ein anderer Offizier, „er ist es wirklich!"
Der Kampf war beendet, die heransprengenden waren der Obersleutnant von der Grieben mit den Offizieren seiner Eskadron und derjenige, welcher die letzten Worte sprach, war Wardow.

„Ja, zum Henker, ich bin's!", rief Blücher ärgerlich, „aber Du hast mir einen schlechten Dienst erwiesen, Wardow!" – „Vielleicht das Gegenteil!", antwortete derselbe.

„Fürchten Sie nichts, junger Mann!", sagte Grieben, „ich habe Sie nicht vergessen, und werde verbürgen, wenn es sein muss, damit Sie bald auf freien Füßen sind!"

„Danke!", antwortete Blücher kurz.

„Der Oberst kommt!", rief eine Stimme und von einem Trompeter begleitet kam der alte Belling auf seinem kreideweißen Schimmel herangesprengt.

Grieben macht ihm die nötige Meldung.

Belling hatte bereits erfahren, wodurch das eigentlich ganz zwecklose Engagement entstanden und lachte jetzt, als er erfuhr, wer der Gefangene war, den er dabei scharf betrachtete.

„Sieht Er, junger Hahn!", meinte der Oberst, „es ist am sichersten im eigenen Land!"

„Dem Grundsatz scheinen Euer Gnaden nicht untreu geworden zu sein?", antwortete Blücher dreist, „denn jenseits der Brücke hat niemand diesen schönen Schimmel gesehen!"

„Sieh, sieh!", lachte Belling, „ihm ist der Kamm noch geschwollen; Er kräht nicht schlecht!"

„Junge Hähne üben sich gerne!"

„Ist er denn auch mit dem Säbel so flink wie mit der Zunge? Es scheint fast nicht so, denn sonst säße Er wohl noch im Sattel!"

Blücher errötete.

„Herr Oberst!", rief Lorenz, „das würde auch so sein, wenn er einen anderen Gegner, als mich gehabt hätte!"

Der Husar klopfte Blücher, dessen Säbel er noch in der Linken hatte, mit der Rechten auf die Schulter.

„Ach, Du hast ihn gegriffen!", sagte der Oberst, „nun, da ists kein Wunder; nichts für ungut, junger Herr; aber Er ist seinem

Namen nach ein deutscher Edelmann, was hat Er bei den Schweden zu suchen!"

„Zufall, Herr Oberst; ich wollte durchaus Husar werden und das Regiment war mir nah, als ich das nötige Alter erreicht hatte!"

„Wo stammt seine Familie her?"

„Ich habe mich nie darum gekümmert; mein Vater stand früher in Hessischen Diensten und hat sich später in Mecklenburg niedergelassen!"

„So sind ihm die Husaren wohl Hauptsache bei der Wahl seiner Dienstherren gewesen!"

„Eigentlich ja!"

„Nun wir sind auch Husaren und zwar ganz nette; meint Er nicht, dass es sich bei uns auch leben lassen könne!"

„Es wäre zu überlegen, Herr Oberst."

„Nun, so überlege Er; Er kann statt der wollenden Achselschnüre gleich silberne haben!"

Der Oberst lächelte ihm nickend zu, gab seinem Schimmel die Sporen und ritt davon. Alles folgte bis auf Wardow, Lorenz und einige andere Husaren, sie sich nach und nach angefunden hatten.

Blücher errötete wiederum über das ganze Gesicht.

„In Teufels Namen denn", rief er, „da habt Ihr mich, auf solche Weise angeworben, wäre ich ein Narr, meine Fortüne auszuschlagen. Lorenz, da ich jetzt Dein Offizier bin oder doch werde, darf ich Dir nichts schuldig bleiben, da hast Du Pferd und alles –!"

„Halt!", sagte Wardow, „behalte alles Freund, Lebrecht, der Lorenz soll anderweit abgefunden werden, komm nur schnell mit zum Hauptquartier, je eher Du den zeisiggrünen Dolmann vom Leibe hast, desto besser!"

„Du hast Recht, Bruder!", rief Blücher sich schnell in den Sattel schwingend.

Die ganze Gesellschaft ritt wie wild und toll davon; eine Stunde später stand der junge Held in der Uniform eines preußischen Husarenoffiziers von Bellings Regiment vor dem Obersten, sich zu melden.

Belling sagte ihm jetzt viel Angenehmes, er hatte den jungen Mann liebgewonnen und bestimmte, dass er später um seine Person bleiben solle. Als er entlassen, suchte er Wardow auf.

„Jetzt nach Jarmen!", rief er demselben zu, und bald darauf befanden sich beide auf dem Weg dahin, jedoch von einem Zug Husaren begleitet.

Was die in Jarmen vor Augen machten, als sie den bisherigen schwedischen Fähnrich als preußischen Husarenoffizier wiedersahen?

Besonders der Vater erschrak nicht wenig.

„Sie meinen es gut mit mir, Herr!", rief ihm Blücher munter entgegen, „doch den Preußen werden Sie hoffentlich nicht fortweisen und verraten!"

„Nein, nein!", antwortete er gute Miene zum bösen Spiel machend.

„Und ich denke, Sie werden ihm auch Ihre Tochter Ulrike versprechen, nämlich, wenn er eine Eskadron hat, denn früher kann er keine Frau ernähren."

Man lachte über diese Werbung ohne Umstände, aber der Jarmer Herr sagte zu und Ulrike ward herbeigerufen; eine Art Versprechung fand statt, und die Offiziere blieben zu Tisch da.

Lorenz wusste inzwischen seine hundert Taler einzuziehen und als sein Streich bekannt ward, gab derselbe neue Veranlassung zur Heiterkeit. Man blieb bis zum späten Abend zusammen. Auf Blüchers Wunsch und Bellings Rat ging indessen der Edelmann mit seiner Familie ebenfalls nach Mecklenburg; denn der Krieg drohte für den Winter, wie es auch später geschah, heftiger als zuvor zu werden.

XIX. Die neuen Stadtaffichen.

Die ehemalige Hansestadt und jetzige schwedische Festung Stralsund hatte von der Not des gegenwärtigen Krieges nicht viel zu leiden. Im Gegenteil, in ihr entwickelte sich nur der Pomp der schwedischen Armee, die bessere Seite des Feldzugslebens, welche Handel, Wandel und Spekulationsgeist zu heben im Stande sind. Die Armeereserve befand sich hier; der Stab der Flotte, des Höchstkommandierenden und mit ihnen die unzähligen Beamten der Intendantur und des Verpflegungswesens.

Von Stralsund aus wurden die vor dem Feind stehenden Truppen verstärkt; in Stralsund erneuerten die Offiziere ihre mangelhaft gewordenen Ausrüstungen.

Der Krieg war also hier teils ein Vergnügen, teils ein Verdienst für die Gewerbetreibenden und raffinierenden Handelsleute, für Spekulanten und Gauner, Spieler, Betrüger, kurz allem Volk, dem die Art wie, wenn es nur Geld verdient, gleichgültig ist.

Gute und schlechte Anschläge kamen dadurch auf die Bahn und zu den guten gehörte jedenfalls die Idee eines gewissen Struck, für die Zeit des Krieges eine Zeitung zu gründen, um stets Wissbegierige über die Schwankungen des Krieges und der am Ort selbst herschenden babylonischen Verwirrung in Kenntnis zu setzen.

Der Entrepeneur dieses Unternehmens dachte nicht daran, sich regelmßige Abnehmer zu verschaffen; er schrieb sein Blatt, ließ es drucken, nannte es: „Die neuen Stadtaffichen", und schickte Männer, Weiber, Knaben und Mädchen, kurz alle, die sich nur damit befassen mochten, in den Straßen umher, dieselben auszurufen und zum Verkauf auszubieten.

Die Sache brach sich Bahn; man kaufte das Blatt und kaufte es wieder; es war zur Gwohnheit, es zu lesen, endlich zum Bedürfnis.

Ehren Struck ermangelte natürlich nicht die hervorragenden Häupter, welche in der Stadt weilten, bis in die genauesten Details zu schreiben, und dies hatte er besonders getan, als die Tochter des Vize-Gouverneurs sich mit dem Kapitän Staelswerd vermählte.

Weiter brachte der Publizist die Heldentaten des Kapitäns und seine Beförderungen, sowie die edlen Handlungen des Gouverneurs und der Baronin, welche letztere die Manie hatte, – wie auch heute viele vornehme Damen, – die Not des armen Volkes zu mildern.

Es konnte daher nicht fehlen, dass man im Haus des Vize-Gouverneurs die Affichen täglich ansah; es war ja so wohltuend, sein Lob zu lesen und der Gouverneur gab sogar selbst Stoff zur Füllung der Spalten des Blattes her.

Im Übrigen war Staelswerd, der so wenig den Freischiffer gegriffen, wie sonst Bedeutendes geleistet, zum Obersten ernannt, hatte einige Orden bekommen, und befehligte ein Geschwader, das bereits im Hafen lag, um in Stralsund zu überwintern.

Noch hatten die beiden Ehegatten nicht gemeinschaftlich gelebt; jetzt sollte es sich zeigen, ob es überhaupt für sie möglich sein werde, ob jedes seine Freiheit behalten solle, wie man es früher schon ausgemacht.

Natürlich wurden die Dehors streng beachtet zwischen ihnen, und wer beide nur oberflächlich beobachtete, konnte leicht zu der Ansicht kommen, dass der Oberst der zärtlichste Gatte, und die Frau Baronin die hingebenste Gattin sei.

Es war ungefähr eine Woche nach den zuletzt erzählten Ereignissen, als der Oberst des Morgens seine Gemahlin besuchte, und beide gingen dem Gouverneur ihren Gruß zu bieten. Das

Wetter hatte sich um jene Zeit bereits in Frost verändert, und der Gellen war mit Eis bedeckt. Als das junge Ehepaar eingetreten, wechselte es mit den Eltern verschiedene nichtssagende Komplimente, die damit endeten, dass die Eltern die Kinder zum Frühstück einluden. Diese Einladung ward natürlich angenommen, und man setzte sich an den Tisch, doch ehe noch derselbe gehörig serviert war, erschallte eine Stentorstimme von der Straße herauf:
„Köpt de Affichen", rief dieselbe, „köpt de Affichen!"
„Das ist prächtig!", rief der Gouverneur, „nichts angenehmer als die Neuigkeit des Tages mit dem Frühstück einzunehmen, ein prächtiger Kerl dieser Struck, und ich denke, ihn nächstens dem Ordens-Kapitel namhaft zu tun!"
„Daran würden Sie guttun, Papa!", sagte die Frau Oberst, „der Mann hat sich wirklich um die bessere Gesellschaft verdient gemacht!"
„Einen Orden diesem Einfaltspinsel geben!", meinte Staelswerd verächtlich.
„Warum nicht, mein Herr?", fragte die junge Frau, „ich glaube mehr Leute zu kennen, die für nichts und wieder nichts mit solchen verdienstlichen Anhängseln beehrt sind!"
Staelswerds Stirn legte sich in Falten und sein Blick drückte mehr aus, als Worte es gekonnt hätten, dass er sich getroffen fühlte. Die junge Frau lächelte sarkastisch.
„Sieh, sieh!", meinte der Vater, „aber das müssen Sie gewohnt werden, lieber Sohn, die brave Frau Oberst lässt in dieser Hinsicht selbst nicht unsere wichtige Person ungeschoren!"
„Oh, was Sie betrifft."
„Stille, Du Naseweis – doch da sind die neuen Affichen; lesen Sie uns daraus vor, lieber Oberst!"

Staelswerd war bedeutend durch die Spötterei seiner Gemahlin verstimmt worden und die Begütigung des Vaters derselben vermochte dies nicht sofort zu verscheuchen. Er nahm indessen das Blatt, dessen Papier kaum gröber sein konnte, und las mehrere der darin wirr durcheinander in Form von kurzen Notizen enthaltenen Aufsätzen ab; es war zum Teil Stadtklatsch; plötzlich jedoch stutzte er.

„Also schon wieder jemand!", murmelte er.

„Was gibt's Besonderes?", fragte der Gourverneur.

Der Oberst las:

„Der Kornett von Blücher von Mörner Husaren, welcher im Gefecht bei Jarmen von den Preußen gefangen worden, ist als Offizier in das Regiment von Belling Husaren zu den Preußen übergegangen; es scheint, als hätten die bekannten Landesverräter von der Grieben und von Wardow ihn zu dem von ihnen begangenen Verbrechen verleitet; dafür wird denn auch sein Name neben den ihrigen am Galgen vor den Frankentor prangen!"

Die beiden Herren sprachen sich sehr bitter über diesen Fall aus und kamen zu der Überzeugung, dass den deutschen Angehörigen Schwedens in diesem Krieg durchaus nicht zu trauen sei; sie begannen hiernach eine Abhandlung über mögliche Vorkehrungen, weiteren Verrat und erneuerte Desertationen zu hindern, worin sie jedoch durch die Frauen mit der Bitte an den Obersten, weiter zu lesen, unterbrochen wurden.

Staelswerd las und stieß endlich auf folgenden Satz:

„Der berüchtigte Freischiffer Jacobson soll die Frechheit gehabt haben, sich am hellen Tag aus offener Straße zu zeigen; ein Versuch ihn zu verhaften, ward durch einen Schwarm trunkener Seeleute verhindert, die ihn für einen verfolgten Kameraden hielten; die Excedenten wurden verhaftet, und sollen bestraft werden!"

Der Oberst stutzte plötzlich, denn als sein Blick auf seine Gemahlin diel, entdeckte er, dass dieselbe errötet war!

„Sind Sie unwohl, meine Gnädige?", fragte er erstaunt.

„Nein!", antwortete die Dame kurz, wobei sie jedoch noch dunkler erglühte.

„Nun, nach Stralsund wird sicher der Bursche nicht wagen!", meinte der Gouverneur.

„Dem Menschen ist alles zuzutrauen!", brummte Staelswerd, während er nachdenklich vor sich hinstarrte.

„Nur nicht, dass er sich von seinen Verfolgern fangen lässt!", sagte die junge Frau schnell.

„Madame!", fuhr ihr Gatte auf.

„Ruhe, Kinder –!", rief der Gouverneur, „was habt Ihr denn; das ist für den Baron ein empfindlicher Punkt, Du übermütiges Kind, doch Sie werden den Piraten nächsten Sommer seiner längst verdienten Strafe überliefern!"

„Unter Umständen vielleicht auch noch früher!", antwortete Staelswerd, seine Frau fixierend.

Doch diese hielt jetzt seinen Blick vollkommen ruhig aus und lächelte dazu.

„Wissen Sie vielleicht, Herr Gemahl?", fragte sie, „ob der Freibeuter schon mit Clara von der Grieben vermählt ist?"

Der Oberst warf das Blatt heftig hin; doch ebenso schnell nah er es wieder auf, scheinbar plötzlich ruhig geworden. Er las weiter:

„Unser Mitbürger Blise ersucht die Herrschaften, welche heute die Eispartie mitmachen, ja präzise zwei Uhr an der Fährbrücke zu sein, um die Rangordnung bei der Abfahrt bestimmen zu können. Das herrliche Wetter verspricht die Partie sehr interessant zu machen!"

„Um zwei Uhr schon!", rief die junge Frau, „mein Gott, und es ist schon zwölf – Mama, werden wir denn bis dahin mit unserer Toilette fertig werden?"

„Ich denke doch, mein Kind!", antwortete diese, „aber die Herren werden uns entschuldigen, wir haben wirklich keine Zeit übrig!"

Man erhob sich, verbeugte sich, und die Damen gingen davon. Staelswerd begleitete sie und sagte an der Tür zu seiner jungen Gemahlin:

„Darf ich heute Ihr Kavalier sein, meine Gnädige?"

„Ich danke!", sagte die junge Dame kalt –, „ich werde mich der Schlittschuhe bedienen, der Damenklub will für sich bleiben!"

Der Baron biss sich auf die Lippen und kehrte zu dem Gouverneur zurück.

„Exzellenz!", sagte er mit Bitterkeit, „ich komme mir meiner Frau gegenüber vor wie – nun ich kann die rechte Bezeichnung nicht aussprechen!"

„Stille, Lieber!", lispelte der Schwiegerpapa wichtig, „unsere Damen müssen ihren Willen haben, es ist das Vorrecht der höheren Aristokratie und nimmt ja auch uns die Fesseln ab!"

„Ja, es ist wahr!", murmelte Staelswerd und fügte für sich hinzu, „Fesseln werde ich zur rechten Zeit bereithalten!"

XX. Die Eispartie.

Als die Baronin sich von ihrer Mutter getrennt und in ihrem Zimmer angelangt war, ging sie in demselben heftig erregt mehrmals hin und her.

„Da hätte ich mich fast verraten", murmelte sie dabei, „wie war das möglich, ich muss durchaus mehr auf mich achte."
Nach diesen Worten schritt sie an den Schreibsekretär, entnahm demselben ein Paket Papier, dessen Format, grobe Beschaffenheit und schlechten Druck sie ebenfalls als eine Anzahl Exemplare der neuen Stadtaffichen erkennen ließen.

Dass eine Dame, wie die Frau des jetzigen Obrist Staelswerd, Papiere dieser Art so sorgfältig bewahrte, musste seinen guten Grund haben und hatte ihn auch.

„In jedem dieser Zeitungsblätter befanden sich nämlich Artikel, deren Zeilen dick mit Rötel unterstrichen waren, und die Baronin begann jetzt, die so bezeichneten Stellen, eine nach der anderen, zu lesen. Die erste lautete:

Es scheint sich doch zu bewähren, dass der berüchtigte Freibeuter Jacobson noch ein Mann in den besten Jahren ist, man will denselben nämlich einige Wochen, nachdem er mit unerhörter Frechheit ein königliches Schiff angegriffen und schwer beschädigt hat, in Lübeck gesehen haben. Wie es heißt, soll er dort den Landesverräter Grieben und seine Familie sowie den Deserteur Wardow gelandet haben.

In einem zweiten Artikel hieß es:

Es muss traurig um eine Macht stehen, wenn dieselbe mangelnde Kriegsbedürfnisse durch Bündnisse mit Verbrechern zu ersetzen sucht, wie dies seitens Preußen geschehen, das den Piraten Jacobson förmlich in seine Dienste genommen haben muss. Es scheint demselben auch gelungen zu sein, eine Anzahl bewaffneter Schiffe auszurüsten, mit denen er unter preußischer

Flagge auf der Höhe von Mönchgut erschien, wo es zwischen ihm und der königlichen Flotte zum Treffen kam. Böswillige behaupten, dass die fünf Schiffe des Piraten über zehn königliche Schiffe den Sieg davongetragen hätten. Diese verleumderischen Gerüchte widerlegt jedoch der Rapport des Admirals Grafen Horn vollständig.

Ein dritter Aufsatz sagte:

Die Escadre des speziell zur Verfolgung des Seeräubers Jacobson abgesendeten Baron Staelswerd traf mit den Schiffen desselben auf der Höhe von Bornholm zusammen. Der Baron Staelswerd so gröblich durch den Seeräuber beleidigt, griff ihn mutig an und schlug ihn in die Flucht. Was die Fama von entmasteten Schiffen spricht, ist offenbar Verleumdung.

Ein vierter lautete:

Es ist unwahr, dass der bekannte Flibustier Jacobson eine schwedische Fregatte in den Grund gebohrt hat.

Ein fünfter:

Die Landung des Piraten Jacobson unfern von Wyk bestätigt sich. Ebenso die Zerstörung der Magazine bei Eldena durch eine Feuersbrunst. Ob dieselbe mit jener Landung in Verbindung steht, ist jedoch ungewiss.

In dem letzten hieß es:

Bei dem herannahenden Winter scheint es dem Seeräubergezücht auf der hohen See unbehaglich zu werden, denn der bekannte Jacobson versuchte mit seinen Schiffen in den Hafen von Kolberg zu gelangen. Es gelang dies doch nur einem derselben, während die anderen zur Flucht auf die hohe See hinaus gezwungen wurden.

Man sieht, der brave Struck verstand sein Metier ebenso gut, wie die heutigen Zeitungsschreiber, aber man las auch damals bereits zwischen den Zeilen, und jedenfalls verstand sich die Baronin darauf, denn als sie geendet, sagte sie:

„Welche mühsamen Wendungen, um die Tapferkeit eines kühnen Mannes zu verdecken, und die offenbare Unfähigkeit seiner Gegner zu bemänteln. Es ist wahrhaft lächerlich, dass die ganze schwedische Marine nicht im Stande ist, die geringen Kräfte eines von ihr dem Anschein nach verachteten und arg verleumdeten Mannes zu überwältigen. Ich wundere mich durchaus nicht über Fräulein Clara von der Grieben, im Gegenteil, sie ist einer so interessanten Eroberung wegen zu beneiden, und ich will versuchen, ihr dieselbe streitig zu machen. Ich werde ihn also heute sehen und selbst urteilen können. Eine solche Zusammenkunft verpflichtet mich zu nichts und ich bin begierig, zu hören, wie man über meine Kühnheit urteilen wird. Erscheint der Freischiffer wirklich bei der Partie, so dürfte dies seinen Ruf um Bedeutendes heben, und welch Gesicht mein Herr Gemahl machen wird – bah mein Gemahl."
Die Baronin, welche mit diesen Worten ihren Monolog beendete, machte zugleich eine wegwerfende Bewegung und begann, als habe sie nun nichts weiter zu tun, sich mit ihrer Toilette zu beschäftigen. Zur Unterstützung bei derselben rief sie eine Zofe herbei, und etwas vor zwei Uhr begab sie sich, in reichem Kostüm, eine herrliche Erscheinung bildend, in den Salon, wo ihre Eltern und ihr Gemahl bereits warteten. Ihr Vater schien entzückt von ihrem Aussehen und auch der Obrist sagte ihr einige Liebenswürdigkeiten. Hiernach begaben sich alle vier auf die Straße hinab, wo bereits der Wagen ihrer wartete, da noch nicht Schnee genug lag, um einen Schlitten zu benutzen, und bestiegen denselben. Man fuhr ab.
Es war, wie auch der Herr Affichenschreiber schon bemerkt, ein ausgezeichnet schöner Tag. An dem klaren durchsichtigen Himmel hing kein Wölkchen. Die Luft war zwar scharf, aber ohne jede Spur einer Bewegung und das vollkommen ebene Eis des Gellens hatte jene schwarzgrüne, glänzende Farbe, welche es

wie Hagat [sic: Gagat?] schimmern macht. Auf demselben hatten sich neben der Fährbrücke bereits die mehrsten derjenigen, welche die Partie mitzumachen beabsichtigten, zusammengefunden. Sie gehörten durchweg der besten Gesellschaft an, und wohl selten sah man eine größere Mannigfaltigkeit der Uniformen an einem Ort, als gegenwärtig hier. Die Art und Weise wie die Partie ausgeführt wurde, war verschieden. Die Bequemeren der Herrschaften setzten sich in Schlitten, welche von scharf beschlagenen Pferden gezogen wurden. Andere bedienten sich ebenfalls der Schlitten, jedoch kleinerer, welche dadurch fortbewegt wurden, dass ein auf ihrem hinteren Teil stehenden Mann dieselben mit einer Pike fortstößt. Die Mehrzahl der jüngeren Herrschaften jedoch bedienten sich der Schlittschuhe, um auf der glatten Fläche fortzukommen.
Alle diese Mittel zur Fortbewegung können sich zwar nicht mit der heute an der Tagesordnung befindenden Dampfkraft messen. Doch ließen sie sich sämtlich bis zur Windesschnelle steigern. Besonders die durch Piken fortbewegten Schlitten können bei gutem Eis, gehöriger Führung und günstigem Wind die Schnelle des Vogelfluges entwickeln.
Herr Bliese, der Aufseher der Seebäder der Stadt und der Entrepreneur dieses Vergnügens, vervielfältigte sich förmlich bei Aufstellung der Züge, und hatte auf tausend Fragen tausend Antworten, denen er meistens noch als Zugabe hinzufügte, dass man am Palmer Ort, bis wohin die Partie ausgedehnt werden sollte, ein ausgezeichnetes Diner finden würde. Als endlich die Schlitten in verschiedene Reihen aufgestellt waren, deren Spitzen die Hauptstandespersonen bildeten, wurden die Schlittschuhläufer gleichsam als Plänkler um die Kolonne verteilt:

Einen eigentümlichen und jedenfalls interessanten Anblick bot jedoch der Damenschlittschuh-Klub dar. Die schönen Gestalten in kleidsamen Trachten, die lieblichen Züge, die vielen Federn, bunte Bänder ließen diesen Teil der Partie den Blick am meisten fesseln. Um das Bild vollständig zu machen, hatte sich eine unabsehbare Zuschauermenge eingefunden, in der alle Alters- und Volksklassen vertreten waren.

Der Zug war bereits geordnet und man erwartete das Signal zum Aufbruch, als der Obrist Staelswerd, welcher ebenfalls auf Schlittschuhen war, sich eine Gruppe von Herren näherte, die sich ohne allen Zweifel zu unbehaglich in ihren Kleidern fühlten, als sie fremd in der Gesellschaft sein mussten, denn sie hatten sich, dicht zusammenstehend, von allen übrigen isoliert und betrachteten jeden sich nahenden nur mit scheuen Blicken. Ihr moderner Zivilanzug passte keineswegs, obgleich sie durchweg gut gewachsene Leute waren, und das Einzige, womit sie vertraut zu sein schienen, waren die Schlittschuhe, welche sie ebenfalls unter den Beinen hatten.

„Nur nicht blöde", raunte ihnen der Obrist zu, haltet Euch stets in meiner Nähe und seid meines Winks gewärtig. Um jedoch Aufsehen zu vermeiden, mischt Euch unter die Übrigen."

Der Obrist entfernte sich wieder und die Männer taten zögernd, wie ihnen geheißen. Gleich darauf ward das Signal zum Aufbruch gegeben.

Die Pferde zogen an, die Pikenänner begannen ihre Arbeit, die Schlittschuhläufer setzten ihre Beine in Bewegung. Lauter Jubel erschall und wurde durch ein gewaltiges Hurrageschrei der Zuschauer beantwortet.

Inzwischen hatte sich Staelswerd an die Spitze der Kolonne begeben und ließ dieselbe an sich vorüber passieren. Er musterte, so viel es gehen wollte, jedes Gesicht und jede Figur der Vorüberlaufenden. Natürlich fand er nicht, was er suchte und war auch selbst wohl überzeugt, dass dies nicht möglich sei. Er wendete sich schließlich an einen der Männer, mit denen er erst gesprochen, als derselbe in seine Nähe kam.

„Also Du meinst", sagte er, „ihn in jeder Verkleidung zu erkennen."

„Ich bin meiner Sache gewiss", antwortete der Mann.

„So merke auf", sagte der Obrist, gab sich einen Schwung und glitt mit der Schnelligkeit des Windes davon.

XXI. Unerhört.

Aus den Notizen in den Struck'schen neuen Affichen wissen wir so ziemlich, welchen Heldentaten Jacobson unter preußischer Flagge im Laufe des Sommers verrichtete.

Andere Kämpfe mit der russischen Flotte sind uns nicht genau aufbehalten, doch hat es dergleichen gegeben, und sie waren, wie die meisten, mit schwedischen Schiffen, für den schwarzen Adler siegreich.

Was den letzten Aufsatz betrifft, so war es keineswegs Jacobsons Absicht, mit seinem Geschwader in den Hafen von Kolberg einzulaufen, sondern lediglich dieser Stadt und Festung, welche durch die Russen sehr bedrängt ward, ihre Söhne wieder zu geben.

Zu diesem Zweck hatte Swieten das Kommando des Merkur übernommen, das Geschwader griff die schwedischen Wachtschiffe an, und während man sich schlug segelte van Swieten mit seinen Kolberger Kindern in die Mündung der Persante hinein. Als es geschehen, verließen die übrigen vier Schiffe die Gegend wieder, um einen anderen Schauplatz für ihre Tätigkeit aufzusuchen.

Wie wir später sehen werden, beabsichtigte Jacobson einen bedeutenden Handstreich, der denn auch glücklich ausgeführt ward.

Die Frau des Obersten Staelswerd war eigentlich keine von den enthusiastischen Frauen. Man wird sich aus früheren Anführungen über sie dies auch leicht erklären können.

Dennoch hatte der Ruf des Freischiffers ihre Aufmerksamkeit erregt und ein geheimer Zug des Herzens ließ sie ihm ein ihr selbst unerklärliches Interesse zuwenden.

Dies musste sich durch die Beziehungen ihres Gemahls zu demselben bald noch sehr steigern, und in endlich in den Wunsch über, den merkwürdigen Mann kennenzulernen.

Übrigens war denn auch mit der Zeit über sein Herkommen so viel bekannt geworden, dass dies hinreichend war, ihn als eine seltene Erscheinung hinzustellen.

Der Wunsch der Baronin wäre indessen sicher ohne Erfüllung geblieben, wenn nicht der Zufall das Vermittleramt übernommen hätte.

Dass ein Mann, wie Jacobson, seine Späher überall haben musste, wo er seine Tätigkeit entfaltete oder zu entfalten Lust hatte, darf wohl kaum erst gesagt werden.

In dem damals schwedischen Vorpommern ging dies auch bei einer gewissen Lauheit der Verwaltung sehr leicht an; über dem waren die Bewohner des Landes seit der Zeit, dass die Schwester Carls XI. zur Regierung gekommen, durchaus nicht enthusiastische Schweden.

Wir haben bereits der Neigung der Baronin gedacht, den Armen beizustehen. Vielleicht war dies nur eine gewisse Koketterie, nur der Schein eines gar nicht vorhandenen Wohltätigkeitssinnes; doch führte derselbe die gute Dame zu Zimmern in die Hütten armer Vorstadtbewohner und anderer hilfsbedürftiger Personen.

Bei einem solchen Besuche musste die mildtätige Dame indessen wahrnehmen, dass die von ihr bis jetzt unterstützten Leute sich einer gewissen luxuriösen Verwendung hinsichtlich der von ihnen zuletzt genossenen Nahrungsmittel schuldig gemacht hatten.

Antike wie moderne philanthropische Bestrebungen von Damen scheinen sich stets dadurch ausgezeichnet zu haben, dass diese Samariterinnen es sich zur Hauptsache gemacht haben, ihre Pfleglinge nie aus einem gewissen mäßigen Hunger herauskommen zu lasen, obwohl sie dieselben vor dem Hungertod gerade schützen.

Ein mäßig hungerndes Volk regiert sich am besten, soll einst ein Staatsmann gesagt haben.

Ein mäßig hungernder Mensch mag daher auch wohl am dankbarsten sein, denn erwiesener Maßen wischt sich der Gesättigte den Mund und wird leicht übermütig.

Die Frau Oberst also machte eine Entdeckung, die sie empörte, denn sie war in dieser Hinsicht sehr streng.

Eine wohltätige Dame kann bei ihren Schützlingen immerhin etwas wagen, und deshalb sprach die Baronin zuvörderst ihre Unzufriedenheit auf ziemlich plebejische Weise aus. Das geschah indessen wohl, weil sie eben zum Volk sprach, das die feine Ausdrucksweise der Aristokratie doch nicht verstanden hätte.

Sie ließ es indessen auch dabei noch nicht bewenden, sondern begann eine Haussuchung zu halten bei der das Gerippe eines kapitolinischen Vogels, in der Naturgeschichte Hausgans genannt, zu Tage kam.

Es gibt ein Bild, auf dem die Szene dargestellt ist, wie ein katholischer Geistlicher eine Familie beim Fleischvertilgen in der Fastenzeit überraschte.

Eine ähnliche Szene folgte jetzt auch in der Wohnung des verarmten Fischers auf der Frankenvorstadt und die Frau Oberst Staelswerd war gleichsam die Directrice de Spectacle, bis eine andere Person ihr dies Amt streitig machte.

Dieselbe erhob sich nämlich aus einem Haufen von Lumpen und Kleidern, als die Ermahnungen der wohltätigen Dame zu arg wurden, die jeden Satz mit demselben Wort schloss, mit dem sie den nächsten wieder begann, und dies Wort lautete „Unerhört".

Jene Person aber stellte sich dar als eine theeriger, russiger Bursche, von so verwildertem Exterieur, dass er wohl geeignet war, Furcht einzuflößen, als er rief:

„Gott verdamm mich, 's ist unerhört, wer seid Ihr, Frau, und was wollt Ihr von meinem Gänsegerippe, das ich meinen Wirtsleuten zum Abnagen überlassen!"

Die Dame erschrak nicht wenig; doch sie fasste sich schnell; dieser Bursche der Ursache hatte sich zu verbergen, der sich bei Leuten einlogierte, die sonst keine Herbergen haben, der trotz seines desolaten Äußeren einen prachtvollen Ring auf seinem schmutzigen Finger und eine goldene Kette in einem Knopfloch trug, welche das Vorhandensein einer Uhr verriet, war sicher ein gefährlicher Mensch, daran durfte sie nicht zweifeln.

Doch eine schnelle Ideenverbindung verriet ihr nebenbei, dass sie es mit keinem gewöhnlichen Verbrecher zu tun hatte, und so weit gekommen erholte sich die Frau Oberst mit einem Seufzer und dachte an eine Antwort.

„Oh!", sagte sie langsam, „das ist etwas Anderes; auf diese Weise sind wir gewissermaßen Genossen, doch was macht Euer Chef der Kapitän Jacobson?"

„Donnerwetter!", rief der Mann, indem er erschreckt zurückfuhr. Im nächsten Moment jedoch fuhr seine rechte Hand mit einer verdächtigen Bewegung unter die Klappe seiner Jacke.

„Lasst die Waffe ruhen!", sagte die Dame beherzt, „wo befinden sich der Kapitän jetzt?"

„So fragt man Leute aus!", brummte der Mann verdrießlich, „doch ich kann auch nicht sagen, wenn ich auch wollte, denn ich weiß nur, wo ich mich befinden soll, damit ich wieder zu ihm komme!"

„Nun gut!", sagte die Frau, „ich habe einen Auftrag für Euch, den Ihr dem Kapitän ausrichten sollt, kommt deshalb in einer Stunde zu dem Portier des Gouvernementshauses, Ihr werdet dort ein Schreiben und Euren Lohn empfangen, oder noch besser – Frau, Ihr könnt beides von mir selbst abholen, damit dieser gute Mann nicht in Gefahr kommt. Gott befohlen."

Frau Oberst von Staelswerd ging, und ihr Auditorium blieb mit aufgesperrten Mäulern zurück. Doch nach einer kurzen Beratung folgte ihr die Frau und brachte, wie die Dame gesagt, ein an den Freischiffer adressiertes Schreiben sowie eine Summe Geld als Botenlohn für den Überbringer zurück.

Diese letztere teilte derselbe großmütig mit seinen Wirtsleuten, welchen auf diese Art zuerst eine wirkliche Wohltat durch die Dame zufloss.

Das Schreiben dagegen wendete und drehte er hundertmal zwischen seinen knochigen Fingern umher, steckte es fort und holte es wieder hervor.

„Unerhört!", murmelte er endlich, „der Kerl hat den Teufel im Leib, das ist nun schon klar; ich glaube, er briefwechselt auch mit dem König von Schweden, während er Krieg mit ihm führt; doch am Ende ist das ganz gut, wenn es nur für uns vorteilhaft bleibt; vielleicht fällt auch noch von ihm etwas ab, wenn ich das Dings übergebe!"

XXII. Eine Invitation.

Jacobson hatte, als er die hohe See bei Kolberg gewonnen, seine vier Schiffe sich trennen lassen, um einzelne gewisse Schlupfwinkel der pommerschen Küste zu erreichen.

Als dies geschehen, entsendete er einen Boten zu dem Obersten von Belling mit einem Vorschlag, der diesem im Grund genommen etwas gewagt schien, obschon er nicht eben leicht von einem Wagnis zurücktrat.

Belling beriet dasselbe indessen mit seinen Staatsoffizieren, wobei der Oberstleutnant von der Grieben dadurch den Ausschlag gab, dass er den Freischiffer als einen zwar überaus kühnen, doch auch zugleich besonnenen und glücklich kalkulierenden Menschen schilderte.

Der Mann, welcher mit der Baronin so unerwartet zusammentraf, war der Bote des Kapitäns, und Belling hatte ihn mit der Antwort zurückgesendet, dass er auf den Vorschlag Jacobsons eingehe.

Inzwischen war leichter Frost eingetreten, und die schwedischen Schiffe eilten, die Häfen aufzusuchen, um nicht von denselben ausgeschlossen zu werden.

Dies war dem Projekt des Freischiffers günstig und machte möglich, dass er sich ruhig mit seinen Schiffen nach Swinemünde begeben konnte, um von hier aus, so lange das Wasser es noch erlaube, kleinere Unternehmungen in Booten zu machen, die bis zu dem offenen Wasser über das Eis getragen wurden.

Der Bote Jacobson musste zugleich das Geschäft des Spions übernehmen und war zu diesem Zweck in Stralsund anwesend, welches er jedoch noch an dem Tag verließ, als er den Auftrag der Frau von Staelswerd erhalten.

Er traf seinen Kapitän in der Peenemünder Schanze und richtete neben anderen Bestellungen den Auftrag der Baronin aus; der Kapitän las den Brief und steckte ihn einstweilen lächeln ein, um zuvörderst einige Anordnungen zu treffen, dann begab er sich in seine Wohnung am Land, sandte einen Kurier an König Friedrich ab, um diesen mit dem Anschlag, dessen Ausführung Belling zu unterstützen versprochen, zu unterrichten und nahm dann wiederum das Schreiben hervor:
Dasselbe lautete:
„Mein Herr!
Ihr Ruf, der Sie nur ehren kann, hat mich aufmerksam auf Ihre Person gemacht, und die Beziehungen, in denen Sie zu meinem jetzigen Gemahl standen, macht Sie interessant genug in meinen Augen, Sie kennenzulernen. Weshalb? Das ist eine Frage, die sich bei diesem von mir ausgesprochenen Wunsch Ihnen aufdringen muss, und meine Antwort darauf lautet: Es ist vielleicht Laune, die Caprice eines mit nichts Interessantem beschäftigten Frauenzimmers. Doch, wenn Sie der Mann sind, als welchen ihre Handlungen Sie bezeichnen und ich Sie mir vorstelle, so werden Sie gewiss so galant sein, dieser Laune einer Dame eine Affäre zu bringen, da dasselbe auch für Sie nicht ohne gewissen Reiz sein dürfte. Die Noblesse der Stadt wird am Freitag eine Eispartie bis zum Palmer Ort machen, ich denke, Sie werden sich bei dieser Gelegenheit mir nahen können, vier Federn auf meinem Hut, die schwedischen und preußischen Farben darstellend, mögen Ihnen als Kennzeichen dienen. Ihrer Kühnheit darf ich wohl zumuten, dass Se sich rücksichtslos unter die ganze Sippschaft Ihrer Gegner mengen, die Sie übrigens zu verachten alle Ursache haben."
Der Brief war mit dem vollen Namen der Schreiberin unterzeichnet.

Jacobson ließ die Hand, welche denselben hielt, sinken, als er gelesen und begann nachzudenken.

„Soll das eine Falle sein?", fragte er sich dabei und antwortete sofort: „nein, dann würde nicht die Frau Staelswerd schreiben. – Die Frau desselben! – nur einen Fleck auf die Ehre dieses Menschen zu werfen, dürfte mir wohl anstehen – ich werde der Einladung nachkommen!"

Am Morgen des Tages, der zu der Eispartie bestimmt war, verließ Jacobson ganz allein und auf Schlittschuhen seinen Aufenthalt, um in den bereits mit Eis belegten Greifswalder Bodden zu laufen.

Ein paar Stunden genügten dazu, und er kam zeitig genug an das Ziel, um dort einige Stunden zu ruhen und sich vollständig so auszustaffieren, dass er nicht so leicht zu erkennen war. Jacobson hatte die Uniform eines schwedischen Artillerieoffiziers gewählt, weil diese es ihm möglich machte, durch ihren hohen Kragen die Wurstlocken der Haartour und der breitrandige Hut sein Gesicht fast gänzlich zu verbergen.

Die Gesellschaft kam freilich näher und erreichte das Ziel ihres Ausfluges zwischen drei und vier Uhr, einer Tageszeit, zu der es im Herbst schon bedeutend zu dunkeln beginnt.

Das Gewirr um das damals hier stehende Fähr- und Gasthaus war so bedeutend, dass es einem ganz Fremden leicht werden musste, sich in dasselbe zu mischen, was denn auch Jacobson, der sich ein Zimmer genommen hatte, sofort tat, das Erkennungszeichen zu entdecken.

Es fiel nicht schwer, die Dame mit den vier Federn in schwarz, weiß, blau und gelb herauszufinden, und Jacobson prüfte zuvörderst die Umgebung derselben, in der er jedoch nichts Verdächtiges bemerkte.

Wohl aber entdeckte er, dass auch Staelswerd mit wahren Luchsaugen alle Bewegungen der Dame beobachtete, und namentlich alle Personen, die sich derselben näherten, aufmerksam prüfte.

„Also soweit schon!", murmelte der Kapitän, „ich muss vorsichtig sein, wenn dies dennoch eine plumpe List wäre, mich zu ergreifen: offenbar sind die Burschen dort in der Umgebung des Obersten, so etwas wie seine Adjutanten oder Handlanger; Herr Oberst, wenn Sie pfiffig sind, bin ich schlau!"
Der Kapitän drängte sich mit in das Haus hinein, suchte aber an der Tür zu bleibe, bis die Damen, in deren Kreise die Baronin noch immer weilte, ebenfalls das Haus betraten.

Jacobson hatte ganz richtig vermutet, dass hier ein Moment eintreten müsse, in dem der Oberst seine Gemahlin aus den Augen verlieren müsse und in denen er einige Worte an die Dame richten könne.

Als dieselbe an ihm vorüberschritt, flüsterte er:
„Das Zimmer Nr. 1 eine Treppe!"
„Ah –", machte die Baronin, fügte aber sofort hinzu: „in einer Sekunde!"
An Zimmern war in dem für eine so zahlreiche Gesellschaft viel zu kleinen Haus bedeutende Not; nur die bevorzugten Damen konnten, und zwar auch nur immer mehrere zusammen, besondere Zimmer zur Veränderung der Toilette erlangen.
Jacobson hielt sich jetzt nicht weiter an der Haustür auf, sondern eilte das von ihm mit Beschlag belegte Zimmer zu erreichen, das gleich darauf auch die Baronin betrat.
„Kapitän Jacobson?", fragte dieselbe kurz.
„Ihr gehorsamer Diener, gnädige Frau!", sagte der Kapitän, seine Flachstour abnehmend; die Frau betrachtete ihn aufmerksam.

„Sie werden meinen Wunsch sonderbar finden!", fuhr dieselbe fort.

„Nicht im Mindesten", antwortete der Kapitän, „ich begreife sogar recht gut, dass die Gemahlin des Obersten Staelswerd seinen ärgsten Gegner kennenzulernen wünscht."

„Keine derartigen Schlüsse, mein Herr, ich wollte hauptsächlich sehen, ob eine Dame, wie Fräulin Clara von der Grieben, einen guten Geschmack gezeigt."

„Nun, wie urteilen Sie darüber, meine Dame?"

„Sie sind nicht hübsch, doch interessant, und Ihr Ruf gibt Ihnen einen Nimbus!"

„Ich danke für dies Kompliment."

„Es soll keins sein; aber dachten Sie bei meiner Einladung nicht an Verrat?"

„Nicht von Ihrer Seite; doch an Zufälligkeiten; es sind zweihundert gut bewaffnete flinke Schlittschuhläufer in der Nähe, bin ich beim Aufbruch der Gesellschaft nicht bei ihnen eingetroffen, wird diese Stralsund nicht wieder erreichen, sondern ihre Mitglieder samt und sonders Gefangene des Königs von Preußen sein!"

„Ich wünsche dies nicht!"

„Ich beabsichtige es sonst auch nicht; doch Ihr Gemahl beobachtete Sie scharf, ich glaube er ahnt etwas!"

„Das glaube ich selbst!"

„Es dürfte deshalb gut sein, unsere Zusammenkunft abzukürzen."

„Ja – werden Sie Clara von der Grieben zu Ihrer Gemahlin wählen?"

„Ich glaube wohl – wenn die Eltern sonst mir diese Verbindung gestatte wollen!"

„So darf ich wohl nur um Ihre Freundschaft bitten?"

„Ich habe nur diese zu gewähren!"

„Ich bitte darum, und hoffe, Ihnen nützlich sein zu können."
„Sie sind sehr gütig!"
„Ich darf dies Zimmer nach Ihrer Entfernung behalten!"
„Es ist für Sie bestimmt!"
„Sehr aufmerksam, mein Herr; wann sehen wir uns wieder?"
„Wann und wo Sie wollen!"
„Also in Stralsund?"
„Ich werde mich einstellen – Sie wünschen vielleicht von dem Obersten befreit zu sein?"
„Nicht eigentlich – ich ertrage ihn wie ein notwendiges Übel."
„So darf ich mich empfehlen?"
„Nehmen Sie dies als Andenken an unsere Bekanntschaft!"
Die Baronin löste ein Medaillon von ihrer Brust, welches ihr Porträt enthielt; der Kapitän nahm es, küsste ihre Hand und entfernte sich.

Inzwischen hatte sich der Oberst, sowie seine Gehilfen vergeblich nach der ihnen aus den Augen gekommenen Dame umgesehen.

Im Saal war sie nicht zu finden, in der Umgebung des Hauses ebenfalls nicht, und der Oberst sich ganz richtig für überlistet haltend, ward wütend.

Es war während dieser Zeit noch finsterer als bisher geworden; Jacobson trat unbemerkt aus dem Haus, ging an das Ufer, nahm seine verborgenen Schlittschuhe hervor und befestigte sie an seinen Füßen.

Als er sich aufrichtete, erregte wahrscheinlich der Umstand, dass er sich derselbe bediente, den Verdacht eines der Leute des Obersten, welcher sich beeilte, diesen von seinen Vermutungen in Kenntnis zu setzen.

Der Oberst eilte herbei und sah, wie die verdächtige Person davonlief.

„Feuer!", rief er seinen Leuten zu, und zwei Schüsse fielen; die Person Jacobsons verschwand in den Schatten der Dunkelheit. Dagegen alarmierten die Schüsse die Gesellschaft, alles stürzte heraus.

„Meine Herrschaften", rief der Oberst, „der Freibeuter Jacobson ist unter uns gewesen; die Schlittschuhe unter, vielleicht gelingt es uns, ihn zu ergreifen."

Viele, besonders die Militärpersonen der Gesellschaft kamen diesem Wink nach, und setzten sich in den Stand, einen Wettlauf zu beginnen. Die Baronin sah diesen Anstalten ruhig lächeln aus dem Fenster zu.

„Es wäre nicht übel, wenn die Herren den Piraten in die Hände fielen!", dachte sie.

Die Verfolgung begann, musste jedoch bald aufgegeben werden, da es sich zeigte, dass das Eis von einer Anzahl verdächtigen Gestalten wimmelte. Man gab die Verfolgung auf. Als der Oberst später mit seiner Gemahlin zusammentraf, warf er ihr einen scharfen Blick zu und sagte: „Sie waren lange abwesen!"

„So lange , wie mir beliebte", antwortet dieselbe sich wegwendend.

„Gut!", murmelte der Oberst, „Du selbst sollst mir dienen, den Burschen in meine Gewalt zu bekommen – und dann sprechen auch wir eine Wort untereinander."

Ehe er wieder das Haus und den Saal, wo man sich über die Kühnheit des Freibeuters sprechend zu Tisch setzte, betrat, befahl er seinen Leuten Wache zu halte. Eintetend teilte er der Gesellschaft mit, dass er für deren Sicherheit gesorgt habe.

XXIII. Ein Racheplan.

Die Gesellschaft war spät in der Nacht bei Fackellicht nach Stralsund zurückgekehrt.

In dem Haus des Gouverneurs angelangt, zog sich Staelswerd sofort aus dem Familienkreis zurück, doch nicht um sich zur Ruhe zu begeben, sondern sich umzukleiden.

Als dies geschehen, eilte er durch das Frankentor zur Stadt hinaus und über das Eis, wo die Schiffe seiner Abteilung lagen.

Er weckte auch einen derselben, einen Offizier und ließ durch diesen einen Anzahl Leute wecken, die ihn sofort auf demselben Weg zurück in die Stadt begleiten mussten.

Der Weg dieses Trupps in das Arsenal, wo Staelswerd den Befehl erteilte, die Leute desselben, einige zwanzig an der Zahl, mit Kleidern zu versehen, wie sie gewöhnlich die Seeleute der Handelsschiffe trugen.

Dann eilte er fort zu verschiedenen Fuhrleuten in der Stadt umher, bestellte vier Wagen, welche mit Anbruch des Tages und sobald die Tore geöffnet worden, sich vor das Triebseer Tor hinaus begeben sollten.

Nachdem dies besorgt, begab er sich wieder nach Hause, zog dort ebenfalls gewöhnliche Matrosenkleider an, befahl seinem vertrautesten Diener dasselbe zu tun und begab sich dann wieder nach dem Arsenal zurück, wo inzwischen die Einkleidung der Leute beendet worden.

Er befahl diesen, ihm zu folgen und führte sie vor das Triebseer Tor hinaus, wo er durch einen Mann die Bewohner einer Taverne herauspochen ließ.

Der Wirt derselben machte zu dem frühen Besuch große Augen, denn diese Anzahl von Seeleuten, so zeitig erscheinend, schien nicht viel Gutes zu versprechen.

Doch er beruhigte sich, da er sah, dass alle noch vollkommen nüchtern waren, beeilte sich ihnen das verlangte Zimmer anzuweisen und die bestellten Getränke zu verschaffen.

Als alle im Zimmer waren, teilte der Oberst die Leute in vier Trupps, ernannte für jeden derselben einen Anführer, erklärte ihnen, dass sie auf Wagen und verschiedenen Wegen über die mecklenburgische Grenze gehen und dort sich an einem gewissen Ort reffen würden, wo ihnen weitere Anweisungen gegeben werden sollten.

Nachdem dies geordnet, versah er alle mit Geld, hieß sie tüchtig von dem warmen Getränk, welches der Wirt inzwischen gebracht, zulangen und befahl endlich, die anlangenden Wagen zu besteigen.

Es geschah, man fuhr ab, und die Parole hieß Dossow. –

Dossow ist ein Gut im Mecklenburgischen, südlich von Rostock, ehemals dem Bruder der Frau von der Grieben, einem Herrn von Berg, angehörend.

Frau von der Grieben und ihre Töchter lebten hier still und zurückgezogen, besorgt um ihre entfernten und den Gefahren des Krieges ausgesetzten Angehörigen und jeder Nachricht von denselben mit Spannung entgegensehend.

Nachrichten kamen indessen eigentlich nur von dem Oberstleutnant und dem Verlobten Sophies, denn Jacobson hatte Clara erklärt, dass er sich bis zu Ende des Krieges jeder Annäherung enthalten werde.

Man hatte hier jüngst erst den Übertritt Blüchers erfahren und glaubte deshalb umso mehr, dass bei dem Grenzkrieg alles günstig für Preußen stehe.

Da langte eines Tages ein Bote des Kapitän Jacobson an, der einen Brief überbrachte, in dem mit wenig Worten gemeldet ward, dass der Kapitän verwundert worden, und nicht selbst schreiben könne.

Dass er aber, weil die Preußen im Nachteil ständen und überhaupt wohl der Kriegsschauplatz nach Mecklenburg verlegt werden dürfe, von dem Oberstleutnant den Auftrag erhalten, die Familie desselben weiter in das Preußische zu bringen. Der Bote werde mündlich mehr berichten.
Derselbe wusste Wunderdinge zu erzählen, die den armen geängstigten Frauen noch mehr den Kopf verrückten.
Man zweifelte übrigens in keiner Weise an der Richtigkeit der Angaben des Menschen, rüstete sich schnell zur Abreise und bestieg einen der Wagen, um der Grenze zuzufahren.
Die guten Damen wussten nicht so genau Bescheid im Land, um erkennen zu können, dass man statt der preußischen der schwedischen Grenze zufuhr.
Da man schnell reiste, so ward das schwedische Gebiet erreicht, ohne noch auf mecklenburgischem Grund zu nächtigen, und hier sollten die Frauen zu ihrem nicht geringen Schrecken erfahren, wie schändlich sie betrogen waren.
Man hatte in dem Städtischen Triebsees übernachtet und rüstete sich am Morgen, die Reise fortzusetzen.
Wer beschreibt jedoch das Erstaunen der Damen, als sie den Obersten von Staelswerd eintreten sahen, um sie zur Besteigung des Reisewagens abzuholen.
„Sie hier, mein Herr?", fragte Clara die ihre Besonnenheit behalten.
„Meinen untertänigen Gruß zuerst!", sagte der Baron, „ich habe mir die Freiheit genommen, Sie zu begleiten!"
„Wir danken für diese Begleitung!", antwortete Clara.
„Dennoch werden Sie sich dieselbe gefallen lassen müssen."
„Wo sind unsere Leute?", fragte die Mutter.
„Meine Leute, wollen Sie sagen, gnädige Frau!"
„So sind wir wohl gar Gefangene?", rief Sophie.
„Etwas dem Ähnliches."

„Die Schweden führen wohl mit Frauen Krieg, wenn sie die Männer nicht besiegen können!"

„Gewisse Männer sind nicht in die gewöhnlichen Regeln für den Krieg mit eingeschlossen; besonders Landesverräter."

„Diesen Hohn hätten Sie unter allen Umständen sparen können!", sagte Clara, „ich durchschaue alles, wir sind in Ihrer Gewalt und müssen folgen, doch dürften Ihre Vorgesetzten kaum billigen, was Sie getan."

„Sorgen Sie dafür nicht, gnädiges Fräulein!", antwortete der Oberst, „es freut mich, dass Sie sich ruhig fügen; darf ich bitten, meine Damen?"

Den armen Damen blieb nichts übrig, als dieser Aufforderung nachzukommen; sie folgten dem Obersten, bestiegen den Wagen, und dieser fuhr ab, von jetzt durch die ganze Eskorte begleitet.

Bei dieser Abfahrt hatte man vergessen, an den die Damen von Dossow aus begleitenden Diener zu denken. Als derselbe erkannte, welche Wendung die Sache nahm, war er klug genug, sich versteckt zu halten und erst hervorzukommen, als der Baron die Stadt verlassen.

Einige Zeit war der Mann unschlüssig, was er tun solle, dann jedoch nahm er seine Beine in die Hand und ging über die mecklenburgische Grenze zurück.

Im Mecklenburgischen suchte er sich ein Pferd zu verschaffen und beschloss, zu seinem Herrn zu reiten, dessen Standort er ungefähr durch die Gespäche der Damen erfahren.

Der treue Diener eilte an der Grenze entlang, den ganzen Tag bis in die späte Nacht, und befragte später die preußischen Truppen, welche er antraf, nach dem Oberstleutnant.

Er bekam meistens richtige Weisungen und ritt denselben folgend weiter, bis er glücklich die Kantonnements der Eskadron seines Herren erreichte.

Es war am Morgen, als er das Quartier desselben aufgefunden und dort nach ihm fragte.

Zu seinem Schrecken musste er erfahren, dass die Husaren in der Nacht vorher eilig aufgebrochen und fortmarschiert seien.

Alle Fragen, wohin, waren vorläufig vergeblich, und da sowohl er wie sein Tier nötig der Ruhe bedurften, so überließ er sich zunächst dieser.

Am nächsten Tag hörte er die vermutung aussprechen, dass das Regiment nach der Gegend von Anklam gezogen sei, und schnell sattelten er sein Pferd, warf sich hinauf und eilte an der Peene entlang.

Bald erhielt er auch Gewissheit, dass er den Oberstleutnant dort treffen werde.

XXIV. Jacobsons Projekt.

Dass bei dem eingetretenen Frost die Feindseligkeiten zur See eingestellt werden mussten, liegt auf der Hand; doch beabsichtigte Jacobson den Schweden noch einen derben Schlag zu versetzen, ehe er seine Leute untätig werden ließ und selbst, wie er beschlossen, zum König ging.

Die Stadt Anklam an der Peene bildete einen Grenzort von Bedeutung, durch sie führte eine Hauptstraße und auf der über die Peene führenden Brücke standen sich von jeher schwedische und preußische Posten gegenüber.

Man erzählt sich aus unserem guten deutschen Vaterland eine Mähr, nach der ein Handwerksbursche, als er einen Grenzüberang, der durch eine Brücke gebildet ward, passieren wollte, von den Wachtposten so lange über die Brücke hin und her geschickt worden sei, bis er aus Verzweiflung in den unter der Brücke fließenden Strom gesprungen.

Diese Tradition steht nicht vereinzelt da, denn man erzählt sich von der Peenebrücke bei oder vielmehr in Anklam Ähnliches. Ein beliebiger Mann kommt nämlich von der preußischen Seite, um nach der schwedischen zu gehen, er ist an dem preußischen Wachtposten vorüber und nimmt auf der Brücke ein Stückchen Tabak heraus, um davon sein Bedürfnis für den Mund zu befriedigen.

Das sieht der schwedische Soldat, und weist ihn, weil er Konterbande bei sich führen soll, zurück, der Mann macht kehrt, doch auch der Preuße will ihn jetzt nicht passieren lassen, indem er denselben Grund anführt.

Wie das Stück hier zu Ende gespielt, davon sagt die Chronik nichts.

Diesen Grenzposten wollte Jacobsen überrumpeln und nehmen, weil man eben von der Seeseite her keinen Angriff mehr erwartete.

Am bestimmten Tag brach denn auch Jacobson mit vierhundert Matrosen, vier Geschützen und einer preußischen Jägerkompagnie von der Peenemünder Schanze auf und marschierte auf dem Eis an der Küste entlang.

Mit dem Lauf der Peene kamen Belling und seine Husaren, welche Abteilungen sich bei Borgisch vereinigten. Von hier aus ging man gegen Anklam vor.

Die Garnison des preußischen Anteils der Stadt war bereits benachrichtigt, sie eröffnete den Angriff auf die Brückenschanzen, während die Kavallerie links, die Seeleute rechts um die Stadt und über das Eis der Peene gingen, um den Feind bei den Flanken zu nehmen.

Der Angriff gelang vollkommen, die Schweden wurden mit bedeutendem Verlust aus dem ihnen gehörenden Anteil der Stadt und aus ihren Verschanzungen vertrieben, die drei Abteilungen vereinigeten sich auf dem Kampfplatz und

verfolgten die Schweden bis fast auf den halben Weg von Greifswald.
Während dies die Aufgabe der Husaren und Jäger war, demolierten die Seeleute die Befestigungen und schafften die in den Magazinen befindlichen Vorräte auf die preußische Seite hinüber.
Am Abend versammelten sich die Anführer auf dem Kampfplatz, um sich Glück zu dem gelungenen Streich zu wünschen. Belling entsendete sofort einen Kurier an seinen König und Oberfeldherrn. Man beschloss den errungenen Sieg durch ein Abendessen in Anklam zu feiern.
Es ging, wie man sich denken kann, bei demselben ziemlich munter zu. Im Verlauf desselben ward jedoch der Oberstleutnant von der Grieben abgerufen und war nicht wenig erstaunt, dass es der bei den Frauen zurückgelassene Diener war, welcher ihn zu sprechen verlangte.
„Wetter, Du, Martin!", rief er, „wo kommst Du her, ist ein Unglück geschehen?"
„Ich glaube wohl, dass es so ist", antwortete der Mann, „unsere gnädigen Damen sind auf schändliche Weise verlockt und den Schweden in die Hände gefallen!"
„Gott im Himmel!", rief der Oberstleutnant erbleichend, „wie ist das möglich, wie ist es zugegangen, sprich!"
Der Mann berichtete, was er wusste und fügte hinzu, was er vermutete.
„Der Bube!", rief der Major zähneknirschend und eilte in das Zimmer zurück, um hier das ihn betroffene Unheil mitzuteilen. Wardow und Jacobson sprangen entrüstet auf, Ersterer schwor diese Schandtat an ihrem Urheber blutig zu rächen. Letzterer legte seine Stirn in der uns bereits bekannten Weise in Falten.

Belling war ebenfalls empört und versprach in jeder Weise, die Befreiung der Frauen zu unterstützen; bedauerte nur, den Fall nicht sofort an den König mitmelden zu können.

Gleich darauf ward auch Jacobson abberufen. Als derselbe hinausgegangen, fand er einen Mann, der sich erst sorgfältig vergewisserte, dass er wirklich der Freischiffer sei, wonach er ihm ein Schreiben überreichte.

Dasselbe war von der Baronin und lautete:

„Mein Freund!

Mein Herr Gemahl hat für gut befunden, die Familie des Herrn von der Grieben in Mecklenburg aufzuheben und hierherzubringen. Ob diese Handlung die Bezeichnung einer Völkerrechtswidrigen verdient, weiß ich nicht, ebenso wenig, zu welchem Zweck sie begangen. Doch sind die Damen in engen Gewahrsam gebracht worden, was hier bedeutendes Aufsehen erregt, weil es allgemein heißt, dass sie sich der Teilnahme am Landesverrat schuldig gemacht. Ich glaube wohl, dass man etwas hervorsuchen wird, sie mit einer infamierenden Strafe zu belegen, denn meinem Eheherrn ist, wie ich immer mehr erkenne, vieles möglich, wenn es gilt, seine Rache zu befriedigen, und dass er darauf sinnt, unterliegt umso weniger einem Zweifel, als er heimlich meine Papiere durchsucht, vermutlich nach Briefen von Ihnen. Ich zweifle nicht daran, dass Sie alles aufbieten werden, die Ihnen werten Personen aus ihrer gegenwärtigen unangenehmen Lage, sowie der ihnen drohenden Verlegenheit zu retten und bin gerne bereit, Ihre Bemühungen zu unterstützen. Kommen Sie deshalb in die Stadt, es wird Ihnen möglich sein, und suchen Sie sich mir zu nähern, übrigens können Sie dem Überbringer dieses Schreibens vertrauen. Ich bin Ihre Freundin rc."

Der Kapitän warf, als er gelesen, einen forschenden Blick auf den Boten.

„Von wem ist der Brief!", fragte er streng.
„Von Ihro Gnaden, der Frau Oberst Staelswerd!", antwortete der Mann dreist und ohne Zögern.
„Sagen Sie der Dame, ich werde kommen."
„Ich werde es ausrichten!"
„Dann finden Sie sich übermorgen Abend zehn Uhr vor dem Frankentor ein, ich werde Sie dort aufsuchen und Ihnen weiteren Bescheid geben!"
„Ich werde dort sein!"
Der Bote entfernte sich und Jacobson kehrte wieder zur Gesellschaft zurück.
„Meine Herrschaften!", sagte er, „ich muss mich Ihnen empfehlen. Die Befreiung der gefangenen, eigentlich geraubten, Damen dürfte am leichtesten und besten durch mich bewerkstelligt werden können; ich werde eilen, es zu tun.
„Darf ich Sie nicht begleiten, Kapitän?", fragte Wardow.
„Für jetzt noch nicht!", antwortete derselbe, „doch später werde ich vielleicht Ihrer Hilfe beanspruchen!"
Jacobson entfernte sich und eilte nach Peenemünde.

XXV. Eine Falle.

Man wird bereits begriffen haben, dass der Brief, den Jacobson empfangen, nicht von der Baronin war.
Dieselbe hatte wohl beabsichtigt den Kapitän von dem edlen Streich ihres Gemahls zu benachrichtigen, ihr Schreiben war jedoch dem Obersten, der sie teils selbst bewachte, teils bewachen ließ, in die Hände gefallen.
Nach Maßgabe des Stiles desselben der brave Herr ein anderes Schreiben abgefasst und dies an Jacobsen abgeschickt, wobei sich sein Hass gegen denselben womöglich noch steigerte.

Seinen Raub hatte der Oberst übrigens wirklich ohne alle Schonung des Gefühls der armen Frauen dadurch gesichert, dass er sie dem Gefängnis für Verbrecher übergeben. Nur mit Mühe hatten die Damen durch Bitten erlangt, zusammen bleiben zu dürfen, und in welchem Zustand sie sich befanden, kann man sich ungefähr denken.

Seit der Oberst das Schreiben abgesendet, war er doppelt wachsam und sein Herz frohlockte, als ihm seine Abgesandten eine zustimmende Antwort des Kapitäns überbrachten.

Doch gerade, weil er so heiter gestimmt war, erriet die Frau, dass er etwas vorhabe, was schon halb gelungen sein müsse, sie versuchte ihn deshalb durch Spott zum Sprechen zu bringen.

Der Baron ärgerte sich, schwieg jedoch und schickte an dem bestimmten Abend seinen Diener ab, um am Ort des Rendevous zu warten.

Er selbst begab sich einige Zeit später dahin und wartete mit jenem fast bis zum Morgen, doch wer nicht kam, war der Freischiffer Jacobson Der Diener bekam seine Tracht Schelte, und mürrisch betrat der Oberst seine Wohnung, wo er an der fast ausgelassenen Heiterkeit seiner Gemahlin erkannte, dass er überlistet worden.

Dass Jacobson nicht so leicht zu fangen sei, wie er gedacht, hätte der Oberst übrigens vorher wissen können.

Jacobson hatte sich wirklich von der Seite her nach der das Frankentor lag, der Stadt genähert, doch nur, um die Leute aufzusuchen, bei denen sein Spion geherbergt hatte.

Von hier schickte er die Frau zu deren Wohltäterin mit der Nachricht, dass er auf ihren Wunsch angekommen sei und ließ sie bitten, ihm einen Ort zu bestimmen, wo er sie sprechen könne.

Die Dame verwunderte sich über diese Meldung nicht wenig, durchschaute aber sofort das Manöver ihres Gemahls und war nicht wenig erfreut, demselben eine Nase drehen zu können.
Sie bestimmte daher den Abend und als Ort den Kirchhof vor den Kniegertor, wo sie in dem Begräbnisgewölbe der Familie zusamenkommen wollten.
Jacobson lächelte über den Ort, als er den Bescheid erhielt, ging außeralb der Wälle und der Seen un die Stadt und war bereits lange vor der bestimmten Zeit auf dem Kirchhof.
Die Dame kam überhaupt sehr spät, weil sie nicht eher fortzugehen wagte, als bis ihr Gemahl das Haus verlassen.
Als sich die beiden begegneten, wechselte man nur einen kurzen Gruß, die Baronin ging dabei weiter, der Kapitän folgte. Man betrat das Gewölbe. Die Dame machte Licht an und zog die Fenstergardinen zu.
„Setzen Sie sich, Kapitän", sagte die Dame.
Jacobson tat es.
„Sie werden sich gewiss über den Ort unseren Zusammentreffens wundern!", fuhr die Baronin fort, „doch ich will Ihnen nur berweisen, dass ich nicht weniger klug bin als Sie; hier wird man uns sicher nicht suchen!"
„Gewiss nicht!", bestätigte jener.
„Ich will Ihnen außerdem beweisen, mein Herr, dass ich ebenfalls Mut habe – ich gehe hierher nämlich öfter des Nachts, weil an diesem Ort das einzige Wesen ruht, welches mich einst liebte, nämlich meine Schwester!"
Jacobson verbeugte sich.
„Ich habe an Ihrem Mut nie gezweifelt, gnädige Frau!"
„Ich danke Ihnen – zu der Hauptsache nun – ich habe allerdings an Sie geschrieben, doch nicht, dass ich Sie hier sehen und sprechen wollte; mein Brief muss also unterschlagen und der, den Sie erhalten, untergeschoben sein!"

„Wirklich?"

„Ich versichere Ihnen, ohne Ihre Vorsicht wären Sie jetzt vermutlich schon Ihrer Freiheit beraubt!"

„Ich wendete diese Vorsicht an, um etwaige Unvorsichtigkeiten Ihres Dieners wirkungslos zu machen, doch glaubte ich wirklich, der Brief wäre von Ihnen, gnädige Frau!"

„Sie hören – nein! Sie wissen aber, weshalb ich schrieb?"

„Die Damen der Griebenschen Familie sind hinterlistiger Weise aufgehoben und hierhergeführt!"

„Das ist es, ja! Und Sie wollen dieselben befreien?"

„Unter allen Umständen."

„Haben Sie bereits Ihren Plan gemacht?"

„Ich muss dazu wissen, wo sich die Damen befinden!"

„In dem Gefängnis!"

„Unmöglich!"

„Ich versichere Ihnen, Sie durften von dem Obersten von Staelswerd nichts Anderes erwarten!"

„Mehr als schändlich!"

„Das sage ich auch und leiste Ihnen darum so viel bereitwillige Hilfe!"

„Ich danke, gnädige Frau!"

„Übrigens wird mein Gemahl sicher die Damen freilassen, wenn Sie sich ihm stattdessen überliefern würden!"

„Es wird geschehen, wenn kein anderer Weg übrigbleibt!"

Die Baronin seufzte.

„Glauben Sie!", fragte sie lebhaft, dass ich in diesem Augenblick an Stelle des Fräulein Clara von der Grieben sein möchte?"

„Ich sehe keinen Grund dazu ab, gnädige Frau!"

„Sie scheinen schwer zu begreifen in manchen Dingen!"

„Die Bescheidenheit gebietet es mir!"

„Glauben Sie, dass der Baron von Staelswerd mich aus einem Gefängnis zu befreien suchen würde, zumal wenn Ehre und Leben auf dem Spiel ständen?"

Der Kapitän zuckte mit den Schultern.

„Das ist die richtige Antwort!", erwiderte die Baronin, „doch jetzt genug davon, was gedenken Sie zu tun?"

„Ich muss erst das Terrain kennenlernen! Inwieweit darf ich vielleicht Ihre Hilfe beanspruchen?"

„Soweit Sie wollen!"

„Ich werde das behalten, gnädige Frau und Ihnen weitere Mitteilungen machen. Vorläufig meinen Dank, sollte ich irgendwie jetzt oder später dienen können, so dürfen Sie ganz über mich befehlen."

„Ich akzeptiere dies Anerbieten", sagte die Dame.

Man schied und Jacobson wagte, die Baronin fast bis nach Hause zu begleiten. Dann eilte er nach dem Gefängnis, dessen Lage genau zu besichtigen und war, noch lange bevor der Oberst von seinem resultatlos besetzten Lauerposten zurückgekehrt war, wieder außerhalb der Stadt.

Der Baron beschloss jetzt, seine Gemahlin noch schärfer als biser zu beobachten; für gute Bewachung des Gefängnisses hatte er bereits Sorge getragen.

XXVI. Die Gefangenen.

Acht Tage waren vergangen, seit die Damen der Griebenschen Familie so hinterlistig verlockt, nach Stralsund gebracht worden und in den traurigen Räumen des alten Stadtgefängnisses Aufnahme gefunden hatten.

Wir können indessen wegen dieses letzteren Umstandes keinen Stein auf die schwedische Verwaltung werfen, denn man machte damals überall noch keinen besonderen Unterschied zwischen

Verurteilte, Verbrecher und des Verbrechens Angeklagte. Letztes war aber hinsichtlich der Frauen geschehen, und man behandelte sie deshalb demgemäß.

Die Wände des Loches, in dem man die Damen untergebracht hatte, waren ungetüncht, schwarz und schmutzig, ein roher Tisch stand in der Mitte des Zimmers, drei Holzschemel derselben kunstlosen Arbeit boten die Bequemlichkeiten zum Sitzen dar und das Lager bestand, wie in allen Zellen des Hauses, aus einem Strohsack und einer wollenen Decke auf einem Holzgestell.

Was die armen Damen empfinden mussten, kann man sich leicht denken; das Gefühl ihrer Unschuld konnte sie dabei kaum aufrechterhalten, denn verfolgt von einem Mann, der sie offenbar hasste, durften sie von einer willkürlich gehandhabten Gerechtigkeit auch in diesem Fall nicht viel Gutes erwarten.

Die Zeit schlich ihnen nebenbei langsam dahin, und zur besonderen Qual wurden die langen Nächte, weil man ihnen kein Licht erlaubte; der Abend brach schon um drei Uhr des Nachmittags an, und erst um neun am nächsten Morgen tagte es; sie mussten also volle achtzehn Stunden im Finsteren bleiben.

Man hätte indessen noch manche Bequemlichkeit haben können, wenn nicht Frau von der Grieben so unvorsichtig gewesen, dem Mann, der sie nach dem Gefängnis gebracht, ihre Barschaft in der Meinung zu übergeben, dass er sie später auch beaufsichtigen werde.

Der Mensch war niederträchtig genug, das Geld zu nehmen, ließ sich aber später nicht wieder sehen, und somit waren die Damen nicht im Stande, demjenigen, welcher später für sie hätte sorgen können, die nötigen Mittel zu überantworten.

Glücklicherweise war der Aufseher oder Schließer des Gefängnisses ein Mensch, der in seinem traurigen Geschäft noch nicht gänzlich verhärtet worden, sodass er wenigstens nicht zu allen anderen Übeln noch absichtliche Böswilligkeit hinzufügte.

Doch er war Unteraufseher, und der eigentliche Verwalter des Hauses zeigte sich umso viel barscher und unfreundlicher, sodass die armen Frauen der täglichen Visite desselben nur mit Schrecken entgegensehen konnten.

Diese erfolgte meistens des Morgens, gleich nach der Frühstückszeit; und es gab kaum einen Gegenstand in der armseligen Zelle, den dieser Biedermann nicht beschnüffelte, es durfte nur ein Stuhl nicht genau auf seinem bestimmten Ort stehen, so erging er sich in den unanständigsten Zurechtweisungen und fügte sogar Drohungen hinzu, die Verhafteten wegen solcher Abweichungen von dem Hausgesetz kraft der ihm zustehen Disziplinargewalt zu bestrafen.

Dies konnte, wie die Damen wenigstens glaubten, nicht der Ausdruck der Gesinnung des Mannes gegen sie sein, denn sie hatten demselben früher nie zu nahetreten können, ja, ihn nicht einmal gesehen oder dem Namen nach gekannt. Er wusste daher wohl, wenn es bei ihm nicht etwa stehende Regel war, seine Pflegebefohlenen ohne Ausnahme auf diese Weise zu behandeln, besondere Instruktion deswegen empfangen haben.

Am neunten Tag nach ihrer Verhaftung zeigte sich dieser Mensch besonders roh in seinen Ausdrücken, sodass endlich Clara, erregt durch eine ihrer Mutter zugefügte Beleidigung, eine heftige Entgegnung wagte.

Der Kerl schwieg erst, während er einen scharfen Blick auf die junge Dame warf, dann lächelte er höhnisch.

„Vielleicht sprechen wir uns später aus", meinte er endlich, „es soll mir diese aufgeschobene Unterhaltung ein besonderes Vergnügen gewähren. Für jetzt habe ich noch zu sagen, dass man sich bereithalten möge, eine Stunde später zum Verhör geführt zu werden."

Der Mann ging. Neuer Schreck durchbebte die Frauen. Wie er gesagt, wurden die Damen zu bestimmten Zeit aufgefordert, einem Diener des Gouvernementsgerichtes zu folgen, was sie mit Zittern taten.

Man führte sie auf das alte große Rathaus der Stadt, wo sich eine Kommission versammelt hatte das Verfahren gegen sie zu eröffnen.

Die Mutter erschien zuerst vor dieser, und es wurden ihr Fragen über ihr und dem ihrigen Verhältnis zu Jacobson vorgelegt; alsdann andere, ihren Gemahl, und den ehemaligen Fähnrich von Wardow betreffend.

Frau von der Grieben beantwortete alle der Wahrheit gemäß, was hätte sie auch für Ursache gehabt, etwas davon zu leugnen. Gegen sie benahmen sich übrigens die Kommissionsmitglieder der Art, wie man es von höher gestellten Leuten erwarten dürfte.

Anders war dies in dem Verhör mit Clara der Fall, nicht allein dass man ihr Verhältnis zu dem Freischiffer nicht umging, bezeichnete man dasselbe auch durch Ausdrücke, die ihr Tränen erpressten.

Sophie, obwohl sie weniger als die Schwester zu leiden, ward dennoch während des Verhörs ohnmächtig, und als alle drei zurückgeführt wurden, bemächtigte sich ihrer ein Gefühl, wie sie es bisher noch nie kennengelernt hatten.

In ihrer Zelle angelangt, umarmen sich Mutter und Töchter, sobald sie ohne Zeugen waren, unter heftigem Weinen und Schluchzen; man sprach nicht, es war niemand im Stande ein Wort hervorzubringen doch die Tränen aller mischten sich.

Das Verhör hatte ziemlich lange gedauert, und man brachte gleich nach ihrem Eintreffen das Mittagessen, worauf die Armen heute wahrlich keinen Appetit hatten.

Der Wärter schien, als er das Geschirr auf den Tisch gesetzt hatte, etwas sagen zu wollen; doch schwieg er und ging der Tür zu.

An der Tür angekommen, zögerte der Mann, warf scheu unsichere Blicke zurück und ließ endlich ein Papier fallen, hiernach entfernte er sich schnell und verschloss die Tür doppelt, ja legte noch, was sonst nie geschah, einen Querriegel vor.

Diese Zeichen und Manöver mussten unzweifelhaft von Bedeutung sein; doch die Mutter sowie Sophie hatten dieselbe sicher nicht begriffen, Clara indessen schon ein besonderer Gedanke durch den Kopf; sie erhob sich, ging zur Tür und nahm das Papier auf!

„Mein Gott!", rief sie, „wir sind dennoch nicht verlassen – er weiß um unsere Lage, er wird uns befreien, meine Hoffnung hat mich nicht betrogen!"

Die Mutter und Schwester blickten Clara forschend an. Diese las:

„Wir haben erfahren, auf welche Weise Sie hinters Licht geführt und festgesetzt worden. Behalten Sie Ruhe, Besonnenheit, Mut und namentlich hoffen Sie, ich bin hier, Sie zu befreien und zu retten. Viele Grüße von dem Herrn Oberstleutnant und dem Herrn von Wardow. Dem Mann, der Ihnen dieses überbringt, dürfen Sie vertrauen; Ihr Quälgeist soll noch heute unschädlich gemacht werden; vernichten Sie dies und sprechen Sie etwaige Wünsche dem Schließer aus, er ist mit Mitteln zur Erfüllung derselben versehen!"

„Gott, Dir sei Dank!", sagte die Mutter, ihre Hände faltend, indem sie einen Blick nach oben sandte.

XXVII. Verdienter Lohn.

Es war am Abend desselben Tages. Wie gewöhnlich in Kriegszeiten diejenigen, welche am wenigsten leisten und mit dem Krieg zu tun haben, am mehrsten davon sprechen, so war es auch den guten Spießbürgern der Stadt und Festung Stralsund eigen, nach vollbrachtem Tageswek in den Bierhäusern zu plaudern.

Diese alle Zeiten und Orten gleiche Erscheinung hat noch eine zweite Eigentümlichkeit, nämlich die, dass hierbei eine gewisse Klasse von öffentlichen Beamten, wenn sie den Ereignissen und den Beziehungen zu derselben auch noch so fernstehen, das große Wort führt.

Dies tat denn auch der damalige Gefängnisinspektor Kracht, in seiner Stammkneipe und er hatte wenigstens insofern ein Recht dazu, als er ehedem Soldat gewesen und Pulver gerochen hatte.

An diesem Abend nun ging es besonders lebhaft in der Gesellschaft zu, der er angehörte, weil man die näheren Details der den Schweden bei Anklam angehängten Schlappe heute erfahren hatte, wodurch natürlich alle echt schwedischen Patrioten aufs Höchste konsterniert waren!

Schwedische Patrioten –! Leider muss dabei bemerkt werden, dass deutsche unter jener Fremdherrschaft auch hierbei am mehrsten diese Bezeichnung verdienten, denn die eigentlichen Schweden nahmen die Sache ziemlich ruhig hin und waren wie auch schon bemerkt worden, den Preußen gar nicht so besonders abgeneigt.

Die Affichen des Herrn Struck spielten hierbei wiederum eine Hauptrolle, denn in ihnen stand es schwarz auf weiß ganz genau, wie die Sache zugegangen.

Irgendein Glied der Gesellschaft hatte den betreffenden Artikel vorgelesen und Herr Kracht begann zu erörtern, welche Versehen man gemacht und wie es hätte angefangen werden müssen, um die angreifenden Preußen zurückzuweisen.

„Mangel an Wachsamkeit", meinte er dabei, „ist wohl viel Schuld an der Sache, aber jedenfalls haben sich die Truppen nicht mit der Bravour geschlagen, die sie hätten entwickeln müssen, zumal sie ja eigentlich zum Teil nicht mit Soldaten, sondern mit Seeleuten, rohem undisziplinierten Volk zu tun hatten!"

„Pst!", machte ein anderer mit dem Kopf nach einem entfernten Tisch deutend, wo einige Leute des gedachten Standes fassen.

„Ach was!", rief indessen der wackere Inspektor, „das Seevolk ist nicht wert, dass man es nennt, ich kann es nun einmal nicht leiden und niemand wird mich hindern, das auszusprechen!"

„Hollah!", rief eine Stimme von dem anderen Tisch her, was wisst Ihr von Seeleuten, was wollt Ihr von Ihnen, wenn nicht etwa einige Hiebe!"

Die an jenem Tisch sitzenden Männer waren ebenfalls Angehörige der Stadt, Schiffer, Steuermänner und Bootsleute, zum Teil auch Stammgäste des Lokals, nur zwei oder drei unter ihnen waren bisher noch nicht in der Tabagie gesehen worden, doch sie schienen gerade die Reden des Inspektors mit Gleichmut angehört zu haben.

Im Übrigen muss noch bemerkt werden, dass die Seeleute im Allgemeinen den Vorstand der Eustodie so hassten, wie er sie, weil hin und wieder jemand dieses stets unruhige Völkchen in seinen Verwahrsam untergebracht ward, bei welcher Gelegenheit er sich denn keineswegs bemühte, seinem Seemannshass Schranken zu setzen.

Der Sprecher der oben angeführten Worte war übrigens ein in der ganzen Stadt bekannter und zugleich geachteter Mann, der

Kapitän oder wie es damals noch weniger anmaßend hieß, der Schiffer Steinhart.

Der Inspektor setzte auf seine Rede eine vollkommene Amtsmiene auf, blickte verächtlich zu dem Tisch hinüber, nahm die Pfeife aus dem Mund und sagte im wegwerfenden Ton: Wenn doch nur gewisse Leute schweigen wollten, bis sie gefragt würden; man hält sich übrigens zu gut, mit jedem lange Erörterungen zu haben!"

„Dass Euch Gott verdammte!", rief der Schiffer aufspringend, „glaubt dieser Gefangenenwärter hier etwa unter seinen Züchtlingen zu sein? Herr Ihr habt den ehrenwerten Stand, welchem ich und wir angehören, geschmäht und sollt Eure Worte zurücknehmen, oder so wahr ich lebe, ich stopfe sie Euch in den Hals hinein!"

Der Seemann war bei diesen Worten dem anderen Tisch nähergetreten. Die meisten der um denselben sitzenden Personen rückten unbehaglich hin und her, da auch noch andere Glieder der Gesellschaft des Schiffers näher rückten. Nur die Fremden blieben auf ihren Plätzen.

„Ich nehme nichts zurück!", rief dagegen der Inspektor, „ich habe überhaupt nichts mit Landesverrätern, Empörern und Schmugglern zu schaffen und das sind alle Seeleute!"

Ein Wutschrei schallte durch das Zimmer, und ehe er noch daran dachte, fühlte sich Kracht an der Kehle gepackt; seine Gesellschafter zogen sich schleunigst zurück.

Jetzt erhoben sich auch die fremden Seeleute, drängten ihren Standesgenossen von dem Beleidiger ihres ganzen Standes zurück und begannen ihn dermaßen zu bearbeiten, dass er bald wie ein Stier brüllte. Ganz besonders schienen sie es auf das edle Antlitz des braven Mannes abgesehen zu haben.

Zwar machte der Wirt einen schwachen Versuch, dem zergugelten Mann beizuspringen, doch er ward zurückgestoßen und als jener waidlich abgedroschen, machten seine Peiniger das Maß dadurch voll, dass sie ihn schließlich zur Tür hinaus auf die Straße warfen.

Ob es Zufall oder absichtliche Veranstaltung war, dass sich hier gerade eine recht nette Anzahl der Leute aus dem Volk befand, mag dahin gestellt bleiben. Genug, es war so, und die gespielte Szene gereichte demselben zum höchsten Gaudium, alle folgten unter lautem Jubel, als der geprügelte Beamte barhäuptig, und ein Stück seiner zertrümmerten Pfeife in der Hand, eilig seiner Wohnung zurannte.

Er war dort allerdings geborgen, und sein untergebenes Dienstpersonal bedauerte ihn höflich; dennoch störte der Schließer noch Abends spät die Damen, um ihnen zu melden, in welchem Zustand ihr Peiniger nach Hause gekommen.

Für diesen war jedoch damit die Sache noch nicht zu Ende; sein Posten war ein städtischer, und er ging deshalb vom Magistrat und Rat ab. Bei diesem ging aber bereits am anderen Morgen früh die Anzeige ein, dass sich Kracht im Wirtshaus betrunken, daselbst Streit angefangen, und in Folge dessen hinausgeworfen sei.

Man dachte damals in gewisser Hinsicht noch sehr streng über Beamtenehre und Beamtenpflichten. Herr Kracht hatte bereits um die Nachmittagszeit zu seinem nicht geringen Schrecken seine Entlassung aus dem Dienst.

Wahrscheinlich beabsichtigte Jacobson, dessen Werk dies natürlich war, einen seiner Freunde in der Stadt als Nachfolger im Amt des abgesetzten Mannes zu sehen.

XXVIII. Eigentümliche Wirkung.

Der Schließer hatte zwar am Abend die Damen eine auch vielleicht für ihn recht erfreuliche Nachricht gebracht; denn es ist zu vermuten, dass der Inspektor auch seine Untergebenen schlecht behandelte.

Doch als am anderen Tag bekannt ward, welche Folgen die dem guten Mann zugestoßenen Widerwärtigkeiten außerdem noch hatten, bekam auch der Schließer einen Schreck.

Was seinen Vorgesetzten passiert war, selbst den höchsten Grad der Schuld bei ihm angenommen, durchaus kein so schweres Vergehen; ja, wenn die Sache gehörig untersucht wurde, durfte derselbe sogar gänzlich unschuldig befunden werden.

Dessen ungeachtet war derselbe jetzt entlassen, hatte Amt, Stellung und was noch mehr bedeutete, sogar sein Brot verloren – was musste also wohl dem geschehen, der seine Pflicht soweit vergessen, dass er gerade das Gegenteil von seinen Obliegenheiten vorgenommen.

Es gibt Leute, die ihre Verbrechen und Vergehen erst kennenlernen, wenn sie förmlich mit der Nase darauf gestoßen werden. Zu diesen gehörte offenbar der Schließer.

Diese Kategorie von Menschen ist in der Regel charakterlos; aus Mangel an Grundsätzen vergessen sie so leicht ihre Pflicht, wenn Gewinn lockt, wie sie leicht in das Gegenteil umschlagen, wenn Gefahr droht.

Von Gewissensbissen und namentlich von Angst wegen der Folgen, welche ihn treffen konnten, wenn seine Verbindung mit den Gefangenen, oder gar die mit dem Freischiffer entdeckt wurde, gefoltert, ging der Mensch fast den ganzen Tag in höchsten Unruhe umher.

Die Verbindung und seine Mitwirkung zur Flucht der Gefangenen aufzugeben diesen Entschluss fasste er sehr bald; doch zeigte ihm das Schicksal seines Vorgesetzen eines Teils sein eigenes, so bewies es ihm auch, dass die Macht des Menschen, der seine Dienste erkauft, ziemlich weit reichte.

Der Mensch stand also gleichsam zwischen Feuer, und soviel ward ihm bald klar, dass er seiner vorgesetzten Behörde nichts entdecken könne, ohne Folgen für sich zu fürchten.

Bei immer wiederholter Überlegung fiel ihm endlich ein, dass der Oberst Staelswerd die Damen gefangen genommen, also auch wohl ein Interesse an ihrer Verurteilung haben möge.

Hieran reihten sich leicht die Gerüchte über Dinge, die zwischen dem Obersten und dem Freischiffer zum Nachteil des ersteren sich ereignet haben sollten und ein sonderbares Gewäsch, welches seit Kurzen aufgetaucht, sogar von einem zärtlichen Verhältnis der Gemahlin des Obersten zu dem Freischiffer wissen wollte.

Der Oberst schien also dem wankelmütigen Menschen der Haken zu sein, an den er sich hängen könne, der Schirm, hinter den er sich flüchten müsse, um gegen alle Eventualitäten, die sein Leichtsinn herbeiführen könne, geschützt zu sein.

Soweit gekommen, eilte denn auch der Mann in einer ihm gehörenden Stunde davon, nach der Fährstraße und zu dem Gouvernementshaus, das er mit laut pochendem Herzen berat.

Der Oberst war zu Hause, und jener ließ sich melden. Staelswerd horchte hoch bei dem Besuch auf, brachte denselben sofort mit seinen Gefangenen in Verbindung und befahl, den Mann herein zu führen.

Der Schließer erschien im Zimmer, jedoch so unsicher und schüchtern, das er erst kein Wort hervorbringen konnte. Staelswerd sah sich daher genötigt, ihn zuerst anzureden. Er sagte: „Gewiss im Auftrag der gefangenen Frauen, mein Freund – doch ich kann nichts für dieselben tun, ich stehe in keiner Beziehung zu dem Rat oder dem Gourvernementsgericht!"

„Euer Gnaden!", stotterte der Schließer, es ist nicht deswegen; dero Gnaden wissen, was unserem Herrn Kracht passiert ist?"
„Freilich – der Mensch ist ein Esel, und für ihn werde ich nichts tun, wenn ich auch könnte. Hat der Rat bereits einen Nachfolger ernannt?"
„Noch nicht bis jetzt; aber ich wollte nur melden, dass ich sicher bin, wenn der Herr Kracht auf Veranlassung des Freischiffers in eine unangenehme Lage gekommen!"
„S – o!", machte der Oberst gedehnt, „woher weiß er das, – was weiß er überhaupt von dem Piraten?"
„Gnädiger Herr, unsereins ist nie recht sicher, wie er handeln soll, und ich weiß es in diesem Fall besonders nicht, wie ich mich zu benehmen, und ob ich nicht schon in dem, was ich getan, fehlte!"
„Nun lasse Er nur einmal hören!"
„Euer Gnaden versrechen mir wohl, da ich in Ihrem Interesse gehandelt zu haben glaube, wenn mich dabei eine Schuld trifft, bei meiner vorgesetzten Behörde zu vertreten!"
„Unbedingt, wenn es ist, wie er sagt, und in diesem Fall denke ich, werde ich schon in einiger Beziehung zu dem Rat stehen!"
„Es erschien bei mir vor einigen Tagen ein Mann, der mir Geld bot, wenn ich den gefangenen Frauen einen Zettel, zustecken wollte!"
„Wirklich?"
„Ja, Euer Gnaden, ich tat, als ob ich auf das Anerbieten eingehe und nahm das Geld; als jener mich so willig sah, gab er mir noch mehr und ließ mich für die Bedürfnisse der Frauen nach Möglichkeit sorgen!"
„Ei, ei!"
„Ich nahm auch dies Geld, und nun rückte er endlich mit dem Vorschlag heraus, ihm bei der Befreiung der Frauen behilflich zu sein; ich sagte auch dies zu, nahm alles und versprach, ihn

wieder zu treffen. Meine Absicht war, sofort Anzeige von diesem Vorfall zu machen, doch ich musste berücksichtigen, dass meine anscheinende Bereitwilligkeit falschen Deutungen unterliegen könne, und deshalb zögerte ich!"

In den Augen des Obersten flackerte ein eigentümliches Feuer auf; es war ihm nicht schwer zu erkennen, dass eine solche Deutung vollkommen richtig sei; doch sich schnell besinnend, gab er sich den Anschein, als glaube er den vorgegebenen Absichten des Menschen.

„Und der Brief?", fragte er, „wo ist der Brief?"

„Den habe ich vernichtet."

„Das war dumm."

„Ich weiß jedoch seinen Inhalt."

„Und derselbe lautet?"

„Es war gesagt, dass man wisse, was mit den Frauen geschehen. Dieselben müssten indessen den Mut nicht verlieren, sondern hoffen, man werde sie befreien. Außerdem soll noch der Inspektor an demselben Abend unschädlich gemacht werden."

„Das ist stark!", rief Staelswerd überrascht.

„Ja, Eure Gnaden; aber es ist so geschehen und deshalb muss ich mich auch nach dieser Seite zu decken suchen."

„Das ist richtig – und der Mensch, mit dem Er in Unterhandlung gestanden – ist er wiedererschienen?"

„Bis jetzt noch nicht; doch ich zweifle nicht daran, dass er der Freischiffer selbst war und sich wieder einfinden wird."

Der Oberst machte einige Gänge durch das Zimmer, um zu überlegen; dann nahm er schweigend eine Summe Geld aus einer Schublade und gab sie dem Schließer.

„Wenn sich jener Bursche wieder sehen lässt", sagte er, „so fordert Er ihn zu einer neuen Zusammenkunft auf und bringe mir

Bescheid über: wie, wo und wann. Im Übrigen schweige Er gegen jeden, um nur meinen Anweisungen zu folgen, ich werde ihn in jeder Hinsicht schützen."

Der Mann ging, und der Oberst begann die Sache von A bis Z zu durchdenken.

XXIX. Der rechte Mann.

Staelswerd hatte bisher bei seinen letzten Bestrebungen, den Freischiffer in seine Gewalt zu bekommen, allein gestanden; doch er fühlte im Verlauf seines Nachdenkens, wie nötig es sei, sich zur Habhaftwerdung desselben eines Gehilfen zu bedienen, der ebenfalls ein Interesse an der Gefangennahme desselben habe.

Der Oberst ließ in Gedanken alle Personen, die er kannte, zu diesem Zweck vor seinem Geist eine Revue passieren, ohne indessen zu finden, was er brauchte.

Zwar gab es sicher viele von denen, an die er gedacht, die es sich zur Ehre gerechnet hätten, Schweden von einem so gefährlichen Gegner zu befreien; doch damit hörte jedes Interesse, welches sie haben konnten, auf, und es war anzunehmen, dass ihre Energie bei wiederholten Schwierigkeiten erlahmen werde.

Hass und Rache waren es, was der Oberst als Motive zu einer Verfolgung des Menschen bei seinem Gehilfen wünschte; auf sie konnte er sicherer rechen, das wusste er von sich selbst.

Wiederum ließ er eine Anzahl von Personen an sich vorüberziehen und plötzlich fuhr er auf:

„Ja!", rief er, „das ist der rechte Mann, ihn hatte ich fast vergessen; zwar ist er mir nicht eben zum Dank verpflichtet, doch er weiß ja nicht, welch' ein Urteil ich über ihn abgegeben und wenn ich ihm jetzt Aussichten eröffne, wird er sicher umso lieber zugreifen, als ihm fast alle Aussichten auf Beförderung genommen sind.

Staelswerd griff nach seinem Hut, verließ das Haus, und eilte durch die Straßen nach der Gegend des neuen Marktes zu, über diesen hinaus und in eine der jenseits des Platzes gelegenen engeren Straßen. Hier betrat er ein Haus und nach einigem Suchen eine Wohnung, wo ihm unser alter Bekannter Dalström entgegentrat.

Dalström war immer noch Leutnant und gehörte zu den Offizieren, die während der Winterzeit außer Tätigkeit und auf ein Drittteil ihres Soldes gesetzt waren.

Dies war für den braven Offizier ein großer Übelstand, denn einmal musste deshalb seine zahlreche Familie darben; andererseits war dies ein Beweis, dass man ihn nicht zu den tüchtigeren Offizieren rechnete, weil man diesen, obwohl sie auch fast so gut wie untätig während des Winters waren, ihren Gehalt ließ.

Dalström erschien deshalb im gegenwärtigen Moment verdrießlich, was wohl auf jenem Umstand entspringen mochte, und die Art, wie er einen bisherigen Vorgesetzten empfing, war er wohl achtungsvoll, doch sehr wenig herzlich.

„Ich muss in einer wichtigen Angelegenheit mit Ihnen sprechen!", sagte der Oberst, „doch durchaus allein."

„Geh hinaus, Frau, nimm die Kinder mit!", sagte Dalström fast widerstrebend und die Frau machte Miene, dieser Weisung zu folgen.

„Halt, einen Augenblick!", sagte jedoch Staelswerd, „Sie haben vermutlich nur ein geheiztes Zimmer; es wäre unrecht, die Kinder der Kälte auszusetzen; wir werden besser ohne Wärme aushalten; bitte lassen Sie uns in jenes Zimmer treten!"

Dalström errötete und verbeugte sich. „Sie sind sehr gnädig, Herr Oberst!", sagte er mit sichtbarer Verlegenheit, „Frau, danke dem Herrn für diese Rücksicht!"
Die Frau kam diesem Wunsch mit sichtlicher Beklommenheit nach, und der Oberst folgte dem voranschreitenden Leutnant in eine Kammer, die augenscheinlich der Familie als Schlafgemach diente.
Staelswerd warf nur einen flüchtigen Blick umher und setzte sich dann ohne Weiteres auf ein bereits schadhaftes Sofa.
„Sie sind also wieder nicht zur Schiffsführung für den nächsten Sommer designiert!", sagte er.
„Nein!", antwortete Dalström bitter, „ich bin ein Edelmann, nicht reich und ohne Gönner, das sind Gebrechen, die man in gewissen Kreisen nicht verzeiht; ich werde nie mehr als Leutnant werden!"
„Gönner!", meinte Staelswerd gedehnt, „ich glaube für Sie so etwas zu sein, wenigstens habe ich Sie warm empfohlen, Sie müssen in der Admiralität Feinde haben!"
„Ich nannte sie bereits Herr Oberst!", sagte Dalström, „es ist unnötig, noch andere zu suchen!"
„Ich meine aber dennoch, Sie könnten alle Hindernisse besiegen, ein guter Dalström, wenn Sie sonst Lust haben, sich durch Ausführung einer besonderen Tat bemerklich zu machen!"
„Ich habe mich bereits oft genug bemerkbar gemacht, Herr Oberst, Sie wissen dies selbst. Aber aus dem vorigen Sommer hat man nur gut befunden, die Schlappe der Fortune zu beachten; es war allerdings ein dummer Streich, doch mehr Unglück als sonst etwas dabei im Spiel!"
„Da haben Sie recht, und wie Sie das Schiff, so verlor ich den Gefangenen, doch den eben denke ich, Ihnen jetzt zu überlassen, und es müsste wirklich unverantwortlich zugehen, wenn

man Ihnen für die Ergreifung des Piraten nicht besondere Anerkennung zu Teil werden ließ! Der Kerl ist nämlich hier in der Stadt!"

„Hier?", rief Dalström aufspringend.

„Wie ich Ihnen sage!", fuhr der Oberst fort, „Sie wissen, dass die Griebenschen Frauen hier in Haft sind!"

Der Offizier verzog das Gesicht, er wusste freilich von der Sache, doch es fiel seinem geraden ehrlichen Sinn nicht ein, die Art auch nur entfernt zu billigen, wie die Damen hierhergelockt und wie man mit denselben verfuhr.

„Allerdings!", murmelte er daher unwillig.

„Nun, der Bursche macht Pläne, jene zu befreien, und ich meine, es wird gelingen, ihn dabei zu erwischen – wenn Sie also wollen –!"

Der Leutnant blickte einige Zeit sinnend vor sich zur Erde nieder, dann schlug er mit der flachen Hand heftig auf sein Knie.

„Das alles kümmert mich nicht!", sagte er, wie im Selbstgespräch. Für mich ist er nur der Feind, welcher sich tollkühn dem Löwen in den Rachen wagt. Er mag die Folgen seines Übermutes tragen!"

„Das meine ich auch!", sagte der Oberst, „Sie gehen also auf meinen Vorschlag ein!"

„Gewiss; was habe ich zu tun!"

„Darüber später, halten Sie sich nur jeden Augenblick meines Winkes gegenwärtig!"

„Ich stehe zu Diensten!"

„Übrigens erlauben Sie wohl einem alten Freund, Ihnen einen Vorschlag zu machen; so oder so werden Sie nächstens wieder unter mir dienen und mir, wenn Sie mein Schuldner bis dahin sein wollen, eine Summe Geld zurückerstatten, die ich Ihnen vorstecken werde!"

Dalström errötete wiederum.

„Ich muss dies Anerbieten annehmen!", sagte er endlich mit einem tiefen Seufzer, meine Lage und meine Familie machen es mir zur Pflicht!"

„Recht so, alter Freund!", sagte Staelswerd freundlich, „keine falsche Scham!"

Der Oberst erhob sich, legte eine Rolle Geld auf den Sitz, welche er eben eingenommen und reichte dem Leutnant die Hand, der sie zwar berührte, doch nicht drückte. Hiernach geleitete Dalström den Obersten, der sich auch bei der Frau freundlich verabschiedete, hinaus. Als er zurückgekehrt, ging er in die Kammer, holte das Geld und warf es in der Stube mit den Worten auf den Tisch: „Es ist ein Janner, dass ehrliche Leute so oft Schuften, zu ihren niederträchtigen Zwecken dienen müssen!"

XXX. Ein Plan.

Während der Oberst Staelswerd den rechten Mann für seine Absichten aufsuchte und gewann, erschien im Gouvernementsgebäude dieselbe Frau wieder, welche der Baronin durch ihren scheinbar an den Tag gelegten Wohltätigkeitssinn hier näherstand.

Dieselbe brachte ein kleines Billett von dem Kapitän Jacobson, in welchem er die Damen um eine neue Zusammenkunft, wenn möglich oder gefällig an dem bewussten Ort bat.

Die Baronin sagte ohne Weiteres sofort zu, schickte die Frau zurück, kleidete sich um und teilte ihrer Zofe mit, dass sie sich zu einer Freundin begebe.

Diese Vorsicht schien der Dame nötig, weil sie glaubte, dass die Dienerin von ihrem Gemahl erkauft sei. Doch war dies nicht so und hier der seltene Fall eingetreten, dass die Dienerin, trotz des Ansinnens des Obersten, ihrer Dame treu geblieben war.

Bei der Freundin weilte die Baronin nur so lange, als nötig war, sich zu überzeugen, dass sie nicht verfolgt werde und wendete sich dann, nachdem sie jene verlassen, dem Knieger Tor zu.
Wie früher erwartete Jacobson die Dame schon, und beide begaben sich wie bei ihrem ersten Zusammentreffen in das Gewölbe.
Der Kapitän war aufgeregt, und dies aus dem Grund, weil er durch den Schließer, mit dem er eine Zusammenkunft gehabt, den ganzen Umfang der den Damen zugefügten nichtswürdigen Behandlung erfahren hatte.
„Es kann dies nur auf Befehl oder Veranlassung Ihres Gemahls geschehen sein, gnädige Frau!", rief er am Schluss aus.
„Ich zweifle daran keinen Augenblick!", sagte jene.
„So werden Sie auch natürlich finden, wenn ich denselben gelegentlich deswegen zur Verantwortung ziehe."
„Ach was dies betrifft, mein lieber Kapitän, so legen Sie sich in keiner Hinsicht, und namentlich nicht meinetwegen, Zwang auf."
„Der Mensch ist zwar unschädlich gemacht!", fuhr Jacobson fort, „doch wer bürgt dafür, dass nicht ein noch Ärgerer an seine Stelle tritt; die Damen müssen deshalb noch in dieser Nacht frei werden."
„Darüber werden Sie zu bestimmen haben, mein Herr!"
„Ich bin darüber bereits mit mir einig, gnädige Frau – doch es stellen sich mir verschiedene Schwierigkeiten entgegen, zu deren teilwesen Überwindung ich Ihre Unterstützung beanspruchen möchte.
„Dieselbe ist Ihnen bereits zugesagt!"
„Ich rechnete mit Bestimmtheit auf diese Zusage. Meine eigentliche Absicht war, die Damen ohne Wissen des gewonnenen Gefängnisaufsehers halb durch List, halb durch Gewalt zu befreien; denn ich traue niemals käuflichen Seelen."

„Ich kann dieser Ansicht nur beipflichten."
„Indessen habe ich meine zu dem Unternehmen nötigen Leute erst auf übermorgen Abend bestellt, es war deshalb nötig, aus der Not eine Tugend zu machen, und den Menschen in meine Absichten einzuweihen.
„Vielleicht entspricht er dem ihm geschenkten Vertrauen."
„Hoffen wir es, gnädige Frau!", fuhr Jacobson fort, „wenn ich meinen ersten Plan ausführen konnte, würden die Damen des Morgens die Eustodie verlassen haben, um sofort unter guter Bedeckung das Tor zu passieren und dann schnell weiter befördert zu werden. Eine Division der preußischen Truppen von der Grenze aus würde sie aufgenommen haben, und das Ganze ziemlich ohne Gefahr beendet worden sein; doch dieser Teil des Planes muss jetzt einer Änderung unterliegen; ich habe gegenwärtig nur zwei Gehilfen am Ort."
„Das ist freilich wenig!"
„Einesteils – ja!", meinte Jacobson, alsdann kann den Damen nicht zugemutet werden, die Festung auf dem Weg zu verlassen, welchen ich oder meine Leute häufig wählen, wenn die Tore verschlossen sind; es ist also nötig, dass dieselben sich bis zur freigegeben Passage innerhalb der Stadt verbergen."
„Das begreift sich leicht!"
„Ich meine nun, gnädige Frau, dass man dieselben in Ihrer Wohnung am wenigsten suchen würde."
„Ich glaube dies selbst!", bringen Sie dieselben zu mir, ich werde mir ein Vergnügen daraus machen, sie bei mir zu sehen, und für ihre Bequemlichkeit nach den herben Leiden zu sorgen."
„Sie sind wirklich sehr gütig!"
„Freunde müssen sich gefällig sein!"
Der Kapitän ergriff die Hand der Dame und führte sie an die Lippen, jene seufzte wieder, sagte aber nichts.

Da Jacobson Eile hatte, ward hiermit die Unterhaltung beendete, und er schicke sich an, die Baronin zu begleiten.

Diese lehnte es jedoch ab, die Begleitung weiter als bis zum Tor anzunehmen, und dort trennte man sich: Jacobson schritt schnell über den Wall und den Exerzierplatz fort, durch das nächste Tor und von hier zur Offenreiherstraße, wo er in einer Taverne verschwand.

In derselben traf er mit den beiden Leuten zusammen, welche gestern so derb den Eustodie-Inspektor zerbläut hatten und wies den einen derselben an, sich nach dem Gefängnisgebäude zu begeben und dasselbe zu beobachten.

Er selbst blieb mit dem anderen noch zurück, bis die sogenannte Bürgerstunde die Schließung des Lokals erwarten ließ und hieß dann auch jenem zweiten Mann dem ersten folgen.

Bald darauf verließ auch er die Tabagie und begab sich an Ort und Stelle, wo sich die beiden Leute möglichst im Schatten platziert hatten.

„Hast Du Verdächtiges bemerkt?", fragte er den einen.

„Nein!", lautete die Antwort.

Jacobson ging weiter.

„Hast Du Bewegung oder sonst Verdächtiges bemerkt?", fragte er auch diesen.

„Der Schließer ist vor Kurzem zurückgekehrt!", antwortete derselbe.

„Das wäre!", murmelte der Kapitän, „und Du bist sicher, Dich nicht geirrt zu haben?"

„Gewiss nicht!"

„Nun, wir werden bald wissen, woran wir sind!", fügte der Kapitän noch hinzu, „haltet Eure Waffen in Bereitschaft!"

Er selbst fühlte nach seinen Pistolen und schritt dann eilig über die Straße zu dem Tor des kalten düsteren Hauses, an welches er leise, aber in bezeichnender Weise, pochte.

Es dauerte einige Zeit, bis sich etwas hören ließ, und Jacobson ward bereits ungeduldig; da jedoch drang der Schall von Tritten aus dem Flur hervor, und die Tür ward geöffnet.

Es war der Schließer, der schüchtern vortrat und spähende Blicke umherwarf.

„Draußen ist alles sicher!", sagte der Kapitän, „wenn es nur innen nicht an der nötigen Vorsicht fehlt!"

„Nein, nein!", antwortete der Schließer.

„Sind die Damen benachrichtigt?", fragte der Kapitän.

„Ja!", flüsterte der Andere, blieb aber in der Tür stehen.

„Nun!", sagte der Kapitän, „was zögert Ihr – vorwärts, Euren Lohn erhaltet Ihr, sobald ich mit den Damen die Schwelle überschreite."

Der Schließer trat zurück, ließ aber die Tür geöffnet und ging dem Kapitän voran der Zelle zu, in welcher sich die Damen befanden.

Auch die Öffnung dieser Tür nahm mehr Zeit in Anspruch, als wohl eigentlich nötig gewesen wäre, und Jacobson musste den Schließer abermals zur Eile mahnen.

Als derselbe die Tür aufgezogen, zeigte sich, dass die Zelle finster war.

„Wer ist da?", fragte die Stimme der Mutter.

XXXI. Große Eile.

Der Oberst Staelswerd ging, nachdem er die Wohnung seines früheren Leutnants verlassen, langsam und nachdenklich seiner Behausung zu.

Ein Teil seiner Gedanken galten jedenfalls dem von ihm so gehassten Freischiffer, ein anderer dagegen wohl dem Leutnant Dalström.

Vielleicht erwog er, warum wohl die irdischen Glücksgüter so ungleich verteilt würden und warum ein Mangel derselben eigentlich nie durch noch so bedeutende Leistungsfähigkeit und Tüchtigkeit ersetzt werden könne.

Vielleicht aber freute er sich auch schon im Stillen darüber, dass es ihm jetzt gelingen werde, Jacobson festzunehmen und seiner verdienten Strafe zu überliefern.

So langte er vor dem Gouvernementsgebäude an, und wäre hier fast von einem Menschen umgelaufen, in dem er bei näherer Betrachtung den Schließer erkannte.

„Nun – was gibt's?", fragte der Oberst Staelswerd.

Der Angeredete war so außer Atem, dass er sich erst erholen musste, ehe er antworten konnte.

„Gnädiger Herr!", stieß er dann hervor, „es ist schon Zeit, der Mann hat mich aufgesucht, noch in dieser Nacht soll die Befreiung der Damen stattfinden. –"

„Alle Teufel", stieß der Oberst hervor, „was da, doch jedenfalls kann es nicht geschehen, ohne, dass er dabei ist."

„Nein, gnädiger Herr."

„Gut, so laufe er – doch nein, gehe er eiligst zurück, suche er Zeit zu gewinnen, – wann meint er, dass der Verbrecher erscheinen wird?"

„Ich denke, nach zehn Uhr."

„Also suche er Zeit zu gewinnen."

„Gut, gnädiger Herr."

Der Schließer eilte davon.

Staelswerd blieb noch einen Moment stehen, er musste sich erst sammeln; so nahe seinem Ziel, schien ihm der glückliche oder schlaue Seemann wiederum den Rang ablaufen zu sollen, das musste wohl erwogen werden.

Es gab jetzt verschiedene Wege, auf denen der Baron dem Unternehmen des Freischiffers begegnen konnte.

Der eine derselben bestand darin, mit einer starken Wache an den Ort der projektierten Tat zu eilen. Hierdurch ward jedenfalls das Unternehmen verhindert; ob aber zugleich der Unternehmer gefangen, das war fraglich, weil das Erscheinen einer Anzahl Soldaten jedenfalls hinlänglich Aufsehen erregen musste, um aufmerksam zu machen. Zu vermuten war aber, dass der schlaue Seemann das Terrain für seine Operationen gehörig besetzt halten werde.

Allein ohne Begleitung nach dem bewussten Ort zu gehen, schien noch weniger ratsam, denn der Oberst musste mit Recht darauf zählen, dass ihm der kühne Seemann bei einem etwaigen Begegnen keinen hinterlistigen Verrat gehörig einzutränken, Lust bekommen könne.

Es blieb daher der beste Rat, jenem vorläufig, den eben gewonnenen Dalström entgegen zu werfen, inzwischen aber irgendeine Macht aufzubieten, demselben zu Hilfe zu eilen; gelang es Dalström und dem Schießer dann nicht, den Mann in der Eustodie festzuhalten, so mochte man ihn immerhin mit Geräusch auf der Straße festnehmen.

Staelswerd machte also wieder kehrt und flog diesmal durch die Straßen, bis zu der Wohnung des Leutnants, in die er ohne weitere Anmeldung durch Klopfen eintrat.

Sein Äußeres erschien dabei im höchsten Grad aufgeregt, und mit Heftigkeit rief er denn auch, ohne auf die Anwesenheit der Frau zu achten:

„Vorwärts, Dalström! Unser Mann wird gegen zehn Uhr in der Eustodie sein, es könnte leicht zu spät werden; ich will unteressen Unterstützung für Sie hinzuführen, Sie werden über dem auch auf die des Schießers im Haus zu rechnen haben."

Es ist möglich, dass Dalström mit seiner Frau über die Wünsche und Absichten des Barons gesprochen hatte; dieselbe trat jetzt schnell vor:

„Ist es denn nötig", rief dieselbe, „dass gerade mein Mann zu einem solchen Unternehmen verwendet werden muss?"

„Gute Frau", sagte Staelswerd schnell, „hier ist keine Zeit zu solchen Verhandlungen, es gilt dem Dienst des Vaterlandes – übrigens will ich nicht hoffen, dass ein schwedischer Offizier sich von seiner Pflicht durch den unzeitigen Wunsch seiner Frau abhalten lässt."

„Nein, nein!", rief Dalström ärgerlich, „schweig Frau, ich bin bereit zu folgen, Herr Oberst; also in der Eustodie soll ich ihn finden – ich begreife nur nicht –"

„Geh nicht, Mann!", sagte die Frau, mir ahnt Böses!"

„Schweig, Weib!", herrschte Dalström, „in welcher Situation werde ich meinen Gegner dort finden, Euer Gnaden?"

„Er wird die Frauen durch den vermeintlich bestochenen Schließer in Empfang nehmen und fortführen wollen."

„Gut, gehen wir!", sagte der Leutnant, „lebt wohl!"

Diese letzteren beiden Worte, die gesprochen wurden, während Dalström nach seinen Waffen griff, galten der Familie, und er, sowie der Oberst, verließen das Zimmer.

Mit schnellen Schritten eilten beide davon, bis sich ihr Weg trennte, und Stealswerd nach der Hautwache zu weiter eilte. Dalström untersuchte auf dem noch zurückzulegenden Weg seine Pistolen und lockerte seinen Degen.

Bald darauf stand er vor dem immer noch offenen Tor des Gefängnisses, zugleich hörte er Schritte und heftige Worte; er spähte umher, und als er außerhalb nichts bemerkte, schickte er sich an, in das Haus zu dringen. –

In demselben hatte sich indessen die Einleitung zu einem Drama weiterentwickelt.

Auf die Frage der Frau von der Grieben antwortete zunächst Jacobson.

„Gnädige Frau!", sagte derselbe, „ich meinte, Sie würden mich erwarten; jedenfalls erkennen Sie mich wohl jetzt an der Stimme, ich bin da, um Sie von hier fortzuführen, wenn uns nicht dieser Mensch den Streich eines Judas gespielt hat; bitte, eilen Sie, wir haben in keinem Fall Zeit zu verlieren."

„Jacobson!", rief die Frau, mein Gott, wir sind nicht angezogen!"

„So kleiden Sie sich rasch an, meine Damen, jede Sekunde ist kostbar!"

„Wir werden!", antwortete die Frau, welche allein sprach, weil sich vielleicht die Töchter trotz der Dunkelheit genierten, „Clara, Sophie, habt ihr gehört, eilt!"

„Ja, ja, Mama!", hieß es leise.

Jacobson hatte indessen den Schließer ergriffen und ließ ihn die Mündung eines Pistols fühlen.

„Was soll das heißen?", fragte er dabei.

„Verzeihung, Herr", stammelte der Mann, „es ist reine Vorsicht, denn wenn ich die Damen unterrichtet hätte, könnten sie sich leicht verraten haben.

„Ich will hoffen, dass kein anderer Verrat im Spiel ist.", antwortete der Kapitän, denn wehe Dir, Bursche! – Meine Damen, keine überflüssigen Vorrichtungen, nur notwendige Umhüllungen, Sie werden in kurzer Zeit Gelegenheit haben, Ihre Toilette zu vervollständigen!"

„Wir sind fertig!", rief jetzt Clara.

„So kommen Sie!"

Die Damen traten wirklich der Tür näher.

„Jetzt vorwärts, Freund!", herrschte Jacobson dem Schließer zu und schob ihn vor sich her, als derselbe nicht schnell genug seinen Gang in Bewegung setzte.

Diese Worte und jene Tritte waren es, welche Dalström eben im Begriff einzutreten, vernahm, und gleich darauf tauchten aus dem dunklen Hintergrund des Flures eine Anzahl Gestalten vor ihm auf.

Wahrscheinlich hatte Jacobson in der sich in der Tür zeigenden Gestalt zuerst einen seiner Leute zu sehen vermeint. Er erkannte seinen Irrtum erst, als auch Dalström ihn erkannte.

„Dalström!", rief er, „Sie hier?"

„Ja, ich bin hier, wo ich sicher nicht erwartet werde; ergib dich, Bandit!", rief der Leutnant.

„Also auf diese Weise sprechen wir?", entgegnete Jacobson, zugleich riss er ein Pistol aus der Tasche und drücke mit Blitzesschnelle die gegen den Leutnant gerichtete Mündung ab. Dalstöm sank mit einem Seufzer zu Boden, die Damen ließen Ausrufe des Schreckens hören, Jacobsons Leute sprangen herbei.

„Nieder mit dem Verräter!", rief er ihnen zu, „meine Damen, schnell vorwärts!"

„Ein Schlag mit einem Schiffshieber streckte den verräterischen Schließer zu Boden, Jacobson, die Arme der Mutter und der jüngeren Schwester ergreifend, zog diese davon, indem er Clara bat, zu folgen; alle, die beiden Seeleute eingeschlossen, eilten davon, während verschiedenes Geräusch andeutete, dass die Bewohner der Nachbarhäuser durch den Schuss alarmiert wurden.

XXXII. Dennoch misslungen.

Ob es zu rechtfertigen ist, unter gewissen Umständen einen Menschen zu töten, ist eine Frage, die vielleicht erörtert, vielfach verneint und ebenso oft bejaht worden.

Soweit wir Jacobson kennengelernt, war er, obgleich ohne allen Zweifel sein Gewerbe ganz nah an Seeraub und Verbrechen streifte, nicht eigentlich blutdürftig.

Er bekämpfte Schweden, und im Kampf mit den Bewohnern dieses Landes musste er deren Blut vergießen, doch tat er es jedenfalls nicht aus reiner Lust zum Morden. Übrigens wäre gewiss der Leutnant Dalström einer der letzten gewesen, an die er seine Hand legen mochte, und wenn er es getan, so geschah es lediglich, weil das unabweisliche Gebot der Notwendigkeit es so verlangte.

Denn nicht einmal zu Unterhandlungen war Zeit, und obwohl Jacobson nicht begreifen konnte, wie der Mann dahin kam, wo er ihn gefunden, war ihm doch soviel klar, dass es nicht aus Zufall geschehen sein könne.

Dass er den sich ihm als Gegner und Angreifer präsentierenden Offizier getötet, darüber blieb ihm kein Zweifel, denn er hatte es so gewollt, weil es unter den obwaltenden Umständen den Mann mehr als jeden anderen fürchten musste.

„Beruhigen Sie sich meine Damen!", sagte er nach einiger Zeit zu den bebenden Frauen, ich bedaure aufrichtig, dass ich den Menschen töten musste, es ist die Schuld des schändlichen Verräters, konnte ich seine Absichten ahne, würde ich meine Maßregeln anders getroffen haben."

Die Damen antworteten nicht, der eilige Schritt benahm ihnen über dem die Luft.

„Geht nach dem Gouvernementshaus voraus!", sagte Jacobson zu seinen Leuten, „seht nach, ob alles sicher ist – doch was ist das?"

„Offenbar der Tritt eines Militärtrupps!", erwiderte einer der Männer.

„Also eine Jagd auf uns!", rief der Kapitän, es lässt sich denken – biegen wir in diese Seitengasse."

Man tat so und eilte auf einem Umweg weiter. Von den Soldaten war bald nichts mehr zu sehen.

„Sie werden vorläufig", begann der Kapitänn, „bei einer Dame Unterkunft finden, an die Sie sicher nicht denken; es ist die Frau von Staelswerd, die sich unserer angenommen, sie macht gut, was ihr Herr Gemahl böse gemacht."
Clara ließ einen Ausruf der Verwunderung hören.
Man kam schnell weiter und erreichte das Gouvernementsgebäude; es war alles still in der Straße, und man betrat jenes ungefährdet. Die Baronin erwartete ihre Gäste und empfing sie im Flur; sie nötigte dieselben schnell einzutreten, was auch geschah.
Im Zimmer bat sie Platz zu nehmen, versuchte selbst Zofendienste zu leisten, und zeigte sich überhaupt sehr liebenswürdig.
„Ich bin glücklich!", sagte sie dabei, „Sie bei mir zu sehen, legen Sie nichts von der Schuld meines Gemahls Ihrer ergebenen Dienerin zur Last, ich habe keinen Teil daran."
„Sie sind so überaus freundlich!", antwortete die Mutter.
„Ihr Freund Jacobson ist auch ein wenig mein Freund", sagte die Dame zu Clara gewendet, „und ihm diene ich gern, doch fürchten Sie nichts, unsere Freundschaft hat durchaus keinen ernsten Charakter."
Clara konnte nicht antworten, denn Jacobson fragte an der Tür, ob er eintreten dürfe und erhielt die Erlaubnis dazu.
„Jetzt, meine gnädige Baronin", sagte er eilig, „Sie wissen noch nicht, dass wir verraten waren!"
„Wirklich?", rief die Baronin erschreckend.
„Ja! Der Mensch, den ich gewonnen, hat meine Vermutungen gerechtfertigt, und in Folge seines Verrats sind wahrscheinlich, – er selbsz auch, – zwei Menschenleben darauf gegangen, es wird also Lärm werden und das bald."
„Ganz unzweifelhaft!"

„Ich muss also fort, einmal meiner Sicherheit wegen und dann, um die Verfolger von der Spur der Damen abzulenken; ich muss Ihnen dieseleben, sowie deren Fortschaffung, überlassen."
„Ich werde tun, was sich tun lässt!"
„Ich bin davon überzeugt, meine Damen, hoffentlich sehen Sie recht bald den Herrn von der Grieben wieder, ich hoffe übermorgen, melden Sie ihm von mir viele Grüße."
Jacobson verbeugte sich, und Mutter wie Töchter eilten auf ihn zu, ihm ihre Hände reichend, die er küsste.
„Vergessen Sie nicht übermorgen, gnädige Frau Baronin!"
„Gewiss nicht!", antwortete diese und mit einer neuen Verbeugung verabschiedete sich der Kapitän, um auch sogleich das Haus zu verlassen.

Draußen angekommen, sah er sich vergeblich nach seinen beiden Beleitern um; er ließ in der Meinung, dass sie sich verborgen hätten, einen leisen Pfiff als Signal ertönen, derselbe ward sofort beantwortet und Jacobson wendete sich nach der Richtung hin, von wo jener Pfiff gekommen.

Er erreichte sehr bald eine Wandnische, in der er zwei menschliche Gestalten bemerkte; unvorsichtiger Weise trat er zu ihnen und fühlte sich i nächsten Moment ergriffen und trotz seiner Gegenwehr zu Boden geworfen. Ein neuer Pfiff tönte durch sie Straße, die sich sofort belebte; mindestens zwanzig Gestalten zeigten sich, und umringten den Gefangenen, noch zwei andere mit sich schleppend.

Jacobson hatte seine Rechnung für den heutigen Abend in der Übereilung, ohne die stets sehr gute Stadtwache, gemacht; ein Mitglied derselben hatte die Gruppe, welche er, seine Leute und die Damen bildeten, gesehen und verdächtig gefunden, er hatte Kollegen benachrichtigt und folgte. Der gefasste Verdacht dieser Leute ward bald verstärkt und zur Verhaftung der beide Begleiter geschritten, endlich auch Jacobson ergriffen.

Als dieser auf die Frage: wer er sei, nicht antwortete, wurden alle drei zum Rathaus gesandt ein Teil der Scharwache und deren Führer blieb vor dem Haus, um ferner zu beobachten.

XXXIII. Mann und Frau.

Oberst Staelswerd war mit seiner Wache glücklich, so schnell es eben ging, bei der Eustodie angelangt; jedoch nur, um zu seinem Schreck und Ärger eine höchst unangenehme Bescherung und einen aufgeregten Stadtteil zu finden.

Das Gerücht von dem Geschehenen verbreitete sich, trotz der späten Stunde sehr schnell, und bald war auch ein Teil der Scharwache an dem Ort.

Der Schließer war schwer verwundet, lebte jedoch noch und konnte erzählen, was geschehen war; die Stadtwache schickte sich an, nach den ihr von den Nachbarn werdenden Nachweisungen die Flüchtigen zu verfolgen.

Das war kein Resultat, mit dem der Baron sich zufrieden fühlen konnte, und ärgerlich verließ er den Schauplatz, als dessen Regisseur er mit Recht zu betrachten war.

In übelster Laune durch die finsteren Straßen stolpernd und unangenehm von dem berührt, was er auf demselben von Begegnenden noch hören musste, langte er vor seiner Wohnung an, um dort noch obenein von der Stadtwache angehalten zu werden.

Staelswerd gab sich zu erkennen.

„Was gibt es denn hier?", war eine Frage, die ihm unwillkürlich entfuhr.

Der Wachtmeister erklärte ihm, was vorgefallen und Staelswerd fuhr auf.

„Teufel, was wird das?", meinte er, dann erzählte er dem Sicherheitsbeamten, was er wusste.

„Folgen Sie mir!", schloss er seine Rede.

Staelswerd begab sich von dem Beamten begleitet nicht in seine Wohnung, sondern zu den Zimmern seiner Frau und verlangte Einlass.

Es dauerte lange, bis seinem Verlangen entsprochen wurde. Er hatte vorhin noch keinen bestimmten Verdacht gehabt, doch jetzt fasste er denselben.

Bei seinem Eintritt in das Zimmer seiner Gemahlin flog deshalb sein Blick suchend umher; doch er fand nichts Bemerkenswertes.

„Sie wünschen?", fragte die Baronin.

„Sie haben Besuch gehabt!", antwortete der Oberst.

„Ich glaube nicht nötig zu haben, Sie zu fragen, ob und wann ich Besuch annehmen darf; wer ist der Herr?"

„Sie werden ihn an der Uniform erkennen, es gibt Besuche, die ich denn doch nicht zu leiden nötig habe."

„Was will der Mann, – ich denke, wir sind uns genug, um unsere Verhältnisse zu erörtern."

„Der Mann ist auf meinen Befehl hier, und wird ihre Zimmer, wenn es sein muss, das ganze Haus durchsuchen!"

„Kraft welches Rechtes fühlen Sie sich zu einem solchen Befehl gedrungen?"

„Kraft desjenigen, welches jedem Ehemann zusteht!"

„Ihre Dienerin, gestrenger Eheherr", spottete sie Dame.

„Sie werden guttun, in einem anderen Ton zu sprechen, Madam. – Wachtmeister, tun Sie Ihre Schuldigkeit!"

„Mein Freund", sagte die Baronin, „es ist dies das Haus des Gouverneurs."

„Gnädige Frau, es sind verdächtige Personen in dies Haus gegangen und nach ihnen suche ich."

„In meiner Wohnung kann nur jemand mit meiner Bewilligung kommen; ich brauche niemand Rechenschaft darüber zu geben, wen ich einlasse."

„Es sind hier unten drei Leute verhaftet", sagte der Mann, „von denen man vermutet –!"

„Wie", rief die Dame jäh, „wer ist verhaftet?"

„Derselbe Mann, welcher der Eispartie seine angenehme Gesellschaft ohne alles Recht schenkte", sagte der Baron.

Die Dame erbleichte.

„Also doch", flüsterte sie, „ich werde meinen Vater wecken lassen!"

„Nicht von der Stelle!", sagte der Baron, ihr den Weg vertretend, als sie Miene machte, hinauszueilen.

„Sie wollten –."

„Wachtmeister, ich befehle Ihnen nochmals Ihre Schuldigkeit zu tun."

Die Baronin war mit ihrem Mut zu Ende; die Mitteilung über die Verhaftung Jacobsons hatte denselben gebrochen, und sie machte keinen Versuch mehr, die Durchsuchung ihrer Zimmer zu verhindern.

Schon im nächsten Zimmer wurden die drei kaum befreiten Damen gefunden.

„Ei!", rief der Oberst, „vortrefflich, Sie werden Gesellschaft bekommen, meine Damen! Wachtmeister, ich übergebe Ihnen auch jene Frau da, sie wird zu verantworten haben, was sie getan."

„Mich!", rief die Baronin.

Inzwischen hatte jedoch die Zofe der Baronin getan, was ihre Herrin tun wollte. Sobald sie deren Absicht im Vorzimmer bemerkte, war sie nach dem anderen Flügel des Hauses geeilt und hatte den Gouverneur wecken lassen.

Als derselbe erwacht, hatte sie ihm mit geläufiger Zunge mitgeteilt, was in seinem Haus vorging.
Der Gouverneur erschien daher jetzt in Nachtkleidern in seinem Zimmer, die Entrüstung war in seinen Zügen zu lesen.
Staelswerd war in seinem Hass gegen seine Gemahlin zu weit gegangen und hatte vergessen, dass er selbst nur in diesem Haus geduldet, nur durch den Gouverneur aufrecht gehalten ward.
Seine Gemahlin flog dem Vater entgegen.
„Sind Sie noch Gouverneur dieser Stadt, mein Papa?", rief sie außer sich, „sind Sie noch Herr in Ihrem Haus, oder dieser Mann, dessen Bravour darin zu bestehen scheint, gegen Damen zu Felde zu ziehen, und der hier durch die Polizei eine Haussuchung halten lässt?"
„Schere er sich hinaus!", donnerte der Gouverneur dem Beamten zu. „Sind das die Damen, da?"
„Jawohl, mein Vater."
„Sie bleiben bis auf Weiteres meine Gäste. – Sie begeben sich sofort in Arrest, mein Herr Oberst."
„Exzellenz!", stotterte Staelswerd.
„Hinaus, oder ich lasse Sie in Ketten an den Ort Ihrer Bestimmung transportieren."
Das war eine böse Wendung der Dinge. Doch Staelswerd musste gehorchen, und mit einem Wutblick auf seine Gemahlin hing er zähneknirschend ab.
Der Gouverneur riss das Fenster auf und brüllte in die Nacht hinaus, dass sich die Beamten sämtlich zum Teufel scheren sollten, ihm aber am nächsten Morgen Rapport über die Ereignisse der Nacht zu machen hätten.
„Sorge für die Damen!", rief der erzürnte Herr dann der Tochter zu und eilte mit einer Verbeugung hinaus.
„Alles kann noch gut werden", ermutigte die Baronin ihre Gäste, „wenn und der Kapitän nicht gefangen wäre, für ihn sieht

es allerdings böse aus, doch wir werden ja morgen sehen, was sich tun lässt; ich gelte etwas bei dem Vater."

XXXIV. Eine Diversion.

Es muss in mancher Hinsicht in der Stadt Stralsund während des siebenjährigen Krieges, eine herrliche Wirtschaft gewesen sein; eine Zucht, in der niemand recht gewusst, ob er Koch oder Kellermeister, ob er zu befehlen oder zu gehorchen habe.

So nimmt ein höherer Offizier Frauen gefangen und klagt sie an; das Gouvernement setzt eine Kommission nieder, die Sache zu untersuchen, und diese untersucht vergnügt darauf los, während die armen Frauen wider Recht und Gesetz in einem elenden Kerker schmachten, und dies alles nimmt plötzlich, jedoch ohne Urteil, ein Ende, sobald sich jener erste Herr soweit vergisst, sogar im Haus seines Vorgesetzten den Herrn zu spielen und die Tochter des Gouverneurs sich der Misshandelten offen annimmt.

Es ist dieser Fall für die Verwaltung charakterisierend, er bezeichnet deutlich, dass im Ganzen ein Willkür-Regiment herrschte, welches nur durch den, im Grunde wenig zu Ausschreitungen geneigten Charakter der beiden hier zusammen gewürfelten Nationalitäten gemildert ward.

Denn im Grunde genommen war auch die Arrestverhängung über Staelswerd ein Akt der Willkür, und der Oberst, obgleich er sich auf die Hauptwache begab, war nicht Willens, denselben so ruhig hinzunehmen, sondern richtete von der Wache aus, an den Kommandanten der Festung eine Anzeige und Beschwerde.

Der Kommandant, General von Bolterstjern, verfügte sich denn auch anderen Tags zu dem Gouverneur, der soeben die Meldungen der Stadtwache erhalten, um mit ihm Rücksprache zu nehmen. Dass sich die Herren recht schnell verständigten, darf uns nicht Wunder nehmen, denn im Grunde ward ihr Interesse nur durch die Verhaftung Staelswerds beteiligt, und diesen überließ der Kommandant gutwillig und gern dem Gouverneur.

Dagegen gab dieser mit Freuden den Freischiffer an den Kommandanten ab, und was die Frauen betraf, so hielt man dafür, sie einstweilen in anständiger Haft zurückzubehalten, jedoch das Verfahren gegen sie einzustellen und die eingesetzte Kommission aufzulösen.

Somit war die Sache größtenteils geordnet.

Indessen hatte der verwundete Schließer seine Vermutung ausgesprochen, dass noch mehr von Jacobsons Leuten in nächster Zeit erscheinen dürften, und man richtete deshalb auf sie die Aufmerksamkeit.

Die Männer erschienen den früher von ihrem Chef erhaltenen Weisungen gemäß, und wenn auch nicht alle, so wurden doch noch sieben derselben festgenommen.

Über diesen Casus also war man in Stralsund fort, doch nicht über einen anderen Punkt, der für die Schweden schwer genug ins Gewicht fallen sollte.

Belling hatte seine Unterstützung zur Befreiung der Damen zugesagt, und weshalb sollte er auch nicht, es war Krieg, und jede Veranlassung, dem Feind strenger auf den Pelz zu rücken, gleichgültig.

Er konzentrierte deshalb den größten Teil seiner Streitkräfte bei Anklam, und zwar so, dass die Schweden dies bemerken mussten, die denn ihrerseits ebenfalls dorthin ihre Hauptmacht wendeten.

Inzwischen war Grieben mit vier Escadrons im Süden an der mecklenburgischen Grenze verblieben, um hinter dem entblößten Flügel des Feindes am bestimmten Tag möglichst weit nach Stralsund vorzugehen.

Dies war in der gegenwärtigen Jahreszeit allerdings möglich, da die Gewässer und Sümpfe bereits zugefroren, überall passiert werden konnten.

Natürlich war der Hauptzweck dieser Expedition die Aufnahme der durch die Seeleute aus der Festung geholten Damen; der Nebenzweck Beunruhigung der Kantonnements des Feindes, Verbrennung der Magazine, Wegnahme der Kassen und was sonst durch einen schnellen Coup ausgeführt werden konnte, dem Feind zu schaden.

Belling begann seinen Angriff mit Heftigkeit, und drang am ersten Tag fast bis nach Greifswald vor, während die Seeleute Jacobsons auf dem Eis vorgehend, seinen rechten Flügel bildeten. Nach Greifswald eilte denn auch der Höchstkommandierende des schwedischen Korps, der General von Stedingk.

Obwohl Belling nur Feldgeschütz bei sich hatte, tat er doch, als wolle er den befestigten Ort angreifen; um diese Absicht jedoch deutlich merken zu lassen, hatte er auf Schlitten schweres Schiffsgeschütz herbeischleppen lassen und tat, als wolle er grimmig die arme Stadt bombardieren; doch platzten die geworfenen Bomben und Granaten alle in der Luft.

Der schwedische General musste jetzt annehmen, dass Verstärkungen der Preußen angelangt seien, oder doch anlangen dürften, und dass man wirklich Ernst machen werde. Indessen war er noch unsicher, von welcher Seite der Hauptangriff stattfinden werde. Er ließ daher schnell den früheren Schauplatz rekognoszieren und als ihm berichtet ward, dass derselbe gänzlich von den Preußen verlassen zu sein scheine, zweifelte er nicht mehr daran, dass von Anklam her der eigentliche und einzige Angriff gemachte werden solle. Nach dorthin beorderte er denn alle, nur irgend an anderen Orten abkömmliche Truppen, und man schlug sich bei Greifswald ganze zwei Tage umher, wie noch nie an dieser Stelle während des Krieges. Doch am Morgen des dritten Tages waren die Preußen verschwunden, als seien sie durch die Luft davongeflogen, oder in die Erde versunken. Jetzt merkte Stedingk, dass er hintergangen sei, und bald eingehende Meldungen bestätigten diese Vermutung zu Genüge. Er eilte nach Stralsund.

Inzwischen hatte Grieben seine vier Eskadrons in der Stille bei Demmin gesammelt, ging mit denselben am Abend über die Peene und eilte in der klaren Winternacht auf vier verschiedenen Wegen, die linke Flügel-Eskadron hart an der mecklenburgischen Grenze auf Stralsund zu. Am nächsten Morgen befanden sich die vier Eskadrons in Zügen und halben Zügen aufgelöst, auf der Strecke von Reinberg, Elmenhorst, Richtenberg bis Senntow, im Rücken der schwedischen Armee auf alle Wege und Pässe verteilt, um alles aufzufangen, was sich vom Norden nähern werde.

Es ist unnötig anzuführen, was die kühne Streifschar alles noch nebenbei in den Kantonnements des Feindes verrichtete; in der Hauptsache warteten sie jedoch bis zum Nachmittag vergebens, Wardow und Blücher suchten bei dem Oberstleutnant um die Erlaubnis nach, noch weiter vorgehen zu dürfen, wenn es sein müsse, bis unter die Mauern von Stralsund.

Grieben gab seinem zukünftigen Schwiegersohn nur ungern die Erlaubnis dazu, schlug das Gesuch Blüchers gänzlich ab und beauftragte mit der oberen Leitung des Unternehmens einen älteren Offizier. Zwei Züge rückten zu dem Zweck vor, wo möglich zu erfahren, weshalb die Expedition Jacobsons noch nicht zurückgekehrt.

Diese Husaren stießen bei Steinhagen bereits auf eine schwedische Reiterpatrouille; denn man hatte schon in der Festung die Annäherung der Preußen erfahren; die Preußen jagten jedoch die Schweden zurück und folgten ihnen bis zur Triebseer Vorstadt von Stralsund.

Von dieser aus erschien mehr schwedische Reiterei auf dem Platz, und man schlug sich in der Dämmerung wild umher.

Wardow jetzt fast gewiss, dass Jacobsons Unternehmen gescheitert, beteiligte sich mit toller Wut an dem Kampf, bis ein Schuss sein Pferd zu Boden streckte.

Dies wäre in der Mitte der Seinen für den jungen Mann kein großes Unglück gewesen; in der Dunkelheit davon zu kommen, wer auch zu Fuß gegangen. Doch er hatte sich zu weit vorgewagt, und sein Unheil voll zu machen, war er mit einem Bein unter das verendete Pferd geraten und ward dadurch festgehalten. Rufen durfte er nicht, und somit blieb der einzige Ausweg abzuwarten, ob die Preußen wieder vorgehen würden, ihn zu befreien, oder die Nacht ihm Gelegenheit bieten werde, davon zu kommen.

Inzwischen fand wenige Schritte von dem jungen Offizier ein anderes Ereignis statt, welches für ihn von der größten Wichtigkeit werden sollte.

Zwischen die fechtenden Reiter hindurch, suchte ein Mensch zu entfliehen, der endlich den Steigriemen eines Preußen erfassend, denselben bat, ihn zu seinem Offizier zu führen.

Der Reiter erkannte bald, dass dies einer von Jacobsons Gesellen war und tat, wie jener verlangte.

Der kommandierende Offizier ward bald gefunden, und jener Mensch bestätigte, was man schon vermutete, dass Jacobsons Unternehmen verunglückt, er selbst gefangen und in Ketten geschlagen, auf der Hauptwache verwahrt werde; die Damen jedoch aus dem Gefängnis befreit und im Haus des Gouverneurs, obwohl als halbe Gefangene, Aufnahme gefunden hätten.

Nach diesen Mitteilungen des Mannes war die Aufgabe des kleinen Husarentrupps zu Ende. Der Offizier ließ Appell blasen, sammelte seine Leute und eilte nun eine kurze Strecke verfolgt zurück, um seinen Vorgesetzten Meldung zu machen; zu spät vermisste man bei diesem eiligen Rückzug den Leutnant von Wardow.

Dieser hörte das Signal Appell mit Gefühlen, die man sich denken kann; gab indessen noch nicht alle Hoffnung auf. Doch bald betraten Leute das Gefechtsfeld, welche, statt sich zu schlagen, vorzogen, die Gefallenen zu plündern. Diese fanden Wardow, zogen ihm die reiche Uniform aus und schleppten ihn dann halb nackend zur Stadt, wo er einstweilen auf der Torwache untergebracht ward.

Wardow erkannte keinen Augenblick seine Lage und beschloss daher, sich einen falschen Namen zu geben, und da er nur noch die Beinkleider eines Offiziers trug, sich für einen gemeinen Husaren auszugeben.

Als man ihm die Frage vorlegte, ob er Offizier sei, antwortete er mit nein; in Folge dessen ward er in die Kasematten zu anderen Gefangenen gebracht, und dies sollte gerade sein Unglück sein, denn ein unter ihnen befindlicher Husar seines Regiments erkannte ihn und redete ihn seiner Charge gemäß an.

Dies warf gehört und fiel auf; die Verleugnung seiner Charge musste eine Ursache haben, und man führte ihn auf die Hauptwache; hier ward er erkannt und sofort mit Fesseln belastet, in ein dunkles Loch geworfen. Wardow begriff, dass er jetzt verloren sei.

XXXV. Der zuständige Richter.

Der schwedische Befehlshaber hatte sein Hauptquartier früher in der kleinen Stadt Flensburg gehabt. Als derselbe nach der erhaltenen Meldung von den Vorfällen im Westen von Greifswald zurückkehrte, fand er die Beamten seines Generalstabes, welche zurückgeblieben waren, verjagt, sein Büro zerstört und seine Wohnung geplündert.

Der General hatte schon verschiedentlich nach Schweden berichtet, dass seine schwer bepackte und schwer berittene Kavallerie es in keiner Weise mit der preußischen aufnehmen könnte und deshalb gebeten, hierin eine Änderung eintreten zu lassen. Doch in Schweden dachte man nicht an solche Notwendigkeiten, und die Sache blieb beim Alten.

Dieser letzte Streich der preußischen Husaren war indessen der Art, dass es nicht ratsam erschien, länger in einer kleinen unbefestigten Stadt zu weilen; weshalb die Exzellenz beschloss, das Hauptquartier nach Stralsund zu verlegen, wohin er auch sofort für seine Person abging und in der allerbösesten Laune anlangte.

Die Behörden der Stadt beeilten sich, dem Höchstkommandieren ihre Huldigungen darzubringen, bei welcher Gelegenheit ihm auch die Meldung von der Gefangennahe Jacobson und Wardow gemacht wurde.

„Was!", rief der strenge Feldherr, ohne Lorbeeren, „der Pirat und der Deserteur? Sofort Kriegsrecht über beide, meine Herren, veranlassen Sie das Nötige!"

Diese letzten Worte waren an seine Adjutanten gerichtet, und der Gouverneur wagte die Bemerkung, dass der Pirat in der Stadt einen Mord begangen und eigentlich Gefangener der Zivilbehörde sei!"

„Was wollen Sie damit sagen, Exzellenz?", fragte der General.

„Ich meine, dass das Gericht der Stadt die zuständige Behörde sei, über das Verbrechen zu urteilen."

„Bah!", rief der General, „um die Sache Jahrelang hinzuschleppen und dem Freibeuter Gelegenheit zu geben, zu entwischen, übrigens ist es gleich, ob derselbe gehangen oder geköpft wird, und der einzige zuständige Richter in allen Kapitalsachen der Provinz bin ich gegenwärtig."

Der Gouverneur verbeugte sich und trug noch seine Beschwerde über den Oberst Staelswerd vor; den der General nie leiden konnte.

„Kann morgen ebenfalls gleich sein Urteil erfahren!", sagte der General mit Kopf nickend, „ich danke Ihnen, meine Herren!"

Die Herren gingen. –

Schon am nächsten Morgen nach Wardows Gefangennahme war dieselbe in der ganzen Stadt bekannt. Es gab sehr viel Leute, die den jungen munteren Mann früher gekannt, eine gute Anzahl, die ihm nähergestanden hatte, und in Erinnerung an die Befreiung Griebens schenke man dem armen Offizier ein allgemeines Bedauern.

Welcher Schmerz aber Frau von der Grieben und Sophie ergriff, als sie die schreckliche Mähr vernahmen, kann man sich denken, besonders, wenn in Betracht gezogen wird, dass sie das Schicksal als den Vater treffend fürchten mussten.

Die Baronin suchte die Damen zwar in ihrer halb leichtsinnigen, halb energischen Weise zu ermutigen und zu trösten; sie war voll neuer kühner Hoffnungen, in der Meinung, dass es gelingen werde, Jacobson zu befreien, und dass dieser dann auch Wardows Befreiung bewirken werde.

Doch ihre Hoffnung ward gänzlich niedergeschlagen, als der Vater zu Hause angelangt mitteilte, wie schnell sich schon das Schicksal der beiden Männer entscheiden solle und auf ihren ausgesprochenen Wunsch, eine Verzögerung der Sache zu bewirken. erklärte, dass er dazu in keiner Weise beitragen könne, wenn er sich nicht in den Augen des Generals kompromittieren wolle. Ja, dass er nicht einmal wisse, inwiefern er jetzt auch für die Frauen werde etwas tun können.

Die Baronin besann sich indessen schnell, machte sich auf und eilte zu dem Höchstkommandierenden, um ihn um Aufschub für die Gefangenen zu bitten.

Der General hörte die Dame ernst an; als sie geredet hatte, schüttelte er das weiße Haupt.

„Madame!", antwortete er, ich bin der Ansicht, dass ihre Bitte passender für Ihren Herrn Gemahl angebracht worden wäre. Ich weiß kaum, was ich über Sie denken soll?" –

Die junge Dame war errötete, verbeugte sich und eilte davon. Jetzt war sie völlig gewiss, dass beide verloren sein mussten. –

Der Offizier, welcher die nach Stralsund vorgeschobenen Truppen kommandierte, fragte später jeden einzelnen Mann nach dem Leutnant von Wardow, ohne jedoch Auskunft über denselben zu erhalten.

Indessen wusste hier auch jener Seemann, der die erste Hiobsbotschaft gebracht, Auskunft zu geben: er hatte einen Husaren weit vor, zwischen den feindlichen Reitern gesehen, auf den er zuerst habe zueilen wollen; derselbe sei jedoch in demselben Moment, als er jene Absicht gefasst, gefallen, er vermutete, dass es wohl ein Offizier gewesen.

Die Gesellschaft ritt daher ziemlich trüb zurück, denn wenn schon die Gefangennahme jedes Offiziers ein Unglück zu nennen war, so konnte die Wardows für ein großes gelten.

Wieder bei dem Oberstleutnant eingetroffen, stellte er demselben dem Seemann vor, welcher auch an Grieben seinen Bericht abstattet, der dabei natürlich erschrak.

Doch fast noch mehr erregte ihn die Meldung, dass Wardow vermutlich gefallen oder verwunden, vielleicht gefangen sei.

„Ich hätte ihn nicht gehen lassen sollen!", rief Grieben, man tröstet sich sogar mit dem geringeren Unglück, welches dem jungen Mann begegnet sein könne, nämlich, dass er getötet worden.

Grieben gab das Signal zum Aufbruch, und man zog sich zurück, wie man gekommen, mit Blitzesschnelle.

Grieben hatte den Marsch seiner Eskadron beim Rückzug bereits mehr nach Osten dirigiert, er ließ sie in der Gegend bei Trantow stehen und eilte, nur von dem Offizier, der nach Stralsund vorgerückt, von Blücher und dem Seemann begleitet, nach Ankam, um den Obersten aufzusuchen.

Belling hatte inzwischen ebenfalls durch zurückgekehrte Seeleute das Misslingen des Unternehmens Jacobsons und seine Gefangennahme erfahren; Wardows Verschwinden vermehrte das Unheil und er schüttelte heftig den Kopf.

„Das sind böse Händel!", fügte er hinzu, „doch ich will versuchen, was sich tun lässt, Blücher, Sie können sich das Vergnügen machen, zum König nach Schlesien zu reiten, ich halte den Fall für wichtig genug, um Seiner Majestät Meldung darüber zu machen!"

Blücher eilte, sich zu dem weiten Ritt vorzubereiten, und der Oberst brachte während dieser Zeit seinen Rapport zu Papier.

Nachdem Blücher abgefertigt, sendete der General einen anderen Adjutanten von einem Trompeter begleitet, mit folgendem Schreiben an den Oberbefehlshaber der Schweden ab:

„Exzellenz!

Ich vermute, dass zwei Offiziere Seiner Majestät meines Königs und Herren unter Umständen in Ihre Gewalt geraten sind, die ein zweideutiges Licht auf Ihren Charakter werfen könnten. Ich

ersuche Sie, mit der Verurteilung dieser Umstände nicht zu eilen, sondern abzuwarten, bis die Entscheidung meines Königs, wie ich mich in diesem Fall Ihnen gegenüber verhalten, angelangt sein kann. Es wird die Einholung derselben nur solange Frist erfordern, als ein guter Reiter braucht, von hier nach Schlesien und zurück zu gelangen Die Gewährung meines Ansuchens wird mich zu gleichen Diensten verpflichten. Sollten Sie jedoch wider Erwarten die ganze Strenge der Kriegsgesetze anzuwenden Veranlassung nehmen, so werde ich jeden von jetzt ab in meine Gewalt kommenden schwedischen Offizier auf die Weise behandeln, wie sie etwa den königlichen Marinekapitän Jacobson und den Leutnant in meinem Regiment von Wardow.
Übrigens habe ich die Ehre usw."

XXXVI. Die Katastrophe.

Der Adjutant Bellings traf den schwedischen General nicht mehr in Greifswald und folgte ihm deshalb nach Franzburg.
Doch auch dieser Ort war von Stedingk schon wieder verlassen, und der Offizier eilte nach Stralsund.
Der General ließ den Adjutanten vor sich, nahm ihm das Schreiben ab und las es; es geschah dies an dem Morgen des Tages, an welchem das Kriegsgericht über die beiden Gefangenen aburteilen sollte.
„Bleiben Sie bis zum Abend!", antwortete der General einstweilen, „dann werde ich Ihnen ganz genauen Bescheid erteilen!"
Der Offizier blieb.
Es war ungefähr des Vormittags um neun Uhr, als sich das Kriegsgericht auf der Hauptwache am alten Markt versammelte.
Das Gerücht davon war in die Stadt gedrungen und eine Menge Volkes hatte sich versammelt.

Jacobson war der erste der vorgeführt ward; sein Verhör begann mit den üblichen Fragen nach den Personalien, die der Freischiffer der Wahrheit gemäß beantwortete; er erklärte dabei, dass er zwar zu Gunsten des Königs von Preußen die Waffen in der letzten Zeit geführt, doch in keinem bestimmten Verhältnis zu demselben stehe, noch als ein Offizier seiner Armee zu betrachten sei.

Dagegen verweigerte er jede Auslassung auf die wider ihn vorgebrachten Beschuldigungen; ebenso erklärte er sich nicht, dass er die ihm vorgeführten Letue seines Geschwaders kenne; er ward abgeführt und jene Leute einzeln vernommen.

Wie die Verhöre, bei denen die Seeleute meistens dem Beispiel ihres Kapitäns folgten, beendet waren, fand eine kurze Beratung statt, nach der das Urteil für alle acht Personen dieser Kategorie mit Nichtberücksichtigung ihrer sonstigen Verbrechen wegen Spionerie im Krieg gefangen werden sollten.

Nach Fällung dieses Urteils kam Wardows Sache zur Verhandlung. Auch sie kam bald zu Ende, da die Schuld desselben unzweifelhaft war und er kein einziges der ihm zur Last gelegten Vergehen leugnen konnte.

Dieselben sollen bestehen in Befreiung eines Landes-Verräters, Desertion und Führung der Waffen gegen das Vaterland und seinen rechtmäßigen König.

Für dieselben ward der junge Mann zum Tode durch Erschießen verurteilt und sein, sowie die übrigen Urteile, sofort nach der Fällung von dem Obergeneral bestätigt.

Den wieder vorgeführten Verurteilten ward die Sentenz mit dem Bemerken publiziert, dass dasselbe am Nachmittag an ihnen vollstreckt werden soll.

Der preußische Offizier versuchte noch mündlich den General auf andere Gedanken zu bringen.

Das einmal zusammengetretene Kriegsgericht urteilte auch noch den Fall mit Staelswerd ab, der kassiert und aus der Armee verwiesen ward, ob dies Urteil gerechtfertig war, ist sehr zweifelhaft.

Jacobson und Wardow erhielten, nachdem ihr Schicksal bekannt geworden, verschiedene Besuche und ersterer besonders von Personen, von denen man nie geglaubt hätte, dass sie zu seiner Bekanntschaft gehörten. Verschiedene Gesuche um seine Begnadigung wurden jedoch von Stedingk streng zurückgewiesen.

Auch die Baronin, die Frau von der Grieben und deren Töchter erschienen, um dem Mann Lebewohl zu sagen, der eigentlich den Anfang ihrer Leiden zum Teil heraufbeschworen, der ihnen jedoch, besonders der älteren Tochter, so wert geworden. Jacobson erschien gefasst, den Frauen gegenüber sogar heiter; doch blitzte zu Zeiten ein verbissener Ingrimm durch, welcher jedenfalls daher rührte, dass er nun dennoch auf so schmachvolle Art und Weise seinem so gehassten Gegner unterliegen müsste.

Auf seinen Wunsch ward er einige Zeit mit Clara allein gelassen, nach Ablauf der Frist forderte er einen Notar und diktierte ein Testament, nachdem er seine Schiffe und Waffen dem König von Preußen vermachte; seine in verschiedenen Banken deponierten Gelder jedoch demselben nur zur Hälfte überließ, während die andere Hälfte seiner verlobten Braut Clara von der Grieben bestimmt ward. Zum Testamentsvollstrecker ernannte er deren Vater und gab das ausgefertigte Dokument an Clara. Während dieser ganzen Zeit waren die Damen auch ab und zu an Wardow gekommen; dieser war weniger ruhig bei seinen trüben Aussichten, er hatte kurze Zeit sein Leben so hoffnungsreich gesehen, dass es ihn schmerzte, schon so früh aus demselben zu scheiden.

Seine wenigen Habseligkeiten verteilte er an die Glieder der Griebenschen Familie und an seine Geschwister, um sie als Andenken zu bewahren; eine Unterredung mit Jacobson ward ihm gewährt, und als er erfuhr, wie derselbe für die Griebensche Familie gesorgt, gab er sich etwas zufrieden.

Gegen drei Uhr des Nachmittags ward den Besuchern endlich eröffnet, dass sie sich zu entfernen hätten; um diese Zeit bereits war fast die ganze Bewohnerschaft auf den Plätzen und Straßen in der Hauptstadt versammelt, um nicht ein seltenes Schauspiel zu versäumen.

Es war vier Uhr, als die Verurteilten aus dem Wachlokal auf die Straße traten; die untergehende Sonne eines klaren schönen Wintertages übergoss alle mit einem rötlichen Schimmer. Von einer Eskorte in die Mitte genommen, setze sich der Zug in Bewegung.

Doch machen wir es kurz.

Am blauen Turm auf dem Franken-Wall, demselben Gebäude, aus dessen Mauern er den alten Grieben befreit hatte, erwartete ein Jägerdetachement den Deserteur.

Dieser, welcher beim Anblick des Turmes schmerzlich lächelte, ward auf zehn Schritt Entfernung von jedem aufgestellt: eine Reihe von Kommandos folgte, endlich krachten zwölf Schüsse, und der tödlich Getroffene sank in die vor seinen Beinen befindliche Grube. Der lebenslustige von Wardow war nicht mehr.

Weiter ging der Zug zum Frankentor hinaus bis auf die Frankenwiese, wo ein langes Gerüst errichtet war.

Achtmal verrichtete der Henker sein Werk langsam und bedächtig vor der stumm staunenden Zuschauermenge. Als dem letzten Delinquenten der Strick um den Hals geworden worden, ertönte es vernehmbar mit einer Stimme, die durch Übung des Kommandos fest und bestimmt geworden.

„Fluch über Schweden, das stets seine besten Männer mit Undank belohnt, es falle von seiner Höhe und werde fremden zur Beute, es verschwinde als Reich aus der Zahl der Staaten oder existiere und vegetiere, verachtet von anderen Völkern sich selbst zur Last!"
Jacobsons Stimme verhallte, sein Mund verstummte für immer, – aber sein weissagender Fluch ging in Erfüllung, das mächtige Schweden blieb bis heute nur noch ein Schatten von ehedem.

Die Menge verlief sich schauernd, und mancher, der dieser Exekution schweigend zugesehen, mochte sich wohl fragen, ob denn diese Leute wirklich einen solchen Tod verdient haben mochten.

Bei Nacht und Nebel sprengte der Adjutant Bellings davon, und die ihm von de schwedischen General übergebene Antwort lautete:

„Mein Herr Oberst!
Ich habe keine Neigung, den Krieg in einer Weise zu führen, wie es zwischen barbarischen Völkern früherer Zeiten Sitte und wäre deshalb gern bereit gewesen, mich Ihnen gefällig zu zeigen. Die Form und Fassung Ihres Schreibens sagt jedoch von vornherein, dass sie in dem vorliegenden Fall nicht darauf rechneten, und wirklich, ich wusste nicht wie ich es hätte verantworten sollen, einem Spion und einem Deserteur auch nur die geringsten Rücksichten zu beweisen. Was hier weiter geschehen ist, wird Ihnen der Überbringer dieses, der davon Augenzeuge gewesen, berichten. Was Sie später in Folge dessen tun werden, müssen Sie wissen, ich begebe mich jedes Versuchs Ihre Handlungsweise zu beeinflussen; wir sind aber beide unserem Fürsten, unserem Volke der Zukunft und der Geschichte für unsere Handlungen verantwortlich. Ich habe die Ehre usw."

„Er hat Recht!", rief Belling mit dem Fuß aufstoßend, „was ist denn geschehen?"

Der Offizier berichtete.
„Donnerwetter!", rief Belling, „der arme Grieben; gehen Sie zu ihm, ich habe keine Lust dazu, und noch eins – setzen Sie in den Tagesbefehl für das Corps, dass in der nächsten Zeit kein schwedischer Offizier zum Gefangenen gemacht werde, ich müsste sonst zum Mörder werden oder mich blamieren; hoffentlich wird bald ein Befehl vom König eintreffen.
Dieser Befehl kam nach einigen Tagen an und lautete:
„Mein lieber Belling!
Sein Erfolg freut mich, und ich danke Ihm, was seine weiteren Meldungen betrifft, so denke ich, der Jacobson wird sich selbst zu salvieren wissen und wie er mir vorgekommen, in solcher Lage nicht auf unsere Hilfe rechnen. Den Leutnant von Wardow anlangend, so tut er mir leid, da Er ihn als einen Offizier von merite schildert, doch er hätte sich nicht kriegen lassen müssen; solche übergegangenen Offiziere sind künftig zu anderen Corps zu senden, um ihre Lage nicht so gefährlich zu machen. Wegen der Frauen, von denen Er mir früher Meldung getan, richte Er eine energische Forderung um Auslieferung an den feindlichen General, und wird derselben nicht entsprochen, so verbrenne er den Schweden täglich ein Dorf. Den Oberstleutnant von Grieben kann Er nach Berlin senden, wo er sich später bei mir melden soll!"
Belling überschickte das Original dieses Schreibens sofort an Stedingk, der die Damen sogleich mit einer Entschuldigung freigab und in das preußische Hauptquartier schickte; an Belling schrieb er, dass er mit Frauen keinen Krieg führe, und der Beleidiger derselben bereits bestraft sei.
Dieser Staelswerd nämlich ging nach Schweden zurück und verschwand dort vom Schauplatz, um sich in irgendeinen verborgenen Winkel zu verkriechen.

Das Wiedersehen Griebens und seiner Familie war kein freudiges. Er reiste in Begleitung der Letzteren nach Berlin, ward später von Friedrich empfangen und überreichte dem König mit dem Testament des Freischiffers sein Abschiedsgesuch.

Friedrich nahm das Letztere an, lehnte jedoch die Erbschaft ab; wo das bedeutende Vermögen des Freischiffers später geblieben, kann nicht gesagt werden.

Grieben sah sich genötigt, den der Tochter zugewendeten Anteil zu erheben und zog sich dann mit Frau und Kindern zurück.

Beide Eltern starben bald, und die Schwestern vertrauerten einsam ihr Leben; die Todesart ihrer Verlobten hatten ihre Lebenslust erstickt, und jede Freude am Leben getötet.

Kein Glied der Familie sah je die Heimat wieder.

In dieser kehrte erst der alte Nehls lange nach dem Krieg zurück; in seiner Begleitung befand sich Swieten, der zwei Tage sein Gast war, um sich dann seinem Vaterland zuzuwenden.

Zwei Dezennien später war der gefürchtete Freischiffer vergessen; sein Name und seine Taten gingen in dem Strudel der wichtigeren Ereignisse jener Zeit auf.

Digitale Neufassungen

Alte Reihe

- [0001]: Schrader (1839): Die Sage von den Hexen des Brockens.
- [0002]: Bremb (1767): Drei wichtige Fragen über das Hexen-System.
- [0003]: Unbekannt (1860): Geister-Schloss Dohlenstein.
- [0004]: Wende (1781): Das Gespenst auf dem Hofe.
- [0005]: Hesekiel (1843): Aus dem Leben des Schlosses zu Altenburg.
- [0006]: Unbekannt (1770): Das polternde Gespenst und das auf eine lächerliche Art von demselben befreite Schloss Rhünenbrücke.
- [0007]: Henisch (1774): Arien und Gesänge zur komischen Oper: Das Gespenst.
- [0008]: Meisl (1819): Arien und Gesänge aus: Das Gespenst auf der Bastei in Wien.
- [0009]: Haenel (1722): Kuriose und wahrhafte Nachricht oder DIARIUM, von einem Gespenst und Polter-Geist.
- [0010]: Falkenstein (1850): Das Buch der Kaisersagen, Burg- und Klostermährchen.
- [0011]: Faraday (1871): Naturgeschichte einer Kerze. Sechs Vorlesungen für die Jugend.
- [0012]: Unbekannt (1860): Robert der Teufel und die Höllischen Fanghunde.
- [0013]: Vulpius (1826): Galerie der unterhaltendsten Geister- und Zaubergeschichten.
- [0014]: Mayer (1867): Die Mechanik der Wärme in gesammelten Schriften.
- [0015]: Diezmann (1864): Leichtes Blut.
- [0016]: Gérard / Diezmann (1855): Der Löwenjäger.

- [0017]: Diezmann (1866/69): Frauenschuld.
- [0018]: Schmeling (1865): Ein Ostsee-Pirat.

Auf historischen Spuren
- [0001]: Medem (1843): Natur und Altertum in Thüringen - Reiseerinnerungen aus den Jahren 1836 - 1841-1842.
- [0002]: Handelmann / Pansch (1873): Moorleichenfunde in Schleswig-Holstein.
- [0003]: Johansen (1866): Halligenbuch. Eine untergehende Inselwelt.
- [0004]: Diezmann (1857): Goethe und die lustige Zeit in Weimar.
- [0005]: Diezmann (1855): Aus Weimars Glanzzeit: Ungedruckte Briefe von und über Goethe und Schiller, nebst einer Auswahl ungedruckter vertraulicher Schreiben von Goethe's Collegen, Geh. Rath v. Voigt.
- [0006]: Diezmann (1868): Goethes Liebschaften und Liebesbriefe.

Leipzig – Auf historischen Spuren
- [0001]: Bechstein / Kleinknecht (1846): Leipzig - Von den ersten Ansiedlungen bis zur Buch-, Universitäts- und Warenhandelsstadt.
- [0002]: Ramshorn (1841): Leipzig und seine Umgebungen - mit Rücksicht auf ihr historisches Interesse.
- [0003]: Reusche (1865): Schatzsagen und Schatzerzählungen - aus der Umgegend von Leipzig.
- [0004]: Moser (1868): Die Umgebung Leipzig's in geschichtlichem Abriss der nächstliegenden sechsundfünfzig Dörfer.
- [0005]: Backhaus (1844): Die Sagen der Stadt Leipzig.
- [0006]: Baumgärtner (1800): Geschichte und Beschreibung von Leipzig für Fremde und Reisende, die ihren

dasigen Aufenthalt zweckmäßig und angenehm benutzen wollen.
- [0007]: Diezmann (1856): Leipzig. Skizzen aus Vergangenheit und Gegenwart.
- [0008]: Sillig / Schultze (1854): Faust in Leipzig. Kleine Chronik von Auerbachs Keller für Leipzig nebst historischen Notizen über Auerbachs Hof.

Lützen - Auf historischen Spuren
- [0001]: Vincke, C. Frhr. von (1832): Die Schlacht bei Lützen den 6ten November 1632.